SOULMATES

Devin und Emily

Dana L. Summers

Gedruckt von Amazon Media EU S. a r l.,
5 Rue Plaetis, L-2338 Luxembourg
Independently Published von Dana L.Summers,
Alte Landstraße 64b, 25474 Hasloh

Design – 4H Digital
4H-digital.de

Kapitel 1

Emily

Die Geräusche um mich herum wurden lauter. Der Schmerz an meinem Arm ließ mich die Augenlider öffnen. Ich hörte Schritte und eine Tür. Mühsam blinzelte ich in kaltes Neonlicht. Ich lag in einem Krankenzimmer, mein Arm war verbunden und in der Vene steckte ein Tropf. Ich nahm das alles wahr, aber konnte es nicht richtig realisieren. Dann fiel mein Blick auf Devin. Er starrte aus dem Fenster und sah furchtbar aus. Seine Kleidung war dreckig und blutverschmiert. Er war blass und wirkte erschöpft. Warum sah er so aus?

Ohne Vorwarnung traf mich die Erinnerung. Julien, Jessy, das Auto … der Unfall … und die Schüsse. Mein Herz begann zu rasen und ich sah wieder die Bilder vor mir. Der Porsche drehte sich und drehte und drehte … bis er endlich zum Stehen kam. Dann ein Knall und der heftige Schmerz in meinem Arm …

„Gott sei Dank, du bist wach. Engel!“, sagte Devin und setzte sich zu mir auf das Bett.

Er nahm meine Hand und ich sah ihn an.

„Was ist mit Jessy und Julien?“, fragte ich sofort und er schluckte.

„Jessy wird noch untersucht und Julien ist im OP“, erklärte er tonlos.

„Was ist mit ihm?“, meine Stimme wurde leiser und mein Hals zog sich zusammen.

„Ich weiß es noch nicht“, erwiderte er und strich mir sanft über die Wange.

Ich überlegte.

„Sie sind zurückgekommen und haben wirklich geschossen?“, fragte ich.

Er nickte und sein Kiefer spannte sich an.

„Du hast aber nur einen Streifschuss“, sagte er und deutete auf den Verband.

Schon lief wieder der Film ab. Der große, schwarze SUV, der Juliens Wagen rammte, der Porsche, der durch die Luft flog und dann kam der SUV zurück und feuerte Schüsse auf uns ab. Ich schnappte panisch nach Luft.

„Ruhig. Du bist in Sicherheit“, Devin legte seine Hand auf meine Schulter, was mich etwas beruhigte.

„Wer war das?“, fragte ich.

Er schüttelte den Kopf.

„Sie wissen es noch nicht. Die Typen sind sofort abgehauen“, antwortete er, als eine Schwester hereinkam.

„Hier sind ihre Handtücher, Mr. Cameron“, sie gab sie ihm und sah dann zu mir.

„Miss Parker. Wie geht es ihnen?“, fragte sie routiniert.

„Ganz gut“, erklärte ich mechanisch.

„Ich gehe mal kurz ins Bad“, Devin drückte meinen Arm.

Ich nickte und die Schwester legte mir eine Blutdruckmanschette an. Sie redete die ganze Zeit auf mich ein, aber ich starrte nur an die Decke. Ich konnte das alles noch immer nicht glauben. Es war so ein schönes Wochenende und wir wollten doch nur nach Hause. Wer sollte Julien so etwas antun? Oder war es eine Verwechselung? Würde Julien sterben? Ich schloss die Augen. Nein. Nein. Nein.

Devin kam aus dem Bad und sah etwas sauberer aus. Allerdings war er noch immer blass und blickte mich besorgt an. Die Schwester ging hinaus.

„Geht es dir so weit ganz gut?“, fragte er. „Dann sehe ich mal nach Jessy und Julien.“

„Ja. Es ist okay“, sagte ich und spürte die Angst in mir.

Er küsste mich auf die Stirn.

„Bin gleich wieder da“, flüsterte er und ging hinaus.

Ich weiß nicht, wie viel Zeit verging, da mir die Bilder und tausend Gedanken durch den Kopf rasten. Dann kam Devin wieder zu mir. Er sah müde und fertig aus und er tat mir leid. Er setzte sich auf das Bett und hielt meine Hand. Mein Herz schlug heftig, als er zu sprechen begann.

„Jessy ist ganz okay. Sie hat sich einen Arm gebrochen, diverse Prellungen und schläft jetzt. Julien …“, er holte tief Luft. „Er ist auf der Intensivstation. Er hat Verletzungen im Bauchraum, Rippen gebrochen und eine Kopfverletzung. Sie können noch keine Prognose geben.“

Er drückte meine Hand und wischte mir eine Träne von der Wange.

„Er wird es schaffen, Emily!“, erklärte er, aber ich spürte seine Angst.

Sein Handy klingelte und er lief im Raum auf und ab, während er mit Matt telefonierte. Gerade hatte er das Gespräch beendet, als es wieder klingelte.

Er sah auf das Display, schloss kurz die Augen und meldete sich.

„Elena!“

Ich schluckte. Sie hatte bestimmt auf die beiden gewartet. Devin erklärte ihr ruhig, was passiert war, ließ aber die schlimmsten Sachen aus. Er legte auf und ich streckte die Hand nach ihm aus.

„Komm her“, sagte ich leise.

Er nahm sie und ich rutsche an das Ende meines Bettes. Er legte sich neben mich und wir hielten einander fest. Wir brauchten jetzt diesen Halt und einen kurzen Moment, um durchzuatmen.

Kapitel 2

Devin

Emily lag in meinem Arm und ich war froh, dass sie endlich eingeschlafen war. Vorsichtig rückte ich von ihr ab und stand vor dem Bett. Es war noch sehr früh am Morgen und draußen war es still. Ich fühlte mich völlig fertig und beschloss, nach Hause zu fahren zu duschen und mich umzuziehen. Leise schlich ich zur Tür und trat auf den Gang. Am Schwesternzimmer blieb ich stehen und eine der Schwestern kam durch die Glastür zu mir.

„Ich fahre nach Hause, ziehe mich um und bin dann wieder da. Können sie Miss Parker Bescheid sagen, wenn sie wach ist?“, fragte ich.

„Natürlich, Mr. Cameron“, erwiderte sie freundlich.

„Können sie mal nachfragen, wie es Mr. West geht?“, ich fuhr mir nervös durch die Haare.

Sie nickte und ließ mich mit in das Zimmer. Während sie auf der Intensivstation anrief, sah ich Gedanken versunken in den kleinen Fernseher. Plötzlich tauchten Bilder von der Unfallstelle und von Julien auf.

„Der CEO von West Industries, Julien West hatte gestern mit seiner Freundin einen schweren Unfall" … Sie berichteten und zeigten Fotos von dem Porsche. Allerdings redeten sie davon, dass er in einer Kurve die Kontrolle verloren hätte, nicht von einem Angriff.

Ein kalter Schauer lief mir über den Rücken und mein Magen verkrampfte sich.

„Mr. West hat die Nacht gut überstanden. Man muss jetzt weiterhin abwarten", holte mich die Stimme der Schwester aus meinen Gedanken.

Ich drehte mich zu ihr.

„Dankeschön!", sagte ich mit einem kleinen Lächeln, denn ich wusste, dass sie das eigentlich nicht durfte.

Endlich stand ich in der Dusche und konnte unter dem warmen Wasserstrahl etwas entspannen. Immer wieder sah ich die Bilder vor mir, wie ich versucht hatte, Jessy und Julien aus dem Wagen zu ziehen. Gott sei Dank hatte noch jemand angehalten und mir dann geholfen, bis der Notarzt kam. Ich schloss die Augen und musste das irgendwie aus meinem Kopf bekommen. Danach legte ich mich ins Bett, in der Hoffnung auf ein wenig Schlaf.

Ich hatte wohl ein, zwei Stunden geschlafen, als ich wieder auf dem Weg ins Krankenhaus war. Gerade parkte ich das Auto, als mein Handy klingelte. Es war Marlon.

„Ja!", meldete ich mich.

„Hi! Ich erreiche Julien nicht, weißt du, was los ist?", fragte er locker.

Ich erzählte ihm alles und es war still am anderen Ende.

„Marlon?"

„Fuck. Ich bin gleich bei euch", erwiderte er und legte auf.

Seufzend stieg ich aus und lief den Weg hinauf zum Eingang. Ich war zumindest heilfroh, dass es Emily ganz gut ging. Als der Schuss fiel und ich sie zu Boden geworfen hatte, dachte ich für einen Moment, sie wäre schwer verletzt. Als ich Emilys Zimmertür öffnete, saß sie im Bett und biss lustlos an einem Sandwich herum.

„Hey Engel! Geht es dir besser?“, fragte ich und küsste ihre Wange.

„Ja. Sie haben mich untersucht und ich darf nach Hause“, erklärte sie glücklich.

„Oh super! Ich habe dir auch ein paar Sachen mitgebracht, zum Umziehen“, sagte ich und legte die Tasche auf das Bett.

Sie zog mich zu sich und küsste mich

„Ich bin so froh, dass es dir gutgeht“, flüsterte ich erleichtert.

Sie strich mir liebevoll über das Gesicht.

„Hast du gar nicht geschlafen?“, fragte sie traurig.

„Doch. Es geht schon“, erwiderte ich und lächelte.

Sie stand auf und lief mit der Tasche ins angrenzende Bad. Ich setzte mich auf das Bett, als Marlon hereinkam.

„Wow. Bist du geflogen?“, fragte ich verwundert.

„Nein, ich war in der Nähe“, erklärte er kurz und man sah, dass er völlig geschockt war.

Er sah sich nach Emily um.

„Sie darf gehen und macht sich im Bad gerade fertig“, sagte ich müde.

Er nickte.

„Und Julien?“, fragte er.

„Ich weiß es nicht. Ich wollte gleich zu ihm“, erwiderte ich. „Außerdem muss ich noch in seine Firma und mal sehen, wie es da so läuft.“

Marlon nickte überlegend.

„Pass auf. Ich gehe jetzt zu Julien und dann kümmere ich mich um West Industries. In meiner Kanzlei ist es gerade ruhig“, schlug er vor.

Ich stand auf und umarmte ihn.
„Danke man!“, sagte ich.
Er nickte und verließ das Zimmer.

Kapitel 3

Emily

Als ich aus dem Bad kam, fühlte ich mich gleich viel besser. Devin lehnte am Bett und lächelte mich an.

„Ich wollte erst zu Jessy", sagte ich, während wir das Zimmer verließen. „Wie geht es Julien?"

„Er hat die Nacht gut überstanden. Mal abwarten", erwiderte er.

Ich fragte eine Schwester nach Jessys Zimmernummer und Devin fuhr mit dem Fahrstuhl zur Intensivstation. Sie lag im Bett und man sah, dass sie geweint hatte.

„Oh Emily", sagte sie und ich umarmte sie fest.

Ihr linker Arm steckte in einem Gips und ihre Hände und die Schulter waren voller Schrammen.

„Es ist so furchtbar", schluchzte sie.

Ich streichelte sie beruhigend und hielt meine Tränen zurück. Ganz langsam wurde sie ruhiger und sah mich an.

„Weißt du schon etwas Neues von Julien?", fragte sie verzweifelt.

„Nein. Aber Devin ist gerade dort und ich gehe auch gleich zu ihm", erklärte ich.

Sie nickte traurig.

„Geht es dir denn ganz gut?“, fragte ich.

„Ja. Ich werde wohl demnächst entlassen“, erwiderte sie.

„Das ist doch schön! Und wenn du bis dahin etwas brauchst, sag es einfach“, ich lächelte sie aufmunternd an.

Ich blieb noch ein wenig bei ihr. Versuchte, sie aufzumuntern, aber es gelang mir nicht. Als sie müde wurde, verabschiedete ich mich und versprach, ihr jede Neuigkeit von Julien zu berichten.

Ich war nicht wirklich darauf vorbereitet und als ich neben Devin an Juliens Bett stand, stockte mir der Atem. Er lag inmitten von Schläuchen und Kabeln, wurde beatmet und der Monitor für die Vitalparameter piepte gleichmäßig. Seine linke Schulter war blau, seine Augen geschlossen und seine Haut sah blass aus. Ich versuchte, gegen die aufkommenden Tränen zu kämpfen, und schluckte tapfer. Devin stand hinter mir, legte seine Hände auf meine Schultern und ich presste mich an ihn. Schnell wischte ich mir eine Träne aus dem Gesicht. Er hatte es sicher bemerkt und führte mich hinaus auf den Gang. Er nahm mich in den Arm und ich brach völlig zusammen. Ich weinte, schluchzte und konnte gar nicht mehr aufhören. Leise sprach er mit mir und hielt mich einfach nur fest.

„Es tut mir leid“, schniefte ich nach einiger Zeit und er gab mir ein Taschentuch.

„Engel! Es ist schon okay. Wir fühlen uns alle schlecht“, sagte er.

Ich nickte. Er legte den Arm um mich und wir gingen zu seinem Wagen.

Zuhause kümmerte sich Devin ganz lieb um mich. Er brachte mir eine Decke und machte mir Kakao. Ich lag auf dem Sofa, er saß bei mir und sah mich noch immer besorgt an.

„Es ist schon okay, wirklich!“, erklärte ich.

Er strich mir eine Haarsträhne aus dem Gesicht und küsste meine Stirn, als es klingelte. Er stand auf, öffnete und als ich fremde Stimmen hörte, setzte ich mich auf. Es waren zwei Detektives.

„Ich habe doch schon alles gesagt“, erklärte Devin genervt.

Sie gaben mir die Hand und stellten sich vor.

„Aber wir brauchen von Miss Parker noch eine Aussage“, sagte der eine freundlich.

Ich erzählte, was passiert war.

„Und sie haben sich auch kein Kennzeichen des SUVs merken können?“, fragte einer.

„Nein, leider nicht. Es ging alles so schnell“, antwortete ich unglücklich.

Dann fragten sie mich nach Feinden und Geschäftspartnern von Julien.

„Ich weiß wirklich nichts von Problemen mit irgendjemanden“, sagte ich.

„Und ist ihnen noch etwas eingefallen?“, er sah zu Devin.

Er schüttelte den Kopf, aber der Detektive schien ihm nicht zu glauben.

„Sie haben doch sicher von den Streitigkeiten mit Rashid Khaled gewusst?“, hakte er nach.

„Es war Rashid?“, rief Devin und riss die Augen auf.

Auch mir wurde jetzt einiges klar.

„Na ja. Mr. Khaled ist noch in Untersuchungshaft, aber wir haben den Verdacht, dass er vielleicht dahinter stecken könnte“, erklärte der Detektive.

„Das macht Sinn!“, sagte Devin überlegend.

Die beiden verabschiedeten sich und er brachte sie zur Tür.

„Fuck verdammt!“, rief er, als er zurückkam.

„Meinst du, es waren wirklich Rashids Männer?“, fragte ich.

„Ja. Das könnte ich mir gut vorstellen“, gab er wütend zu.

Zwei Abende später saß ich bei Julien am Bett. Er atmete jetzt selbstständig und lag auf der normalen Station. Devin saß auf dem Sofa und arbeitete an seinem Laptop. Ich war auch wieder ins Büro gegangen, denn Marvin und Natalie waren im Urlaub und es gab gerade viel zu tun. Die Ärzte von Julien waren zuversichtlich und wir entspannten uns alle etwas. Bei Bewusstsein war er allerdings noch nicht. Morgens war Jessy bei ihm, ansonsten wurde sie von Elena verwöhnt und umsorgt.

Ich hielt Juliens Hand. Er sah ein wenig besser aus, fand ich.

„Heute Morgen waren seine Mutter und seine Schwester hier", erzählte Devin.

„Oh. Die Armen", stellte ich fest.

„Ja. Ich habe ihnen ein Hotel hier in der Nähe besorgt, dann können sie jederzeit zu Fuß herkommen", sagte er.

„Das ist gut. Läuft es eigentlich mit Marlon und der Firma?", fragte ich.

„Ja super. Maggie ist auch wieder da und die beiden schmeißen den Laden", erwiderte Devin erleichtert.

Ich lächelte.

„Wo ist eigentlich Ian?", fragte ich dann.

„Er musste zum Shooting nach New York", Devin grinste. „Aber Marlon fliegt am Wochenende zu ihm."

„Oh. Das freut mich", stellte ich grinsend fest.

Sein Telefon klingelte und nachdem er mit jemanden aus dem Club gesprochen hatte, packte er seine Sachen zusammen.

„Ich muss ins BLUE ISLAND. Es ist etwas schief gelaufen", erklärte er. „Willst du mit, oder soll ich dich auf dem Rückweg abholen?"

„Ich würde gern noch hierbleiben", erwiderte ich.

Devin kam zu mir, legte seine Hand auf Juliens Arm und sah ihn an.

„Er wird es schaffen. Nein, er muss es schaffen!“, sagte er und lächelte mich an.

Dann küsste er mich und verließ den Raum.

Ich begann mit Julien zu sprechen. Ich hatte zwar keine Ahnung, ob er mich hören konnte, aber ich erzählte ihm tausend Sachen. Dabei pflegte ich die Blumen, die sicher von seiner Mutter waren. Es klopfte an der Tür und ich drehte mich erstaunt um.

„Kieran!“, rief ich begeistert und lief auf ihn zu.

Er umarmte mich und gab mir einen flüchtigen Kuss auf die Wange.

„Was machst du hier?“, fragte ich.

„Ich habe es im Fernsehen gesehen und bin gleich in einen Flieger gestiegen. Wie geht es ihm?“, Kieran sah besorgt zu Julien.

„Seine Werte sind viel besser, aber er ist noch nicht aufgewacht“, erklärte ich und schon hatte ich wieder einen Kloß im Hals.

Kieran setzte sich mit mir auf das Sofa.

„Was ist genau passiert?“, fragte er ernst.

Ich erzählte ihm alles. Den ganzen Ablauf und auch von Rashid. Am Ende musste ich wieder weinen und er nahm mich tröstend in den Arm.

Kapitel 4

Julien

Meine Augenlider waren noch schwer und ich versuchte, mich durch den Nebel zu kämpfen. Ich hörte jemanden weinen und eine Stimme, in der Sicherheit und Entschlossenheit mitklangen. Ich öffnete die Augen und sah an eine weiße Decke. Was war passiert? Ich atmete tief durch und wollte mich aufsetzen, als ein fieser Schmerz durch meinen Körper jagte. Verdammt.

Vorsichtig drehte ich den Kopf zur Seite. Ich hing an einem Tropf und es fiel mir schwer, den Arm zu heben.

„Emily, hey Kleine!“, hörte ich Kierans Stimme.

Ich drehte den Kopf zur anderen Seite und erkannte ihn mit Emily in seinem Arm, die furchtbar weinte.

„Warum weint sie?“, fragte ich leise, denn meine Stimme war ganz heiser.

Beide starrten mich an.

„Oh Julien!“, rief Emily, sprang auf und kam zu mir.

Völlig verheult nahm sie meine Hand und sah mich an. Kieran stellte sich neben sie.

„Du bist wach!“, rief sie begeistert.

Ich überlegte und ganz langsam fiel mir der Unfall ein.

„Erinnerst du dich an irgendetwas?“, fragte Kieran.

„Jessy! Wie geht es Jessy?“, ich wollte mich wieder aufsetzen.

Kieran drückte mich vorsichtig in die Kissen.

„Sie ist okay! Sie hat nur leichte Verletzungen und einen gebrochenen Arm“, erklärte Emily schnell.

Ich war erleichtert.

„Ich erinnere mich an den anderen Wagen, den Knall, als er uns rammte und dann haben wir uns überschlagen“, sagte ich überlegend.

Emily nickte und gab mir ein wenig Wasser zu trinken. Ich nahm einen Schluck und sie stellte es wieder auf den Nachttisch.

„Ich bin so froh, dass du wach bist“, sagte sie erleichtert.

„Darum hast du geweint?“, fragte ich und verzog den Mund zu einem leichten Grinsen.

Sie sah mich entrüstet an.

„Natürlich!“, entgegnete sie.

„Und wenn Kieran hier ist, war es wohl schlimmer?“, sagte ich.

Er schmunzelte.

„Ich dachte zumindest, ich sehe mir mal an, was du da angestellt hast“, erklärte er.

Ich musste lächeln und war verdammt froh, dass er hier war.

Die Tür ging auf und Devin kam zu uns.

„Hey! Du hast ja Nerven, so lange zu schlafen …“, ich spürte seine tiefe Erleichterung, aber sah sofort, wie schlecht er aussah.

„Du solltest vielleicht auch mal wieder schlafen“, erwiderte ich skeptisch.

Er grinste kurz, als eine Schwester hereinkam. Sie scheuchte alle hinaus und fragte mich tausend Dinge.

Mr. West, wie fühlen sie sich? Können sie sich aufrichten? Haben sie Kopfschmerzen? Möchten sie ein Schmerzmittel? ... Puh, die war ja mega anstrengend...

Nachdem ich ein paar Fragen beantworten konnte und sie irgendetwas an mir herumgezupft hatte, wurde sie etwas ruhiger.

„Sie sollten sich jetzt ausruhen. Ihr Besuch kommt sicher morgen wieder und der Arzt wird sie gleich untersuchen", erklärte sie.

Ich wollte eigentlich Protest einlegen, fühlte mich aber wirklich erschöpft, also nickte ich nur.

Da kam Emily herein und hielt ihr Handy hoch. Sie sprach kurz mit der Schwester und kam dann zu mir.

„Es ist Jessy!", sagte sie strahlend und gab mir das Telefon.

„Hey", meldete ich mich.

„Oh Gott, Julien!" , rief sie erleichtert. „Ich bin so froh!"

Schon kippte ihre Stimme und sie unterdrückte ein paar Tränen.

„Wie geht es dir?", fragte ich nervös.

„Gut. Mach dir keine Sorgen. Ich komme zu dir. Fahre gleich los!", rief sie.

„Geht das mit deinem Arm?", überlegte ich.

„Nein. Aber Elena fährt mich", lachte sie.

Ich musste lächeln.

„Okay", sagte ich.

„Bis gleich! Ich liebe dich!", ihre Stimme klang jetzt aufgeregt.

„Dito", erwiderte ich und war froh, dass es ihr so gut ging.

Emily, die am Fenster gestanden hatte, kam zu mir und nahm mir das Handy ab.

Sie lächelte mich an.

„Danke!", sagte ich.

Sie beugte sich zu mir und küsste mich auf die Wange.

„Wir kommen morgen wieder!“, erklärte sie dann.

Ich nickte und sie ging hinaus. Ich schloss die Augen und spürte eine tiefe Müdigkeit. Verdammt. Das musste schnellstens anders werden.

Kapitel 5

Emily

Auf dem Gang standen Devin und Kieran und unterhielten sich. Ich hatte das Gefühl, ein großer Stein hatte sich in mir aufgelöst und hoffte, Julien müsse jetzt nicht allzu lange hierbleiben.

„Wollen wir etwas Essen gehen?“, fragte Kieran.

„Sorry, ich fahre wieder in den Club. Muss noch arbeiten“, sagte Devin und sah genervt aus.

Wir gingen in Richtung Ausgang und Kieran sah mich an.

„Ich hab eigentlich keinen Hunger“, gab ich zu.

„Das glaube ich nicht. Lass uns wenigstens auf dem Weg etwas mitnehmen“, schlug er vor.

„Okay“, willigte ich ein und lächelte.

Als wir auf den Parkplatz kamen, drehte sich Kieran zu Devin.

„Ich bringe Emily dann nach Hause“, sagte er.

Devin schien völlig in Gedanken zu sein.

„Alles klar!“, erwiderte er kurz, sprang in seinen Wagen und fuhr los.

Ich starrte ihm entsetzt hinterher.

„Was war das denn?“, überlegte ich laut.

„Keine Ahnung. Aber er sollte wirklich mal abschalten und schlafen. Er hat ja genug hinter sich“, erklärte Kieran und schloss seinen Mietwagen auf.

Ich stieg ein und fragte mich, was mit Devin los war. Es war ganz sicher der Schlafmangel, beruhigte ich mich.

Kieran hatte auf dem Weg bei einem Italiener Pizza herausgeholt und jetzt waren wir in der Wohnung.

„Schön, bei euch!“, stellte er fest.

„Es ist Devins Apartment, ich bin hier nur mit eingezogen“, erklärte ich und holte uns etwas zu trinken aus dem Kühlschrank.

Wir setzten uns auf das Sofa und als ich die leckere Pizza roch, bekam ich doch Hunger.

„Wer kümmert sich um den Club, wenn du weg bist?“, fragte ich ihn und biss genussvoll in ein Stück Pizza.

„Salina und ein Freund von mir machen das super. Außerdem haben wir ja genug Security, falls etwas passiert“, sagte er.

„Und, hat sie Declan auch im Griff?“, ich grinste.

Er lachte.

„Ja. Den hat sie manchmal besser im Griff, als ich.“

Ich sah ihn musternd an.

„Du magst ihn, oder?“, hakte ich nach.

„Schon ja. Er ist wild, rebellisch und arrogant. Auf der anderen Seite absolut loyal, hilfsbereit und einfühlsam. Und er macht einen erstklassigen Job“, erzählte Kieran.

„Ich hab gehört, er ist schwul. Das kann ich mir gar nicht vorstellen“, gab ich zu.

Er lachte wieder.

„Also bisher hatte er privat nur Beziehungen mit Frauen. Soweit ich das weiß zumindest“, sagt er.

„Oh", ich sah ihn erstaunt an und wusste jetzt, warum er mich herausgefordert hatte. „Er hat mich nämlich angemacht, bei dem Brunch."

„Ich weiß und dafür gab es auch ein paar klärende Sätze", erwiderte er.

Ich lachte.

„Ihr versteht euch aber gut, oder?", fragte ich neugierig.

„Mal so und mal so", sagte Kieran grinsend. „Zumindest hat er Respekt vor seinem Chef."

Ich lachte. Wir aßen schweigend weiter und ich musste an Julien denken.

„Meinst du, Julien kommt bald wieder in Ordnung", fragte ich.

„Natürlich. Er wird sich anstrengen müssen, Aber sowie die Ärzte grünes Licht geben, werde ich ihn ein wenig fordern", Kieran grinste gemein.

„Okay", lachte ich. „Das klingt nach Arbeit für ihn."

„Zu lange im Bett liegen ist auch nicht gesund!", erklärte er.

Einige Zeit später verabschiedete er sich.

„Wo wohnst du denn?", fragte ich, als wir in der Tür standen.

„Im Hotel", erwiderte er.

„Fahr doch zu Julien. Elena macht sich ebenso Sorgen und wäre vielleicht etwas abgelenkt, wenn sie neben Jessy auch dich umsorgen könnte", überlegte ich.

Er sah auf seine Armbanduhr.

„Es ist schon spät, ich regele das morgen. Aber die Idee ist gut", antwortete er begeistert.

Er umarmte mich und gab mir einen Kuss auf die Wange.

„Wir sehen uns im Krankenhaus. Und wenn ich dir irgendwie helfen kann, ruf einfach an", sagte er und gab mir eine Visitenkarte.

„Danke“, erwiderte ich und schloss die Tür, als er im Fahrstuhl verschwand.

Ich war müde und ging ins Bett, trotzdem ich nicht wusste, ob ich schlafen konnte. Ich dachte die ganze Zeit an Devin, schlief dann allerdings irgendwann ein. Mitten in der Nacht spürte ich, dass er sich zu mir legte. Ich sehnte mich nach einer Berührung, oder einem Kuss, aber es kam nichts. Traurig schloss ich wieder die Augen.

Am Morgen schlich ich mich leise zur Arbeit. Ich wollte ihn nicht wecken und war froh, dass er mal tief und fest schlafen konnte. Den ganzen Tag konnte ich mich allerdings nicht richtig konzentrieren. Immer wieder sah ich auf mein Handy, in der Hoffnung, etwas von Devin zu lesen. Aber selbst als ich nach Feierabend, auf dem Weg ins Krankenhaus war, hatte ich noch nichts von ihm gehört. Verdammter Blödmann!

Als ich Juliens Zimmer betrat, stand Kieran an seinem Bett und Jessy saß am Bettende. Er sah viel besser aus und ich begrüßte ihn stürmisch.

„Schön, dass du da bist. Hier sind alle gegen mich!“, lachte er.

„Der Arzt hat gesagt, er darf morgen kurz aufstehen und Kieran versprach sofort seine Unterstützung, ihn zum Fenster und zurück, zu begleiten“, erklärte Jessy grinsend.

Ich sah zum Fenster.

„Ach, das schaffst du!“, sagte ich aufbauend.

Julien sah mich böse an.

„Ich dachte, du bist auf meiner Seite?“, knurrte er gespielt.

Alle lachten.

„Du wirst mich nicht wieder los, bis du läufst“, erklärte Kieran bestimmt.

„Ist das ein Versprechen, oder eine Drohung?“, seufzte Julien.

„Beides!“, erwiderte Kieran.

Ich war so froh, dass sie sich schon wieder neckten.

„Hast du Devin gesehen?", fragte ich Jessy leise.

Sie sah mich erstaunt an.

„Er war heute Mittag kurz da und wollte nochmal wiederkommen", erzählte sie.

Ich nickte, als eine Schwester hereinkam. Sie schickte Kieran und mich hinaus. Jessy durfte bleiben.

„Ich habe mit Julien gesprochen, wegen der Übernachtung bei ihm und kläre das mal eben mit Elena", sagte Kieran, nahm sein Handy aus der Tasche und lief den Gang ein Stück hoch.

Ich setzte mich in den Wartebereich und überlegte, Devin anzurufen, als er auf einmal auf mich zukam. Er war noch immer sehr blass, aber nahm mich in den Arm und küsste mich.

„Alles okay?", fragte ich vorsichtig.

Er nickte und wirkte irgendwie abwesend. Ehe ich aber etwas sagen konnte, klingelte sein Handy. So, wie es sich anhörte, war es die Polizei und er lief auf und ab beim Telefonieren.

„Gibt es etwas Neues?", fragte ich, als er aufgelegt hatte.

„Sie haben die beiden Typen aus dem SUV. Die haben die Tat wohl zugegeben und man kann auch eine Verbindung zu Rashid erkennen. Er hat den Auftrag dazu gegeben", sagte er.

„Dann besteht keine Gefahr mehr?", hakte ich nach.

„Nein. Sieht nicht so aus", erwiderte er.

Trotz der guten Nachrichten wirkte er besorgt. Ich stand auf, ging zu ihm und legte meine Hände auf seine Brust. Er sah mich an.

„Was ist los?", fragte ich sanft.

Er umarmte mich.

„Nichts. Tut mir leid, wegen gestern, aber ich hatte echt Stress im Club", erklärte er.

Ich stellte mich auf die Zehenspitzen und wir küssten uns innig. Als wir uns wieder lösten, war Kieran da und hatte für jeden einen Kaffee mitgebracht.

„Hi! Danke, gute Idee“, rief Devin begeistert.

Kierans Handy klingelte und er zog es aus der Tasche.

„Hi Declan!“, meldete er sich und hörte dann etwas angespannt zu.

„Okay. Du wirst die Session nicht allein machen. Nimm Terry oder Jason mit. Außerdem, keine Dinge, die nicht vorher abgesprochen wurden“, sagte Kieran ernst.

Declan erwiderte etwas.

„Auf keinen Fall. Ich verlasse mich auf dich!“, sagte er und legte auf.

„Probleme?“, fragte Devin.

„Heute ist eine Kundin aufgetaucht, die uns schon einmal fast verklagt hätte. Wegen Körperverletzung. Angeblich wäre ein Dom von mir ausgerastet …“, er verdrehte die Augen. „Es war natürlich völlig haltlos. Sie hat wohl nur nicht das bekommen, was sie wollte, da der Dom entschieden hatte, dass es zu viel wurde. Er hat die Session abgebrochen und ich musste ihm Recht geben. Sie war allerdings enttäuscht und da sie Anwältin ist, hat sie gleich mit einer Klage gedroht.“

„Wow. Hört sich nach Stress an“, sagte Devin.

Kieran winkte ab.

„Wird schon werden“, erwiderte er.

Die Schwester kam aus dem Zimmer und winkte uns wieder hinein. Julien sah ein wenig müde aus.

„Vielleicht sollten wir dich jetzt schlafen lassen?“, überlegte ich.

„Nee. Setzt euch hier hin und erzählt genau, was passiert ist“, forderte er.

Jessy hob hilflos die Schultern. Wir nahmen uns brav einen Stuhl und Devin begann ihm alles zu erzählen.

„Es waren Rashids Leute?“, fragte er ungläubig.

Devin nickte und Jessy schluckte. Sicher fiel ihr gerade wieder ein, was Rashid ihr angetan hatte.

„Die Polizei wird bestimmt noch mit euch sprechen wollen“, sagte Devin.

„Mal sehen, ob mir dann mehr einfällt“, seufzte Julien und wollte sich etwas aufrichten.

„Ah. Fuck!“, fluchte er sofort und hielt sich die rechte Seite.

„Du hast dir drei Rippen gebrochen, sei vorsichtig“, sagte Jessy vorwurfsvoll.

„Ja ich weiß, aber eben tat es ja auch nicht weh“, maulte er und irgendwie musste ich lächeln.

Er war genauso ungeduldig, wenn er krank war, wie Devin.

„So, du wirst dich jetzt ausruhen, denn morgen darfst du aufstehen!“, sagte Kieran grinsend.

„Ich denke, ich mache das lieber mit einer Schwester“, erwiderte Julien.

Kieran lächelte zuckersüß.

„Keine Chance, ich habe das schon geklärt!“

Julien stöhnte.

Wir lachten und verabschiedeten uns. Jessy blieb noch bei ihm und wir gingen zur Tür.

„Ach Kieran!“, rief Julien.

Er drehte sich um.

„Bring mir doch morgen Essen von Elena mit, bitte. Das Essen hier ist furchtbar“, erklärte Julien.

Kieran lachte.

„Klar. Sie wird glücklich sein, wenn sie dir etwas kochen kann“, antwortete er.

Am nächsten Tag machte ich früh Feierabend und fuhr zu Julien. Er saß im Bett, trug eine Jogginghose, ein Shirt und las in einer Zeitung.

„Hey Emily“, sagte er begeistert und legte sie zur Seite.

Ich setzte mich auf sein Bett.

„Wo ist Jessy?“, fragte ich, nachdem wir uns begrüßt hatten.

„Sie ist zurückgefahren und wollte sich hinlegen. Sie muss das Ganze ja auch verarbeiten“, erklärte er.

Ich nickte.

„Wie geht es dir denn?“, ich sah ihn musternd an.

„Ganz gut. Die Ärzte haben mich heute Morgen noch einmal durchgecheckt. Ist wohl so weit alles okay“, erzählte er.

„Ich bin so froh, dass es dir besser geht“, sagte ich und strich sanft über seinen Arm.

Er zog mich zu sich und küsste meine Stirn.

„Alles okay, Kleines!“, sagte er und ich schloss kurz die Augen.

Ich spürte ihn, seine Ausstrahlung und Ruhe und schöpfte neue Kraft.

„Ist dein Arm denn auch schon besser?“, fragte er.

„Ja. Viel besser. Der Verband kann bestimmt bald ganz entfernt werden“, erwiderte ich und setzte mich auf.

„Und mit Devin, alles in Ordnung? Er war heute am Telefon sehr angespannt“, Julien sah mich skeptisch an.

„Er hat wohl Stress im Club“, sagte ich tonlos.

Er zog eine Braue hoch.

„Das klingt nicht so, als wenn du ihm glaubst“, stellte er fest.

„Doch. Aber er ist abwesend und immer in Gedanken. Es fühlt sich so an, als wäre er ganz weit weg und ich will ihn nicht wieder verlieren“, sprudelte es aus mir heraus.

„Gib ihm ein bisschen Zeit. Vielleicht hat er wirklich Stress im Club“, beruhigte er mich.

Die Tür öffnete sich und Devin kam mit einer Schwester herein.

„So Mr. West. Jetzt wollen wir mal aufstehen“, sagte sie bestimmt.

Ich setzte mich mit Devin auf das Sofa und die Schwester wartete nicht lange, schlug die Bettdecke zurück und schob Juliens Beine an die Bettkante.

„Das tut echt scheiße weh, solche Rippenbrüche und dann noch die Narbe von der OP.“, stellte Devin mitleidig fest.

Die Schwester zog ihn mit einem gekonnten Griff nach oben. Er stöhnte kurz, dann stand er und Kieran kam herein.

„Oh, da bin ich ja gerade richtig“, sagte er und trat neben Julien.

„Sie haben bestimmt noch mehr zu tun. Ich mache das schon“, er schenkte der Schwester ein Lächeln.

„Okay. Danke. Aber nur um das Bett herum“, erwiderte sie.

„Natürlich“, Kieran grinste und sie verließ das Zimmer.

„So dann lauf mal los!“, sagte er zu Julien und griff nach dem Ständer mit dem Tropf.

Er machte vorsichtig ein paar Schritte und man sah, dass er Schmerzen hatte.

„Wir laufen zum Fenster und zurück“, forderte Kieran.

Julien keuchte.

„Denk nicht so viel nach. Weiter!“

„Er kann ein echter Tyrann sein …“, sagte Devin leise und grinste.

„Hoffentlich wird es nicht zu viel“, erwiderte ich.

„Nein. Er hat sich bestimmt bei dem Arzt abgesichert“, erklärte er, als sie am Fenster angekommen waren.

„Sehr gut“, lobte Kieran und drehte ihn langsam um.

Julien blieb stehen, um sich auszuruhen.

„Kann ich mein Safeword benutzen?“, fragte er.

„Nix Safeword“, lachte Kieran. „Streng dich an!“

Julien setzte sich langsam wieder in Bewegung.

„Du hast ein Safeword?", hakte Devin nach.

„Nur bei Kieran. Das brauchte ich damals, als er mir einige Sachen gezeigt hat", erklärte Julien und sein Atem ging immer schneller.

Er faste sich an die Rippen.

„Ja, Rippenbrüche sind scheiße, aber kein Grund, schlapp zu machen", sagte Kieran unbarmherzig.

Allerdings ging er dicht neben ihm und passte auf, falls er sich nicht mehr halten konnte. Mit letzter Kraft erreichte Julien das Bett. Er hielt ihn fest und setzte ihn behutsam auf die Bettkante.

„Du bist echt fällig, wenn ich wieder fit bin", grummelte Julien und legte sich erschöpft hin.

Kieran deckte ihn zu und lächelte.

„Ich hole dir noch ein Schmerzmittel, damit du jetzt schlafen kannst", erklärte er.

„Zu gütig", zischte Julien müde.

Ich ging mit Devin wieder zum Bett.

„Wie geht es dir jetzt?", fragte ich besorgt.

„Total fertig und alles tut weh. Aber es ist okay. Ich will ja auch schnell hier raus", erklärte er.

Kieran kam mit einem kleinen Becher wieder herein und hielt ihn über Julien in die Höhe.

„Bettel!", forderte er grinsend.

„Gib her verdammt!", zischte Julien.

Kieran legte den Kopf schief.

„Mmmh! Sei froh, dass es der erste Tag ist!", er lächelte und gab ihm das Mittel.

Devin lachte.

„Also, wenn er bettelt und Sir zu dir sagt, möchte ich bitte dabei sein!", stellte er fest.

„Raus jetzt alle!", rief Julien, aber lächelte.

Kapitel 6

Julien

Ich hatte super geschlafen und fühlte mich gut nach dem ersten Aufstehen heute, als es an der Tür klopfte. Marlon kam herein und setzte sich zu mir.

„Hey, du siehst besser aus!“, stellte er begeistert fest.

„Danke. Wie läuft es in der Firma?“, fragte ich.

Er gab mir einen kurzen Überblick und ich war erleichtert.

„Ich bin wirklich froh, dass du das machst!“, sagte ich.

Marlon winkte ab.

„Schon gut. Mit der Hilfe deiner hübschen Assistentin läuft es echt rund“, er schmunzelte.

„Hey! Bagger Maggie nicht an und lass die Finger von ihr!“, erwiderte ich streng.

Er lachte.

„Du gönnst mir aber auch keinen Spaß nebenbei, was?“

Ich musterte ihn.

„Nee. Ich kenne dich schon zu lange und wenn ich wieder da bin, würde ich gern noch eine Assistentin haben“, antwortete ich.

„Mal sehen. In meine Kanzlei passt sie auch sehr gut …“, er zwinkerte und ich schüttelte den Kopf.

„Was ist eigentlich mit Ian?“, fragte ich.

Sofort war er ernst. Aber irgendwie sah ich ein Leuchten in seinen Augen.

„Er ist zum Fotoshooting in New York. Ich fahre am Wochenende zu ihm“, erklärte er.

Ich zog eine Augenbraue hoch.

„Wirklich?“

Er schwieg und mied meinen Blick.

„Warum wusste ich nicht, dass du auch auf Männer stehst? Wir kennen uns doch schon ewig“, ich sah ihn erwartungsvoll an.

„Ich weiß nicht ... “, erwiderte er und sah mich endlich wieder an.

„Aber Ian ist nicht der Erste?“, hakte ich nach.

„Nein. Ich habe es schon mal ausprobiert. Damals hat es mich nicht so überzeugt“, sagte er.

„Na ja. Ian ist natürlich auch eine ganz andere Versuchung … Er ist klug, hübsch und er ist finanziell unabhängig von dir“, ich lächelte.

„Ja. Und er weiß, was er will“, ergänzte er und schmunzelte.

Mein Lächeln wurde breiter.

„Ich denke, er will nicht den Anwalt oder den Mann mit dem vielen Geld und der Jacht. Er will dich. Marlon pur …“

Er seufzte und nickte.

„ … und damit hast du gerade ein richtiges Problem“, stellte ich fest.

„Du kennst mich eben viel zu gut“, er grinste.

„Stimmt. Ich würde es als Chance sehen. Und ich freue mich, wenn es mit euch klappt“, sagte ich ehrlich.

„Danke man!“, erwiderte er lächelnd.

Kapitel 7

Emily

In den nächsten Tagen entspannte sich die Lage etwas. Kieran arbeitete hart mit Julien, und Jessy ging es auch immer besser. Marlon war aus New York zurück, schwieg aber, was Ian betraf. West Industries hatte er super im Griff und ich war endlich meinen Verband los. Allerdings würde mich eine kleine Narbe wohl stets daran erinnern. Devin hingegen war noch immer sehr schweigsam. Er machte sich gerade viele Gedanken, aber ich wusste absolut nicht worüber.

Am Freitagabend hatten wir uns nach dem Krankenhaus etwas zum Essen mitgebracht. Devins Laptop stand neben seinem Teller und er drückte immer mal wieder auf den Tasten herum.

„Fährst du noch in den Club?", fragte ich.

„Mmmh", machte er nur.

„Kann Matt das nicht heute machen? Dann hätten wir etwas Zeit für uns", versuchte ich es nochmal.

„Nee", erwiderte er, ohne aufzusehen.

Ich war wütend und räumte die Teller ab. Devin stand auf, klappte seinen Laptop zu und wollte ins Schlafzimmer.

Ich ging zu ihm und legte meine Hände auf seine Brust. Er fehlte mir wahnsinnig.

„Dann fahr wenigstens ein bisschen später“, ich setzte ein verführerisches Lächeln auf und griff nach seiner Gürtelschnalle.

Er lächelte leicht und küsste mich flüchtig auf den Mund.

„Wenn ich wieder da bin, okay?“, sagte er und verschwand im Schlafzimmer.

Ich ließ mich seufzend auf das Sofa fallen. Ich brauchte ihn. Seine Berührungen, seine Zärtlichkeiten, seine Nähe. Ich fühlte mich irgendwie allein. Als Devin wieder ins Zimmer kam, war ich sprachlos. Er trug Motorradsachen, hatte ein Shirt, ein dickes Flanellhemd und einen Pullover an. Außerdem schwere Boots. Er nahm seinen Helm.

„Ich nehme das Motorrad. Kann später werden. Schlaf gut“, sagte er und war aus der Tür.

Wie hypnotisiert starrte ich ihm hinterher. Es war nicht kalt draußen und leider war er ebenfalls nicht der Typ, der auf der Maschine gern Schutzkleidung trug. Außerdem war ihm immer eher zu warm. Tausend Sachen gingen mir durch den Kopf und auch ein kleiner Gedanke daran, dass er mich betrog, machte sich breit. Aber würde er in diesen Klamotten zu einem Date fahren? Ich schaltete den Fernseher ein, um mich abzulenken. Allerdings bekam ich gar nichts mit, was da lief. Ich starrte nur auf den Bildschirm und hatte mein eigenes Kopfkino.

Irgendwie war ich kurz eingeschlafen. Als ich aufschreckte, war es 21.06 Uhr, aber ich hatte einen riesigen Stein im Magen. Unruhig lief ich durch die Wohnung. Ich nahm mein Handy und rief im Club an, vielleicht würde mich seine Stimme etwas beruhigen.

„Blue Island“, meldete sich jemand.

Es war höllisch laut im Hintergrund. Wieso klingelte das Telefon an der Bar und nicht das im Büro?

„Hallo hier ist Emily!“, sagte ich.

„Hi. Hier ist Ben!“, erwiderte die Stimme.

Ben arbeitete an der Bar und wir kannten uns nur flüchtig.

„Hi Ben! Kann ich Devin mal sprechen?“, fragte ich.

„Äh. Sorry, aber der ist gar nicht da“, seine Stimme klang erstaunt.

Ich schluckte.

„Weißt du, ob er da war oder noch kommt?“, hakte ich nach.

„Nein, hab ihn heute nicht gesehen und ich weiß auch nicht, ob er noch reinkommt“, erklärte er.

Ich überlegte hektisch.

„Kannst du mir mal Matt geben? Vielleicht weiß der was?“, fragte ich verzweifelt.

Stille.

„Matt? Den hat Devin doch letzte Woche fristlos entlassen“, sagte er erstaunt.

Ich konnte gar nichts sagen und musste kurz überlegen.

„Okay. Wenn Devin noch reinkommt, sag ihm bitte, er soll sich mal melden“, versuchte ich einen gelassenen Ton.

„Klar mach ich“, antwortete er und legte auf.

Verdammt. Was war denn da los? Ich wählte Devins Handynummer. Mailbox.

Himmel! Hatte er einen Unfall? Oder war ich jetzt viel zu hysterisch, wegen der Sache mit Julien? Wieder lief ich im Zimmer umher.

Eine halbe Stunde später, war ich so verzweifelt, dass ich Kieran anrief.

„Ja?“, meldete er sich freundlich.

„Hier ist Emily. Kieran ich …“, ich zögerte. „Ich weiß nicht, wo Devin ist, und kann ihn auch nicht erreichen. Er ist mit dem Motorrad losgefahren, aber nicht im Club. Ich habe so ein schlechtes Gefühl … ich will ihm nicht nachspionieren, aber ich habe Angst, das etwas passiert ist, und …"

„Emily!", unterbrach er mich. „Du bist ja ganz durcheinander. Bleib zu Hause, ich bin gleich bei dir."

„Ja", erwiderte ich nur und legte auf.

Ich rutschte mit dem Rücken am Tresen herunter, saß auf dem Boden und starrte auf die Tür.

Endlich klingelte es und ich öffnete. Kieran nahm mich in den Arm, schloss die Tür hinter sich und ich war einfach nur froh, ihn zu sehen.

„Komm, setz dich und erzähl erst mal", sagt er ruhig.

Wir setzten uns auf das Sofa und er hielt meine Hand.

„Also", begann ich und versuchte, mich zu konzentrieren. „Devin ist um 19.30 Uhr mit dem Motorrad angeblich in den Club gefahren. Aber er ist nicht dort. Sein Handy ist aus. Er macht sein Telefon niemals aus."

Meine Stimme wurde dünn.

„Ist dir noch etwas aufgefallen?", fragte Kieran.

„Er hat seine Schutzkleidung fürs Motorrad angezogen und ganz viel darunter", erzählte ich.

Er hob verwundert die Augenbrauen.

„Lass uns in den Club fahren, vielleicht finden wir einen Hinweis", sagte er und wir machten uns auf den Weg.

Auf der Fahrt rasten tausend Gedanken durch meinen Kopf.

„Tut mir leid, dass ich angerufen habe. Auf die Idee hätte ich auch kommen können", sagte ich kleinlaut.

„Ach was. Es ist gut, dass du dich gemeldet hast. Wir finden ihn schon", erwiderte er.

„Und wenn er mich doch betrügt?", überlegte ich.

„Also ich würde in solch einem Outfit nicht zu einer Frau fahren", sagte er grinsend.

Und ich musste ein wenig lächeln.

Wir liefen durch den Club und ich sah Ben hinter der Bar.

„Er ist noch nicht aufgetaucht“, rief er, als er mich erkannte.

Ich drehte mich zu Kieran.

„Ach, er hat letzte Woche Matt gekündigt. Der hat hier sonst den Laden mit geführt, wenn Devin nicht da war“, erklärte ich.

Kieran nickte und beugte sich zu Ben über die Theke.

„Weißt du, warum er Matt entlassen hat?“, fragte er.

Ben zuckte mit den Schultern.

„Kannst du uns in Devins Büro lassen?“, bat er dann.

Ben nahm einen Schlüssel und wir folgten ihm den Gang hinunter.

„Was ist denn passiert?“, er war erstaunt, als er den Raum aufschloss.

„Wir wissen noch gar nicht, ob etwas passiert ist. Wir wollen Devin nur finden“, erklärte Kieran ruhig.

Wir betraten das Büro und Ben ging wieder zur Bar. Ich schaltete das Licht ein und sofort bemerkte ich Devins Aftershave in der Luft und ich bekam einen Kloß im Hals. Kieran sah sich auf dem Schreibtisch um und stutzte plötzlich. Er nahm zwei Zettel in die Hand und überflog sie.

„Also, wenn du mich fragst, stimmt hier etwas nicht. Aber es würde zu lange dauern, mich da jetzt einzulesen“, sagte er und fotografierte die Blätter mit dem Handy ab.

Dann wählte er eine Nummer.

„Na, schläfst du schon?“, fragte er belustigt.

Ich hörte Juliens Stimme.

„Sehr gut. Ich bin mit Emily im Club, da Devin irgendwie nicht aufzutreiben ist. Sie macht sich Sorgen und ich muss zugeben, ich auch langsam. Ich schicke dir mal ein paar Fotos. Kannst du dir das ansehen? Du weißt doch hier am besten

Bescheid“, sagte er. „Ja Julien ich weiß. Ich kümmere mich ja gerade darum.“

Er legte auf, schickte die Bilder und grinste.

„Er macht sich auch Sorgen da er, seit Tagen so merkwürdig ist. Suchen wir weiter“, erklärte er.

Er fuhr den Computer hoch.

„Und wenn er doch eine Affäre hat?“, warf ich ein.

„Dann sollten wir ihn auch finden, damit ich ihm eine verpassen kann“, sagte er und tippte auf der Tastatur herum.

„Weißt du das Passwort?“, fragte er.

„Engel 1998“, erwiderte ich lächelnd.

„Natürlich“, er grinste und gab es ein.

Da klingelte sein Handy.

„Julien!“, meldete er sich und hörte gespannt zu.

„Nicht dein Ernst? Ja. Er soll einen Matt entlassen haben. Wie viel ist es denn?“, Kieran machte ein entsetztes Gesicht. „Ups. Vielleicht will er das heute mit ihm klären. Wir sollten dort mal hinfahren. Ja, ich sage dir Bescheid“, erwiderte er und legte auf.

Ich sah ihn angespannt an.

„Es sieht so aus, als wenn dieser Matt in die Kasse gegriffen hat und das nicht zu knapp“, sagte er.

Ich riss die Augen auf.

„Das kann einen Laden schon mal in den Untergang treiben“, setzte er vorsichtig hinzu.

Ich sah in einen Ablagekorb, in denen unbezahlte Rechnungen lagen. Auf einer stand handschriftlich von Devin: Zahlungsaufschub bis 1.5. Jetzt wusste ich auch, warum er so komisch war. Er hatte Zahlungsprobleme im Club.

„Fuck!“, rief Kieran plötzlich und starrte auf den Bildschirm.

Ich sah über seine Schulter und die Buchstaben tanzten vor meinen Augen.

MOTORRADRENNEN OHNE REGELN … START IN BLACKWELL, ZIEL LANCEBURG NATIONAL PARK … SIEGESSUMME: 30.000 DOLLAR … STARTZEIT: 23.15 UHR. Das Datum war heute.

Mein Herz raste.

„Das ist quer durch den National Park, soweit ich weiß. Das ist doch verrückt“, knurrte Kieran und sah auf die Uhr.

„Schnell.“

Er fuhr den Computer herunter.

„Ich hoffe, wir schaffen es noch!“, stellte er fest und mein Magen versteinerte.

Kieran raste, so gut es ging, durch die Straßen. Ich sagte ihm immer wieder den Weg an, da er sich hier ja nicht so gut auskannte. Dann klingelte sein Handy und er stellte es auf Lautsprecher.

„Julien!“, sagte er.

„Was habt ihr gefunden? Fahrt ihr zu Matt?“, fragte er angespannt.

Kieran atmete tief durch.

„Ja. Wir sehen mal nach“, antwortete er in einem betont lockeren Tonfall.

Eine Pause entstand.

„Was ist los Kieran?“, Julien klang misstrauisch.

„Verdammt“, zischte er leise. „Wir sind auf dem Weg nach Blackwell.“

„Blackwell? Was wollt ihr denn da?“, rief er.

„Erzähle ich dir, wenn wir da sind. Ich muss jetzt auflegen“, versuchte Kieran es.

„Wage nicht, jetzt aufzulegen“, drohte er böse.

„Verdammt! Julien!“, sagte er und gab gerade auf einer freien Strecke Gas.

„Los spuck es aus!“, forderte er.

„Devin ist wahrscheinlich zu einem illegalen Motorradrennen nach Blackwell gefahren, um 30.000 Dollar für seinen Club zu kassieren", erklärte er.

„Was? Bist du sicher?", Julien wurde unruhig.

„Leider", sagte er. „Aber rege dich nicht auf, wir sind ja auf dem Weg, um ihn davon abzuhalten."

„Man verdammt", fluchte Julien.

„Ja, aber du hilfst uns jetzt nicht, indem du aus dem Bett springst und komische Sachen machst", Kieran Stimme wurde warnend.

„Du hast leider recht. Bring ihn heil zurück", erklärte Julien hilflos.

„Natürlich!", sagte er, legte auf und gab noch mehr Gas.

Ich sah auf die Uhr und wusste, wir würden es nicht rechtzeitig schaffen.

Wir erreichten den Parkplatz um kurz nach 12 Uhr. Das Rennen hatte längst begonnen und ich rutschte unruhig auf dem Sitz herum. Wir konnten nur noch wenige Typen erkennen. Einer stand an der Straße, die durch den Park führte und hatte ein Klemmbrett im Arm. Kieran hielt genau neben ihm und sprang aus dem Wagen.

„Hey, ist das Rennen vorbei?", rief er ungeduldig.

Der Typ sah ihn forschend an und überlegte wohl, ob wir von der Polizei wären.

„Nein …", erwiderte er zögernd.

Kieran packte ihn am Kragen.

„Man rede, los!", schrie er.

„Die drei mit den besten Zeiten fahren gerade noch einmal gegeneinander. Sind eben gestartet", erklärte der Typ ängstlich.

„Wer?", Kieran schüttelte ihn.

Er sah hektisch auf seinen Zettel, als ein großer SUV angefahren kam und drei sichtlich verletzte Typen ausstiegen. Ich sah panisch hinüber, aber Devin war nicht dabei.

„Doug, Milow und Devin“, las der Typ vor.

Kieran ließ ihn los und sprang wieder in den Wagen. Er sah zu den Verletzten, von dem der einer vor Schmerzen jammerte.

„Das ist echt krank!“, rief er wütend.

Er bog in den Park ein, obwohl der Typ versuchte, es zu verhindern. Dann gab er wieder Gas. Mein Herz schlug mir bis zum Hals und mir war schlecht vor Anspannung.

„Es wird alles gut“, beruhigte er mich und ich spürte die Wut in ihm.

Wir konnten nicht wirklich schnell fahren, da es hier viele enge Kurven gab. Doch plötzlich sahen wir zwei Motorradfahrer vor uns. Mit einer wahnsinnigen Geschwindigkeit versuchten sie, sich gegenseitig abzudrängen.

„Das Linke ist Devin!“, rief ich aufgeregt.

In diesem Moment zog der rechte Fahrer sein Motorrad blitzschnell direkt vor Devins Maschine, sodass er bei dem Ausweichmanöver die Kontrolle verlor. Er raste auf eine Wiese und stürzte.

„Oh Gott!“, schrie ich und Kieran bremste abrupt.

Er sprang heraus und war sofort bei Devin, der aber schon wieder aufstand.

Ich ging auf die beiden zu und war erleichtert, dass ihm nichts geschehen war.

„Was macht ihr denn hier?“, fragte Devin verwundert, zog sich den Helm aus und hielt sich kurz den Arm.

„Alles okay mit dir?“, Kieran musterte ihn.

Devin zog seine Schulter hoch und bewegte seine Hand.

„Ja“, erwiderte er dann.

Kieran machte einen Schritt auf ihn zu und schon hatte Devin Kierans Faust im Gesicht. Er taumelte ein Stück zurück, wischte sich über die Lippe und sah ihn wütend an.

„Was denkst du dir eigentlich, du Idiot. Du bist doch kein Kind mehr!“, schrie Kieran.

Devin war erschrocken. Ich spürte plötzlich, wie ich zitterte und mir wurde übel. Ich lief ein Stück auf die Wiese und übergab mich.

„Sieh dir Emily an. Ist es das wert?“, zischte Kieran.

Kapitel 8

Devin

Ich lief zu Emily, umfasste vorsichtig ihre Schultern und gab ihr ein Papiertaschentuch.

„Emily! Es tut mir so leid“, sagte ich verzweifelt.

Heute Nachmittag schien es noch eine gute Idee zu sein, einfach das Rennen zu fahren und das Geld zu kassieren. Meine Probleme würden sich in Luft auflösen. Nun kam es mir nur völlig idiotisch vor und ich konnte verstehen, dass Kieran so sauer war. Emily richtete sich auf und ich umarmte sie.

„Engel. Ich hab nicht nachgedacht. Ich brauchte das Geld …“, versuchte ich es zu erklären.

„Du brauchst erst mal einen Weckruf“, knurrte Kieran neben mir und ging um den Wagen herum, um zu telefonieren.

Emily löste sich aus meiner Umarmung.

„Warum konntest du nicht mit mir reden?“, fragte sie wütend.

Ich sah zu Boden und hatte darauf nicht wirklich eine Antwort.

Kieran hielt mir plötzlich sein Handy unter die Nase und ich wusste, es war Julien. Fuck!

„Ja!“, meldete ich mich.

Er machte mich total rund und war stocksauer. Ich ließ es über mich ergehen, denn irgendwie hatte ich es auch verdient.

„Es tut mir echt leid“, gab ich zu, als er kurz Luft holte.

„Man Devin. Werd endlich erwachsen!“, erwiderte er schon ruhiger.

Ich rollte mit den Augen.

„Du bist pünktlich morgen um 10 Uhr hier. Ist das angekommen?“, sagte er.

Was sollte das denn werden? Noch eine Strafpredigt?

„Ja. Okay“, erwiderte ich beschwichtigend.

Er legte auf und ich gab Kieran das Handy zurück.

„Geht es dir besser?“, fragte ich Emily besorgt.

„Kannst du dir eigentlich vorstellen, was ich mir für Sorgen gemacht habe und was ich für Angst um dich hatte“, fauchte sie.

Ich legte meine Hand auf ihren Arm und fühlte mich echt schlecht. Nein. Ich hatte mir mal wieder gar keine Gedanken gemacht, wie sich Emily mit der Entscheidung fühlen würde, sondern in den letzten Tagen nur an den Club gedacht.

„Komm, lass uns nachsehen, ob dein Motorrad noch heil ist“, schlug Kieran vor und ich folgte ihm.

Wir hoben es hoch und schoben es in den Lichtkegel des Wagens. Es schien völlig in Ordnung zu sein.

„Du fährst langsam vor uns her. Keine Eskapaden, sonst bleibt es nicht bei einer aufgeplatzten Lippe“, befahl Kieran.

„Ja schon gut“, erwiderte ich genervt.

Er sah mich herausfordernd an.

„Ein bisschen demütiger wäre besser“, erklärte er.

Ich schluckte meine Antwort herunter, setzte den Helm auf und fuhr los. Ich wollte ihn jetzt nicht noch mehr reizen.

Endlich waren wir wieder am Apartment. Ich hielt vor der Tiefgarage und Kieran neben mir. Emily schien sich gerade von ihm zu verabschieden und stieg aus. Er öffnete das Fenster.

„Danke", sagte ich. „Und auch, dass du dich um sie gekümmert hast."

Er musterte mich.

„Das solltest du jetzt schnell übernehmen. Es war ein wenig zu viel Aufregung in letzter Zeit. Sie braucht dich!", sagte er eindringlich.

„Mach ich", erwiderte ich und sah zu Emily, die traurig und fertig vor dem Garagentor stand.

Ich schloss das Apartment auf. Im Aufzug hatten wir kein Wort gewechselt. Sie war noch immer echt sauer. Ich zog mich schnell aus und sprang unter die Dusche. Ich sah Emily kurz ihre Zähne putzen, dann verschwand sie im Schlafzimmer. Als ich mich abtrocknete, hatte ich eine Idee. Ich nahm aus dem Fach unter dem Waschbecken eine kleine Flasche und ein Handtuch heraus, wickelte mir noch ein zweites Handtuch um die Hüften und betrat das Zimmer. Emily saß auf dem Bett, hatte ihre Schlafsachen an und drückte auf ihrem Handy herum. Ich blieb vor ihr stehen.

„Zieh dein Shirt aus!", sagte ich.

Sofort fuhr ihr Kopf hoch und sie blitzte mich warnend an.

„Wenn du jetzt denkst, du kannst die Dom Nummer machen und alles ist wieder gut, hast du dich geirrt", fauchte sie.

Ich lächelte. Sie war so heiß, wenn sie wütend war.

„Bitte", sagte ich sanft.

Sie stutzte. Dann legte sie das Handy weg und zog ihr Oberteil über den Kopf.

„Leg dich auf den Bauch. Bitte", bat ich sie ruhig.

Sie gehorchte. Ich setzte mich auf ihre Beine, und begann sie mit dem Öl aus der Flasche zu massieren. Ihre Schultern waren wirklich fest, aber ganz langsam entspannte sie sich.

„Mmmh, das ist sooo gut", murmelte sie und ich lächelte.

Ich massierte mich ihren Rücken hinunter, bis zu ihrem Po. Er sah so verlockend aus, aber ich widerstand dem Reiz, einen Abdruck zu hinterlassen.

„Besser?", fragte ich nach einer ganzen Zeit.

„Viel besser", seufzte sie und versuchte sich zu mir zu drehen.

Ich gab sie frei und wischte die Hände an dem Handtuch ab.

„Es tut mir echt leid. Ich hätte mit dir reden müssen", sagte ich ehrlich.

Ich drehte mich zu ihr und ihr Gesichtsausdruck hatte sich verändert. Sie sah auf meine Schulter, die doch ein bisschen blau von dem Sturz wurde, auf die aufgeplatzte Lippe, dann wanderte ihr Blick über mein Tattoo. Ich sah Verlangen und Begierde in ihren Augen. Wir hatten zuletzt in Chicago, bei Kieran im Club, Sex gehabt. Außergewöhnlichen, heißen, geilen Sex. Sie hatte sich mir völlig hingegeben und fallen lassen. Ich dachte an diese Bilder und wurde hart.

Emilys Blick hing an dem Handtuch und sie leckte sich unbewusst über die Lippe. Ich schluckte, bewegte mich aber nicht. Sie rutschte zu mir, legte den Arm um meinen Nacken und zog mich ein Stück hinunter. Während ich am Bett stand, hatte ich die Hände rechts und links neben ihrem Körper aufgestützt. Vorsichtig berührte sie mit ihren Lippen meinen Mund. Ich gab den kleinen fordernden Küssen von ihr nach und öffnete den Mund. Ihre Zunge umspielte ungeduldig meine und ich spürte ihre Hand an dem Handtuch.

Ich kniete mich auf das Bett und ließ den Kuss intensiver, tiefer werden. Sie riss mir das Handtuch von den Hüften und umklammerte fest meinen Nacken. Als wenn ich jetzt gehen könnte … ?

Ich vergrub den Kopf an ihrem Hals, leckte und biss ihr in die Schulter. Sie stöhnte leise.

„Ich hab dich so vermisst. Ich will dich jetzt …“, flüsterte sie voller Lust.

Ich legte mich halb auf sie, drückte sie mit meinem Gewicht in die Decke, umfasste ihre Brustwarze und kniff fest hinein. Ein kurzer Schrei, dann griff sie in meinen Rücken und ich ließ sie nochmals meine Zähne spüren. Sie drückte den Kopf nach hinten und ich legte die Hand um ihren Hals. Ihr Puls raste, ihre Augen waren geschlossen und ihre Hände umklammerten meinen Körper. Ich spreizte ihre Beine, schob mich dazwischen und rieb meine Erektion an ihrem Höschen. Es war feucht, heiß und sie stöhnte tief.

„Geht das mit deiner Schulter?“, murmelte sie plötzlich.

„Schulter? Welche Schulter?“, erwiderte ich.

Dachte sie wirklich, ich könnte jetzt Rücksicht auf meine Schulter nehmen?

Ich zog mich zurück, winkelte ihre Beine an und entfernte den Slip. Ihr Blick war verschleiert, schnell drückte ich meinen Kopf zwischen ihre Beine und leckte langsam durch ihre Spalte.

„Devin!“, seufzte sie.

Ich umkreiste ihre Klit und biss spielerisch hinein. Sie stöhnte laut und mein Schwanz war so hart, dass ich es nicht mehr aushielt. Ich drang in sie ein und ihre Beine umschlossen meine Hüfte. Langsame Stöße ließen mich tiefer gleiten.

„Fuck“, ich spürte, wie sie immer feuchter wurde.

Ich strich nur leicht über ihre Klit und sie zog sich heftig um mich zusammen.

Ihr Körper bebte, aber ich setzte meine Stöße fort. Ich kippte ihr Becken ein wenig an und drang noch tiefer in sie.

„Gott. Ja!“, rief sie und krallte sich in die Decke.

Mein Tempo wurde schneller, die Stöße härter. Das Gefühl war der Hammer und nachdem sie zum zweiten Mal kam, folgte ich ihr mit einem ebenso heftigen Höhepunkt. Keuchend ließ ich mich neben sie fallen.

„Himmel!“, seufzte sie und kuschelte sich an mich.

Ich lächelte, zog die Decke über uns und schloss die Augen.

Sie drehte sich kurz, lösche das Licht und schon spürte ich sie wieder in meinem Arm.

„Ich liebe dich“, sagte ich leise.

„Ich dich viel mehr“, erwiderte sie und ich küsste ihre Stirn.

Kapitel 9

Emily

Am nächsten Morgen erwachte ich ohne Devin, aber ich hörte ihn in der Küche.

Ich sprang unter die Dusche und dachte an die letzte Nacht. Schon hatte ich ein Lächeln im Gesicht und ließ die Hand langsam zwischen die Beine gleiten. Er war so sexy, heiß und sein Körper hatte sich so gut angefühlt. Meine Klit reagierte sofort und ich schloss die Augen.

„Emily!“, hörte ich plötzlich seine Stimme hinter mir und zuckte zusammen.

„Deine Lust, meine Orgasmen!“, sagte er streng.

Er trug nur eine Jeans und lehnte an der Duschtür. Sein Blick war ernst, aber trotzdem konnte ich auch bisschen Belustigung darin sehen.

„Ich hab gar nichts gemacht!“, erklärte ich und wollte ihn aus der Tür schieben.

Er bewegte sich keinen Meter.

„Geh zurück, du wirst nass“, ich sah ihn vorwurfsvoll an.

Er verzog das Gesicht zu einem Grinsen.

„Und?“, erwiderte er.

Ich schnaubte und begann mich abzuseifen und meine Haare zu waschen. Ich hoffte, er würde es dann langweilig finden, aber er beobachtete mich die ganze Zeit. Als ich fertig war, drängte ich mich an ihm vorbei.

„Spanner!", erklärte ich frech mit einem Grinsen.

Zack! Schon knallte seine Hand auf meinen Po.

„Au", rief ich und machte einen Satz.

Er gab mir ein großes Handtuch.

„Beeil dich, es gibt gleich Frühstück", sagte er und küsste mich zärtlich.

Als ich das Wohnzimmer betrat, roch es nach Eiern und Speck. Ich setzte mich an den Tresen und dachte daran, wie er damals Essen für mich gemacht hatte, als ich in seinem Bett aufgewacht war. Noch immer mit Alkohol im Blut und mit Kopfschmerzen. Ich grinste. Er stellte einen gefüllten Teller vor mich.

„Oh. Sieht lecker aus!", sagte ich.

„Sieht hoffentlich nicht nur so aus", erwiderte er und setzte sich neben mich.

„Wir müssen um 10 Uhr im Krankenhaus sein", brummte er genervt.

„Hat Kieran gestern schon gesagt. Was will Julien denn?", fragte ich.

„Ich weiß es nicht. Aber so wütend, wie er war, wird es nichts Nettes sein", erklärte er.

„Ach. Vielleicht ist es auch ganz etwas anderes", überlegte ich laut.

Um kurz vor zehn Uhr betraten wir Juliens Krankenzimmer. Das Bett war leer, was nicht verwunderlich war, denn er konnte sich schon wieder recht gut bewegen. In der kleinen Sitzecke war es allerdings voll. Neben Julien und Jessy waren auch Kieran und Marlon dort. Wir begrüßten uns alle mit einer Umarmung. Dann sah Kieran Devin an und zeigte auf einen Stuhl, der vor dem Couchtisch stand. Devin zog die Stirn in Falten, aber setzte sich dorthin. Jessy klopfte auf dem Sofa neben sich und sah mich lächeln an. Ich ging zu ihr.

„Was soll das hier werden? Eine Gerichtsverhandlung?“, fragte Devin grinsend.

„Nein. Verurteilt bist du schon. Dies ist eher die Festlegung deiner Strafe“, erklärte Julien.

Devin zog die Augenbrauen hoch.

„Also“, begann er. „Matt hat in die Kasse gegriffen und jetzt hast du Probleme mit dem Club. Dir fehlen ungefähr 21.000 Dollar. Ist das so?“

„Ja. Aber …“, sagte Devin erstaunt.

„ … warum hat er es eigentlich getan?“, unterbrach ihn Kieran.

„Er hat Spielschulden. Ist süchtig nach Pokerspielen“, erklärte Devin.

„Verdammt, er hätte mit uns reden können“, stellte Julien ärgerlich fest.

Devin nickte.

„Aber trotz allem bist du nicht auf die Idee gekommen, mit irgendjemanden zu reden“, fuhr Julien fort. „Du schottest dich ab, steigst auf das Motorrad und setzt dein Leben aufs Spiel. Ohne über die Folgen nachzudenken.“

„Es schien eine gute Lösung zu sein“, erwiderte Devin leise.

Julien schüttelte den Kopf.

„Aber wenn du dich unter deinen Freunden umsiehst, hätte dir sicher jeder das Geld geliehen, ohne viele Fragen“, sagte er streng.

Devin sah zu Marlon, der nickte. Und auch Kieran sah ihn ernst an. Er konnte doch froh sein, solche Freunde zu haben, und trotzdem machte er immer diese extra Dinger, dachte ich wütend.

„Ja“, gab Devin reumütig zu.

„Da du das Geld noch immer brauchst, haben wir beschlossen, dass du es entscheiden kannst, wer es dir leiht. Allerdings hat jeder von uns eine Bedingung daran gehängt“, Julien lächelte gemein.

Devin sah erstaunt in die Runde. Kieran grinste und blickte belustigt zu Marlon. Was hatten sie sich überlegt? Es waren sicherlich fiese Vertrauensproben.

„Bedingung?“, fragte Devin gedehnt.

„Ja. Du solltest zumindest daraus lernen, es in Zukunft besser zu machen“, sagte Kieran.

Devin holte tief Luft.

„Okay. Ich hab es ja verstanden und wie ich euch kenne, werden diese Bedingungen kein Spaziergang werden“, stellte er fest.

„Da hast du recht“, sagte Julien. „Was soll er bei dir machen, Marlon?“

„Natürlich würde ich dir das Geld sofort geben, aber dafür bekomme ich dich in meinem Spielzimmer“, Marlon lächelte. „Du weißt, es ist viel interessanter als Juliens und die Spielsachen sehr intensiv. Außerdem verlange ich absolute Demut und Unterwerfung.“

Devin schluckte und Marlon sah ihn ernst an.

„Keine Chance! Vergiss es!“, sagte er sofort und blickte hoffnungsvoll zu Kieran.

„Du arbeitest einen Abend in meinem Club. Ich suche dir die Kunden aus und will keine Klagen über dich hören“ erklärte Kieran.

Er verzog das Gesicht und legte den Kopf schief.

„Große Herausforderung“, gab er zu.

„Das denke ich auch. Aber du könntest es schaffen“, sagte Kieran.

Devin sah Julien an. In seinem Blick lag die Hoffnung, sein bester Freund würde die Bedingung nicht zu hart ausfallen lassen. Und irgendwie hoffte ich es auch.

Julien musterte ihn.

„Ich werde eine Session mit dir machen. Na, eher eine Bestrafung. Keine Zeitbegrenzung, kein Safeword, keine Tabus. Du wirst neue Erfahrungen sammeln, die dir sicher nicht gefallen werden“, Julien Stimme klang hart.

„Und bedenke bei deiner Entscheidung, ich kenne dich am besten. Deine Vorlieben und die Dinge, die du hasst. Ich kenne deine Komfortzone und die werden wir verlassen.“

„Hab ich Bedenkzeit?“, fragte Devin.

„Sicher. Bis morgen kannst du es dir überlegen“, erwiderte Julien.

„Ich finde das auch sehr hart, aber ich konnte die drei leider nicht beeinflussen“, erklärte Jessy, als sie meinen Blick sah.

Marlon und Kieran verabschiedeten sich. Ich ging zu Devin und legte ihm die Hände auf die Schultern.

„Ist es schlimm für dich?“, fragte ich.

„Nein!“, er lächelte.

Als wir zu Julien und Jessy sahen, saß sie auf seinem Schoß. Sie küssten sich und Jessy schob ihre Hand in seine Jogginghose. Er stöhnte und brachte etwas Abstand zu ihr.

„Hey“, lachte er.

Sie machte unbeirrt weiter und da sie sich mit ihrem Gips Arm nicht so an ihm festhalten konnte, hatte er einen Arm um ihre Hüfte gelegt. Er flüsterte ihr etwas ins Ohr und schob seine Hand unter ihr Shirt.

Sie drehte sich zu uns.

„Könnt ihr kurz vor der Tür auf die Schwester achten?“, fragte sie mit einem anzüglichen Grinsen.

„Jessy! Nicht hier“, sagte Julien bestimmt.

Sie schob ihre Hand noch tiefer und er stöhnte und schloss kurz die Augen.

„Doch. Jetzt!“, erwiderte sie leise.

Wir lachten und gingen zur Tür.

„Zumindest scheint ja noch alles zu funktionieren“, stellte Devin belustigt fest.

Sofort bekam er einen gespielt bösen Blick von Julien.

„Mach ihn fertig, Jessy!“, rief er und wir setzten uns auf dem Gang direkter gegenüber vom Zimmer. Er zog mich auf seinen Schoß und ich legte meinen Arm um seinen Nacken.

„Gott, wenn jetzt die Schwester kommt“, überlegte ich.

Er begann meinen Hals zu küssen.

„Uns fällt schon etwas ein“, flüsterte er mit dunkler Stimme.

Da spürte ich seine Erektion am Bein und sah ihn an.

„Es hat dich angemacht mit den beiden!“, stellte ich leise fest.

„Mmh. Ja“, nuschelte er, fuhr mit seiner Hand unter meine Jacke und streichelte mich.

„Hey! Wir sollen aufpassen“, sagte ich vorwurfsvoll.

„Mach ich ja. Habe alles im Blick“, erwiderte er und ich spürte seine Zunge am Ohr.

„Ja genau“, sagte ich und lächelte.

Er zog mein T-Shirt am Rücken aus der Hose und fuhr mit seiner Hand darunter. Ein heißer Schauer durchzog mich und ich seufzte leise.

„Bist du feucht?“, flüsterte er.

„Ja“, antwortete ich.

Er war jetzt am BH Verschluss angekommen.

Ich riss die Augen auf.

„Wehe!“, sagte ich erschrocken.

Er hielt inne und lächelte frech, ohne die Hand wegzunehmen.

„Wehe? Was dann? Willst du deinem Dom drohen?", fragte er belustigt.

„Bitte nicht", bettelte ich brav.

„Besser. Aber mir würde es gefallen", erklärte er und spielte mit dem Verschluss.

Ich wollte von seinem Schoß rutschen und sofort wurde sein Griff fester.

„Wo willst du denn hin?", fragte er und eine leichte Drohung schwang in seiner Stimme mit.

„Wir sollten lieber aufpassen", versuchte ich ihn abzulenken.

„Du solltest in erster Linie artig sein. Sonst lege ich dich gleich hier übers Knie", sagte er leise und lächelte gemein.

Ich spürte, wie mein Körper auf diese Drohung mit einer heftigen Welle von Verlangen reagierte und schluckte. Er kippte mich etwas nach hinten, so dass ich mich an seinem Oberarm festhalten musste, dann sah er mich mit diesem gewissen Gesichtsausdruck an. Ich konnte Dominanz und Begierde erkennen und sofort zog es in meinem Unterleib. Himmel. Ich war wie Wachs in seinen Händen und liebte diese dunklen Spiele immer mehr. Er zog mich wieder zu sich und küsste mich hart und voller Leidenschaft.

Als Jessy die Tür öffnete, zuckten wir beide zusammen.

„Na. Ihr passt ja super auf!", stellte sie lachend fest.

Wir standen auf und folgten ihr zurück ins Zimmer. Devin sah demonstrativ auf seine Uhr.

„Und ihr ward ja schnell. Da hast du bestimmt nicht viel von gehabt", erwiderte er grinsend, als wir mit hineingingen.

„Hab ich gehört. Vorsicht!", rief Julien.

Devin grinste und schon kam die Schwester herein. Alle sahen sich an und verkniffen sich ein Lachen. Sie begann Julien etwas von einer Untersuchung zu erklären und wir verabschiedeten uns schnell.

Eng umschlungen liefen wir zum Aufzug. Er küsste mich immer wieder und seine Hand lag auf meinem Po.

„Du kannst es wohl gar nicht erwarten, bis wir zu Hause sind?“, fragte ich.

„Wieso zu Hause?“, er sah sich um, aber der Gang war leer.

„Nicht! Wir haben niemanden, der die Tür bewacht!“, rief ich und nahm etwas Abstand.

Er begann ein paar Türklinken zu drücken und ehe ich mich versah, zog er mich in einen Raum, an dem `Zutritt verboten´ stand. Wir waren in einem kleinen Materialienlager von Spritzen, Kanülen, Verbänden, sterilen Handschuhen und vielem mehr.

„Devin! Bist du verrückt?“, flüsterte ich.

Sein Gesichtsausdruck wurde hart. Er meinte es verdammt ernst und schob mich hinter das letzte Regal.

„Hände hinter den Kopf“, verlangte er.

Ich gehorchte, aber sah immer wieder beunruhigt zur Tür. Er zog mir mit einem Ruck das T-Shirt aus der Hose, dann öffnete er die Jeans. Ich starrte ihn an und überlegte kurz, ihn zu stoppen. Als er mir die Hose und den Slip bis in die Kniekehlen schob, kribbelte mein ganzer Körper und die Vorstellung, dass wir nicht sicher waren, kickte mich. Seine Hand fuhr zwischen meine Beine und er wusste genau, wie er mich noch feuchter machen konnte. Er sah mir in die Augen und dieser Blick aus Dominanz und Verführung machte mich ganz verrückt.

„Eigentlich sollte es eine Strafe für deine Drohung vorhin werden“, sagte er bestimmt aber leise.

„Ja Master“, hauchte ich.

Er drehte mich um und drückte mich vornüber. Ich hielt mich an zwei Kartons fest.

„Nicht bewegen und keinen Laut“, zischte er.

„Ja Master", erwiderte ich leise.

Er begann, mir auf den Po zu schlagen. Es waren harte Schläge und es brannte wie Hölle. Ich biss mir auf die Lippe, denn gleichzeitig spürte ich die Hitze in meiner Mitte. Ich krallte mich in die Kartons und ich schnappte nach Luft. Plötzlich öffnete sich die Tür und eine Krankenschwester kam herein. Devin zog mich in die Hocke und hielt mich fest. Langsam schob er zwei Finger in mich und penetrierte mich heftig. Die Schwester suchte ein paar Sachen zusammen und das Herz schlug mir bis zum Hals.

„Sch", flüsterte er in mein Ohr.

Ich wagte, kaum zu atmen, und spürte, wie sich in meinem Unterleib ein starker Druck ausbreitete. Endlich verließ sie den Raum wieder und er zog mich nach oben.

„So brav", sagte er stolz.

Mein Puls raste, als er mich wieder über den Karton legte. Er trieb mich mit seinen Fingern zum Höhepunkt und erstickte meinen Schrei mit einem Kuss.

Hilflos und bebend hing ich in seinem Armen. Himmel, was machte dieser Mann mit mir?

Wieder auf dem Gang, lief ich ins nächste WC. Ich säuberte mich und wusch mir die Hände, als Devin hereinkam. Er stellte sich hinter mich und hielt seine Hände ebenfalls unter den Wasserhahn. Unsere Blicke fanden sich im Spiegel und ich verlor mich in seinen dunklen, wunderschönen Augen. Unsere Hände wuschen sich gegenseitig und er drückte seinen Körper gegen meinen.

Da wurde mir bewusst, wie ehrlich und tief meine Gefühle zu ihm waren. Ich liebte ihn bedingungslos …

Kurz vor dem Fahrstuhl kam uns Kieran entgegen. Er trug eine große Tasche.

„Oh. Essen von Elena?", fragte ich.

Er nickte.

„Er soll wenigstens etwas Anständiges essen, bevor ich ihn wieder scheuche …“, stellte er fest.

Devin lachte und Kieran musterte mich intensiv. Natürlich sah er die geröteten Wangen und mein noch immer high wirkendes Grinsen.

„Hier im Krankenhaus?“, fragte er erstaunt.

Ich wurde rot und sah verlegen zu Boden. Kieran grinste anzüglich, als Devin einen Schritt auf ihn zumachte.

„Wir haben Juliens Zimmer abgeschlossen und einen Vierer gemacht. Die Mädels in der Mitte und sie sind tierisch abgegangen. Na ja, wir hatten alle den letzten Sex bei dir im Club … Du hast echt was verpasst“, erzählte Devin leise.

Kieran sah ihn misstrauisch an.

„Ich glaube dir kein Wort“, erwiderte er überlegend.

„Ehrlich! Das nächste Mal darfst du zusehen“, sagte Devin verschwörerisch. „Du wirst heute nicht mehr viel mit Julien anfangen können. Du weißt ja, zwei Frauen und so … Er ist total ausgepowert.“

Devin drehte sich kurz zu mir und grinste frech, dann gingen wir weiter zum Fahrstuhl.

„Du bist unmöglich!“, sagte ich und knuffte ihn in die Seite.

Er lachte laut.

„Was meinst du, was Kieran jetzt für ein Kopfkino hat? Unbezahlbar … !“, er lachte noch mehr und nahm mich in den Arm.

Kapitel 10

Devin

Auf dem Weg nach Hause, rutschte Emily neben mir auf dem Sitz herum. Ich hatte fest zugeschlagen und ihr Hinterteil brannte sicher wie Feuer.

Ich sah zu ihr und lächelte.

„Das ist nicht lustig“, zischte sie. „Ich hoffe, es geht dir nach deiner Strafe genauso.“

„Das könnte tatsächlich passieren!“, erwiderte ich ernst und dachte daran, dass die drei mir wirklich keine Ausweichmöglichkeit gelassen hatten. Fuck.

„Welche Strafe wird es denn?“, fragte sie neugierig.

„Na ja. Ich weiß, dass Marlons Spielzimmer schon sehr extrem ausgestattet ist und sicherlich eher der Kategorie Kerker gleicht. Da werde ich keinen Fuß hineinsetzen. Der Club von Kieran würde uns beiden wieder ein heißes Wochenende bescheren, aber ich traue ihm bei der Auswahl der Kunden nicht. Außerdem ist das nicht so mein Ding, denke ich.“

„Dann bleibt nur noch Julien“, stellte sie fest. „Und das hörte sich ganz schön hart an.“

„Stimmt und der Nachteil ist, dass er mich verdammt gut kennt. Aber gerade deshalb bin ich sicher bei ihm“, sagte ich.

Sie sah mich prüfend an.

„Du traust ihm zu hundert Prozent?“, fragte sie.

„Absolut!“, erwiderte ich sofort.

„Und wenn Kieran und Marlon mit dabei sind?“, hakte sie nach.

„Dann gibt es viele blöde Sprüche, aber sie werden alle auf mich aufpassen“, antwortete ich.

„Ich finde das echt beeindruckend, wie ihr euch gegenseitig vertraut. Ich habe dieses Gefühl nur bei dir“, stellte sie fest.

Ich sah sie stolz an und lächelte.

„Aber vertraust du Julien nicht ebenso? Stell dir vor, er macht allein eine Session mit dir. Hättest du Angst?“, fragte ich neugierig.

Sie überlegte.

„Nein. Mit Julien wäre es auch okay. Aber du bist ja immer dabei“, erklärte sie erleichtert.

„Oh. Es gibt Doms, die ihre Subs mal ausleihen“, sagte ich.

„Was?“, rief sie entsetzt.

„Wir könnten, wenn Julien wieder fit ist, mal tauschen. Ich mache mit Jessy eine Session und du mit Julien“, schlug ich locker vor und war gespannt, wie sie reagieren würde.

„Ich weiß nicht. Aber das wäre vielleicht okay…“, erwiderte sie mit einem Grinsen.

Ich lachte.

„Und würdest du mich auch an Kieran oder Marlon `ausleihen´?“, fragte sie nach.

„Kieran ist ein absoluter Profi auf dem Gebiet, aber ich glaube, ich wäre trotzdem lieber dabei. Und Marlon würde dich niemals in die Finger bekommen“, erklärte ich ehrlich.

„Warum? Magst du ihn nicht?“, sie sah mich überlegend an.

„Doch. Aber irgendwie kann ich ihn nie so richtig einschätzen“, erwiderte ich.

Emily nickte, sah aus dem Fenster und dachte nach. Sie hatte während des Gespräches ganz das Brennen auf ihrem Po vergessen und ich lächelte. Vielleicht stellte sie sich gerade einen Austausch mit Jessy vor, oder auch einen Vierer? Ich grinste.

Kapitel 11

Emily

Die kommenden Wochen verliefen ruhig und ich erholte mich von den ganzen Aufregungen. Julien durfte aus dem Krankenhaus und Kieran flog wieder nach Chicago. Devin hatte das Geld von Julien bekommen und regelte jetzt die Angelegenheiten im Club. Er war wirklich froh darüber, denn es hätte für das BLUE ISLAND wohl schlecht ausgesehen, ohne dieses Geld. Seine Strafe sollte er erst erhalten, wenn Julien wieder ganz fit war, aber ich glaube, das war ihm recht.

In der Mittagspause wollte ich mich heute mit Cara treffen. Wir hatten in der letzten Zeit nur telefoniert und ich freute mich auf sie. Ich hatte mir in dem großen Kaffeeladen gerade meinen Macchiato geholt, als ich eine bekannte Stimme hörte. Während ich mich an einen Tisch setzte, sah ich hinüber zum Fenster und erkannte Marlon. Er trug einen schicken, teuren Anzug und unterhielt sich mit einem Mann. Dabei sah er immer mal in irgendwelche Unterlagen. Es schien ein geschäftlicher Termin zu sein. Ich kannte ihn am wenigsten und musterte ihn neugierig. Er sah attraktiv aus und hatte uns letztes Jahr seine Jacht für einen Urlaub überlassen. Aber Devin versuchte, mich immer wieder vor ihm zu schützen, oder bildete ich mir das ein? Vielleicht, weil er seine Freundinnen oft wechselte? Nein, das konnte nicht der Grund sein.

Marlon trank seinen Kaffee, redete mit dem anderen Mann und wirkte professionell und freundlich.

„Hallo Em!“, holte mich Cara aus meinen Gedanken.

Sie stellte ihren Kaffee auf den Tisch und wir umarmten uns.

„Wie geht es dir?“, fragte sie und setzte sich mir gegenüber.

„Gut. Danke und bei dir so?“, ich sah sie neugierig an.

„Ach schlecht!“, sagte sie niedergeschlagen. „Der Laden läuft gut, aber der Vermieter hat die Miete so drastisch erhöht, dass ich nicht weiß, ob ich das zahlen kann.“

Ich runzelte die Stirn.

„Kann er das so einfach machen?“, hakte ich nach.

Sie zuckte mit den Schultern.

„Was soll ich dagegen tun?“, sagte sie hilflos. „Einen Rechtsanwalt kann ich mir nicht leisten.“

Ich überlegte und sah zu Marlon. Hatte Devin nicht gesagt, er sei Anwalt? Sollte ich ihn mal fragen? Ich hatte nicht viel Zeit zum Nachdenken, denn er erhob sich und verabschiedete sich von dem Mann.

„Marlon!“, rief ich spontan und er drehte sich sofort zu uns.

Er lächelte und kam an unseren Tisch.

„Hi Emily!“, begrüßte er mich freundlich.

„Das ist Cara Lengley, Marlon Shephard!“, stellte ich die beiden vor. Cara gab ihm überrascht die Hand. Ich bot ihm einen Stuhl an und er setzte sich zu uns.

„Du bist doch Anwalt, oder?“, fragte ich direkt.

„Ja. Was habt ihr denn für Probleme?“, sagte er und musterte Cara.

Sie starrte ihn an und schwieg. Hallo! Dies war keine Verkuppelung, dachte ich.

„Sie hat einen kleinen Laden und der Vermieter hat jetzt die Miete übermäßig erhöht“, erklärte ich und hatte nun zumindest Marlons Aufmerksamkeit wieder.

„Miss Lengley, wie lange haben sie den Laden denn schon?“, fragte er.

„Cara! ...bitte sagen sie doch Cara“, bat sie.

Marlon lächelte.

„Sechs Jahre habe ich ihn schon gemietet“, sagte sie, ohne den Blick von ihm zu nehmen.

Marlon nickte, als sein Handy klingelte.

„Sorry, da muss ich mal eben rangehen. Ich bin gleich wieder da!“, erklärte er und ging vor die Tür.

„Woher kennst du den denn?“, fragte Cara sofort und starrte ihm nach.

„Ist ein Freund von Julien und Devin. Aber hör auf, ihn zu hypnotisieren“, sagte ich genervt. „Er ist nichts für dich.“

„Wieso? Verheiratet?“, hakte sie nach.

„Nein“, gab ich zu.

Cara sah hinaus zu Marlon. Er lehnte lässig gegen einen Laternenpfeiler, hatte eine Hand in der Hosentasche und lachte. Ja, er hatte eine gewisse Ausstrahlung, mit seinen blonden, etwas längeren Haaren und den blaugrauen Augen.

„Wow, dieses Lachen“, schwärmte sie.

„Hör auf jetzt“, sagte ich ernst. „Er ist schwul.“

Es rutschte einfach so raus und ich biss mir auf die Lippe. Ich wollte nicht, dass sie sich in ihn verguckte und er sie ganz schnell wieder abservierte oder in sein Spielzimmer verschleppte. Sie starrte mich an.

„Was? Verdammt. Das war ja klar. Die schönsten Männer sind immer schwul“, stellte sie enttäuscht fest.

„Sorry“, sagte Marlon, der sich keine Minute zu früh, wieder zu uns setzte.

Cara und er redeten jetzt über Fristen und Verträge. Ich trank schweigend den Kaffee und hatte ein schlechtes Gewissen. Ich wollte mir gar nicht ausmalen, was passieren würde, wenn meine kleine Notlüge herauskam. Na gut, er stand wohl auch auf Männer, aber dann war er bi und nur als schwul dargestellt zu werden, fand er sicher nicht so gut. Cara sah irgendwann auf die Uhr.

„Sorry, ich muss mal wieder den Laden öffnen“, sagte sie.

„Okay. Ruf mich an, dann sehe ich mir den Vertrag gerne mal genauer an“, erwiderte er.

„Prima. Vielen Dank“, sie strahlte und verabschiedete sich von uns.

Als Cara hinausging, sah Marlon mich an.

„Was ist los Emily. Du warst plötzlich so schweigsam?“, fragte er.

Ich mied seinen Blick.

„Alles gut. Und danke, dass du ihr helfen willst“, antwortete ich schnell.

Er blickte mich nachdenklich an und legte die Hand auf meinen Arm.

„Irgendetwas scheint dich aber zu beunruhigen“, sagte er.

„Es ist nur ungewohnt. Wir waren ja noch nie allein“, log ich, da mir nichts Besseres einfiel.

Er sah sich in dem vollen Laden um.

„Na, allein kann man es ja auch kaum nennen“, stellte er fest.

„Stimmt. Wie geht es Ian?“, wechselte ich schnell das Thema.

„Gut!“, erwiderte er und ließ mich nicht aus den Augen.

„Ich muss jetzt auch weiter arbeiten“, sagte ich und sprang auf. „Wir sehen uns!“

Er sah mir erstaunt hinterher.

Den ganzen Nachmittag im Büro ging mir die Sache mit Marlon nicht aus dem Kopf. Hätte ich doch bloß etwas anderes gesagt oder meine Klappe gehalten. Als ich das Apartment aufschloss, saß Devin vor seinem Laptop und telefonierte. Ich küsste ihn flüchtig und ging ins Schlafzimmer, um mir bequeme Sachen anzuziehen. Wieder im Wohnzimmer, hatte er aufgelegt und ich öffnete den Kühlschrank.

„Ich habe uns schon Essen besorgt", sagte er.

„Was denn Pizza?", fragte ich und grinste.

„Nein. Ich kann auch was anderes, als Pizza", lachte er.

Ich sah eine große Schüssel Salat und zwei Steaks.

„Wow. Hast du den Salat geschnitten?", fragte ich erstaunt.

„Hab ich", erwiderte er und kam zu mir.

„Du bist ja ein ganz Toller ...", neckte ich ihn.

„Ich weiß", grinste er und holte das Fleisch aus dem Kühlschrank. „Ich brate das Fleisch. Sieh du dir doch mal die Einladung an, die heute gekommen ist."

Neugierig nahm ich den Brief, der auf dem Tresen lag. Er war rot mit einem goldenen Rand. Sehr edel, dachte ich. Ich öffnete das Kuvert. Es war eine Hochzeitseinladung von Salina und Kieran.

„Oh. Wie toll ist das denn?", rief ich begeistert. „Und schon in zwei Monaten."

„Ja. Aber sieh mal, wo sie heiraten", sagte Devin grinsend.

Ich sah auf die Einladung.

„Bahamas? Oh mein Gott!", rief ich. „Das wird eine Traumhochzeit am Strand."

Devin rollte mit den Augen.

„Ja, ja Romantik pur. Da hatte Kieran sicher nicht viel mitzureden", stellte er fest und legte das Fleisch in die Pfanne.

Ich lehnte mich über den Tresen und sah in an.

„Das wird so schön!", sagte ich verträumt.

„Frauen und Hochzeiten …“, neckte er mich.

Wir waren gerade mit dem Essen fertig, als mein Handy klingelte. Es war Jessy.

„Hi“, meldete ich mich.

„Hast du die Einladung schon gesehen?“, fragte sie aufgeregt.

„Ja“, sagte ich.

„Oh ist das romantisch. Ein Jawort unter Palmen“, schwärmte sie.

„Nun komm mal wieder runter, Jessy …“, hörte ich Julien im Hintergrund.

Ich lachte und sie ließ sich nicht beirren.

„Hast du schon etwas zum Anziehen?“, fragte sie weiter.

„Nein. Wir sollten vielleicht zusammen mal shoppen gehen“, rief ich.

„Natürlich! Aber ich habe noch mehr Neuigkeiten“, fuhr sie fort.

„Ehrlich? Was denn?“, fragte ich und ließ mich von ihrer Stimmung völlig mitreißen.

Devin nahm sein Laptop, setzte sich auf das Sofa und schüttelte belustigt den Kopf.

„Also, Julien ist Trauzeuge und er hat eben mit Kieran telefoniert. Wir reisen am Freitag an. Am Samstag ist die Hochzeit und seine engsten Freunde, also wir, dürfen dann noch eine Woche dort Urlaub machen“, erklärte sie aufgeregt. „Ist das nicht der Hammer?“

„Das ist wirklich der Hammer!“, rief ich und dachte schon an lange Sandstrände und blaues Meer.

Julien sagte etwas, was ich nicht verstand.

„Ist doch egal, Honey. Eine Woche nichts als Palmen!“, sie wurde immer aufgeregter.

„Dann muss ich aber noch mehr shoppen. Bikinis wären gut“, stellte ich lachend fest.

„Also von mir aus nicht. Auf das bisschen Stoff, könnte ich auch ganz verzichten", warf Devin grinsend ein.

Jessy hatte es gehört und lachte.

„Das ist ja wieder typisch. Lass uns bald mal in die Mall fahren", sagte sie.

„Unbedingt!", rief ich.

Wir telefonierten noch eine Weile und ich ließ mich von ihrer Aufregung anstecken.

Nachdem wir das Gespräch beendet hatten, setzte ich mich neben Devin auf das Sofa und erzählte ihm von der Woche extra Urlaub.

„Wow super. Endlich mal wieder tauchen", sagte er.

Ich freute mich wirklich riesig auf die Hochzeit und kuschelte mich an seinen Arm. Da rief ihn Marlon an.

„Hi Marlon", meldete er sich und ich bekam sofort wieder ein schlechtes Gewissen.

„Ja. Wir haben uns für morgen verabredet. Wäre wirklich klasse, wenn das klappt", erwiderte er.

Dann hörte er zu und lachte.

„Ja. Die Mädels sind schon total im Hochzeitsfieber …", sagte er grinsend.

Wieder redete Marlon und ich hatte das Gefühl, es ging um heute Mittag. Verdammt. Sofort sah Devin mich musternd an.

„Nee. Ich denke, es geht ihr gut", stellte er fest und ich schluckte.

Sie verabschiedeten sich und er legte auf.

„Was wäre klasse? Mit wem triffst du dich morgen?", fragte ich schnell um ihn abzulenken.

Er lächelte.

„Marlon hat einen Bekannten, den ich gern als Geschäftsführer für den Club einstellen würde. Er war zuletzt in Miami in einem Nobelclub und wohnt jetzt hier bei seiner Freundin.

Er soll gut sein und Marlon vertraut ihm. Ich hätte dann auch etwas mehr Zeit für uns", erklärte er.

„Oh das wäre schön", stellte ich fest.

„ … und du hast heute Marlon getroffen?", fragte er nach.

Mist.

„Ja", gab ich zu und sah auf den Tisch.

„War er blöd zu dir?", hakte er nach.

„Nein. Ich war blöd", erwiderte ich unglücklich.

Er zog die Augenbraue hoch und sein Blick war skeptisch. Ich erzählte ihm von Cara und dem Mietvertrag und das Marlon ihr helfen wollte.

„Das war nett von ihm, oder?", fragte er erstaunt.

„Ja. Aber du kennst doch Cara. Sie hat ihn die ganze Zeit angestarrt und ihn schon mal als ihren Traumprinzen ausgewählt … Und Marlon, na ja …" ich stockte.

„Und?", fragte er verständnislos. „Die beiden sind doch erwachsen und er wird sich schon wehren können, wenn er will."

Ich stöhnte.

„Aber ich dachte an seine Vorlieben… sollten die beiden sich näher kennen lernen."

„Und da hast du Cara erzählt, dass er auf SM steht?", stellte er fest.

Ich schüttelte den Kopf.

„Nein. Ich habe ihr gesagt, dass er schwul ist, um sie zu stoppen", erklärte ich.

Devin starrte mich einen momentlang an, dann bekam er einen Lachanfall.

„Du hast was?", rief er lachend.

„Das ist gar nicht so lustig", sagte ich entrüstet.

„Das stimmt. Aber irgendwie doch …", er lachte wieder.

„Ich hoffe, er bekommt das nicht heraus", erklärte ich, als er sich etwas beruhigt hatte.

„Das hoffe ich auch. Das findet er sicher nicht so lustig", gab er zu.

Ich seufzte verzweifelt. Er zog mich auf seinen Schoß.

„Es wird schon nicht so schlimm werden", beruhigte er mich, aber ich sah noch immer ein Schmunzeln in seinem Gesicht.

„Du findest es einfach nur lustig", sagte ich wütend.

„Ja. Das sollte ich gleich mal Julien schreiben", gab er zu.

„Untersteh dich!", rief ich entsetzt und sprang von seinem Schoß.

Ich lief in die Küche und holte mir ein Glas Wasser.

„Baby!", lockte er mit sanfter Stimme.

Ich ging auf ihn zu und sah ihn böse an.

„Du bist so sexy, wenn du wütend bist", stellte er fest und legte den Kopf schief.

Ich rollte mit den Augen. Wer konnte da überhaupt noch wütend sein?

Endlich war es Freitag und Jessy hatte mich gefragt, ob ich nach der Arbeit bei ihr vorbeikommen könnte. Sie konnte ja kaum etwas machen mit ihrem Gipsarm und ihr fiel die Decke auf den Kopf. Ich klingelte bei Julien und sie öffnete.

„Hi, ich freue mich, dass du da bist", rief sie und umarmte mich.

„Klar!", erwiderte ich lachend. „Das klang ja wie ein Notruf."

Wir liefen durch die Halle.

„Das ist es. Julien arbeitet jetzt immer sehr lange, wo er wieder gesund ist, und es ist so langweilig allein. Elena ist bestimmt auch schon ganz genervt", erklärte sie lachend.

Im Wohnzimmer hatte sie Sekt und Macarons auf den Tisch gestellt. Außerdem lagen überall Modekataloge.

„Ich dachte, wir schauen mal, ob wir etwas für den Urlaub finden", sagte sie.

„Das ist eine gute Idee. Soll ich mal den Sekt einschenken?“, fragte ich.

„Bitte!“, sie rollte genervt mit den Augen. „Ich bin echt froh, wenn der Gips ab kommt.“

Wir tranken Sekt und suchten nach ein paar Sachen für die Bahamas.

„Was ist jetzt eigentlich mit dir und Julien?“, fragte ich neugierig.

„Ich habe meinen Job in New York gekündigt“, grinste sie. „Ich werde mir hier etwas Neues suchen. Ich finde, es läuft wirklich gut mit uns.“

„Das ist ja toll!“, rief ich begeistert.

„Ja. Aber …“, begann sie zögernd. „Julien weiß es noch nicht. Es gab bisher keine Gelegenheit, mit ihm darüber zu sprechen.“

„Ach. Ich denke, er wird sich freuen“, beruhigte ich sie.

Noch bevor sie antworten konnte, klingelte ihr Handy.

„Das ist meine Mom. Wenn ich sie nochmal abwürge, haben wir keine ruhige Minute mehr“, sagte sie und erhob sich.

„Klar!“, erwiderte ich lachend.

Sie meldete sich und ging in die Küche zum Telefonieren.

Ich sah weiterhin in die Kataloge und trank Sekt. Als es an der Haustür klingelte und ich hörte, wie Elena öffnete, dachte ich, dass es schon Devin wäre. Ich hatte ihm geschrieben, wo ich war, und er wollte nachkommen. Schnell suchte ich das Bild mit dem wunderschönen Kleid heraus, um es ihm zu zeigen. Als ich allerdings aufsah, lehnte Marlon im Türrahmen. Er hatte die Arme verschränkt und sein Blick war ernst. Mein Puls begann zu rasen und ich sah sofort, dass er es wusste …

„Wir müssen reden. Komm mit!“, sagte er bestimmt.

Ich stand auf und folgte ihm.

„Marlon, es tut mir leid“, stammelte ich.

Er packte mich in der Halle am Nacken und schob mich in das Gästezimmer.

„Nicht! Ich …“, begann ich.

Er schubste mich in die Richtung des Bettes und schloss die Tür ab.

„Halt den Mund!“, zischte er.

Er war richtig wütend und ich bekam Angst vor ihm. Ich versuchte, Abstand zwischen uns zu bringen, aber er kam langsam auf mich zu, bis mein Rücken an die Wand stieß. Er legte seine Hände rechts und links von meinem Kopf an die Wand und hielt mich gefangen. Sein Blick wirkte drohend.

„Bitte Marlon. Es ist mir nur so herausgerutscht“, ich versuchte, ruhig zu bleiben.

„So, so“, erwiderte er und seine Augen funkelten.

„Es tut mir sehr leid“, gab ich leise zu.

„Das wird dir nicht helfen. Du weißt ja, wie das mit Doms, Subs und den Strafen läuft“, sagt er mit dunkler Stimme.

Ich schnappte nach Luft und er griff mein Kinn.

„Was soll ich nur mit dir machen?“, überlegte er und es klang gemein.

„Das wird Devin gar nicht gefallen!“, erwiderte ich und wurde immer unsicherer.

Er konnte schon ein richtiger Dom sein, auch wenn man es ihm nicht gleich ansehen konnte. Seine unterschwellige Dominanz wirkte bei mir sofort und ich wurde devot und nervös.

„Devin ist aber nicht da!“, stellte er fest, ließ mich los und trat einen Schritt zurück.

„Auf die Knie!“, forderte er und ein kalter Schauer jagte über meinen Rücken.

Unbewusst gehorchte ich und er stand jetzt dicht vor mir. Langsam fasste er an seinen Gürtel. Ich riss die Augen auf und sprang auf. Er packte meinen Arm. Ich befreite mich und rannte zur Tür. Ich versuchte sie hektisch aufzuschließen.

„Hey Emily! Ich werde dir nichts tun!“, hörte ich ihn hinter mir und seine Stimme klang jetzt sanft und weich.

Ich drehte mich zu ihm und sah Reue in seinem Gesicht.

„Du zitterst ja!“, stellte er fest und nahm mich in den Arm.

Erleichtert legte ich den Kopf an seine Brust und beruhigte mich.

„Es tut mir leid. Ich wollte dich nur erschrecken“, erklärte er.

„Das war ganz schön gemein“, sagte ich vorwurfsvoll.

„Stimmt, aber ein wenig Strafe muss sein. Ich wusste nur nicht, dass du so extrem reagierst“, erwiderte er.

„Ich hatte wirklich Angst und du jawohl auch einen Grund, wütend zu sein“, sagte ich.

„Weil du gesagt hast, ich sei schwul?“, hakte er nach und lächelte. „Ist ja zurzeit auch so, aber man nennt es wohl eher bi.“

Ich sah ihn erstaunt an. Er führte mich zum Bett und wir setzten uns.

„Du nimmst das so locker?“, hakte ich nach.

„Eigentlich schon. Ich weiß allerdings nicht, warum du es Cara überhaupt gesagt hast.“

Ich sah zu Boden.

„Ich wollte nicht, dass sie dich noch mehr anmacht“, erklärte ich.

Er lachte.

„Wir sind doch schon groß und ich werde sie auch nicht in meinen Kerker verschleppen“, er grinste belustigt.

„Okay!“, erwiderte ich.

Er ließ sich nach hinten auf das Bett fallen und musterte mich.

„Geht es dir wieder gut?“, fragte er.

Ich legte mich neben ihn.

„Ja. Alles okay“, erwiderte ich.

Irgendwie spürte ich jetzt das erste Mal eine Verbindung zwischen uns, die sehr angenehm war.

„Emily?“, hörten wir Juliens Stimme und er drückte die Türklinke herunter.

Marlon griff nach mir und kitzelte mich. Ich kreischte auf.

„Sie muss noch etwas leiden!“, rief er laut.

Ich schüttelte grinsend den Kopf und befreite mich. Wir lachten und öffneten die Tür. Julien sah uns zwar fragend an, aber sagte nichts. Meine Berührungsängste mit Marlon waren zumindest vergessen. Wir gingen in die Küche zu Jessy, die gerade Teller auf den Tisch stellte.

„Elena hat leckeres Hühnchen gemacht. Willst du etwas mit essen?“, fragte sie Marlon.

„Sehr gern!“, erwiderte er.

„Weißt du, wann Devin kommt?“, fragte mich Julien beim Essen.

„Nein, nicht genau“, sagte ich.

Er legte sein Handy auf den Tisch und tippte eine Nachricht an ihn:

Session jetzt! Sieh zu, dass du herkommst!

Wir sahen alle auf das Display.

„Damit kommt er sicher gar nicht“, lachte Marlon, als eine Antwort kam.

Ich hab dich auch lieb, Honey!

Wir lachten und Julien schrieb:

Los jetzt! Sonst holen wir dich gefesselt und geknebelt ab!
… leere Versprechungen!

Julien schüttelte den Kopf und schrieb:

Feigling!

Es kam keine Antwort mehr und als wir mit dem Essen fertig waren, räumten Jessy und ich den Tisch ab.

„Was hast du denn mit Marlon im Zimmer gemacht?“, fragte sie leise und grinste.

„Es war eher so, dass er etwas mit mir gemacht hat“, erwiderte ich.

Sie sah mich erschrocken an.

„Nein!“, ich lächelte. „Nicht das! Ich erzähle es dir bei Gelegenheit!“

Sie kicherte und nickte.

Kapitel 12

Devin

Ich parkte vor Juliens Haus und war froh, dass er die Session endlich machen wollte. Ständig überlegte ich, wie es wohl werden würde. Elena öffnete mir und begrüßte mich herzlich.

„Sie sind alle in der Küche!“, erklärte sie.

„Danke Elena!“, erwiderte ich und ging hinein.

„Der Feigling war schon auf dem Weg, Honey!“, sagte ich zu Julien.

Alle lachten.

Während ich Emily begrüßte, redeten Marlon und Julien leise miteinander. Ich sah skeptisch zu den beiden hinüber.

„Du willst die Session ohne Kieran machen?“, fragte ich.

„Sicher. Marlon ist ja hier und hat interessantes Spielzeug mitgebracht“, erklärte er und sah mich prüfend an.

„Aha“, sagte ich locker, obwohl es mich schon beunruhigte.

„Lust auf einen Wein am Kamin?“, fragte Jessy.

Alle waren einverstanden und ich folgte ihnen, trotzdem ich es endlich gern hinter mir hätte.

Mit einem Weinglas in der Hand und den Blick zu den Flammen im Kamin, entspannte ich mich etwas.

„Dein Bekannter ist übrigens eingestellt“, sagte ich zu Marlon.

„Ehrlich? Freut mich, dass es passt. Er war auch in Miami richtig gut“, erwiderte er.

„Ja. Ryan wird morgen schon mal alleine sein, aber er kann mich ja jederzeit anrufen“, erzählte ich.

Marlon nickte zuversichtlich.

„Sag mal, du bist Trauzeuge?“, fragte er Julien nach einer Weile.

„Ja, Declan und ich“, antwortete er.

„Declan?“, Marlon war erstaunt.

„Die beiden haben irgendwie schon eine besondere Beziehung, denke ich“ überlegte Julien.

Während die beiden sich über Declan und Kieran unterhielten, wurde ich immer nervöser. Ja, ich konnte die Subs gut verstehen, wenn die Sessions hinausgeschoben wurden, bis das eigene Kopfkino total verrücktspielt.

„Na, was ist denn nun mit der Session?“, fragte ich genervt.

Julien grinste.

„Machen wir sie doch erst morgen …“, beschloss er und lehnte sich gemütlich in den Sessel.

Ich griff ein Sofakissen und schmiss es nach ihm.

„Du Blödmann!“, zischte ich.

Natürlich wusste auch Julien, wie es funktionierte, die Aufregung zu steigern und das Kopfkino anzutreiben. Fuck. Er lachte und wehrte das Kissen ab.

„Ich werde mal losfahren, habe noch einen Termin mit Cara“, sagte Marlon und stand auf.

Er sah zu Emily und ich fragte mich, ob er es schon wusste.

„Kannst du ihr denn helfen?“, sie sah zu ihm.

„Bestimmt. Ich werde mit dem Vermieter reden. So einfach ist das nicht, wie er sich das vorstellt“, erwiderte Marlon.

„Ich danke dir. Da fällt Cara sicher ein Stein von Herzen", stellte Emily fest.

Er lächelte und Julien brachte ihn zur Tür.

„Weiß er jetzt Bescheid?", fragte ich sie.

„Um was geht es denn eigentlich?", Jessy sah uns neugierig an.

Emily erklärte ihr kurz, was passiert war, und ihre Augen wurden immer größer.

„Er hat es herausgefunden und hat mich deshalb vorhin in das Gästezimmer verschleppt", sagte sie und ich spannte mich an.

„Nein, alles gut. Er wollte mir nur einen Schrecken einjagen und dann haben wir uns unterhalten. Er ist ganz gelassen damit", erklärte sie locker.

Misstrauisch sah ich sie an. Marlon und entspannt?

„Du hast gesagt, er sei schwul", rief Jessy lachend.

„Sch", machte Emily und sah zur Tür.

Julien kam wieder herein und setzte sich. Emily saß rittlings auf meinen Beinen, während ich mit dem Rücken am Sofa lehnte. Sie legte mir ihre Arme um den Hals und spielte mit der Zunge an meinen Lippen. Ich schob die Hand unter ihre Bluse und ließ das Spielen in einen langen, tiefen Kuss übergehen.

„Oh hot!", rief Jessy. „Wir wollen mehr sehen."

Ich sah zu den beiden hinüber. Sie saß auf Juliens Schoß und er streichelte sie.

„Das Zusehen ist nicht umsonst", sagte ich grinsend.

„Ah. Wenn wir es bezahlen, können wir dann auch aussuchen, was wir sehen wollen", fragte Julien und lächelte.

Emily kicherte und leerte ihr Glas.

„Nee. Das ist ja kein Wunschkonzert", erklärte sie dann.

„Schade", stellte Julien fest.

„Macht einfach irgendwas …", entschied Jessy.

„Nee, keine Zuschauer“, erwiderte Emily grinsend.

„Oh. Im Club hat es dir doch gefallen …“, warf ich ein.

„Ja, aber die waren auch nicht so dicht“, antwortete sie.

„Wir können uns ganz hinten im Zimmer an den Esstisch setzen“, sagte Jessy überzeugend und lachte dann.

Emily kicherte und schenkte sich noch ein Glas ein. Schnell trank sie ein paar Schlucke. Ich sah zu Julien.

„War da etwas im Wein? Oder warum sind die beiden jetzt so albern?“, fragte ich grinsend.

Er zuckte belustigt mit den Schultern.

„Wir sind immer lustig, nicht wahr Emily?“, erwiderte Jessy und nahm sich auch noch von dem Wein.

„Natürlich!“, sagte Emily.

„Ich glaube eher, ihr beiden habt für heute genug“, Juliens Blick war streng.

Jessy stellte ihr Glas weg und sah ihn an.

„Ich finde, wir sollten noch etwas Spaß haben …“, erklärte sie verführerisch und küsste ihn.

Der Kuss wurde immer intensiver und sie legte ihre Hand in seinen Nacken. Dann ließ sie sich vertrauensvoll nach hinten fallen, er hielt sie mit einem Arm und rutschte langsam aus dem Sessel, bis beide vor dem Kamin lagen. Emily konnte gar nicht wegsehen und leckte über ihre Lippen. Sie küssten und streichelten sich, ich massierte Emilys Brustwarzen unter ihrer Bluse. Sie wurden verdammt schnell hart und sie seufzte leise. Es klang verführerisch und verlockend.

„Hände über den Kopf und nicht bewegen, ... bitte“, sagte Jessy. „Lass mich heute mal machen, ja?“

Julien gehorchte und ich hatte eine Idee. Sie setzte sich gerade auf ihn und hatte mit ihrem Gipsarm Probleme, ihm das Hemd aufzuknöpfen.

„Hilf ihr“, flüsterte ich Emily ins Ohr.

Sie drehte sich erstaunt zu mir.

„Na komm. Was meinst du, wie es mich anmachen würde", gab ich zu.

Sie kniete sich neben Julien und begann zögernd sein Hemd aufzuknöpfen.

„Gute Idee", sagte Jessy sofort und rutschte weiter nach unten.

Emily sah kurz erschrocken auf die OP Narbe, dann strich sie sanft über seine Brust. Natürlich gefiel es ihm und er blieb ruhig liegen. Ich hockte mich hinter Jessy, die ihre Hand in seinem Schritt hatte. Ich begann, ihre Bluse und ihren BH auszuziehen. In Juliens Augen sah ich Verlangen. Ich griff an ihre Brustwarzen und rieb sie immer fester zwischen meinen Fingern. Sie lehnte sich genussvoll gegen mich und stöhnte. Er schluckte hart und schloss kurz die Augen, als Emily ihre Zunge um seine Brustwarzen kreisen ließ.

Schnell war ich bei ihr, zog auch sie aus und drückte sie am Nacken hinunter zu ihm. Julien leckte ihre Brust und ich spürte, wie es sie kickte. Ich gab Jessy ein Zeichen, weiterhin seine Erektion zu streicheln, aber nicht die Hose zu öffnen. Sollte er doch ein bisschen leiden, dachte ich, denn auch meine Jeans wurde eng.

Julien biss in Emilys Brustwarze, sie stöhnte auf, während ich sie am Nacken in der Position hielt. Ich schob sie weiter nach unten und sie leckte ihn, bis kurz vor seinen Gürtel.

„Zieht seine Hose herunter", befahl ich und sie gehorchten.

Dann zog ich Emily auf die Füße und stellte mich hinter sie.

„Nimm ihn langsam in den Mund, Jessy", sagte ich und öffnete gleichzeitig Emilys Hose.

Ich schob meine Hand hinein und legte die andere an ihren Hals. Julien wusste gar nicht, wo er hinsehen sollte. Gut so!

„Du machst das gut Jessy!", lobte ich sie und umkreiste Emilys Klit.

Sie wandte sich und ihr Atem ging schneller. Ich schob ihre Hose und Slip bis in die Kniekehlen, um dann abermals ihre Klit zu umkreisen. Julien stöhnte und ich sah, wie erregt er schon war.

„Jessy. Stopp!“, sagte ich und sie hörte sofort auf.

Julien warf mir einen bösen Blick zu.

„Knie dich wieder neben Julien und streichel dich.“, befahl ich Emily.

Sie kniete sich hin, sah mich allerdings zögernd an.

„Los jetzt!“, mein Ton wurde härter.

Sie schloss die Augen und schob ihre Hand zwischen die Beine.

„Sieh Julien an!“, befahl ich und sie tat es.

Ich zog Jessy ganz aus, streichelte sie und fuhr mit der Hand langsam bis in ihre Spalte. Wow. Sie war feucht und ich steigerte es noch mehr, bis sie keuchte.

„Emily, steck einen Finger in dich und lass ihn kreisen“, befahl ich und da auch sie schon sehr erregt war, gehorchte sie sofort.

„Ja. Gut so“, sagte ich und tat mit Jessy das Gleiche.

„Jetzt zieh ihn heraus und lass Julien deinen Finger ablecken“, befahl ich und er leckte sich begeistert über die Lippen.

„Setz dich auf ihn, aber lass ihn nicht so schnell kommen“, sagte ich Jessy.

Ich konnte es ebenfalls nicht länger aushalten und als sie sich langsam auf seinen Schwanz nieder ließ, griff ich nach Emily, warf sie auf das Sofa und war sofort über ihr. Ich öffnete meine Hose, die sehr eng war, und küsste sie stürmisch und besitzergreifend. Schnell schob ich mich in sie und das Gefühl war verdammt geil. Sie bog ihren Rücken durch und stöhnte laut. Rhythmisch begann ich sie zu nehmen, während ich zu Jessy und Julien sah. Er lag wieder oben und hatte die Kontrolle übernommen. Typisch, dachte ich. Dann ließ ich

Emily meine Zähne an ihrer Schulter und Brust spüren. Ihr Stöhnen wurde dunkel, tief und sie krallte sich in meinen Rücken. Nachdem die beiden einen sehr lauten und schnellen Orgasmus hatten, folgten wir ihnen. Denn das war einfach zu viel für meine Selbstbeherrschung.

Wir waren alle wieder zu Luft gekommen und suchten unsere Sachen zusammen.

„Das war nicht schlecht", stellte Julien mit einem Grinsen fest und sah mich an.

„Gibt das Bonuspunkte für morgen im Spielzimmer?", fragte ich.

Er lachte.

„Ich denke nicht", erwiderte er. „Aber ihr könnt heute gern hier übernachten."

„Oh ja", sagte Emily sofort.

„Du hast ja nur Angst, dass ich morgen nicht wiederkomme", stellte ich fest.

Julien sah mich an.

„Nein. Solchen Herausforderungen hast du dich bisher immer gestellt", erklärte er überzeugt.

„Stimmt", seufzte ich. „Dann gehen wir mal hoch."

„Das sollten wir mal wieder machen!", stellte Jessy fest und lächelte mich an.

„Jederzeit gern", erwiderte ich und wartete an der Tür auf Emily, die noch leise mit Julien sprach.

Er lachte und sie kam zu mir.

Wir standen in der Dusche.

„Das war echt verrückt", sagte sie und grinste.

„Ja. Du hast es aber gemocht", stellte ich fest.

Sie nickte und drehte mir den Rücken zu. Ich legte meine Arme um sie.

„Julien hat es auch gefallen und ich finde, du hättest morgen einen Bonus verdient", überlegte sie.

Ich lachte.

„Stimmt“, gab ich zu.

„Er hat gesagt, ich war sexy“, sagte sie.

„Bist du doch auch. Immer, nicht nur eben“, erwiderte ich.

Sie drehte sich zu mir und strahlte.

„Was hast du geantwortet?“, fragte ich neugierig.

„Das er auch sexy ist“, gab sie zu und grinste.

„Oh Gott!“, sagte ich gespielt ernst. „Du musst sein Ego doch nicht noch mehr puschen.“

Ich rollte gespielt mit den Augen und sie lachte.

Kapitel 13

Emily

Müde schlug ich am Morgen die Augen auf. Im Haus war es noch still und Devin lag neben mir auf dem Bauch und schlief. Leise stand ich auf. Ich machte mich fertig, zog aber nur Leggins und ein Shirt an. Ich brauchte erst einmal einen Kaffee.

Als ich die Treppen hinab lief, hörte ich Geräusche in der Küche und es roch nach Kaffee. Ich ging hinein und sah Julien am Tresen sitzen. Er las Zeitung und hatte einen Becher in der Hand.

„Guten Morgen!“, sagte ich und er blickte hoch.

„Guten Morgen! Möchtest du einen Macchiato?“, fragte er.

„Oh ja! Gern“, erwiderte ich.

Er ging zur Kaffeemaschine und ich beobachtete ihn. Er trug eine Jeans und ein schwarzes, enges Shirt. Zu seinen schwarzen Haaren sah das sehr sexy aus. Er kam mit dem Macchiato auf mich zu und sah mich prüfend an.

„Ich hab mich nur gefragt, ob du immer so früh aufstehst“, log ich und nahm ihm den Becher aus der Hand.

„Mmmh?“, machte er belustigt.

Natürlich hatte er bemerkt, dass ich ihn musterte. Ich lief ins Wohnzimmer und setzte mich auf das Sofa. Julien folgte mir und nahm neben mir Platz.

„Schläft Jessy noch?“, fragte ich.

„Denke schon. Sonst hätte sie schon gerufen. Sie kann sich mit dem Gips Arm schlecht allein anziehen“, erklärte er und legte locker den Arm um mich.

Es fühlte sich nicht an, wie eine Anmache, sondern tat irgendwie gut.

„Wie geht es dir mit den ganzen neuen Erfahrungen?“, fragte er sanft.

„Eigentlich sehr gut“, überlegte ich. „Ich kann Devin immer mehr vertrauen, dadurch bin ich mutiger und denke nicht so viel nach …“, versuchte ich es zu erklären.

„Das stimmt. Es ist schön, zu sehen, wie es immer besser bei euch läuft“, stellte er fest.

„Ich fühle mich ihm so nah und alles wird sofort leichter“, sagte ich.

„Weißt du, eine SM-Beziehung ist viel tiefer als eine normale Beziehung. Tiefer, verbundener und inniger. Sie beruht auf Vertrauen und Ehrlichkeit. Man muss sehr viel geben. Mehr Gefühle, mehr Vertrauen und ganz viel von sich selbst. Im Gegenzug bekommt man aber auch das alles zurück und eine bedingungslose Liebe kann entstehen. Bis man allerdings so weit ist, erfordert es grenzenlosen Mut, denn beide Seiten sind dadurch sehr verletzlich“, erzählte er.

Ich dachte darüber nach. Jeder von uns gab immer mehr und mehr. Wir wuchsen zusammen und das war ein schönes Gefühl. Dennoch hatte er recht. In so einer innigen Beziehung, in der man sich täglich neu öffnen musste, konnten beide leichter verletzt werden.

„Bist du schon einmal verletzt worden?“, fragte ich.

„Ja. Und es tat verdammt weh“, erwiderte er.

„Stimmt es, dass ich seit langer Zeit, die erste richtige Beziehung für Devin bin?“, ich war einfach neugierig und musste es fragen.

„Das stimmt“, antwortete er sofort.

„Passt du darum so gut auf uns auf?“, hakte ich nach und sah ihn an.

Er schmunzelte.

„Soweit ich es kann …“, sagte er.

Ich gab ihm einen Kuss auf die Wange.

„Und dafür liebe ich dich auch irgendwie“, gab ich zu.

„Danke“, erwiderte er und lächelte.

„Aber …“, begann ich. „Die Strafe wird heute nicht allzu hart, oder?“

Er lachte.

„Leidest du mit ihm? Ich dachte, du würdest deinen Dom auch gern mal am Boden sehen?“, fragte er erstaunt.

„Ich bin irgendwie hin und hergerissen“, gab ich zu.

„Na, es wird nicht so locker werden. Aber du musst dir keine Sorgen machen, Devin ist immer ganz schon taff bei solchen Sachen“, sagte er.

„Ihr macht das wirklich öfter mal?“, fragte ich interessiert.

„Ja, ab und an. Es erdet einen und man bekommt noch mehr Einfühlungsvermögen für die Subs“, erklärte er.

Das war sicher auch etwas Besonderes in diesen Beziehungen. Sie wollten immer, dass es einem gut ging, kümmerten sich, bescherten uns viele Orgasmen und gaben sich Mühe, den Sex ständig anders zu gestalten. Wenn ich an meine früheren Affären dachte, war es eher langweilig. Sex machte man einfach. Niemand fragte allerdings, ob es einem gut ging danach und ob es einem gefallen hatte. Geschweige denn interessierte es wirklich niemanden, ob man einen Höhepunkt hatte. Hier, zwischen den ganzen Doms fühlte ich mich immer wohler, behütet und geborgen. Sie gaben einem Schutz, Halt und Sicherheit.

„Hey, wieso musste ich allein duschen?“, hörte ich plötzlich Devins Stimme und sah zu Tür.

Er lehnte im Türrahmen und sah mich liebevoll an.

„Ich wollte dich nicht wecken“, erwiderte ich, ging zu ihm, stellte mich auf die Zehenspitzen und küsste ihn zärtlich.

Er roch so gut nach Duschgel und Devin und ich löste mich nur widerwillig von ihm.

„Komm mal mit!“, sagte Julien zu Devin. „Ich muss die etwas zeigen.“

„Oh. Spielzeuge von Marlon?“, fragte er und folgte ihm.

„Guter Versuch!“, erwiderte Julien und ging mit ihm am Spielzimmer vorbei zu einer kleinen Tür.

„Du willst mit mir in den Keller?“, fragte Devin erstaunt.

Schon verschwanden sie beide und ich überlegte, ob sie wieder etwas planten.

Ich lief in unser Gästezimmer und zog mich an. Nach einiger Zeit hörte ich Jessy rufen. Ich wollte gerade zu ihr, da rief Julien.

„Ich komm schon, kleine Schlafmütze.“

Also ging ich hinunter in die Küche, wo Devin am Tisch saß und einen Kaffee trank.

„Was gibt es so Spannendes im Keller?“, fragte ich.

„Da musst du noch ein bisschen warten. Es ist nicht fertig, aber wird dir bestimmt gut gefallen“, sagte er.

„Ach ja?“, erwiderte ich, hatte allerdings keine Idee, was da unten sein könnte.

Nach dem Frühstück fuhr ich mit Devin ins Apartment. Wir packten ein paar Sachen für die Übernachtung bei Julien und gingen anschließend in die Mall. Wir genossen den gemeinsamen Tag und hatten viel Spaß zusammen.

Ausgelassen und fröhlich kamen wir wieder zu Julien. Marlons Wagen parkte vor dem Eingang und ich dachte gleich an Devins Bestrafung. Wir gingen hinein und fanden alle im Wohnzimmer.

„Hi. Da seid ihr ja“, rief Julien und man spürte sofort, dass etwas in der Luft lag.

Ich wäre jetzt schon megaaufgeregt gewesen, aber Devin schien ganz ruhig zu sein.

„Emily, geh mit Jessy nach oben, zieht euch etwas Heißes an und kommt dann ins Spielzimmer“, sagte Julien.

Wir nickten. Auf der Treppe fragte ich sie, ob ich ihr helfen sollte.

„Danke, aber ich habe heute Morgen schon was drunter gezogen“, erwiderte sie lachend.

„Okay. Bis gleich“, rief ich und verschwand im Gästezimmer.

Als ich mich umzog, packte mich trotzdem die Aufregung. Wie würde es sein, wenn Marlon dabei war? Ich entschied mich für eine Corsage und einen Minislip. Nun noch die Heels und dann lief ich wieder hinunter. Jessy wartete vor der Tür des Spielzimmers und wir gingen gemeinsam hinein.

Es war gedimmtes, angenehmes Licht und Marlon stoppte uns schon am Eingang.

„Wartet hier!“, sagte er und musterte uns dann. „Wow! Megasexy ihr beiden.“

Wir blieben stehen und sahen Devin und Julien mitten im Raum. Devin hatte sein Hemd ausgezogen und sah Julien böse an.

„Das ist doch albern, Julien!“, sagte er genervt.

„Devin!“, knurrte er. „Mach es einfach.“

Er bewegte sich nicht und Marlon ging zu den beiden. Devin stand jetzt zwischen ihnen.

„Du kannst es auch auf die harte Tour haben“, sagte Marlon drohend und legte ihm eine Hand an den Hals.

Devin zögerte. Schon packten ihn die beiden, warfen ihn auf den Boden und fesselten seine Hände. Es gab dort eine Vorrichtung dafür, die im Boden verankert war.

„Ist ja gut!“, rief Devin keuchend.

Er lag jetzt auf dem Rücken und seine Arme waren ausgestreckt gefesselt.

„Eigentlich wollten wir es langsam angehen, aber du willst es ja nicht anders“, knurrte Julien und holte einen Flogger.

Marlon winkte uns heran und Julien begann gleich ziemlich heftig, Striemen auf Devin Brust zu verteilen. Sein Atem ging schneller, aber er sagte nichts. Nach einigen harten Schlägen, stand er über ihm, legte den Flogger beiseite und beugte sich zu ihm hinunter. Er griff an seinem Hals entlang und ich konnte einen Lederriemen erkennen, der ebenfalls am Boden befestigt war. Er war breit, gepolstert und Julien legte ihn um Devins Hals.

„Julien! …“, Devin wurde unruhig.

„Sch. Du schaffst das“, sagte er und seine Hand ruhte auf Devins Brust.

„Er hat Probleme, am Hals fixiert zu werden?“, fragte Marlon.

Julien nickte, aber ließ den Blick nicht von Devin. Erst als er wieder ruhig atmete, richtete er sich auf. Marlon gab ihm eine Peitsche, die mehrere Enden hatte und sehr dünn war.

„Oh. Die ist echt fies. Kennst du die?“, flüsterte Jessy.

„Nein“, gab ich zu und sah, dass Devins Pulsschlag stieg.

Julien begann mit einem Schlag und er schnappte hektisch nach Luft. Marlon stellte sich an seinen Kopf, um ihn im Notfall schnell zu befreien. Wieder ein heftiger Schlag und Devin zuckte zusammen. Es wurden mehrere Schläge, bis seine Brust knallrot war. Ich konnte gar nicht richtig hinsehen, bis sie ihn losbanden und er sich sofort an den Hals griff. Das schien das Schlimmste daran gewesen zu sein.

Julien hielt ihm am Arm und band ihn dann zusammen mit Marlon stehen an eine feste Konstruktion an der Decke.

„Dafür gibt es eine Belohnung!“, sagte Julien und sah uns an. „Na los, zieht ihn aus und bringt ihn ein bisschen auf Touren.“

Sofort begannen wir ihn zu küssen und auszuziehen. Irgendwie fand ich es jedes Mal sehr aufregend, wenn Devin gefesselt war. Er beobachtete uns, stöhnte leise und war schnell erregt.

„Eigentlich wäre die bessere Strafe, wir würden uns mit den beiden Mädels vergnügen“; sagte Marlon und man hörte an seiner Stimme, dass es ihn nicht kalt ließ.

„Das stimmt. Die beiden sind echt sexy“, gab Julien zu.

Wir knieten jetzt vor Devin, als Jessy mich anstieß.

„Lass uns zusammen einen heißen Blowjob machen“, flüsterte sie in mein Ohr.

Ich wusste nicht genau, was sie meinte, aber schon leckte sie über Devins Schwanz und hielt ihn zwischen uns. Abwechselnd nahmen wir ihn in den Mund oder leckten ihn gemeinsam.

„Gott!“, stöhnte Devin und sah uns zu.

„Fuck“, Marlons Stimme klang rau.

Wir wurden immer eifriger und meine Hand glitt dabei zu seinen Hoden und massierten sie fest.

„Stopp“, rief Julien, kurz bevor er kam.

Wir standen auf und traten ein Stück zurück. Devin keuchte und blitzte Julien an.

„So groß wird die Belohnung nicht“, erklärte er und lächelte gemein. „Und da du ja genau weißt, was Doms am liebsten mit ihren Subs machen, werden wir das jetzt auch tun.“

Devin sah ihn überlegend an und seine Augen wurden groß, als Julien nach einer Art Vibrator griff.

„Orgasmuskontrolle. Genau", sagte er.

Devin schluckte hart und er schaltete den riesigen Vibrator an. Langsam fuhr er über seine Erektion.

Er keuchte und zerrte an den Fesseln. Wieder beendete Julien es, bevor er einen Höhepunkt hatte. Marlon stellte sich hinter Devin und schlug ihn mit dieser fiesen Peitsche. Dann begann Julien neu.

„Fuck", rief Devin hilflos.

Sie machten es eine ganze Zeit und seine Atmung beschleunigte sich. Mir tat er irgendwie leid, aber ich hatte mich zu Jessy auf das Bett gesetzt.

„Julien! Verdammt, das ist nicht lustig", stöhnte Devin nach ein paar harten Unterbrechungen.

„Ich habe dir gesagt, es wird kein Spaziergang", erklärte er und begann aufs Neue.

„Himmel. Mich macht das schon ein wenig an", gab Jessy zu und hielt ihre Hände vor das Gesicht.

„Aber es ist wirklich fies", stellte ich fest und sah, dass Julien etwas von einem Tisch genommen hatte und es Devin zwischen die Beine schob.

„Was ist das?", fragte ich Jessy.

Sie blickte hinüber.

„Ein Peniskäfig, denke ich. Er verhinderte eine zu starke Erektion", erklärte sie.

Ich verzog das Gesicht.

„Das ist sicher schmerzhaft", überlegte ich.

„Bestimmt. Aber die machen auch gemeine Sachen mit uns", Jessy lachte.

Ich lächelte schwach und sah zu Devin, der schon Schweißperlen auf der Stirn hatte und stöhnte. Julien begann erneut.

„Verdammt …", Devin sah ihn bettelnd an.

„Sag es Devin. Sag Bitte!", Julien grinste gemein.

„Vergiss es", keuchte er und Julien trieb ihn noch einmal bis kurz vor seinen Höhepunkt.

Er fing an zu fluchen, als Marlon ihm einen Ballknebel vor die Nase hielt.

„Vorsicht!", sagte er drohend und Devin biss sich auf die Lippe.

Sie trieben es eine ganze Weile, bis er keuchte und schwitzte.

Julien hatte aufgehört und winkte mich zu sich. Er hatte ihm schon diesen Peniskäfig abgenommen und ließ ihn kurz durchatmen.

„Du kannst ihn jetzt kommen lassen", sagte er. „Aber warte, wir haben noch eine Unterstützung."

Marlon hielt mir zwei kleine Schlaufen hin und zeigte mir, wie ich die eine um seine Hoden und die andere um seinen Schwanz legte. Sie waren mit einem Kabel verbunden, dass an ein Gerät angeschlossen war.

„Nicht euer Ernst!", schnaubte Devin.

„Glaube mir, es wird dir verdammt gut gefallen", sagte Marlon grinsend.

Ich begann einen Blowjob und gab alles. Als Devin sich entspannte und darauf einließ, legte Julien seine Hand auf meine Schulter und zog mich etwas weg. Marlon startete das Gerät und Devin zuckte misstrauisch in Erwartung von Schmerzen. Dann atmete er durch und schloss die Augen.

„Ist das geil", stöhnte er.

Marlon lächelte und schickte auf verschiedenen Stufen, Stromstöße durch die Schlaufen. Nach kurzer Zeit warf Devin den Kopf in den Nacken und hatte einen heftigen und unkontrollierten Orgasmus. Da Marlon die Stufen langsam runterschaltete, verlängerte er ihn noch ein wenig. Devin war schweißnass und atmete schwer, als die beiden ihn befreiten. Julien führte ihn zum Bett und ich legte mich daneben.

„Das Gerät ist ja wirklich der Hammer“, sagte Julien und sah es sich genauer an.

„Ja. Es gibt auch schöne, gemeine Sachen. Willst du es mal ausprobieren?“, fragte Marlon.

„Ach nee. Lass mal“, winkte Julien ab.

„Feigling!“, knurrte Devin.

Er lag auf dem Rücken, sein Atem war schon ruhiger und er hatte den Arm über seine Augen gelegt. Julien kam zu uns.

„Geht es dir gut?“, fragte er, gab ihm eine Wasserflasche und musterte ihn kritisch.

„Bestens!“, zischte Devin. „Du kannst echt ein Sadist sein.“

„Ach komm. Marlon hat noch viel schlimmere Sachen mitgebracht“, erklärte er.

„Marlon ist ein Sadist!“, sagte Devin und Marlon lachte.

Jessy hatte sich zu uns gesetzt.

„Aber eurer gemeinsamer Blowjob, den sollten wir uns noch mal ausführlicher ansehen“, sagte Julien fest.

„Genau kann man euch buchen?“, fragte Marlon.

Jessy streckte ihm übermütig die Zunge heraus.

„Oh. Da schreit jemand nach einer Session!“, stellte er sofort ernst fest.

Sie sah erschrocken zu Julien.

„Du kennst die Regeln im Spielzimmer … “, sagte er nur.

Kapitel 14

Devin

Das Wasser in der Wanne war zwar angenehm warm, aber die Striemen brannten dafür umso mehr. Trotzdem fühlte ich mich entspannt und wohl. Emily lag in meinem Arm und ich hatte den Nacken auf den Wannenrand gelegt.

„Geht es dir wirklich gut?“, fragte sie unsicher.

„Ja Engelchen“, erwiderte ich mit geschlossenen Augen.

Die Tür ging auf und es konnte nur Julien sein.

„Geh weg!“, sagte ich sofort, rührte mich aber nicht.

„So nachtragend?“, lachte er. „Ich wollte ja nur sehen, ob ihr etwas braucht.“

„Danke. Es ist alles gut“, erwiderte Emily.

„Das nächste Mal ist Marlon an der Reihe“, sagte ich bestimmt.

„Ja, er hat sich dem schon lange nicht mehr gestellt“, stimmte er zu.

„Dann werde ich persönlich seine fiesen Spielzeuge an ihm testen“, erklärte ich.

Julien lachte.

„Der Strom hat dir aber ganz gut gefallen“, stellte er fest.

Ich öffnete die Augen und sah ihn an.

„Das war echt geil, stimmt", erwiderte ich und erinnerte mich an dieses besondere Gefühl.

„Bekommt Jessy jetzt noch eine Strafe?", fragte Emily und sah Julien an.

„Ja. Im Spielzimmer einen Dom zu ärgern ist nun mal tabu", erklärte er.

„Macht Marlon die Session?", ich blickte ihn erstaunt an.

„Sagen wir, er darf vielleicht auch mal ...", sagte Julien grinsend.

Ich lachte und er verließ das Bad. Emily sah mich noch immer sehr besorgt an.

„Es ist wirklich alles okay", versicherte ich ihr und zog sie zu mir.

Sie legte ihren Kopf auf meine Brust. Das brannte zwar, aber nicht so stark, wie ich dachte.

„Manchmal glaube ich, ich hab dich gar nicht verdient", sagte ich, weil ich es in diesem Moment genauso fühlte.

Sie hob den Kopf und sah mich erstaunt an.

„Ich will nur dich", flüsterte sie und küsste mich liebevoll.

Am Morgen drehte ich mich auf den Rücken und schon brannten die Striemen, die ich bis jetzt vergessen hatte.

„Au. Fuck", fluchte ich und legte mich auf die Seite.

Emily sah mich erschrocken an und danach auf meinen Rücken.

„Sag mir, dass nichts blutig ist. Dann ist Marlon heute schon dran", knurrte ich und drehte mich etwas.

„Nein. Es ist nur rot und geschwollen", erwiderte sie und sprang aus dem Bett.

Sie kam mit der kühlenden Creme wieder und rieb meinen Rücken damit ein.

„Mmmh, so gut", stellte ich fest.

Während sie sich im Bad die Hände wusch, setzte ich mich auf.

„Hey, ich dachte, wir schlafen noch ein wenig“, sagte sie und krabbelte wieder zu mir ins Bett.

Ich drückte sie neben mich und schob meine Hand unter ihr Oberteil.

„Ich will dich jetzt …“, flüsterte ich und umfasste ihre Brust.

Sie lächelte und schloss hingebungsvoll ihre Augen.

„Devin!“, rief Julien und klopfte an die Tür.

Verdammt. Was wollte der denn jetzt?

„Du störst!“, rief ich maulig zurück.

„Glaube ich sofort, aber dein Vater ist da“, sagte er.

„Mein was? … “, erwiderte ich erstaunt und ließ Emily los.

„Ja. Du hast richtig gehört. Komm runter“, erklärte er.

„Das kann ja nur ein Scherz sein“, stellte ich fest.

„Zieh dich an. Vielleicht ist etwas passiert“, sagte Emily.

Ich nahm meine Sachen und verschwand ins Bad.

Kapitel 15

Emily

Ich saß mit Jessy und Julien in der Küche. Wir hörten, wie sich Devin und sein Vater im Wohnzimmer unterhielten. Julien sah immer wieder in die Richtung und schien unruhig zu sein.

„Armer Devin! Wenn es ihm einigermaßen gut geht und er mit der Vergangenheit umgehen kann, kommt jemand aus seiner Familie und reißt die alten Wunden wieder auf", stellte Jessy fest.

Ich schluckte und dachte daran, was passiert war. Devin hatte damals zu viel getrunken und einen Unfall verursacht, bei dem seine Zwillingsschwester Mia ums Leben kam. Seine Eltern hatten ihn daraufhin aus der Familie verstoßen. Er hatte angefangen, zu koksen, und schoss sich jeden Tag ab, um es irgendwie zu ertragen. Julien hatte ihn damals gefunden und nur mit seiner Hilfe konnte er clean werden und sich etwas Neues aufbauen. Das war der Nobelclub BLUE ISLAND. Devin war bis heute in Behandlung und es ging ihm gut. Das alles konnte sein Vater allerdings schnell zunichtemachen. Er hatte eine machtvolle, verletzende Art. Er konnte mit seinem

Auftreten und seinen Äußerungen Menschen mit drei Sätzen in die Knie zwingen. Ich sah zu Julien, der genau das wusste und wieder unruhig zum Wohnzimmer sah.

Gerade wurden die Stimmen lauter und wir sahen uns besorgt an. Ich konnte es nicht mehr aushalten. Sprang auf und lief zur Wohnzimmertür, die halb offen stand. Ich ging hinein und Devin sah mich an. Er streckte die Hand nach mir aus und schenkte mir ein kurzes Lächeln. Zögern trat ich zu ihm und ergriff sie.

„Hallo Mr. Cameron“, sagte ich und sah, dass sein Vater schon wieder wütend war.

„Hallo!“, erwiderte er kurz. „Können sie bitte draußen warten, ich rede mit meinem Sohn.“

Ich schluckte.

„Nein. Sie bleibt!“, sagte Devin energisch und sein Händedruck verstärkte sich.

Sein Vater spannte sich an. Er sah blass aus und hatte abgenommen.

„Also gut! Es wäre wie gesagt schön, wenn du dich mal blicken lässt. Es geht ihr wirklich nicht so gut“, sagte er.

„Vielleicht ist eine Klinik besser?“, fragte Devin.

„Sie ist in ihrer Familie am besten aufgehoben. Die Ärzte dort haben ja keine Ahnung. Und du könntest ja mal etwas für deine Mutter tun“, erwiderte sein Vater.

Devin presste den Kiefer aufeinander.

„Warum? Sie wollte nie Kontakt. Sie hat sogar am Telefon aufgelegt“, erklärte er.

Sein Vater sah ihn vernichtend an.

„Überlege es dir!“, sagte er kurz und verließ das Haus.

Devin seufzte und ich schlang den Arm um ihn. Jessy und Julien standen in der Tür.

„Was ist los?“, fragte Julien.

„Meine Mutter hat versucht, sich das Leben zu nehmen“, erwiderte Devin tonlos.

„Oh nein“, rief Jessy erschrocken.

Da klingelte Devins Handy.

„Ja Marvin!“, meldete er sich. „Ja, er war eben hier. Ich denke aber auch, dass es das Beste ist.“

Er hörte noch einen Moment zu und legte dann auf.

„Mein Vater hat meine Mutter schon nach zwei Tagen aus der Klinik geholt, aber Marvin hat sie eben, auf ihren Wunsch hin, wieder dorthin gefahren“, erklärte er uns.

„In der Klinik ist sie sicher am besten aufgehoben“, stellte Julien fest.

Devin nickte.

Der Tag verlief ruhig. Julien hatte Devin zum Sport in seinem Fitnessraum überredet und Jessy und ich machten Pläne für den unsere Shoppingtour. Wir wollten endlich für den Urlaub einkaufen.

Am nächsten Tag traf ich mich nach Feierabend mit Jessy in der Mall. Sie kam auf mich zu und schwenkte ihren linken Arm, der vom Gips befreit war.

„Hi. Das ist ja toll!“, rief ich begeistert. „Und so schnell.“

„Ich bin so froh! Der Arzt meinte, es sieht so gut aus, da könnte man ihn heute schon abnehmen“, jubelte sie. „Jetzt kann es richtig losgehen mit dem Shoppen.“

Nach einem, fast dreistündigem Marathon-Einkauf saßen wir erschöpft, aber glücklich in einem Café.

„Welch ein Kaufrausch!“, lachte Jessy. „Ich glaube, Juliens Kreditkarte glüht noch immer.“

Ich grinste.

„Aber jetzt sind wir bereit für die Bahamas!“, erklärte ich.

„Das wird traumhaft“, sagte sie.

„Sag mal, hast du es Julien eigentlich schon gesagt, dass du hierbleibst?“, fragte ich neugierig.

„Gestern Abend. Ich habe ihm sogar angeboten, mir eine Wohnung zu nehmen“, erzählte sie.

„Und?“, hakte ich nach.

„Er hat abgelehnt, dass ich ausziehe und sich furchtbar gefreut, dass ich hierbleiben will“, erklärte sie glücklich.

„Das ist ja toll“, freute ich mich für sie. „Dann können wir ja jetzt öfter mal shoppen gehen.“

„Unbedingt“, rief sie.

Wir tranken unseren Kaffee.

„Sag mal, war es dir eigentlich unangenehm mit dem gemeinsamen Blowjob?“, fragte sie plötzlich und ich verschluckte mich fast.

„Äh. Nein. War es nicht. Ehrlich gesagt, fand ich ... also wenn Devin ... ich meine ...“, ich brach ab.

Sie sah mich verwundert an.

„Hey, wenn wir Subs nicht zusammen halten, wer dann? Du kannst mir alles erzählen, und ich verrate es auch keinem Dom“, sagte sie und lächelte.

„Ich wollte nur sagen, es macht mich schon irgendwie an, Devin gefesselt zu sehen. Aber ich kann nicht beschreiben, warum“, versuchte ich zu erklären.

„Das ist doch völlig okay. Vielleicht weil er dann hilflos ist?“, überlegte sie.

„Nee. Das ist es nicht. Eher diese wehrhafte Körperhaltung. Die angespannten Muskeln an den Armen und der Brust und dazu die Fesseln“, erwiderte ich.

Jessy nickte verständnisvoll.

„Das glaube ich dir sofort. Ich denke, jeder hat so seine Vorstellungen, die einen kicken“, sie grinste und sah in ihren Kaffee.

„Du auch?“, fragte ich.

Sie nickte.

„Aber dann hältst du mich für komplett irre“, lachte sie.

„Los sag!“, drängte ich sie.

Sie beugte sich dicht zu mir.

„Wenn Julien ein Messer in der Hand hat, dazu dieser Blick und der eiskalte Gesichtsausdruck, als ob alles möglich wäre ... “, flüsterte sie. „Ganz ehrlich, ich könnte dann sofort kommen.“

Sie grinste und ich starrte sie an.

„Weiß er das?“, fragte ich.

„Nee und das ist auch gut so“, lachte sie.

Wir tauschten noch ein paar Erfahrungen aus, die mir sehr halfen, denn Jessy war gegen mich ein echter Sub-Profi.

Es war so schon 21.30 Uhr, als ich nach Hause kam. Ich lief ins Schlafzimmer und hörte, das Devin duschte. Ich packte meine Sachen in den Schrank und überlegte kurz, den neuen, heißen Bikini anzuziehen und mit unter die Dusche zu springen. Aber dann kam mir eine viel bessere Idee. Ich zog mich ganz aus und nur ein weißes T-Shirt von ihm an. Das würde sich sicher nass sehr gut auf der Haut machen, dachte ich auf dem Weg ins Bad. Er stand mit dem Rücken zu mir und wusch sich die Haare. Ich stellte mich hinter ihn, aber er hatte es bemerkt und drehte sich zu mir. Er heftete seinen Blick an meinen Körper, denn das Shirt wurde immer nasser. Mit einem verführerischen Ausdruck ging ich langsam um ihn herum. Der Stoff klebte an der Haut und sah bestimmt sexy aus. Ich lehnte mich lässig an die Wand und sein Blick verfolgte mich. Seine braunen Augen wurden dunkler und ich konnte Verlangen in ihnen erkennen. Ich ließ meine Hand über seinen Körper gleiten und verharrte kurz auf seinen Po. Er atmete schneller und hatte eine deutliche Erektion. Ich drängte mich an ihn, legte die Arme um seinen Nacken und rieb mich an seinem Penis. Sofort packte er mich und schob mich zurück, bis mein Rücken die Wand berührte. Er küsste mich ungeduldig, tief und voller Begierde. Seine Hand glitt unter meinen Po, er hob mich an und drückte mich noch enger gegen die Wand. Ich hielt mich an seinem Nacken fest, umschloss ihn mit den Beinen und schon war er in mir.

Das Gefühl war überwältigend und ich stöhnte laut auf. Fest und sicher hielt er mich, während er immer schneller in mich drang. Seine Zunge fuhr über meinen Hals und ich spürte einen tiefen Druck in mir. Wir explodierten fast gemeinsam, er zog sich aus mir zurück und setzte mich langsam ab.

„Engel!", sagte er außer Atem, nahm meinen Kopf in beide Hände und küsste mich leidenschaftlich.

Am nächsten Morgen kam ich gerade aus dem Badezimmer, trug nur Unterwäsche und wollte mich für die Arbeit anziehen. Devin kam herein und musterte mich.

„Komm her und leg dich hin", befahl er in diesem „Dom" Tonfall. Ich mochte das und krabbelte brav auf das Bett. Er zog mir den Slip herunter und begann quälend langsam, meine Klit zu umkreisen. Dann beugte er sich über mich und ich spürte, wie mich seine Zunge in meiner Spalte feucht werden ließ.

„... ich muss zur Arbeit", stöhnte ich.

Er saugte meine Klit zwischen seine Lippen und ein wohliger Druck entstand. Dann fühlte es sich kurz kalt an und er richtete sich auf. Ich blickte ihn erstaunt an, denn der leichte Druck war noch immer da. Ich setzte mich abrupt auf und sah eine Klitorisklemme.

„Die wirst du den ganzen Tag tragen. Du wirst an mich denken. An mich und an Sex", sagte er schmunzelnd. „Du wirst sie nicht abnehmen und es dir nicht selbst machen, sondern es bis heute Abend aushalten."

Ich schluckte, aber dachte, dass es jawohl nicht so schwer werden würde.

„Ja Master!", sagte ich lächelnd, während er mich anzüglich ansah.

„Brav“, erwiderte er und ging ins Wohnzimmer.

Ich sprang vom Bett und verharrte in der Bewegung. Verdammt! Ein heißer Schauer durchfuhr meinen Körper. Ich spürte dieses Ding bei jedem Schritt und an eine Jeanshose war gar nicht zu denken. Ich griff nach einem Rock, einer Bluse und zog mich fertig an. Als ich das Wohnzimmer betrat, versuchte ich die Klammer zu ignorieren und biss mir auf die Lippe.

„Kaffee?“, fragte Devin, der in der Küche stand und grinste anzüglich.

Er stellte mir einen Becher auf den Tresen und ich trank einen Schluck. Wenn ich mich nicht bewegte, ging es einigermaßen, aber wie sollte das bloß im Büro werden? Er beobachtete mich noch immer und ich sah ihn böse an.

„Du schaffst das, Engel!“, sagte er überzeugt.

Ich hatte da so meine Zweifel.

Es war 13.14 Uhr. Die Zeit lief heute gefühlt rückwärts und ich rutschte wieder auf dem Stuhl herum. Himmel, jeder Bewegung ließ mich erschauern und erregte mich mehr. Ich hatte schon zig Mal daran gedacht, auf die Toilette zu gehen und die Klammer ins Klo zu werfen. Allerdings wollte ich nicht aufgeben, biss die Zähne zusammen und versuchte an etwas anderes, als Sex zu denken.

„Alles okay mit dir?“, Natalie und sah mich besorgt an.

„Ja. Alles gut“, erwiderte ich betont locker.

„Willst du heute zuerst Mittag machen?“, fragte sie.

„Nö, geh ruhig. Ich muss hier noch etwas zu Ende schreiben“, log ich, denn im Gehen war es am schlimmsten.

Sie nahm ihre Sachen und lief hinaus, als mein Handy eine Nachricht anzeigte:

Hi! Denkst du zufällig an mich?

Sie kam natürlich von Devin. Ich schüttelte den Kopf, musste aber auch lächeln.

Ich denke an Sex mit dir … und hoffe, heute Abend ist die Strafe vorbei …

schrieb ich zurück.

Mal sehen, vielleicht ist es ja auch nur das Vorspiel …

Ich schluckte und mir fielen alle möglichen Schimpfwörter ein. Ich würde es nicht eine Sekunde länger mit diesem Ding aushalten.

Kein Kommentar!!!

Schickte ich zurück, denn ich wollte es nicht noch Schlimmer machen.

Sehr brav! Freue mich auf heute Abend …

Ich warf das Handy in die Tasche zurück und holte tief Luft. Vielleicht könnte ich die Klammer einfach bis dahin abnehmen? Überlegte ich, da klopfte es und ich zuckte zusammen.

„Ja?", fragte ich erstaunt.

Julien kam herein und ich starrte ihn ungläubig an.

„Ich dachte, ich besuche dich mal", sagte er mit einem smarten Lächeln auf den Lippen.

„Ach ja?", erwiderte ich etwas zickig, denn ich wusste genau, dass Devin ihn geschickt hatte.

„Da Devin sagte, du würdest heute sicher ungern nach draußen gehen, habe ich dir ein Sandwich mitgebracht", überhörte er meinen Ton einfach.

Ich schnaubte und hätte mir ja denken können, dass er Bescheid wusste. Also stand ich auf und umarmte ihn zur Begrüßung.

„Ihr seid echt Frauenquäler …“, sagte ich leise.

„Whow“, rief er gespielt erschrocken. „Dann hättest du jetzt aber kein Essen bekommen.“

Er hob die Tüte mit den Sandwichs in die Luft.

„Ja, schon gut“, lenkte ich grinsend ein und bekam auch noch ein umwerfendes Lächeln von ihm.

Nicht sehr hilfreich, dachte ich.

Wir setzten uns an den kleinen Tisch in meinem Büro und ich holte Teller und eine Flasche Wasser.

„Willst du uns nicht noch einen Kaffee holen?“, fragte er wie beiläufig.

Ich blitzte ihn wütend an und er grinste. Dann warf ich den Kopf in den Nacken und stolzierte hinaus. Ich würde nicht jammern, oh nein. Ich musste ein paar Türen weiter, um zu unserer Kaffeemaschine zu kommen, und es erschien mir endlos. Heiße Wellen schossen mir durch den Körper und alles kribbelte. An der Maschine war ich allein und presste die Schenkel zusammen, um mich zu beruhigen. Meine harten Brustwarzen drückten gegen den Stoff des BH und ich versuchte, die Gedanken zu ordnen. Mit zwei Bechern Kaffee ging ich langsam zurück. Es war die Hölle.

Julien saß malerisch an dem Tisch. Er sah mal wieder perfekt aus in seinem teuren Anzug. Dieses Mal ohne Krawatte mit ein paar offenen Knöpfen. Er schenkte mir sein heißestes Lächeln und war die pure Versuchung. Verdammt, ich wusste, es war alles inszeniert und konnte mich trotzdem nicht wehren. Schnell stellte ich die Becher auf den Tisch und setzte mich ihm gegenüber.

„Tunfisch oder Chicken?“, fragte er und sah auf die Sandwiche.

„Sex bitte!“, hauchte ich.

Er hob den Kopf und lachte.

„Aber Miss Parker!“, sagte er gespielt empört.

Ich stöhnte und nahm mir das Chicken Sandwich.

„Mr. West“, versuchte ich es verführerisch. Sah ihm in die Augen und leckte mir über die Lippe. „Ich würde auch alles tun, was ihnen gefällt.“

Er hielt meinen Blick.

„So, so, wie verlockend“, erwiderte er mit dunkler, sexy Stimme.

Ich biss in das Brot, leckte mir die Soße aus dem Mundwinkel und legte den Kopf schief.

„Und weiter …“, fragte er leise und herausfordernd.

Wer verführte hier eigentlich wen?

Bei seinem durchdringenden Blick spürte ich schon wieder ein Pochen zwischen meinen Beinen.

„Bitte Sir“, versuchte ich seine Domseite zu erobern. „Ein Quickie auf dem WC.“

Er hob die Augenbrauen.

„Ich steh nicht so auf die schnellen Nummern und schon gar nicht auf der Toilette“, erwiderte er und schenkte mir einen Augenaufschlag, der Frauenherzen höher schlagen ließ.

Ich seufzte.

Wir aßen beide und ich überlegte, wie ich ihn doch noch überzeugen könnte.

„Ich bin so heiß, feucht und bereit … ich würde schon kommen, wenn du nur einen Finger in mich schiebst. Ich mache dir auch einen Blowjob“, sagte ich leise und verführerisch.

Er sah mich an, griff unter mein Kinn und legte mir seinen Daumen auf den Mund. Sofort umschloss ich ihn mit den Lippen und saugte leicht an ihm. Seine Augen wurden dunkel und verlangend. Meine Erregung wuchs ebenfalls.

Da zog er seine Hand zurück und sah mich strafend an.

„Du spielst mit mir“, stellte ich fest.

„Du hast das Spiel angefangen“, erwiderte er und lächelte.

„Verdammt“, sagte ich frustriert.

„So schlimm?“, fragte er.

„Ja“, gab ich zu.

„Aber stell dir vor, Devin würde erfahren, dass du mich angemacht hast“, bemerkte er.

Ich starrte ihn an.

„Aber du sagst es ihm doch nicht, oder?“, fragte ich.

„Mm, eigentlich …“, begann er.

„Julien!“, rief ich und sah mich schon die nächsten Tage mit dem Ding herumrennen.

„Nein. Ich sage nichts“, erklärte er lächelnd.

Die Tür wurde aufgerissen und Natalie kam herein.

„Oh. Hallo Mr. West!“, sagte sie erstaunt.

„Hallo! Du kannst aber ruhig weiterhin Julien sagen“, erklärte er.

„Okay“, erwiderte sie und wirkte etwas verlegen.

Sie hatte vor Monaten versucht, ihn in ihr Bett zu bekommen, nachdem es mit Devin nicht geklappt hatte, und ich musste grinsen, als sein Handy klingelte.

„West“, meldete er sich und telefonierte dann geschäftlich.

Ich räumte den Tisch ab.

„Man der sieht so hot aus“, raunte Natalie mir zu.

„Das sage ich Marvin“, ich grinste und sie verzog das Gesicht.

Julien legte auf.

„Ich muss leider los“, sagte er und umarmte mich.

„Danke, für das Essen“, erwiderte ich laut und lächelte.

„Danke, für die interessante Mittagspause, Miss Parker“, antwortete er mit einem süffisanten Lächeln. „Schönen Tag noch Natalie.“

Dann war er weg.

Der Nachmittag zog sich genauso, wie der Vormittag, aber endlich war ich zu Hause. Im Magen spürte ich Aufregung und Anspannung, gleichzeitig die Nässe zwischen meinen Beinen. Devin kam auf mich zu. Er trug eine schwarze Jeans und ein Jeanshemd, das sehr weit geöffnet war. Seine blonden, längeren Haare fielen wild um seinen Kopf und sein Blick zog mich förmlich aus. Er kam mit weichen Schritten auf mich zu und meine Klit begann zu pochen. Seine ganze Ausstrahlung war dominant und ich hätte mir nichts Heißeres und Erotischeres vorstellen können.

Er legte den Arm um mich und küsste mich besitzergreifend.

„Ich hoffe, die Klammer ist noch dran?“, fragte er.

„Ja Master!“, erwiderte ich stolz.

Er schob mich ins Schlafzimmer. Dort war es stockdunkel, bis auf ein paar Kerzen, die das Bett schemenhaft beleuchteten. Er zog mir Rock und Bluse aus, dabei verteilte er überall Küsse auf meiner Haut und ich bebte vor Lust. Er verband mir die Augen mit einem Tuch.

„Hände auf das Bett“, befahl er und ich beugte mich vorn herunter.

Die Klammer zog heftig an meiner Klit und ich wimmerte leise. Eine Schublade wurde geöffnet und schon traf mich ein Schlag auf den Po. Ich zuckte und biss mir auf die Lippe, denn sofort spürte ich einen tiefen Druck zwischen den Beinen. Er zog mir den Slip herunter und dann folgten noch ein paar Schläge. Ich stöhnte, wimmerte und jeder Schlag trieb mich näher zu meinem Höhepunkt.

„Knie dich auf das Bett. Ich werde dich jetzt kommen lassen, aber nur, wenn du machst, was ich sage“, erklärte er.

„Ja Master“, hauchte ich.

Seine Finger glitten innen an den Oberschenkeln nach oben und ein Schauer durchfuhr mich. Der Druck wurde unerträglich, als er meinen Eingang leicht umkreiste.

„Oh Gott!“, stöhnte ich auf und spürte die Nässe, die immer mehr wurde.

Ich fühlte nur noch, den Druck, meine pochende Klit und den Schmerz auf meinem Po.

„Mach den Mund auf“, befahl Devin plötzlich.

Was? Ich stutzte. Er befand sich doch hinter mir? Himmel, es war noch jemand da?

„Emily! Du wirst gehorchen, oder ich höre auf!“, zischte er.

Mein Herz raste, als sich Hände um mein Gesicht legten. Zögernd öffnete ich den Mund und schon spürte ich eine Penisspitze an den Lippen. Ich leckte vorsichtig darüber.

„Sehr brav“, sagte Devin und zog drohend an der Klammer.

Sofort stöhnte ich und ließ ihn in den Mund gleiten. Eine Hand blieb an meinem Hinterkopf und Devin strich leicht durch meine Spalte. Ich begann heftig zu saugen und hörte ein unterdrücktes Stöhnen. Je mehr er mich wieder an den Abgrund trieb, desto stärker umschloss und saugte ich den Schwanz. Er stieß immer tiefer in meinen Mund, hart und unnachgiebig, dann war er weg.

Devin schob zwei Finger in mich, strich leicht über meine Klit und eine tiefe Welle baute sich rasend auf. Er zog die Klammer ab und der stechende Schmerz ließ mich sofort in den Orgasmus fallen. Ich schrie, zitterte und fühlte sich wie eine Explosion an. Ich sah Sterne vor mir und hatte das Gefühl abzuheben.

Ich spürte einleichtes Nachbeben, mein Kopf lag auf Devins Brust und ein Arm hielt mich fest umschlossen. Der Schmerz an der Klit ließ mich nur langsam wieder landen. Ich hatte noch immer die Augen verbunden und griff nach dem Tuch.

„Nein!“, hörte ich Devins strenge Stimme.

Aber er befand sich hinter mir und hielt den Arm fest. Ich lag auf dem Fremden und nachdem mein Verstand wieder klarer war und ich den Duft in meine Nase zog, erkannte ich Juliens After Shave.

„Fast hättest du mich schon heute Mittag gehabt“, flüsterte er.

Ich lächelte und entspannte mich. Wir hatten dieses verbotene Spiel von einem Dreier schon mal gemacht und ich wusste, ich konnte mich völlig fallen lassen. Sie gaben mir Sicherheit, Halt und pure Lust.

Kapitel 16

Devin

Ich leckte über Emilys Klit und sie drückte sich weg. Sie war noch geschwollen und empfindlich, also nahm ich mir ihren Eingang vor. Sie war so nass und schmeckte so verdammt geil. Ich fuhr mit meiner Zunge immer wieder durch ihre Spalte und sie stöhnte tief. Julien zog ihr den BH aus und strich über ihre harten Brustwarzen.

„Dreh dich und auf die Knie“, befahl ich.

Ich musste endlich in ihr sein. Julien rutschte unter sie und leckte ihre Brüste, während ich die Nässe auf ihrem Anus verteilte. Langsam schob ich mich in sie und genoss diese absolute Enge. Sie bebte schon wieder ein wenig und stöhnte.

„Ihr seid ja verrückt“, keuchte sie und krallte sich ins Bettlaken.

Ich nahm sie tief und wurde immer schneller, bis sie ein zweites Mal heftig kam und ihre Lust herausschrie. Ich packte ihre Hüfte und folgte ihr mit einem intensiven Orgasmus.

Sie lag jetzt auf der Seite und Julien war hinter ihr.

„Meinst du, sie kommt noch einmal?“, fragte ich ihn grinsend.

„Ich kann nicht mehr!“, rief sie.

Er winkelte ihre Beine an und fuhr mit seiner Hand über ihre Klit.

„Aaah. Ja!“, stöhnte sie und er brachte sie schnell immer höher.

Ich fand es wahnsinnig geil, nur zuzusehen. Sie schloss ihre Augen und hob das oberste Bein an, damit er mehr Platz hatte. Er drückte es allerdings wieder hinunter und schob sich langsam in sie. Ihr Stöhnen war der Himmel und ich drehte ihren Oberkörper etwas, um in ihr Gesicht zu sehen. Ihre Wangen waren rot und ihr Ausdruck spiegelte pure Lust. Julien sah zu mir, denn er ahnte, wie es mich kickte. Dann begann er sie immer härter und schneller zu nehmen. Ich wusste, wie intensiv es sich anfühlen würde, da sie in der Position sehr eng war.

„Fuck“, stöhnte ich. „Mach die Augen auf, ich will sehen, wie du kommst.“

Meine Stimme war rau und ich wurde schon wieder hart.

Emily gehorchte und suchte meinen Blick. Ich beugte mich über sie und legte die Hand um ihren Hals. Sie kam noch einmal sehr heftig und ich versank in ihrer Lust. Julien stieß ein paarmal tief in sie und kam ebenfalls.

Wir legten sie zwischen uns und ich deckte sie zu. Sie hatte die Augen geschlossen und ein Lächeln auf den Lippen.

„Sie ist wirklich unglaublich, wenn sie kommt. Ich könnte glatt noch einmal“, überlegte ich.

„Whow. Gib ihr eine Pause“, sagte Julien und ich wusste natürlich, dass er recht hatte.

Emily öffnete die Augen und blinzelte.

„Ich …“, begann sie lächelnd, brach dann aber ab.

Wir stützten uns beide auf die Ellenbogen und sahen sie erwartungsvoll an.

„Gibt es Verbesserungsvorschläge?“, fragte ich grinsend.

„Oh Gott nein!“, rief sie sofort und wir lachten.

Da nichts mehr aus ihr herauszubekommen war, gingen wir irgendwann duschen und zogen uns an. Ich hatte Pizza bestellt und wir saßen im Wohnzimmer um den Tisch herum.

„Hast du die ganze Zeit gewusst, dass es Julien war?“, fragte ich.

„Nein. Aber gehofft“, lachte sie.

Er schenkte ihr ein smartes Lächeln.

„Und wenn es jemand anderes gewesen wäre?“, hakte ich nach.

„Das machst du nicht“, erwiderte sie überzeugt.

Ich zuckte mit den Schultern.

„Vielleicht doch?“

„Ist Jessy allein zu Hause?“, wechselte sie schnell das Thema.

„Nein. Sie hat eine Freundin da und organisiert den Umzug. Sie möchte noch ein paar Sachen aus New York holen“, sagte Julien.

„Sie zieht echt bei dir ein?“, fragte ich erstaunt.

Er nickte und strahlte. Ich freute mich für ihn. Endlich hatten sie zusammen gefunden.

„Weiß sie, dass du hier bist? Und …“, fragte Emily plötzlich unsicher.

„Natürlich weiß sie das. Wenn es nicht absolut offen ablaufen würde, könnten wir so etwas nicht machen“, erklärte er sanft und ich nickte zustimmend.

Ehe Emily antworten konnte, bekam ich eine Nachricht auf mein Handy. Ich öffnete sie und mir blieb der letzte Bissen Pizza im Hals stecken.

„Verdammter Mist!“, rief ich und konnte den Blick nicht vom Display nehmen.

„Was ist?“, fragte Julien beunruhigt.

Ich legte das Handy völlig fassungslos auf den Tisch, damit sie es sehen konnten.

Hi Schatz! Pass auf! Entweder du machst mit Emily Schluss, oder ich veröffentliche das Video im Netz …
Deine Entscheidung! Enya

Dazu gab es ein Video aus meiner Dusche von gestern Abend, als Emily mit dem T-Shirt zu mir kam. Ich konnte es gar nicht glauben. Sofort sprang ich auf und lief ins Badezimmer. Julien folgte mir. Wir suchten alles ab und fanden eine kleine Kamera an der Lampe im Bad.

„Fuck!“, rief ich stinksauer.

Julien machte im Schlafzimmer helles Licht und sah überall nach einer zweiten Kamera. Ich half ihm.

„Dieses verdammte Miststück!“, ich war so wütend.

Emily stand erschrocken in der Tür und sah zu uns. Sie war ganz blass. Ich ging zu ihr und umarmte sie.

„Es wird alles gut. Sie wird es nicht ins Netz stellen!“, beruhigte ich sie, trotzdem ich noch keinen anderen Plan hatte, als Enya zu erwürgen.

„Hier ist zumindest keine zweite Kamera“, stellte Julien fest.

„Das war bestimmt damals, als das Licht in der Wohnung nicht ging und …“, überlegte Emily.

„… und ich dich gefunden habe. Glaubst du, sie hat dich auch noch niedergeschlagen?“, meine Wut wurde größer.

„Nein. Ich bin wirklich nur gestolpert und blöd gefallen“, erwiderte sie.

„Schreib ihr zurück, du würdest darüber nachdenken, denn es läuft nicht so gut mit Emily. Und ob sie nicht vorbeikommen kann und ihr reden könnt“, schlug Julien vor.

Natürlich hatte er wieder einen klaren Kopf behalten und einen Plan entwickelt. In mir tobte nur die Wut.

„Ich werde sie erwürgen, wenn sie kommt“, erwiderte ich tonlos.

„Nein, das wirst du nicht“, sagte Julien ruhig. „Aber wir nehmen ihr das Handy ab und hoffen, dass es das einzige Video ist.“

„Das ist doch ein guter Plan“, stellte Emily fest.

Ich versuchte, herunter zu kommen, und schrieb Enya zurück. Wir setzten uns wieder ins Wohnzimmer und warteten. Kurze Zeit später kam tatsächlich eine Antwort. Ich las sie und konnte es kaum glauben.

„Sie hat es wirklich geglaubt, diese Bitch!“, schnaubte ich. „Sie ist auf dem Weg hierher.“

„Sehr gut! Du musst herausbekommen, ob es das einzige Video ist“, sagte Julien.

Ich nickte und atmete tief durch. Emily fuhr mir durch die Haare.

„Du schaffst das!“, sagte sie überzeugt und küsste mich.

Ich schloss die Augen und versuchte mich, auf das vorzubereiten, was gleich passieren würde.

Irgendwann klingelte es und Julien ging mit Emily ins Schlafzimmer. Ich atmete tief durch und öffnete die Tür.

„Hi Enya“, sagte ich und ließ sie ins Zimmer.

„Hi Devin“, erwiderte sie etwas misstrauisch und ich musste sie irgendwie überzeugen.

„Du brauchst das Video nicht öffentlich zu machen, es läuft nicht gut mit Emily“, sagte ich tonlos.

„Ach? Das sah in der Dusche noch ganz anders aus“, zischte sie.

Ich schluckte meine wieder aufkommende Wut hinunter.

„Das war nur Sex, Enya. Mehr nicht“, erklärte ich.

„Und wo ist sie jetzt?“, fragte sie und kam lächelnd auf mich zu.

„Keine Ahnung. Macht mit einem anderen Typen herum?“, sagte ich gleichgültig.

Ich lehnte am Tresen und sie stand direkt vor mir. Ihr Finger strich über meine Brust und ich lächelte gespielt.

„Sie ist bestimmt vor deinen abgefahrenen Sexspielen davongelaufen“, erklärte sie triumphierend.

Mein Kiefer spannte sich an. Natürlich hatte ich mit Enya auch SM Sex, aber sie hatte es meistens ins Lächerliche gezogen und mochte es einfach nicht.

„Kann schon sein“, erwiderte ich bemüht locker.

Sie zog mich mit ihren Blicken aus und leckte sich über die grell geschminkten Lippen.

„Dann können wir uns ja ein paar schöne Stunden machen“, schlug sie vor und ihre Hand glitt tiefer.

„Wie soll das gehen, wenn du das Video von mir hast und ich dir nicht trauen kann, ob du es gegen mich einsetzt“, fragte ich betont verführerisch.

„Ach Süßer! Ich habe es ja nur auf dem Handy und du kannst es ja nachher im Bett gern löschen“, säuselte sie.

Die Schlafzimmertür wurde aufgerissen und ich packte ihren Arm.

„Was soll das?“, schrie sie erschrocken und riss noch mehr die Augen auf, als sie Emily sah.

Julien nahm ihre Handtasche und zog das Handy heraus.

„Gib es her, du Bastard!“, keifte sie.

„Oh Enya. Du hast es noch immer nicht begriffen“, sagte er und suchte auf dem Handy das Video.

Sie wollte sich von mir losreißen, ich packte sie fester und hielt ihren Arm auf dem Rücken.

„Au“, rief sie und ich musste mich echt beherrschen, kein größeres „Au“ daraus zu machen.

„Wir können auch zur Polizei fahren, wenn es dir lieber ist“, drohte ich.

Sie wurde ruhiger. Julien hatte das Video gelöscht, das Handy durchgesehen und packte es wieder in die Tasche. Emily blitzte sie böse an. Ich hatte den kleinen Engel noch nie so wütend gesehen.

„Das werdet ihr bereuen!“, schrie sie hilflos.

Ich drückte sie gegen den Tresen und verdrehte ihren Arm weiterhin.

„Du wirst es bereuen, wenn du noch einmal in unsere Nähe kommst. Ich will dich nie wieder sehen. Und schon gar nicht im Club!“, drohte ich und meine Wut steigerte sich.

Sie sah mich ängstlich an.

„Wie bist du hier reingekommen, gib mir den Schlüssel!“, ich wurde lauter.

„Er ist in der Tasche“, sagte sie kleinlaut.

Emily griff nach der Handtasche und zog ihn heraus. Er hatte einen Anhänger mit einem Herzen.

„Ach süß!“, zischte Emily böse und steckte ihn ein.

Ich schubste sie in Richtung Tür.

„Hau ab und lass dich nie wieder blicken. Das nächste Mal wird es nicht so nett“, drohte ich nochmal.

Sie war blass geworden und hielt sich den Arm.

„Ihr Idioten! Ihr seid ja völlig irre!“, fluchte sie.

Ich packte sie erneut und schmiss sie aus dem Apartment.

„Mach schnell, sonst überlege ich es mir nochmal“, rief ich.

Sie rannte tatsächlich los und ich knallte die Tür zu.

„Das lief doch super“, stellte Julien fest.

„Meinst du, sie hat es verstanden?“, fragte ich skeptisch.

„Ich hoffe es“, erwiderte er.

Ich atmete tief durch.

„Himmel bin ich froh“, seufzte Emily.

„War aber ein sehr heißes Video“, sagte Julien schmunzelnd.

„Das Heiße daran war Emily“, erwiderte ich stolz und dachte an das nasse T-Shirt.

Wir sahen sie beide an und sie lächelte verlegen. Juliens Handy klingelte und er meldete sich grinsend.

„Na Süße. Ist mein Haus jetzt umgestaltet?“, fragte er belustigt. „Was? Äh. Ja kannst du machen, solange du den Kamin drinnen lässt …“

Ich grinste und umarmte Emily von hinten. Sie lehnte ihren Kopf gegen mich und sah zu Julien.

„Ich denke auch, dass ich mal nach Hause kommen sollte, bevor ich es nicht mehr wiedererkenne“, sagte er lächelnd und verabschiedete sich. „Sie hat schon tausend Ideen für ein neues Wohnzimmer.“

Wir lachten.

„Das wird ja interessant bei euch“, bemerkte ich.

Julien nickte, beugte sich zu Emily und küsste sie zärtlich auf den Mund.

„Hallo!“, protestierte ich halbherzig und nur gespielt ernst. Hatte aber noch immer den Arm sie gelegt.

„Das war ein Danke-Kuss“, sagte Julien und grinste.

„Ehe ein Danke-für-den-Sex-Kuss“, verbesserte ich und beide lachten.

Er zog sich die Jacke an.

„Was ich euch übrigens vorhin sagen wollte …“, begann Emily zögernd und Julien hielt inne.

Sie holte Luft.

„Ich glaube, ich kann mich so bei euch fallen lassen, weil ihr genau wisst, was ich brauche und außerdem fühle ich mich sicher und weiß, das nichts passieren kann. Es ist ein schönes Gefühl mit euch beiden“, erklärte sie und ihre Stimme wurde immer leiser.

„Wow, welch ein Kompliment“, stellte Julien fest und küsste sie nochmal auf die Stirn. „Danke.“

„Ich liebe dich“, flüsterte ich in ihr Ohr. „Du bist wirklich unglaublich.“

Kapitel 17

Emily

Die Wochen vergingen schnell und endlich saßen wir im Flieger nach Nassau. Dieses Mal war es kein Privatjet, aber natürlich reisten wir in der Businessclass. Marlon und Ian waren auch dabei und ich freute mich, dass Ian zwischen seinen Shootings Zeit gefunden hatte. Jessy saß mit Julien vor uns und sie war total aufgeregt. Sie hatte sich jetzt ihre Möbel aus New York kommen lassen und wohnte bei Julien. Ich überlegte, dass sie spätestens nach unserer Rückkehr das Wohnzimmer umgestalten würde. Ich blickte zu Marlon und Ian, die auf der anderen Seite saßen und sich unterhielten. Entspannt sah ich aus dem kleinen Fenster neben mir. Es war der erste Urlaub mit Devin und dann noch die Hochzeit von Kieran und Salina. Wie würde es wohl werden?

Devin legte seine Hand auf mein Knie.

„Alles okay? Du bist so still“, fragte er.

„Alles gut!“, erwiderte ich und küsste ihn.

„Hey, ihr seid ja schon wieder am Knutschen“, stellte Jessy fest und ich löste mich von ihm.

Sie kniete auf ihrem Sitz und sah über die Lehne zu uns. Julien schlug ihr mit einer Zeitung auf ihren Po.

„Setz dich hin, Süße!“, sagte er.

Sie quiekte. Rührte sich aber nicht.

„Sind Kieran und Salina eigentlich bereits da?“, fragte sie.

„Denke schon“, antwortete Devin.

„Ja, seit gestern Abend“, rief Marlon, der in seinen Laptop sah.

„Ist das das Hotel?“, fragte Ian beeindruckt und sah auf den Bildschirm.

„Ja! Das ist es“, erwiderte Marlon.

„Der Hammer!“, stellte Ian fest.

„Ich will auch gucken!“, rief Jessy und wollte sich gerade an Julien vorbeidrängen.

Marlon klappte den Laptop zu.

„Ihr werdet es ja bald live sehen“, sagte er grinsend.

„Ach man“, Jessy setzte sich enttäuscht wieder hin und Julien schüttelte belustigt den Kopf.

Der Flug war nicht allzu lang, aber danach ging es erst per Auto und dann mit einem Wasserflugzeug weiter. Allein die Anreise war schon ein Abenteuer, bis wir auf unserer Insel mitten im nirgendwo ankamen. Es war einfach überwältigend, als wir auf den Steg standen und die Sachen aus dem Flugzeug ausgeladen wurden. Überall Palmen, weiße Sandstrände und türkisfarbenes Meer. Das Hotel sah sehr groß aus und lag etwas erhöht. Es war umringt von Blumen, Bäumen und wunderschönen Pflanzen. Ein großzügiges Eingangsportal mit weißen Stufen führte uns in die Hotelhalle. Alles war in den Farben Weiß und Blau gehalten. Es wirkte nobel und sehr beeindruckend.

„Hi. Da seid ihr ja“, rief Salina.

Kieran kam aus einem der Nebenräume und beide begrüßten uns herzlich.

„An der Rezeption bekommt ihr eure Zimmerkarten und in ca. einer Stunde würden wir euch gern zu einem Abendessen auf der Terrasse einladen. Es sind nur enge Freunde und Familienangehörige. Die anderen kommen erst morgen“, erklärte Salina.

Wir fuhren im Fahrstuhl nach oben und hatten alle drei Zimmer nebeneinander. Devin schob die Karte durch und öffnete die Tür. Wir traten in einen hellen Raum mit einer langen Fensterfront und einem großen Balkon.

„Wow“, ich war völlig begeistert.

Ich ließ die Sachen fallen, schob die Glastüren auf und trat hinaus auf den Balkon.

Ich blickte auf das Meer und ein leichter warmer Wind kam mir entgegen. Mein Gott war das traumhaft schön. Devin legte den Arm um mich.

„Es ist unglaublich, wie auf einer Postkarte“, stellte ich fest.

„Stimmt“, gab er zu.

Zusammen erkundeten wir das Bad. Es gab neben den normalen Dingen einen sehr großen Jacuzzi, der im Boden eingelassen war. Alles bestand aus edlem Marmor und sah teuer aus.

„Ich glaube, wir sollten da mal kurz reinspringen“, sagte Devin und packte mich.

Ich schrie auf und sah mich schon mit nassen Klamotten im Wasser, aber er ließ uns Zeit, zum Ausziehen. Dann hob er mich hinein. Er drückte auf die vielen Knöpfe und die Blasen wurden immer mehr. Ich lachte und setzte mich auf seinen Schoß. Wir alberten herum, küssten uns und konnten durch ein bodentiefes Fenster hinunter auf das Meer sehen. Es war einfach nur perfekt.

Auf dem Weg zur Terrasse trafen wir Marlon und Ian. Beide trugen dünne, helle Anzüge und sahen super aus.

„Na. Auch die große Wanne kurz ausprobiert?“, flüsterte Ian mir zu.

Ich nickte und wir lachten. Es war ein langer Tisch gedeckt, an dem schon ein paar Leute saßen. Kieran und Salina stellten uns allen vor und ich setzte mich neben Salinas Mutter. Sie sah sehr sportlich und attraktiv für ihr Alter aus und hielt Händchen mit einem ebenso gutaussehenden Mann. Sie lächelte mich an.

„Sind sie eine Freundin meiner Tochter?“, fragte sie freundlich.

„Nein. Ich kenne Kieran. Aber auch noch nicht sehr lange.“

Sie sah mich mit einem interessierten und offenen Blick an.

„Ach so“, erwiderte sie, als Kieran sein Glas erhob und aufstand.

Er trug eine schwarze Hose und ein hellgraues Hemd. Salina hatte ein weißes Sommerkleid an. Die beiden waren wirklich ein tolles Paar.

„Wir freuen uns, dass ihr an diesen etwas außergewöhnlichen Ort gekommen seid, um mit uns unsere Hochzeit zu feiern. Es war der Wunsch von Lina, am Strand zu heiraten, und wie sollte ich ihr diesen abschlagen. Ich hoffe, ihr werdet hier ein paar schöne Tage erleben und wünsche euch viel Spaß“, beendete er seine Rede und wir stießen mit Champagner an.

Es wurde ein drei Gänge Menü serviert. Mit leichten Speisen und einem sehr leckeren Nachtisch. Die Stimmung war locker, obwohl sich nicht alle kannten.

„Ach. Es ist so ein schönes Paar“, stellte die Mutter fest.

Ich wunderte mich etwas, denn Kieran mit seinen langen Haaren und als Besitzer eines BDSM Clubs war sicher kein Schwiegermuttertyp. Ich stimmte ihr natürlich zu. Sie sah mich an.

„Sie haben etwas gezögert und sich bestimmt gefragt, ob ich meinen Schwiegersohn auch genau kenne?“, stellte sie fest.

Ich blickte sie ertappt an.

„Na ja. Ich …“, begann ich, als sie mich unterbrach.

„Wissen sie. Ja. Ich kenne ihn und weiß auch, wie er sein Geld verdient. Aber dieser Mann hat meine Tochter unbeirrt durch die Dunkelheit geführt, als niemand mehr nach diesem furchtbaren Ereignis an sie herankam. Er hat nie aufgegeben und sie immer wieder aufgefangen. Das allein macht ihn zum perfekten Mann für Salina“, erklärte sie noch etwas gerührt.

Ich schluckte, es berührte mich ebenfalls und ich bekam eine Gänsehaut.

Nach dem Essen löste sich die Runde auf und wir gingen zu den bequemen Sitzmöbeln, wie Sofas und Sessel. Es bildeten sich kleine Grüppchen. Die Kellner nahmen Bestellungen auf und rannten eilig hin und her. Ich stand am Ende der Terrasse und sah hinunter zum Strand.

„Hey, schöne Frau!“, hörte ich eine Stimme hinter mir und schon legte sich eine Hand in meinen Rücken.

Ich drehte mich um.

„Declan!“, sagte ich überrascht. „Du warst gar nicht beim Essen.“

„Ich bin gerade angekommen. Aber so viel habe ich wohl nicht verpasst“, er lächelte.

„Hey Declan! Kieran sucht dich“, sagte Salina plötzlich neben uns.

Er rollte mit den Augen, aber sah mich noch immer an.

„Wir sehen uns“, flüsterte er und ging ins Hotel hinein.

„Ist es nicht wunderschön?“, stellte sie fest und sah an den Strand.

Ich nickte.

„Komm, lass uns ans Wasser gehen“, schlug sie vor und ich folgte ihr sofort.

Wir gingen die Stufen hinunter bis zum Strand. An der letzten zogen wir die Schuhe aus und liefen barfuß über den Sand. Er war warm, weich und ein herrliches Gefühl. Am Strand befanden Liegen, Schirme und Hängematten. Wir schlenderten ein Stück am Wasser entlang.

„Bist du aufgeregt wegen morgen?“, fragte ich sie.

„Ja. Sehr“, gab sie lächelnd zu.

„Ach. Wir passen schon auf, dass alles klappt“ sagte ich zuversichtlich.

Sie lachte.

„Aber es fühlt sich so gut und richtig an“, stellte sie fest

„Das ist es bestimmt auch. Oder hast du doch Zweifel?“, hakte ich nach.

„Nein. Er ist ein toller Mann und wir haben schon so viel durchgemacht. Trotzdem gibt er mir immer wieder das Gefühl, etwas Besonderes zu sein“, erwiderte sie.

„Ach. Das klingt schön“, seufzte ich. „Wie habt ihr euch eigentlich kennengelernt?“

Salina lachte.

„Ich bin ihm an einer Ampel ins Auto gefahren“, sagte sie.

„Nein!“, ich riss die Augen auf. „Und war er sauer?“

„Na ja. Er fuhr damals einen Ferrari und war stinksauer“, erzählte sie grinsend. „Bis er bemerkte, dass ich völlig hektisch und fertig war. Dann wurde er ganz ruhig und hat mich zum Essen eingeladen.“

Wir lachten.

„Unglaublich!“, rief ich.

„Das war es“, bestätigte sie lachend.

Da legte sich ein Arm um ihre Schulter und dann um meine. Kieran drängte sich zwischen uns.

„Na. Frauengeschichten? Störe ich?“, fragte er.

„Du störst nie. Ich habe Emily gerade erzählt, wie wir uns kennengelernt haben“, erklärte sie.

„Oh ja. Das war teuer!“, stellte er lachend fest.

Sie boxte ihm in die Rippen.

„Sei nicht so unromantisch“, sagte sie.

„Das Romantische hebe ich mir für morgen auf“, erwiderte er grinsend und Salina rollte mit den Augen.

Allerdings so, dass er es nicht sehen konnte.

Als wir zurück zu den Stufen kamen, hörten wir von der Terrasse leise Musik und Stimmengewirr. Kieran küsste erst Salina und gab mir dann einen Kuss auf die Wange, bevor er uns losließ.

„Du hast dir natürlich wieder zwei Frauen gegriffen“, neckte Devin ihn, der oben an den Stufen stand.

„Klar. Steht mir als zukünftiger Ehemann, bestimmt zu“, erwiderte er belustigt.

Devin lachte und Kieran ging an ihm vorbei. Wir nahmen unsere Schuhe und liefen die Stufen hinauf.

Kapitel 18

Devin

Emily kam auf mich zu und sah so sexy aus in ihrem dünnen Kleid. Es schmiegte sich locker um ihren Körper und ihre langen, braunen Haare, fielen auf ihre Schultern. Sie war wirklich der perfekte Engel für mich. Ich legte besitzergreifend meinen Arm um ihre Taille und führte sie zu einem der Stehtische.

„Hab ich dir bestellt. Ich hoffe, er schmeckt“, sagte ich und zeigte auf dem roten Cocktail.

„Danke“, sie hauchte mir einen Kuss auf die Wange.

Ich sah auf und Julien stand mit Declan zusammen. Die beiden lachten während des Gesprächs immer wieder und es sah aus, als wenn sie gemeine Sachen planen würden.

„Da kommt bestimmt nichts Nettes bei heraus“, stellte ich fest und Emily folgte meinem Blick.

In diesem Moment sahen die beiden sich um und kamen auf uns zu. Declan beugte sich verschwörerisch zu uns.

„Wir wollen morgen die Braut entführen“, sagte er leise.

„Gute Idee“, gab ich zu und grinste.

„Ja, wir müssen es noch genauer planen“, erklärte Julien und ich nickte.

„Zumindest sollte er eine harte Ablöseleistung zahlen“, überlegte Declan und lächelte gemein.

Julien und ich lachten.

Es war sehr spät geworden, aber endlich waren wir im Zimmer.

„So ein schöner Abend“, seufzte Emily. „Ich bin morgen auf die Trauung gespannt.“

„Eigentlich wird sie zu harmlos für eine Dom-Hochzeit“, lachte ich.

„Na ja. Es sind auch viele Verwandte da. Die bestimmt nicht alles wissen“, stellte sie fest. „Aber da wir ja noch eine Woche hier sind, könnt ihr ja dann gemeine Spiele machen.“

Ich ging verblüfft auf sie zu und hob die Augenbrauen.

„Emily!“, sagte ich gespielt entsetzt.

Sie kicherte. Ich küsste sie und öffnete ihr Kleid, schob es von ihren Schultern und es fiel zu Boden. Ich hatte den ganzen Abend an Sex mit ihr gedacht und wollte sie jetzt. Plötzlich drehte sie sich allerdings aus meinem Arm und brachte Abstand zwischen uns.

„Dafür musst du mich erst einmal fangen“, rief sie übermütig.

Ich blickte sie erstaunt an und wurde dann ernst. Sollte sie ihren Spaß haben.

„Du willst spielen?“, fragte ich drohend und zog meine Anzugjacke aus, ohne den Blickkontakt zu unterbrechen.

Sie reagierte sofort mit Verlangen in ihren Augen und leckte sich über die Lippen.

„Fang mich doch!“, lockte sie und sah in dieser dünnen Spitzenunterwäsche mega verführerisch aus.

Ich öffnete in aller Ruhe das Hemd und ihr Blick glitt über meine Brust.

„Du weißt, dass ich dich bestrafen werde, wenn ich dich fange?“, meine Stimme klang dunkel.

Sie lächelte frech.

„Ich weiß!“, antwortete sie und legte den Kopf schief.

Ich grinste, aber eher gemein und machte zwei schnelle Schritte auf sie zu. Sie sprang hinter das Sofa, das frei im Raum stand und lachte. Wir drehten langsam ein paar Runden um die Sitzecke und ich fixierte sie, wie eine Beute. Dabei hielt ich ihren Blick und ihre Wangen röteten sich. Ich befand mich gerade an meinem Koffer, als mir einfiel, dass ich noch etwas Passendes eingepackt hatte. Ich griff kurz hinein und steckte mir die Handschellen in die Tasche.

„Was hast du da?“, fragte sie unsicher.

„Finde es heraus!“, erwiderte ich, als sie loslief.

Ich sprang auf sie zu, aber konnte ihren Arm nicht richtig greifen. Sie quiekte und rannte ins Bad. Wie dumm, dachte ich lächelnd und stellte mich in den Türrahmen.

„Verloren“, sagte ich hart.

„Stimmt“, gab sie zu und lehnte verführerisch am Waschbecken.

Langsam ging ich auf sie zu, sah in ihre Augen und packte sie blitzschnell. Ich fesselte ihre Hände auf dem Rücken und drehte sie dann wieder zu mir um. Sie fiel vor mir auf die Knie, was ein absolut heißer Anblick war und mein Domherz höher schlagen ließ.

„Ich ergebe mich“, hauchte sie und senkte den Blick.

Ich atmete tief ein und wurde sofort hart.

„Viel zu spät, kleine Sklavin“, stellte ich mit einem strengen Tonfall fest.

Ich zog sie auf die Beine und drückte sie an die Wand. Ich küsste sie stürmisch, schob ihren BH zur Seite und rieb ihre Brustwarze. Sie stöhnte in meinem Mund.

„Bleib so!“, befahl ich und ging zurück ins Zimmer.

Ich zog mich bis auf die Boxershorts aus und sah mich nach einem geeigneten Spielzeug um. Eigentlich konnte man viel zweckentfremden, also zog ich die Schublade des Schreibtisches auf. Meine Augen leuchteten. Eine Schere. Mit solchen gefährlichen Dingen hatten wir noch nicht so oft gespielt. Wieder zurück im Bad stand sie brav an der gleichen Stelle. Ich fuhr langsam mit der Schere über ihren Hals, bis zu ihren Brüsten und beobachtete sie genau. Wenn nur die kleinste Möglichkeit bestand, dass sie eine ungeahnte Bewegung machen würde, musste ich sofort aufhören. Eigentlich machte man solche Spiele nur mit fixierten Subs.

Sie schluckte hart und ihr Pulsschlag stieg, aber sie bewegte sich nicht. Vorsichtig schob ich die Schere in die Mitte ihrer Brüste und durchschnitt das dünne Stoffband. Sie zuckte und es schien sie anzumachen, also fuhr ich langsam über ihren Körper und mit der anderen Hand unter ihren Slip. Sie war feucht und ich umkreiste sanft aber beständig ihre Klit.

„Ganz still stehen!“, sagte ich drohend und meine Stimme klang rau.

Sie erschauerte und starrte gebannt auf das Metall, das ich immer näher zu ihren Brustwarzen führte. Sie biss sich auf die Lippe und ihre Erregung stieg. Gerade, als ich die Schere um ihre Brust führen wollte, stöhnte sie und kippte etwas nach vor. Sofort nahm ich sie weg und warf sie in das Waschbecken, das sich neben uns befand.

Emily sah mich erschrocken an und ich legte meine Hand an ihre Wange. Sie atmete erleichtert durch. Ich kniete mich vor sie, zog ihr den Slip aus und spreizte ihre Beine. Genüsslich leckte ich über ihre Klit und saugte an ihr.

„Oh“, stöhnte sie und schloss kurz ihre Augen.

Dann nahm ich sie am Arm und ging mit ihr auf den Balkon. Hier konnte uns niemand sehen, aber hören mit Sicherheit.

„Du solltest ganz leise sein, wenn du morgen keine Erklärungen abgeben möchtest“, flüsterte ich in ihr Ohr.

Sie sah mich entsetzt an. Ich drehte sie abrupt und drückte sie vornüber auf den Tisch. Mit dem Fuß schob ich ihre Beine auseinander.

„Nicht bewegen“, zischte ich und ging hinein zu meinem Koffer.

Mit einem kleinen Vibrator lief ich zurück und blieb kurz vor der Balkontür stehen. Dieser Anblick war der Hammer. Devot, bereit und hocherregt, lag sie brav über den Tisch gebeugt. Ihre Atmung ging schneller und ich wusste, dass ihre Aufregung jede Sekunde wuchs, denn sie konnte mich nicht sehen. Ich wurde sofort hart und spürte jetzt schon das geile Gefühl, in ihr zu sein. Als ich leise näher zu ihr ging, konnte ich ihre Nässe zwischen den Beinen glitzern sehen und schluckte.

Ich atmete tief durch, aber meine engen Boxershorts, ließen kaum noch Platz. Ich schaltete den Vibrator an und hielt ihn an ihre Klit. Sie zuckte und schnappte nach Luft. Rasend schnell trieb ich sie in ihren Orgasmus und sie biss sich auf die Lippe, um nicht laut zu schreien. Dann versenkte ich mich mit einem Stoß in ihr und begann sofort, sie hart und tief zu nehmen. Der Vibrator blieb weiterhin an ihrer Klit und sie wimmerte leise. Wir kamen fast gemeinsam und nach ein paar langsamen Stößen zog ich mich aus ihr zurück. Ich löste ihre Fesseln und nahm sie in den Arm. Der warme Wind und der Geruch vom Meer machten diesen Moment perfekt.

Gerade, als wir hineingehen wollten, hörten wir ein Geräusch.

„Au!“, erklang sofort darauf Ian Stimme.

Es kam vom Nachbarbalkon. Denn die beiden hatten das Zimmer neben uns.

„Sch …!“, hörten wir Marlon.

„Au“, sagte Ian wieder, aber dieses Mal klang es dunkler, eher wie ein Stöhnen.

„Au ist kein Safeword“, stellte Marlon streng fest.

Emily grinste mich an und auch ich musste lächeln.

„Du bist … oh Gott …“, Ian Stimme ging in ein tiefes Seufzen über.

Ich nahm Emily auf den Arm, trug sie zum Bett und legte sie hinein.

„Die beiden scheinen zumindest Spaß zu haben“, stellte ich fest, während ich das Licht löschte.

Sie lächelte und ihr fielen die Augen zu.

„Ich freue mich wirklich für die beiden. Irgendwie passten sie zusammen“, sagte sie müde.

Als ich neben ihr lag, kuschelte sie sich an mich.

„Ja, das stimmt“, erwiderte ich und lächelte.

Kapitel 19

Emily

Ich lehnte an der Mauer und sah zur Tanzfläche. Die Hochzeitsfeier war in vollem Gange und Salina und Kieran hatten eben ihren Eröffnungstanz gezeigt. Sie konnten beide sehr gut tanzen und die Ballade dazu war wunderschön. Ein paar der Gäste hatten dabei eine Träne verdrückt. Ich dachte an die Trauung am Strand. Es war ein Traum. Die blauen Stühle waren mit weißen Schleifen dekoriert und in der Mitte befand sich ein langer weißer Holzsteg für das Brautpaar. Der Pfarrer stand am Ende unter einem Blumenbogen und dahinter war gleich das Meer. Salinas Kleid wirkte edel und doch sexy und Kieran sah in seinem Anzug einfach nur umwerfend aus. Mehr Romantik konnte ich mir gar nicht vorstellen.

Jetzt wartete ich auf die Entführung der Braut. Das würde sicher etwas heftiger werden. Als Kieran mit Salinas Mutter tanzte, war es so weit. Ich lief hinter Julien, Devin und Declan her, die Salina schnell hinausschoben. Marlon Ian und Jessy würden ihn bei der Suche unterstützen.

„Ihr seid echt gemein!“, lachte sie, als sie sich die Schuhe auszog, um über den Sand zu laufen.

„Oh, es wird noch viel gemeiner", stellte Julien grinsend fest.

Wir liefen über den Strand, um ein kleines Palmwäldchen herum. Ziel war eine, zurzeit leerstehende Holzhütte, die sonst wohl als Bar genutzt wurde. Man konnte uns hier nicht sehen, das hatten Julien und Declan ausgekundschaftet. Sie hoben Salina auf die offene Theke und Devin hatte Gläser und eine Flasche Champagner dabei.

„Das war bestimmt deine Idee, oder?", fragte Salina Declan.

„Ne, ne. Das war Julien", erklärte er und wir stießen an.

Juliens Handy zeigte kurze Zeit später eine Nachricht an.

„Von Kieran", sagte er und hielt sie in unsere Richtung, damit wir sie lesen konnten.

Tausche Jessy gegen Salina! Deal?

Wir lachten.

Nein. Abgelehnt!

schrieb Julien zurück. Ich setzte mich zu Salina.

„Die Hochzeit ist so schön", sagte ich begeistert.

Sie strahlte mich an.

„Ja", seufzte sie. „Ich werde wohl noch monatelang mit einem Lächeln im Gesicht herumlaufen."

Ich lachte.

Es dauerte tatsächlich etwas länger, bis Kieran auf uns zukam. Er trug seine Anzugjacke lässig über die Schulter und der Rest folgte ihm.

„Ich dachte, er findet sie nie", sagte Marlon und rollte gespielt mit den Augen.

„Hallo?", Kieran drehte sich zu ihm und strafte ihn mit einem bösen Blick.

Alle lachten. Er ging zu Salina, aber bevor er sie erreichte, stellten sich Devin, Julien und Declan dazwischen.

„Oh nein! Das wäre ja viel zu einfach. Du musst sie doch auslösen“, erklärte Devin.

Kieran sah sich misstrauisch um.

„Und wie? Mit Trinkspielen sieht es hier ja eher mau aus“, stellte er fest.

„Wir haben uns da mal etwas anderes überlegt“, sagte Julien und grinste gemein.

Kierans Augen wurden schmal.

„Das ist nicht euer Ernst?“, fraget er.

„Doch. Ist es!“, gab Julien zu.

Kieran seufzte.

„Ihr wollt ihn leiden sehen?“, fragte Salina und es klang belustigt.

„Klar! Gehört bei eurer Hochzeit doch irgendwie dazu“, stellte Devin fest.

Sie lachte und fing einen nicht ganz ernsten, warnenden Blick von Kieran.

„Also zeigt her, was habt ihr für fiese Sachen da“, forderte er.

„Zieh doch erstmal dein Hemd aus!“, sagte Declan und grinste frech.

Kieran verzog den Mund, aber gab Marlon sein Jackett. Dann zog er das Hemd aus und ich sah sofort die superschönen Tattoos auf seinem Oberkörper. Ein filigraner Wolfskopf auf seiner Schulter und ein Spruch im Nacken:

Mein Leben – Meine Regeln.

Ich lächelte, denn das passte perfekt zu ihm. Er musste sich mit dem Gesicht zur Holzwand drehen und stützte sich mit den Händen ab.

„Vielleicht solltest du uns ein Safeword sagen?“, neckte Julien ihn.

„Wird schon gehen. Wer weiß, ob ihr überhaupt trefft", erwiderte er gelassen.

Declan holte eine sehr dünne Peitsche hervor und gab sie Julien. Ich schluckte hart und sah wieder meine heiße Session bei Kieran im Club vor mir. Himmel, hatte ich einen Peitschen-Fetisch? Devin suchte meinen Blick und zwinkerte mir zu. Natürlich dachte er auch gerade daran.

Kieran bekam ein paar harte Schläge von unterschiedlichen Leuten. Es waren deutlich rote Striemen zu erkennen, aber er blieb sehr ruhig, trotzdem man sehen konnte, dass es wehtat. Dann nahm Declan die Peitsche nochmal.

„Dreh dich um", befahl er und mochte das Spiel mit seinem Boss sichtlich.

Er drehte sich um und sah Declan an.

„Du genießt es, deinen Chef mal ohne Konsequenzen zu schlagen, nicht wahr?", fragte er.

„Ein wenig vielleicht ...", erwiderte Declan und lächelte. „Darum wird es jetzt auch ein bisschen schmerzhafter."

Kieran wusste anscheinend, was er vorhatte, nahm die Hände auf den Rücken und sein Oberkörper spannte sich an.

„Das ist wirklich fies auf die Bauchmuskulatur", stellte Marlon neben mir fest und verzog das Gesicht.

„Na los! Ich hoffe, du triffst richtig", provozierte Kieran und ließ ihn nicht aus den Augen.

Natürlich wusste er, das Declan, als bester Dom in seinem Club, das locker beherrschte. Er schlug zu und Kieran schluckte hart. Ein knallroter Striemen ging quer über seinen Bauch. Der zweite Schlag traf ihn an der Brustwarze und sein Kiefer spannte sich deutlich an. Declan war zufrieden und Salina lief zu ihm und küsste ihn leidenschaftlich.

„Wow, das war schon ganz gut, aber wir haben noch etwas für dich", sagte Declan und trat zu den beiden.

Kieran zog gerade sein Hemd wieder über und sah ihn erstaunt an. Er hielt ihm eine kleine Schachtel hin und grinste.

„Du glaubst, das tue ich mir auf meiner Hochzeit an?", sagte Kieran belustigt und sah hinein.

„Ach komm. Ist doch gar kein Ding für dich. Das machst du ganz locker", Julien sah ihn herausfordernd an.

Alle standen jetzt um ihn herum und ich ging ebenfalls näher.

„Was ist es?", fragte ich Jessy neugierig.

„Ein Cockring", erklärte sie grinsend.

Die Doms hatten einen engen Kreis um ihn gebildet und sahen ihn ernst an. Kieran überlegte und Salina verkniff sich ein Lächeln.

„Komm Mr. Oberdom! Salina legt ihn dir auch an", forderte Marlon.

„Okay!", gab er nach und nahm den Ring. „Wessen Idee war das?"

„Kein Kommentar", sagte Julien und schüttelte den Kopf.

Kieran zog die Stirn in Falten.

Wie schlenderten alle zurück zur Party und ließen die beiden allein.

„Meinst du, er wird ihn wirklich anlegen?", fragte ich Julien, der gerade neben mir ging.

„Mit Sicherheit. Es war nämlich Salinas Idee", lachte er.

Ich riss die Augen auf.

„Ehrlich?", rief ich erstaunt.

„Doch wirklich", lachte Devin hinter mir.

„Dieser letzte Schlag war echt hart", stellte Marlon fest.

„Ja. Aber genau dein Ding, oder?", fragte Julien.

„Schon. Für mich wäre das allerdings nichts", erwiderte er.

„Oh. Dann wissen wir ja etwas für unsere Spielchen", sagte Devin.

„Untersteht euch!“, rief er und legte Ian den Arm um die Schulter.

Kieran und Salina kamen nach einiger Zeit wieder zurück zur Party und alle klatschten. Sie hatten es ja mitbekommen, dass die Braut entführt wurde. Mit Sicherheit konnten sie sich aber nicht vorstellen, was dann passiert war. Ich lächelte und setzte mich mit Devin und Julien an die Bar. Kieran kam zu uns und stellte sich zwischen Julien und mich.

„Ich brauche jetzt erst einmal etwas zu trinken“, sagte er.

Ich konnte ihm nichts aber auch gar nichts anmerken.

„Du hast lange gebraucht, um meine Tochter zu finden“, erklärte plötzlich Salinas Mutter neben uns und grinste.

Julien legte seine Hand fest auf Kierans Rücken und strich ein paarmal hin und her. Er versteifte sich, denn die Striemen brannten durch die Reibung sicher noch mehr.

„Er ist nicht so gut im Suchen“, erklärte Julien locker und lächelte.

„Tja, manchmal ist es nicht so einfach, wie es scheint“, presste Kieran hervor.

„Ihr habt sie sicher auch gut versteckt“, lachte sie und ging mit ihrem Mann weiter.

Kieran nahm sofort Abstand von Julien.

Es war eine schöne Feier. Mit guter Musik und super Stimmung. Wir hatten alle unseren Spaß und waren ausgelassen. Kieran hatte mich gerade zum Tanzen aufgefordert und legte den Arm um mich. Es fühlte sich gut an, wir bewegten uns leicht über die Tanzfläche.

„Tut es sehr weh?“, fragte ich und meinte natürlich die Striemen.

Er legte den Kopf schief.

„Sagen wir mal, das eine hebt sich gegen das andere fast auf …“, erwiderte er lächelnd.

„Du trägst wirklich den Cockring?“, hakte ich erstaunt nach.

„Sicher. Spiel ist Spiel“, lachte er. „Aber wie geht es dir? Machst du dir noch immer so viele Gedanken in einer Session? Oder danach?“

„Nein. Ich glaube, es läuft gerade richtig gut. Ich kann loslassen und es genießen“, erklärte ich.

„Schön. Das freut mich“, sagte er ehrlich und schenkte mir ein heißes Lächeln.

„Wo ist Summer jetzt eigentlich?“, wechselte ich schnell das Thema.

„Sie ist bei einem Freund und ich bekomme ständig Bilder“, erwiderte er lachend.

„Fotos? Zeig mal!“, sagte ich neugierig.

Er nickte und führte mich zu der Mauer am Rand der Tanzfläche. Er suchte in seinem Handy und zeigte mir die Fotos. Summer auf dem Sofa, Summer im Büro, Summer auf einer Gartenliege, Summer schlafend auf einem Mann, Summer im Bett.

„Sie ist so süß mit ihrem flauschigen Fell und scheint es dort sehr gut zu haben“; stellte ich fest.

„Denke ich auch“, sagte er lachend.

Es war sehr spät und die meisten Gäste waren schon auf ihren Zimmern. Kieran und Salina kamen an unseren Tisch.

„Wir werden mal nach oben gehen“, sagte er.

„Hältst du es nicht mehr aus?“, neckte ihn Devin.

Er sah tatsächlich etwas angestrengt aus, aber das konnte natürlich auch an dem langen Tag liegen.

„Ich finde, er hat es ganz gut gemacht“, stellte Salina fest.

Sie stand vor ihm, drückte sich nach hinten und rieb sich an ihm. Kieran zog zischend die Luft ein und griff an ihre Schultern.

„Ich hoffe, ihr kommt bis ins Zimmer", rief Declan.
„Denk daran, Fahrstühle haben Kameras …", sagte Julien.
Kieran rollte mit den Augen und schob Salina zum Ausgang, als Marlon ihm entgegenkam.
„Hey, du siehst angespannt aus!", rief er lachend und kam zu uns.
„Ihr könnt so gemein sein", sagte ich und lächelte.
Eine Stunde später lagen wir völlig erschöpft im Bett.
„Es war eine schöne Hochzeit", sagte ich und kuschelte mich in die Decke.
„Ja, finde ich auch", erwiderte Devin. „Guck mal, habe ich von Marlon bekommen."
Er hielt mir eine kleine schwarze Kiste vor die Augen. Ich nahm sie und fand darin einen breiten Cockring mit einer Fernbedienung.
„Der vibriert?", fragte ich.
„Heftig sogar", erklärte er.
Ich lächelte, denn ich stellte ihn mir gerade, in mir drin vor.
„Würdest du ihn ausprobieren?", fragte ich zuckersüß.
„Ja. Nur für dich", sagte er zärtlich.
Ich küsste ihn und legte das Kästchen auf den Nachttisch. Nachdem ich mich in seinen Arm gelegt hatte, überlegte ich, wie sich das Vibrieren in mir wohl anfühlen würde.

Kapitel 20

Devin

Auf dem Weg über die Terrasse hörte ich schon die bekannten Stimmen. Ich hatte Emily einen Zettel auf das Bett gelegt und sie schlafen lassen. Ich wollte mit Marlon schnorcheln und er wartete am Strand auf mich.

„Hi! Guten Morgen!“, rief Jessy ausgelassen.

Sie lag auf einer Strandliege zwischen Julien und Ian, die sie beide nicht aufstehen ließen und immer wieder kitzelten.

„Hi!“, erwiderte ich und sah mich nach Marlon um.

„Er kommt gleich, aber ich glaube, mit dem Schnorcheln wird es nichts. Er hat echt einen dicken Kopf“, erklärte Ian.

Ich lachte.

„Von gestern oder von der Nacht?“, fragte ich belustigt.

Ian sah mich grinsend an, griff dann aber wieder nach Jessy. Ich musterte sie, als Julien sie auf die Liege drückte. Was für ein heißer Bikini. Er hatte wirklich nur Stoff an den wichtigen Stellen.

„Hilf mir Devin!“, quiekte sie und Ian begann sie zu kitzeln.

„Ich bin da raus“, erwiderte ich grinsend und lief zum Meer.

Es war zu verlockend und ich schwamm ein Stück hinaus. Es machte Spaß, mal wieder im Meer zu schwimmen und im flacheren Wasser konnte ich tatsächlich schon ein paar Fische erkennen. Als ich ans Ufer zurückging, stand Marlon vor mir.

„Sorry. Aber vielleicht können wir es heute Nachmittag machen?“, fragte er und sah wirklich ein bisschen müde aus.

„Klar!“, sagte ich. „Sonst alles okay?“

Er lächelte und wir gingen langsam zurück zu den anderen.

„Ja. Läuft gut“, erwiderte er und sein Grinsen wurde breiter.

„So gut?“, lachte ich. „Das hätte ich nicht gedacht.“

„Ich auch nicht“, gab er grinsend zu.

Ich legte mich auf eine freie Liege und sah zu Julien.

„Wo ist denn das Brautpaar?“, fragte ich ihn und grinste süffisant.

„Die hatten bestimmt eine anstrengende Nacht …“, sagte er und lachte.

Ian hatte sich zu Marlon auf eine Liege gelegt und Jessy lag jetzt brav neben Julien. Ich verschränkte die Arme unter dem Kopf und schloss die Augen.

„Wow. Noch so ein Nichts von einem Bikini“, hörte ich Juliens Stimme.

Ich sah hoch und vor mir zog Emily gerade ihr Strandkleid aus. Zum Vorschein kam ein ebenso knappes Teil, wie bei Jessy.

„Hey Engel!“, sagte ich begeistert.

Sie lachte.

„Rutsch mal“, forderte sie und legte sich neben mich.

Ich stützte mich auf und sah, dass Julien mit dem Finger über Jessys Körper fuhr.

„Hier hätte der Stoff noch weniger sein können“, stellte er fest und strich an der Unterseite ihrer Brust entlang.

Sie grinste.

„Wir wussten, dass euch die Bikinis gefallen würden“, sagte Jessy und Emily lächelte mich an.

Ich malte kleine Kreise auf ihren Bauch und fand sie megasexy.

„Iih! Du bist ja nass“, stellte sie fest, blieb aber liegen.

Jessy sah über Julien hinweg zu Marlon und Ian. Sie unterhielten sich und Marlon fuhr Ian verträumt durch die Haare.

„Hey. Ihr braucht doch nicht so weit weg zu liegen. Ich finde es sehr anregend, wenn sich zwei Männer küssen“, rief sie.

Julien sah sie verwundert an.

„Ach was?“, sagte er erstaunt.

„Ja! Du findest zwei Frauen doch auch hot“, stellte sie fest.

Er brummte etwas und legte sich wieder hin. Ian sah zu uns und lächelte.

„Es gibt jetzt aber keine Show!“, rief er.

„Schade!“, provozierte Jessy ihn.

„Vielleicht später!“, sagte Marlon und zwinkerte ihr zu.

Ich sah in Emily grün, schimmernden Augen, beugte mich über sie und küsste sie. Sie legte den Arm um meinen Hals und erwiderte ausgehungert den Kuss.

„So lange warst du gar nicht allein!“, sagte ich lächelnd.

„Aber ich habe dich vermisst!“, erklärte sie.

„Wo hat er die denn her?“, hörten wir Jessys Stimme und sahen zum Strand.

Declan hatte eine kleine, zarte, schwarzhaarige Frau im Arm. Sie trug einen weißen Bikini, der ihre schokofarbende Haut noch mehr zur Geltung brachte.

„Wow“, Julien musterte sie.

„Leg dich wieder hin und mach die Augen zu“, sagte Jessy.

„Vorsicht, kleine Lady!“, knurrte er und sie grinste.

Declan und die Kleine waren vor unseren Sonnenliegen angekommen. Er blieb stehen, zog sie an sich und küsste sie leidenschaftlich und tief. Dabei legte er seine Hand auf ihren Po. Ich sah interessiert zu und niemand hätte leugnen können, dass die Show echt heiß war. Selbst Ian ließ seinen Blick nicht von ihnen ab. Trotzdem ich nicht genau wusste, ob er nicht vielleicht Declan ansah.

Er sprach leise mit ihr und sie drückte sich noch enger an seinen Körper. Sie schloss die Augen, als er fest in ihren Hintern griff und er sie wieder besitzergreifend küsste. Mein Pulsschlag erhöhte sich.

„Schluss mit der Show, Declan“, rief Kieran plötzlich und ich holte tief Luft.

„Wie schade“, sagte ich leise und Emily schlug mir belustigt auf die Brust.

Declan winkte lachend ab und ging mit ihr weiter den Strand entlang.

„Du Spielverderber“, erwiderte Julien.

Kieran schüttelte den Kopf.

„Wo ist deine Ehefrau?“; fragte Jessy

„Sie verabschiedet die letzten Gäste“, erklärte er, als Hotelangestellte mit silbernen Tabletts und Beistelltischen zu uns kamen.

„Ihr habt sicher noch nicht viel gegessen?“, stellte Kieran grinsend fest.

Es gab kleine Häppchen mit Fisch, Eiern und anderen Sachen, außerdem verschiedene Früchte. Es sah richtig lecker aus.

Kapitel 21

Emily

Nachdem wir ebenfalls alle ein Getränk bekommen hatten, machten wir uns über das Essen her. Es war wirklich köstlich und genau das Richtige nach der Essensschlacht gestern.

„Was für eine schöne Idee“, sagte ich zu Kieran.

Er lächelte. Danach lagen wir alle faul in der Sonne. Salina war zu uns gekommen, saß auf der Liege und Kieran cremte sie ein.

„Wie war eigentlich der Cockring? Berichte!“, rief Julien, ohne die Augen zu öffnen.

Kieran lachte.

„Ich würde sagen, ihr solltet es ausprobieren“, antwortete er.

„Das macht ja neugierig“, stellte Julien fest.

„Es ist wirklich zu empfehlen“, sagte Salina mit einem Lächeln.

„Aber gebt niemals die Fernbedienung aus der Hand“; mahnte Kieran.

„Oh. Hast du den Dom in seiner Hochzeitsnacht an seine Grenzen gebracht?“, fragte Devin.

Salina schüttelte den Kopf.

„Ich hatte leider keine Chance, sie zu bekommen", erklärte sie.

Marlon brummte etwas.

„Dafür habe ich sie mir geschnappt", rief Ian triumphierend. „Und Ladys ich sage euch …"

„Halt die Klappe Ian", schnaubte Marlon nicht ganz ernst gemeint.

Alle brachen in Gelächter aus.

„Los sag schon Ian! Wir wollen alles wissen", forderte Jessy ihn auf.

Ian wollte gerade etwas erzählen, als Marlon ihm den Mund zuhielt.

„Es ist mmmm…", brachte er nur heraus.

„Lass ihn los!", rief Devin belustigt.

In dem Moment riss Ian sich los und rannte weg. Marlon hinter ihm her. Wir konnten uns kaum halten vor Lachen. Ian versuchte, ihn abzuhängen, aber er kam immer näher.

„Vielleicht sollte man ihm helfen?", sagte Devin ernst und sah zu Julien und Kieran.

Schon rannten alle drei los und schnappten sich Marlon.

„Wie die Kinder", stellte Salina lachend fest.

„Aber Mädels, mal ehrlich. Was für eine heiße Show mit diesen schönen Männern …! Wir sollten das Muskelspiel und den Ausblick genießen", sagte Jessy.

„Da muss ich dir recht geben. Wir haben echt Glück mit ihnen", erwiderte ich.

Sie kamen mit Marlon, den Julien und Devin an den Armen im Zaum hielten, wieder. Er fluchte.

„So Ian. Erzähl mal", sagte Kieran grinsend.

„Wehe", drohte Marlon.

„Ruhig jetzt!", knurrte Devin und schlug Marlon spielerisch an den Hinterkopf.

„Ihr solltet auf jeden Fall versuchen, die Fernbedienung zu sichern. Ihr könnt eure Doms damit echt in die Knie zwingen“, erklärte Ian.

„Welch eine Verlockung!“, sagte ich und fing einen warnenden Blick von Devin.

Sie ließen Marlon wieder frei und Ian ging mit Kieran und Julien ins Wasser.

„Ja flüchte nur! Der Schutz wird dir auch nicht helfen!“, rief Marlon ihm hinterher.

Ian lachte.

„Wollen wir ein bisschen weiter weg von den Irren?“, flüsterte Devin mir zu.

„Gern“, sagte ich.

Wir standen auf und liefen am Wasser entlang. Er nahm meine Hand und ich lehnte mich an ihn. Die Wellen umspülten immer wieder unsere Füße und die Sonne auf der Haut fühlte sich so gut an. Von weitem hörte man Stimmen und Gelächter. Ich blieb stehen und sah Devin in die Augen. Ich spürte so viel Liebe und eine tiefe Verbindung. Wir küssten uns zärtlich und ich wollte ihn gar nicht mehr loslassen. Als wir uns lösten, sah ich, dass er etwas in seiner Hand versteckte.

„Was hast du da?“, fragte ich neugierig.

„Vertraust du mir?“, sein Blick fing meinen.

„Ja!“, erwiderte ich ohne Zögern.

„Und bist du mutig?“, er legte den Kopf schief.

„Was hast du vor?“, mein Herz begann schneller zu schlagen.

Er zeigte mir eine Augenbinde.

„Willst du es ausprobieren?“, fragte er verlockend.

„Mach schon!“, erwiderte ich und drehte mich um.

Er verband mir die Augen und Schritt für Schritt gingen wir ins Meer. Es war ein merkwürdiges Gefühl. Das Wasser stieg immer höher und ich hörte Geräusche, die ich vorher nie wahrgenommen hatte. Vögel sangen und der Wind wehte leicht durch die Palmenblätter. Als ich schwimmen musste, ließ er mich los und ich schwamm ein Stück. Plötzlich hatte ich das Gefühl, ganz allein in dem riesigen Meer zu sein. Mein Puls raste und ich bekam Wasser ins Gesicht. Ich zappelte und wollte umdrehen.

„Hey ruhig! Ich bin ja da!“, sagte Devin und legte einen Arm um meine Hüfte.

Sofort hatte ich mich beruhigt und schlang die Arme um ihn.

„Wieder okay?“, seine Stimme klang beruhigend.

„Ja!“, erwiderte ich erleichtert.

„Soll ich die Augenbinde abnehmen?“, fragte er.

„Nein“, sagte ich bestimmt.

Er schwamm ein Stück mit mir und dann hatten wir wieder Boden unter den Füßen. Er zog mich fest an sich und ich umklammerte ihn mit den Beinen.

Er küsste den Hals, meine Lippen, meine Schulter und es fühlte sich so gut an.

„Hattest du im Meer schon mal Sex?“, flüsterte er und seine Stimme klang rau.

„Nein“, erwiderte ich und lächelte.

„Ich auch nicht“, gab er zu und zog mit seinen Zähnen sanft an meiner Unterlippe.

Sein Kuss war fordernd, ungeduldig und mein Körper reagierte sofort auf ihn. Seine Hand glitt zwischen uns und fuhr unter das Bikinihöschen. Er streichelte mich und ich spürte ein tiefes Verlangen.

„Mmmmh, du bist feucht“, brummte er, als er zwei Finger in mich schob.

Ich versuchte, mit meiner Hüfte zu kreisen, um ihn mehr zu spüren.

„Oh ja“, stöhnte er und drängte seine Finger noch tiefer in mich.

Heiße Schauer liefen mir über den Rücken und ich wollte ihn.

„Stell dich hin und lass uns das Höschen loswerden“, raunte er und half mir dabei. Ich drückte meine Hand gegen seine Badehose und spürte eine heftige Erektion.

„Ja Baby“, stöhnte er tief, als ich seine Badehose nach unten schob.

Ich massierte seinen Schwanz und küsste ihn auf die Brust. Er atmete schneller und sein Stöhnen war pure Begierde und Lust. Es kickte mich und ich wollte ihn spüren. Ich legte die Arme um seinen Nacken und umschlang ihn wieder mit den Beinen.

„Bleib genau so, egal was passiert“, sagte er leise.

Dann drang er in mich und ich keuchte vor Lust. Er presste mich fest an sich und schob sich immer tiefer und wieder zurück. Es war unglaublich. Die Penetration fühlte sich im Wasser und mit der Augenbinde so viel intensiver an. Sie ließ meinen ganzen Körper erschauern und pure Lust durchströmte mich. Er fuhr mit seiner Hand über den Po bis zum Anus. Sanft glitt er mit einem Finger hinein und bei jedem Stoß von ihm spürte ich ihn auch dort.

Ich stöhnte laut, als er mich immer mehr dehnte. Der verlockende Druck zog sich im Unterleib zusammen. Und ich passte mich seinen Bewegungen an, um ihn noch tiefer zu spüren.

Plötzlich fühlte ich Küsse auf meiner Schulter und einen Körper hinter mir. Devin zog seine Hand vorsichtig zurück und ich spannte mich an.

„Genieße es und entspann dich!“, raunte Devin in mein Ohr.

Es klang so verlockend, verführerisch und ich gab mich den Gefühlen hin. Ich konnte auch nicht anders, denn mein ganzer Körper schrie nach Erlösung. Außerdem würde es ja nur Julien sein. Langsam und sehr vorsichtig drang jemand in meinen Anus. Wieder war es unbeschreiblich. Ich hatte das Gefühl, es war zu viel, zu eng. Dann stand mein ganzer Körper in Flammen, meine Klit pochte heftig und die Lust stieg bis in den Kopf. Ich liebte es, wie beim ersten Mal, als ich die Fantasie Devin erzählt hatte und er sie mit Julien in die Realität geholt hatte.

Beide penetrierten mich und ich schrie irgendwelche zusammenhanglose Worte. Ich kam heftig und bebte. Hände hielten mich an meinem Rücken und ich fühlte mich wieder sicher und beschützt. Sie wurden zwar langsamer, aber hörten nicht auf, sich weiterhin in mich zu drängen.

„Schneller!“, keuchte ich, ohne nachzudenken.

Sie erhöhten das Tempo und ich nahm ein tiefes dunkles Stöhnen wahr, dass mich noch mehr kickte. Ich krallte mich in Devins Nacken und flog höher und höher … Weit entfernt hörte ich irgendwelche Worte, Stöhnen, Schreie. Ich konnte nicht sagen, ob sie von mir kamen, und es war mir auch egal. Irgendwo, kurz vor den Wolken explodierte ich und zerfiel in tausend Teile.

Mein Kopf lehnte an Devins Schulter und ich kam mir noch immer schwerelos vor. Er hielt mich fest und langsam nahm ich wahr, dass ich vor ihm im Wasser stand. Es war ein schönes, geborgenes Gefühl.

„Hey Engel“, sagte er leise.

„Mmm“, stöhnte ich glücklich.

„Hat es dir gefallen?“, fragte er.

„Es war unglaublich“, erwiderte ich erschöpft, aber tief befriedigt.

Er nahm mir die Augenbinde ab und ich blinzelte in die Sonne. Um uns herum nur das Meer und der Strand. Ich drehte sofort meinen Kopf, konnte allerdings keine zweite Person sehen.

„Komm wir ziehen dich mal wieder an“, sagte er und half mir, in das Bikinihöschen zu steigen.

Er führte mich behutsam zurück zum Strand und hatte seinen Arm dabei fest um meine Taille gelegt. Nur ganz langsam kam ich wieder runter und konnte die Gedanken ordnen.

„Wer war es, Julien?“, fragte ich grinsend, während wir zu den anderen gingen.

„Wird nicht verraten“, erwiderte er lächelnd.

„Was? Du sagst es mir nicht?“, rief ich.

„Nein. Keine Chance!“, sagte er bestimmt.

Ich überlegte, dass ich ja nur darauf achten musste, wer jetzt nasse Haare hatte. Ich würde es schon herausfinden. Als Erstes sah ich Marlon, der auf einem Handtuch im Sand lag, Ian saß auf seinem Rücken und massierte ihn. Beide hatten nasse Haare, aber würde Devin diese Nummer mit Marlon wirklich machen? Kieran saß mit Julien auf einer der Liegen und sie unterhielten sich. Kierans Haare waren nass, Juliens nicht. Verdammt! War es wirklich nicht Julien gewesen? Jessy und Salina lagen in der Sonne und hatten die Augen geschlossen. Wir setzten uns auf eine der Strandliegen und Devin schmunzelte. Natürlich hatte er bemerkt, dass ich jeden `Verdächtigen´ ansah. Da kam Declan genau aus unserer Richtung. Er fuhr sich mit der Hand durch die Haare, aus denen noch Wasser lief. Ich starrte ihn an.

„Hey, wo hast du deine Freundin gelassen?“, fragte Salina.

„Sie hat jetzt ihre Schicht im Hotel“, erklärte er, als sich unsere Blicke trafen.

Er zwinkerte mir zu und ich war mir sicher, dass es Declan gewesen war. Oder nicht? Seufzend legte ich mich hin und Devin ging zu Kieran und Julien. Mit geschlossenen

Augen überlegte ich weiter. Mein Gedankenkarussell nahm Fahrt auf.

„Ist hier noch frei?“, hörte ich Declan und sah ihn an.

Er stand an der Liege und lächelte mich an.

„Äh. Ja“, sagte ich zögernd und er legte sich neben mich.

„Ist der Wahnsinn hier, oder?“, stellte er begeistert fest.

„Ja“, erwiderte ich. „War deine Freundin bis eben bei dir?“

Ich versuchte, die blöde Frage wenigstens locker klingen zu lassen.

„Nee. Sie arbeitet schon eine halbe Stunde“, sagte er erstaunt.

Mist. Ich konnte ihn unmöglich direkt darauf ansprechen, überlegte ich.

„ … und sie ist nicht meine Freundin“, schob er nach.

Ich sah ihn an und musste lächeln.

„Aha“, ich schmunzelte.

„Du siehst übrigens megahot aus in dem Bikini“, er musterte mich.

„Danke“, sagte ich und wusste noch immer nicht weiter.

Kapitel 22

Devin

Ich saß im Sand und beobachtete Declan, der sich neben Emily gelegt hatte.

„Probleme damit?“, fragte Julien.

„Eigentlich nicht“, sagte ich zögernd.

Er lächelte, als Kieran, der gerade ins Hotel verschwunden war, wieder vor uns stand.

„Ich dachte, wir machen morgen früh Parasailing. Habt ihr Lust?“, fragte er.

„Natürlich!“, rief ich begeistert.

„Gut. Ich muss denen nämlich die Personenzahl mitteilen“, erklärte er.

„Also ich komme auch gern mit“, sagte Julien.

„Prima! Was ist mit Emily?“, fragte er und sah zur Sonnenliege.

Declan war weg und ich ging mit Kieran hinüber zu ihr. Sie schien zu schlafen, was kein Wunder nach der Nummer im Meer war. Ich beugte mich über sie und küsste sie wach.

„Hi“, sagte sie und blinzelte.

„Hey! Morgen ist Parasailing, möchtest du mit?“, fragte Kieran, während ich mich neben sie setzte.

Sie riss die Augen auf.

„Da wird man doch mit einem Fallschirm hinter einem Boot hergezogen, oder?“, fragte sie.

„Genau“, sagte ich.

„Ich bleibe hier!“, entschied sie und lächelte.

„Ach Baby, komm doch mit. Es wird bestimmt lustig“, versuchte ich sie zu überreden.

„Nein, da wird mir nur schlecht, das ist viel zu hoch“, erklärte sie.

„Okay! Ich bleibe ja auch hier“, sagte Kieran.

„Du hast Angst davor?“, hakte Emily ungläubig nach.

„Nein. Morgen kommt Salinas Bruder und da sie gern mit möchte, warte ich auf ihn“, erwiderte er lachend.

Wir hatten an diesem Abend alle zusammen in einem schönen Restaurant auf der Insel gegessen. Es war lecker und die Stimmung einfach super. Nun waren wir zurück, saßen auf der Terrasse und tranken noch etwas. Die Windlichter und die gedimmten Laternen um uns herum gaben eine recht kuschelige Atmosphäre, die sich schnell in sexuelle Energie umwandelte.

„Wo ist Declan eigentlich?“, fragte Jessy.

Kieran seufzte und nickte zur Hotelbar. Es sah so aus, als wenn er gerade den Barkeeper anbaggerte.

„Der sieht aber auch recht süß aus“, sagte Emily und ich sah ihn mir skeptisch an.

Kieran schüttelte den Kopf.

„Nun lass ihn doch. Er hat auch Urlaub“, sagte Salina und kuschelte sich wieder an ihn. Er grinste und legte den Arm um sie.

„Deine Frau wickelt dich ganz schön um den Finger“, neckte ich ihn.

„Nur bis zur Schlafzimmertür …“, erwiderte er grinsend.

Salina nickte.

„Ja. Genau da ist die Grenze“, gab sie zu.

„Und …“ Kieran zog einen Zettel aus der Jeans. „Sie hat heute schon acht Strafpunkte.“

Sie boxte ihm spielerisch in die Rippen.

„Neun!“, erhöhte er belustigt.

Wir lachten.

„Neun ist viel. Jessy hat nur vier“, erklärte Julien.

„Was?“, rief Jessy empört, die mit Emily uns gegenüber saß.

Sie wollte gerade noch etwas dazu sagen.

„Vier ….einhalb …“, drohte Julien und wartete.

Sie schloss schnell den Mund und schwieg.

„Ich glaube, das war besser so“, lachte ich.

„Komm, wir holen uns noch einen Drink“, erklärte Jessy und zog Emily mit zur Bar.

Wir sprachen übers Parasailing, als Kieran und Salina heiße Küsse austauschten. Sie hatte sich auf seinen Schoß gesetzt. Ich sah Julien neben mir an und er schmunzelte.

„Geht aufs Zimmer!“, rief Marlon belustigt.

„Ihr genießt doch jede Show“, erwiderte Kieran grinsend.

„Stimmt. Aber das Programm ist noch etwas lahm“, sagte Marlon lachend.

Die beiden Mädels kamen wieder und stellten sich an einen Stehtisch. Sie schienen sich über den Barkeeper zu unterhalten.

„Habt ihr auch einen vibrierenden Cockring von Marlon?“, fragte ich Julien leise.

„Ja. Aber ich habe ihn noch nicht getestet“, sagte er.

„Ich auch nicht. Sieht allerdings interessant aus“, erwiderte ich.

„Du magst doch gar keine. Schon vergessen?“, er grinste.

„Wir sind im Urlaub, da ist es anders", stellte ich lachend fest.

„Natürlich!", sagte Julien und schmunzelte.

Als ich aufblickte, waren Marlon und Ian auf dem Weg zum Strand.

„Was die wohl vorhaben", lachte ich.

„Die sehen sich sicher nur die Sterne an", antwortete Julien ernst.

Dann lachten wir. Plötzlich kam Jessy auf mich zu und setzte sich rittlings auf meinen Schoß. Ich sah sie verwundert an und blickte zu Julien, der von Emily gestreichelt wurde. Okay. Sie hatten getauscht. Aber was sollte das werden? Jessys Blick war verführerisch und sie knöpfte ihre Bluse auf. Mir gefiel, was ich sah und als sie sich herunterbeugte, küsste ich sie auffordernd. Ich legte einen Arm um sie, drehte mich und drückte sie in die Kissen. Ich hielt sie unten und sah Julien an. Er lächelte, hob Emily hoch und ging mit ihr zu einem anderen Sofa.

Jessy öffnete mein Hemd und ich legte mich halb auf sie.

„Nah, was habt ihr vor?", flüsterte ich, während ich ihren BH zur Seite schob.

„Wir brauchen auch mal Abwechslung", sagte sie frech.

„Wow", lachte ich. „Aber euch ist klar, dass es eine Strafe gibt. Und ich weiß nicht, ob ein Strafpunkt dafür ausreicht."

Sie zögerte und überlegte.

„Zu spät", erklärte ich, drückte ihre Brustwarze zwischen meinen Fingern und küsste ihren Hals.

Sie stöhnte tief und ich wusste, sie mochte es noch härter. Ich kniff also fest hinein, sie keuchte und schloss die Augen.

„Gott", hauchte sie.

„Das ist heiß", hörte ich plötzlich Salina flüstern und sah sie an.

Ihre Blicke wanderten zwischen mir und Julien mit Emily hin und her. Sollten die beiden doch auch ihren Spaß haben. Ich griff in Jessy Zopf und zog ihren Kopf ein Stück nach hinten. Meine Hand fuhr unter ihren Rock und langsam ihren Schenkel hinauf. Sie atmete schnell und ich küsste sie hart und stürmisch. Da spürte ich ihre Finger zwischen den Beinen. Sie begann sofort fest an meiner Erektion zu reiben.

„Jessy!", mahnte ich sie ernst.

Sie grinste frech, aber ließ los.

Ich stand mit Emily im Fahrstuhl. Wir hatten nur ein wenig herumgemacht, dann war die Show vorbei und nun würde die Strafe folgen. Sie legte ihre Hand um meine Taille.

„Bist du sauer, dass wir getauscht haben?", fragte sie.

„Nein. Es war nicht schlecht. Aber bestraft wird es trotzdem", sagte ich streng.

Sofort fühlte ich ihre Anspannung. Im Zimmer drängte ich sie zum Bett und befahl ihr, sich auszuziehen. Sie war brav und stand nackt vor mir.

„Auf die Knie", sagte ich und zog mich ebenfalls aus.

Sie kniete vor mir, sah zwar gehorsam nach unten, aber drehte den Kopf immer mal wieder zu mir, um mich zu beobachten. Ich lächelte. Da ich sehr erregt von eben war, griff ich ihr unter das Kinn und fuhr mit meiner Schwanzspitze über ihren Mund. Sie versuchte, daran zu lecken, was heiß aussah. Ich nahm den Penisring und die Fernbedienung aus dem Kästchen und ihre Augen wurden groß.

„Schiebe ihn auf meinen Schwanz, aber nur mit deinen Lippen", befahl ich.

Sie nahm ihn in den Mund und ich sah, wie nervös sie war. Nach zwei Versuchen hatte sie es geschafft und er saß noch relativ locker hinter der Eichel.

„Sehr gut. Lass den Mund offen", erklärte ich und packte ihren Hinterkopf.

Ich schob mich ein paarmal tief in ihren Rachen und spürte, wie der Ring schnell enger wurde. Ich ließ sie los und sie begann allein zu lecken und mich tiefer in ihren Mund aufzunehmen.

„Hände auf den Rücken", befahl ich und sie war so verdammt gut.

Sie sah mich dabei an und ich konnte Verlangen in ihren Augen sehen. Trotzdem brach ich es ab und zog mich zurück, denn ich hatte anderes geplant.

„Leg dich auf das Bett", befahl ich und setzte mich zwischen ihre Beine.

Fuck. Sie war richtig nass. Ich zog ihre Schamlippen etwas auseinander und leckte durch ihre Spalte. Meine Lippen umschlossen ihre Klit und sie stöhnte.

Ich brachte sie bis kurz vor ihren Höhepunkt und verteilte dann nur noch Küsse auf ihrem Bauch. Frustriert sah sie mich an. Gut so, dachte ich, denn dieses würde wirklich eine Strafe werden. Nachdem sie die kleine Pause wortlos ausgehalten hatte, brachte ich sie wieder ein wenig in Stimmung und schaltete die Vibration am Ring ein. Fuck! Es war heftig. Ich drang in sie ein und hielt den Ring kurz an ihrem Eingang.

„Gott", stöhnte sie tief und drückte sich in meine Richtung. Ich schob mich in sie und nahm ein langsames Tempo auf. Dabei kämpfte ich mit meiner Selbstbeherrschung, denn das Gefühl war einfach geil. Emily wandt sich unter mir und ich befahl ihr, ruhig zu liegen. Ich packte ihre Hüfte und stieß härter und schneller zu. Sie schloss die Augen, wurde immer erregter und krallte sich ins Laken. Ich stellte die Vibration noch eine Stufe höher und schnappte nach Luft. Der enge Ring, die Enge und Hitze von Emily und dann noch die Vibration ließen mich heftig kommen.

Schnell schaltete ich den Ring aus und zog mich aus ihr zurück. Sie sah mich verzweifelt und ungläubig an. Ich stand auf, deckte sie zu. Gab ihr einen Kuss auf die Wange und ging ins Bad. Ich wusch mich kurz, nahm den Ring ab und warf einen Blick ins Zimmer. Emily schob gerade ihre Hand unter die Decke.

„Finger auf die Decke!", rief ich drohend und sie zuckte.

Tja Baby. Es war eine gemeine Strafe. Ich ging zurück zu ihr, legte mich nackt neben sie und machte das Licht aus.

„Nacht mein Engel", sagte ich verführerisch.

Sie fluchte leise und drehte mir den Rücken zu.

Am nächsten Morgen mussten wir früh aufstehen, da das Boot, das uns zum Parasailing brachte, schon um neun Uhr kam. Emily tat so, als wenn nichts wäre, denn sie wollte mich sicher nicht in den Genuss bringen, sie unbefriedigt und schlecht gelaunt zu sehen. Nach dem Frühstück liefen wir alle zum Steg und die Aufregung war groß. Jessy überlegte es sich gefühlte fünfzig Mal, ob sie mitkam. Und Ian, wie hoch man wohl fliegen würde. Ich zog Kieran kurz zur Seite, ohne dass Emily es mitbekam.

„Kannst du dich vielleicht intensiver um Emily kümmern?", fragte ich.

Er zog eine Augenbraue hoch und sah mich abwartend an.

„Die Strafe war gestern, kein Orgasmus für sie und ich denke, sie steht heute etwas unter Strom", erklärte ich.

„Okay!", er lächelte. „Dann werde ich sie mal erlösen."

„Danke", sagte ich und ging zu den anderen.

Ich nahm Emily in den Arm und küsste sie.

„Hab eine schöne Zeit mit Kieran", ich grinste.

„Mit dir wäre es mir lieber", murmelte sie.

„Ich liebe dich", flüsterte ich ihr ins Ohr.

„Dito. Auch wenn du echt gemein bist", sagte sie leise.

Ich lachte und stieg mit den anderen ins Boot ein.

„Fieser Dom", hörte ich Salina plötzlich hinter mir.

Ich drehte mich zu ihr, als wir ablegten und sie lächelte. Kieran hatte es ihr eben bestimmt gesagt.

„Aber er wird sein Bestes geben“, sagte ich grinsend.

„Mit Sicherheit“, sie lachte und es war wohl auch für sie okay.

Kapitel 23

Emily

Kieran legte den Arm um mich und wir gingen zurück über den Strand.

„Wollte Declan gar nicht mit?“, fragte ich.

„Nein. Der hat andere Pläne“, erwiderte er.

Ich überlegte kurz, ob ich ihm sagen sollte, dass ich Declan heute Morgen aus dem Zimmer von Marlon und Ian kommen sah. Ließ es dann aber. Wir setzten uns auf die Terrasse und bestellten noch einen Kaffee. Auf dem Tisch stand eine große Schale mit Früchten. Kieran nahm eine kleine gelbe Frucht und sah sie sich skeptisch an.

„Was ist das?“, fragte er.

„Ich weiß nicht, lass sie und doch mal aufschneiden“, sagte ich und holte einen Teller und ein Messer.

Innen war sie rot, wie eine Tomate. Wir rochen beide daran und lachten. Kieran nahm einen Löffel und probierte sie.

„Mmh. Ja. Seltsam aber gut“, stellte er fest.

Er hielt mir den Rest der Frucht hin.

„Komm. Ist wirklich ganz gut“, forderte er mich auf.

Ich öffnete den Mund und es schmeckte ein wenig nach Erdbeere, Birne und etwas säuerlich.

„Interessant!", sagte ich und wir lachten.

Wir zerlegten noch weitere Früchte, probierten sie und hatten richtig Spaß.

„Vielleicht sollten wir mal nachsehen, was wir da gegessen haben? Aber mein Handy liegt im Zimmer", überlegte ich belustigt.

„Gute Idee. Ich habe einen Laptop oben. Komm", erwiderte Kieran und stand auf.

Als wir sein Zimmer betraten, blieb ich beeindruckt stehen.

„Wow, das ist ja riesig", stellte ich fest.

„Ja. Das ist wohl die Honeymoonsuite", lachte er.

Wir standen in einem kompletten Wohnzimmer, das Schlafzimmer mit Himmelbett konnte ich nur durch die etwas offenstehende Tür erahnen. Er nahm den Laptop und wir gingen auf den Balkon. Auch dieser war viel größer als unserer und verfügte über eine kleine Sitzecke mit einem Tisch, einer breiten Sonnenliege und einem Jacuzzi. Wir setzten uns an den Tisch und er suchte nach den Früchten.

Mir wurde schon wieder kribbelig, denn auch heute Morgen durfte ich keinen Orgasmus haben. Außerdem musste alles so schnell gehen, weil das Boot so früh kam. Ich fand die Strafe echt hart und hätte nie für möglich gehalten, dass es mir so viel ausmachen würde. Je länger ich allerdings darüber nachdachte, desto mehr pochte meine Klit und dieser sexy Mann neben mir, ließ mich auch nicht gerade zur Ruhe kommen.

„Sieh mal, ist das nicht das kleine gelbe Ding?", fragte Kieran und legte seine Hand auf meinen Arm. Es war wie ein elektrischer Schlag und heiße Schauer liefen mir den Rücken herunter. Ich schluckte und schnappte kurz nach Luft.

„Ja, was ist es denn?“, erwiderte ich angestrengt locker.

„Eine Guave“, erklärte er. „Na. Dann werden wir es wohl überleben.“

„Ich hoffe“, sagte ich lächelnd und starrte auf seinen muskulösen Arm.

Himmel Emily! Komm mal runter! Dachte ich erschrocken. Er stand auf.

„Möchtest du etwas trinken?“, fragte er.

„Gern“, erwiderte ich.

Kieran kam mit einem roten Saft und Eiswürfeln wieder zurück und gab mir das Glas.

„Sag mal, hast du unter deiner sexy kurzen Hose einen Bikini?“, fragte er und ich verschluckte mich fast.

Ich trug Jeans Shorts, ein Tank Top und hatte tatsächlich einen Bikini darunter.

Er hatte meine heftige Reaktion bestimmt bemerkt, aber überging sie einfach.

„Ja habe ich“, sagte ich wieder gefasster.

„Du siehst ein wenig gestresst aus. Leg dich doch in die Sonne“, schlug er vor und zeigte zur Liege.

Die Sonnenliege sah sehr einladend und gemütlich aus. Komm schon, dachte ich. Sei cool!

„Klar“, sagte ich und begann meine Sachen auszuziehen.

Kieran ging hinein und ich legte mich in die Sonne. Es tat gut und ich entspannte mich wirklich. Er kam mit einer Flasche Sonnenmilch wieder und gab sie mir.

„Oh ja. Danke“, sagte ich und begann mich einzucremen, während er sich auszog.

Auch er hatte eine Badehose darunter, aber ich bemühte mich, nicht hinzusehen. Es klappte nicht, denn ich starrte auf sein Tattoo und cremte meinen Arm schon das zweite Mal ein. Kieran schmunzelte.

Endlich lagen wir nebeneinander in der Sonne und ich atmete durch. Wir redeten über belanglose Dinge und hatten Spaß. Da klopfte es an der Zimmertür und Kieran stand auf. Er kam mit Declan zurück.

„Hi Emily!", sagte er und schien sich nicht einmal zu wundern.

„Hi Declan", erwiderte ich locker.

„Ich fahre mit Tristan auf die andere Seite der Insel. Er hat dort ein Boot", erklärte er.

„Okay", sagte Kieran und wurde plötzlich ernst.

„Was läuft da mit Marlon und Ian?", fragte er und sah ihn an.

Er wusste es also, überlegte ich. Declan sah ihn genervt an und griff sich an die Brust.

„Hab ich irgendwo einen Tracker? Oder warum weißt du immer alles?", fragte er.

„Also spuk es aus!", sagte Kieran lächelnd.

Declan holte tief Luft.

„Ian hat kaum Erfahrungen mit BDSM und ist sehr unsicher damit. Aber irgendwie macht es ihn auch an, da habe ich beiden angeboten, zu helfen. Marlon hat mit mir eine Session gemacht und Ian hat zugesehen. Er konnte sich dann besser vorstellen, um was es geht."

Kieran legte den Kopf schief.

„Du hast …?", begann er.

„Ja. Ich habe mich gestern als Sub zur Verfügung gestellt. Und ein paar Dinge hat Marlon dann auch mit Ian gemacht, nachdem er sie bei mir gesehen hatte. Ich glaube, es hat ihm geholfen", unterbrach er ihn.

„Wow. Respekt", sagte Kieran erstaunt.

Er lächelte.

„Danke. Und nein, ich habe Ian nicht für mich gewinnen wollen", erwiderte er.

Kieran nickte zufrieden.

„Dann viel Spaß heute", sagte er.

Declan winkte mir zu und verschwand, während sich Kieran wieder zu mir legte.

„Das hätte ich ihm gar nicht zugetraut", stellte ich fest.

„Ich glaube, so langsam versteht er, dass er einen sicheren Rückhalt hat, und akzeptiert die Regeln", erklärte Kieran.

„Er hat es wohl nicht immer gut gehabt?", fragte ich.

„Nein. Er ist von einer Pflegefamilie in die nächste gekommen und keiner konnte mit ihm umgehen. Sein Vater hat getrunken. Er hatte zu niemanden Vertrauen und nur um sich geschlagen, wenn man ihm helfen wollte", erzählte er.

„Das ist wirklich schlimm, aber bei euch sah er glücklich aus", erwiderte ich.

Langsam hatte ich mich völlig entspannt und fühlte mich neben ihm richtig wohl.

„Weißt du, ich verstehe eure Regeln auch nicht", sagte ich mutig.

„Welche Regeln meinst du genau?", fragte er.

„Na ja. Dies hier zum Beispiel", begann ich vorsichtig. „Jeder Freund den ich kenne, würde ausrasten, wenn ich im Bikini neben einem anderen Mann liegen würde."

Kieran lächelte und stützte sich auf seinen Ellbogen.

„Aber wir haben schon Regeln und Grenzen bei den Subs unserer Freunde", erklärte er und sah mich an.

„Sag mir welche!", bat ich ihn.

„Soll ich es dir zeigen?", fragte er lockend.

„Ja!?", antwortete ich zögernd, aber neugierig.

Mit einem absolut heißen Lächeln beugte er sich über mich. Er strich mir eine Haarsträhne hinter das Ohr, fuhr langsam den Hals herunter und hielt meinen Blick gefangen. Ich sah in seine Augen und mein Puls beschleunigte sich.

Sein Finger glitt über den Stoff des Bikinis und ich spürte, wie mein Körper heftig reagierte.

„Das ist noch erlaubt“, sagte er leise, verführerisch und dunkel.

Mein Mund war trocken und ich konnte mich nicht bewegen. Er schob den Stoff beiseite und strich über meine Brust. Ich erschauerte.

„Das ist tabu“, erklärte er, ohne mich aus den Augen zu lassen, und zog den Bikini wieder zurecht.

Ich spürte die Hitze im Unterleib, aber ich brachte keinen Ton heraus.

Er beugte sich zu meinem Mund. Ich schloss die Augen und fühlte seine Lippen auf meinen. Er lockte und verführte mich, bis ich die Lippen öffnete und den Kuss kaum erwarten konnte.

„Das ist auch tabu“, seine Stimme war dunkel und er zog sich zurück.

Ich riss die Augen auf und schluckte hart. Er begann meinen Bauch zu küssen und zu streicheln. Es fühlte sich leicht und schön an.

„Das ist okay“, sagte er und fuhr dann mit einem Finger am Stoff der Bikinihose entlang.

Weiter über die Hüfte, an der Innenseite meines Oberschenkels hinunter und am anderen wieder hinauf. Ich dachte, ich würde ihn gleich an mich reißen und ihn anschreien, mich zu nehmen. Meine Klit pochte heftig und ich konnte kaum noch still liegen.

„Und das, was du gerade denkst, ist absolut tabu“, erklärte er und sein Blick bohrte sich in meinen.

Mir wurde heiß, kalt und ich sah ihn flehend an.

„Himmel Kieran!“, keuchte ich und griff an seinen Arm.

„Allerdings hat Devin mir heute Morgen die Erlaubnis gegeben, dich zu erlösen. Jetzt liegen die Regeln bei dir“, sagte er.

„Was?“, ich erstarrte.

Er ließ mir wieder etwas Raum und lächelte.

„Ja wirklich“, erwiderte er. „Allerdings gibt es noch immer Grenzen. Aber ich würde dich auf eine schöne Art zum Höhepunkt bringen.“

„Und was ist mit Salina?“, fragte ich und tausend Gedanken wirbelten durch meinen Kopf.

„Es ist mit ihr abgesprochen“, erwiderte er lächelnd.

„Habe ich auch Grenzen bei dir?“, fragte ich nervös.

„Ja, aber die zeige ich dir dann schon. Du kannst ja mal darüber nachdenken“, sagte er locker und legte sich wieder hin.

Ich konnte meine Gedanken nicht richtig sortieren und wollte mehr. Wie konnte er da jetzt einfach so herumliegen? Ich drehte mich zu ihm und fuhr mit der Hand über seine Brust.

„Lass mich nicht so lange darüber nachdenken, es ist so verwirrend“, sagte ich.

Er legte mir seine Hand auf den Rücken, die andere griff in meinen Nacken und zog mich zu sich. Seine Lippen und seine Zunge umspielten meinen Mund, lockend und fordernder, als eben gerade. Ich öffnete ihn, schloss die Augen und schon küsste er mich sehr dominant und megaheiß.

„Keine Strafe?“, murmelte ich, als wir uns lösten.

„Keine Strafe!“, erwiderte er, begann meinen Bauch zu küssen und schob das Bikinioberteil beiseite.

Er biss fast schon zärtlich in meine Brustwarzen und ich gab mich ihm völlig hin. Seine Zunge und seine Finger, strichen immer wieder über meine Brust und schnell wurden meine Brustwarzen hart. Als er sich zwischen meine Beine schob, versteifte ich mich etwas.

„Soll ich aufhören?“, fragte er.

„Nein“, schrie ich fast und er lächelte.

Ich griff in seine Haare, die offen waren und mein Puls raste vor Aufregung.

„Entspann dich!", seine Stimme klang bestimmt aber verführerisch.

Dann spürte ich seinen Atem an dem dünnen Stoff zwischen meinen Beinen. Ich schaltete die Gedanken aus und wollte nur noch, dass er mich anfasste. Er zog mir das Höschen aus und seine Zunge umkreiste meine Klit. Ich zuckte und stöhnte tief, denn es trieb mich höher und höher. Als sein Finger an meinem Eingang entlangstrich, kam ich heftig. Mit ruhigen Händen streichelte er meinen Körper, bis ich ihn ansah. Sofort leckte er mich wieder und ich spürte seine Zunge überall. Er ließ mich noch einmal fliegen und mein Körper zitterte, bevor er explodierte. Es war heftig und ich hielt mich an seinen starken Oberarmen fest. Der Orgasmus war nicht ganz abgeklungen, da schob er zwei Finger in mich und stimulierte meine Klit mit seinem Daumen.

„Oh Kieran!", stöhnte ich.

Was sich eben viel zu empfindlich anfühlte, verwandelte sich gerade wieder in pure Lust. Ich drückte mich nach oben, kam noch einmal und alles um mich herum verschwand. Es gab nur dieses wahnsinnige Gefühl und das Beben in mir. Ich öffnete meine Augen und lag mit dem Kopf auf Kierans Brust. Er hatte ein Handtuch über mich gelegt und hielt mich im Arm.

„Geht es jetzt besser?", fragte er sanft.

„Ja", seufzte ich.

Wir lagen so eine ganze Weile und ich fand es schön, in seinen Armen wieder zu landen. Plötzlich dachte ich an die Sache im Meer.

„Kann ich dich etwas fragen?", ich blieb liegen und sah ihn nicht an.

„Natürlich. Alles", sagte er ruhig.

„Warst du das gestern im Meer?“, ich biss mir auf die Lippe und wartete.

„Mmmh? Nein?“, erklärte er. „Was ist passiert?“

Ich konnte es ihm nicht erzählen, dachte ich.

„Nichts. Ich wollte nur wissen, ob du es warst“, erwiderte ich und hoffte, er würde sich damit zufriedengeben.

Kapitel 24

Kieran

Emily sollte ihr Knie nicht noch ein Stück höher legen, denn natürlich hatte es mich nicht kalt gelassen. Sie stand wirklich sehr unter Strom und hatte sich völlig fallen lassen. Es hatte Spaß gemacht und ich bemühte mich, mich zurücknehmen. Jetzt lenkte mich ihr Knie von ihrer Frage ein wenig ab.

„Was ist im Meer passiert? Komm, nun musst du es auch erzählen", hakte ich nach.

Ich ließ den Arm etwas locker, damit sie von mir abrücken konnte, aber sie drückte sich noch mehr an mich. Es war zwar unbewusst, sie machte es einem allerdings nicht leicht, dachte ich und musste lächeln.

„Ich hatte Sex mit Devin und da war ein zweiter Mann", sagte sie leise und schnell.

Ich schluckte. Diese Bilder waren gerade gar nicht so gut.

„Hat es dir denn gefallen?", fragte ich, während ich überlegte, wer da das verdammte Glück gehabt hatte.

„Ja schon", gab sie zu.

„Dann ist es doch egal, wer es war", erwiderte ich.

„Na ja. Ich hätte es gern gewusst, aber Devin sagt nichts. Ich glaube, dass es Julien war“, erklärte sie.

Natürlich … Dachte ich grinsend.

„Weißt du, Julien hat irgendwie nicht so viele Grenzen“, kicherte sie.

„Devin und er haben auch sicher intimere Absprachen. Sie kennen sich ja sehr gut“, erklärte ich. „Ist es denn okay für dich, wenn Julien so frei und locker mit die umgeht?“

„Ja!“, erwiderte sie sofort. „Es fühlt sich gut an. Verboten, aber gut.“

Dabei fuhr sie mit ihrem Finger vorsichtig über den Striemen am Bauch, der noch immer zu sehen war. Ich holte tief Luft. Was machte sie da? Nicht, dass es sehr wehtat, aber gerade ihre leichte Berührung ging mir unter die Haut.

„Ich hoffe, dies war auch verboten, aber gut“, neckte ich sie.

Sie hob den Kopf und lächelte.

„Verdammt gut. Danke“, sagte sie zuckersüß und küsste mich zärtlich auf den Mund. Dabei zog sie ihr Knie noch ein Stückchen höher. Ich stöhnte unterdrückt. Sie löste sich und sah zu meiner Badehose.

„Oh“, stellte sie fest und rückte etwas ab. Sie wirkte erstaunt. Warum?

„Hast du gedacht, du lässt mich völlig kalt? Du bist hübsch, sexy und hast dich mir hingegeben. Das ist schon ziemlich scharf.“

Sie machte große Augen und zog ihr Bikinioberteil schnell wieder an.

„Na ja. Ich …“, sie brach ab, aber grinste breit.

Ich lächelte, als das Zimmertelefon klingelte. Ich ging hinein und drehte mich zu ihr um.

„Willst du hier duschen?“, fragte ich und zeigte auf das Badezimmer.

„Gern“, rief sie, wickelte sich das Handtuch um die Hüften und sammelte ihre Sachen ein.

Ich nahm den Hörer ab und die von der Rezeption erklärten mir, dass Salinas Bruder eingetroffen war. Fuck. Den hatte ich völlig vergessen. Kein Wunder. Ich hasste ihn.

„Alles in Ordnung?“, fragte Emily auf dem Weg ins Bad.

„Ja. Ich gehe mal eben runter, Salinas Bruder ist da“, erwiderte ich etwas genervt.

„Okay!“, sagte sie und schenkte mir noch ein süßes Lächeln.

Während ich mich anzog, hörte ich die Dusche und hatte dazu so meine eigenen Bilder im Kopf. Verdammt, ich sollte mich entspannen.

Im Fahrstuhl dachte ich darüber nach, wieso mein Schwager überhaupt hierher kam. Brian war ein widerlicher Typ. Er schmiss mit dem Geld seines Stiefvaters um sich, war selbstverliebt und arrogant. Er stammte aus der ersten Ehe von Salinas Vater, also eigentlich mein Stief-Schwager, und reiste nur in der Welt herum. Dabei machte er einen auf Dom und hatte überhaupt keine Ahnung davon. Ich stieg in der Halle aus und musterte ihn schon von weitem. Er trug einen maßgeschneiderten Anzug, mindestens drei Goldkettchen um den Hals, eine funkelnde, teure Uhr und viele Ringe an den Fingern. Er war erst 27 Jahre und wirkte mit seinem Getue wesentlich älter. Was mich allerdings beunruhigte, war die Frau neben ihm. Sie trug ein ausgewaschenes T-Shirt und einen kurzen, alten Rock. Ihr Blick war die ganze Zeit gesengt und ihr braunes Haar zu einem Zopf gebunden. Sie sah sehr eingeschüchtert aus und wartete geduldig, bis er eingecheckt hatte. Mit einem unguten Gefühl trat ich zu ihnen.

„Hi Brian“, sagte ich tonlos.

„Hi Kieran, schön, dass wir uns mal wieder sehen. Ich hab es leider nicht zur Hochzeit geschafft, aber herzlichen

Glückwunsch", erwiderte er mit einem aufgesetzten, breiten Grinsen.

„Danke", murmelte ich und sah zu der Frau.

Sie blickte weiterhin zu Boden.

„Ach, sie ist nichts", erklärte er abfällig, als seine Augen hinter mir etwas begeistert fixierten.

Ich drehte mich und Emily stand neben mir.

„Das ist Emily", sagte ich knapp.

„Hallo Emily! Was für geile Kurven. Du solltest dir meine Zimmernummer merken", bemerkte er.

„Brian!", sagte ich drohend.

„Ist ja gut, Mister Oberdom! Sie ist wahrscheinlich deine Sub", rief er lächelnd und ging mit uns zum Fahrstuhl.

Am liebsten hätte ich ihm sofort in sein selbstgefälliges Grinsen geschlagen, aber ich versuchte, mich zu beherrschen.

Kapitel 25

Emily

Am frühen Abend kamen die anderen wieder. Sie waren alle gut gelaunt und erzählten vom Parasailing. Devin kam zu mir und zog mich in eine schwungvolle Umarmung.

„Hey Engel, ich habe dich vermisst!“, rief er und küsste mich voller Leidenschaft.

Nach einem gemeinsamen Abendessen saßen wir auf der Terrasse. Devin führte mich ein Stück weiter weg und hob mich auf die Mauer. Er stellte sich zwischen meine Beine und legte mir seine Hände auf die Oberschenkel. Ich fuhr mit den Fingern durch seine wilden Haare und ließ sie im Nacken liegen.

„Na? Hat dir der Tag mit Kieran gefallen?“, fragte er und grinste anzüglich.

„Du bist wirklich unmöglich und schrecklich“, sagte ich.

„Oh. War er so eine schlechte Vertretung?“, neckte er mich.

„Nein, er war perfekt“, ich lächelte.

„Hört, hört“, erwiderte er und legte den Kopf schief.

„Du willst es jetzt jawohl nicht alles wissen?“, hakte ich erstaunt nach.

„Doch. Jedes Detail“, sagte er mit einem Schmunzeln.

„Nein!“, rief ich entsetzt.

Er lachte.

Da kam Brian auf die Terrasse und setzte sich zu Salina und Kieran.

„Wo ist deine Freundin?“, fragte Salina.

„Sie hat es sich nicht verdient, mit nach unten zu kommen“, erklärte er und bestellte sich etwas zu trinken.

Marlon unterbrach sein Gespräch mit Kieran und musterte ihn abfällig. Brian trug wieder einen teuren Designeranzug, ein T-Shirt und war mit Schmuck behängt. Er flirtete auf eine abstoßende Art mit der Kellnerin und sprach dann mit Salina.

„Was für ein netter Zeitgenosse!“, stellte Devin fest.

„Widerlich“, sagte ich leise. „Und seine Freundin scheint total eingeschüchtert zu sein.“

Salina versuchte, freundlich auf ihn einzureden, aber ich glaubte nicht, dass es helfen würde. Devin besorgte einen Drink, als Marlon zu mir kam. Er stellte sein Glas auf der Mauer ab.

„Du hast heute echt etwas verpasst“, sagte er lächelnd.

„Ja, habe ich schon gehört, aber hier war es auch sehr schön!“, erwiderte ich.

Er nickte und sah zu Ian.

„Läuft es gut bei euch?“, fragte ich locker.

Er sah mich überlegend an.

„Ich weiß, dass das mit Declan herausgekommen ist. Aber es wäre gut, wenn du keinem anderen etwas davon erzählen würdest. Ian ist verunsichert genug“, bat er mich.

„Klar. Hat es euch denn geholfen?“, fragte ich mitfühlend.

„Er hat jetzt zumindest eine kleine Vorstellung vom BDSM und meinen Vorlieben. Ich kann nur hoffen, dass seine Entscheidung für uns ausfällt“, erklärte er.

Ich lächelte ihn aufmunternd an.

„Ich fand es am Anfang auch sehr unheimlich, verwirrend und war voller Zweifel. Aber wenn man jemanden hat, auf den man sich verlassen kann und der einem langsam alles zeigt, ist es verboten heiß“, grinste ich.

Er drückte meinen Arm.

„Danke dir!“, sagte er und ging wieder zu Ian, als Devin mit dem Cocktail kam.

„Mmmh, lecker“, stellte ich fest und küsste ihn.

„Brian! Das ist nicht lustig“, rief Salina plötzlich und stand auf.

Es war totenstill.

„Was geht dich das an? Bist du hier nicht eigentlich die kleine, blöde Sub in diesem Spiel?“, zischte er und stand ebenfalls auf.

Kieran ging auf ihn zu und schon hatte er seine Faust im Gesicht. Er taumelte etwas zurück, hielt sich aber an einem Sessel fest.

„Rede nie wieder so mit meiner Frau!“, drohte er böse.

Brian sah sich um und bemerkte die abschätzigen Blicke.

„Ist ja gut“, er hob die Hände. „Wenn du ne schlechte Hochzeitsnacht hattest, da kann ich ja nichts für.“

Kieran machte wieder einen Schritt auf ihn zu.

„Gott, reg dich ab. Solltest lieber deine Sub erziehen“, sagte er herausfordernd, ging allerdings schnell ins Hotel.

Kieran wollte hinterher, aber Salina hielt ihn am Arm zurück.

„Lass ihn. Bitte!“, sagte sie leise.

„Das nächste Mal ist er fällig“, schnaubte er.

„Was stimmt mit dem eigentlich nicht?“, fragte Julian und stellte Kieran einen Whisky auf den Tisch. „Entspann dich, er ist es nicht wert.“

Devin sah mich an.

„Was für ein Idiot“, sagte er kopfschüttelnd.

Ich nickte. Ganz langsam entspannte sich die Lage wieder und wir hatten Spaß und genossen den schönen Abend.

Es war sehr spät, als Devin meine Hand nahm. Marlon, Ian und Jessy waren schon aufs Zimmer gegangen.

„Komm, wir gehen an den Strand“, flüsterte er.

„Denkt daran, man findet den Sand überall wieder … !“, rief Julien belustigt.

„ … sagt der Mann, der sich damit auskennt“, konterte Devin lachend.

Wir liefen die Stufen hinunter zum Meer. Er legte den Arm um mich und ich schlang meinen um seine Hüfte. Es war so romantisch und wir gingen am Wasser entlang. Wir hatten uns noch nicht sehr weit wegbewegt, als wir ein leises Wimmern und Weinen hörten. Wir drehten uns um und sahen an der Hotelmauer zwei Schatten.

„Halt die Klappe, du Schlampe! Ich will dein Gejammer nicht hören!“, Brians Stimme klang brutal und angetrunken.

Dann knallte es ein paarmal und das Wimmern wurde lauter. Devin löste sich von mir und rannte los. Ich folgte ihm. Das Mädchen von Brian kniete nackt auf allen vieren im Sand. Um ihren Hals hatte sie eine Seilschlaufe, die eng anlag und um einen Stein gebunden war. Ihre Hände waren mit Handschellen gefesselt. Ihr Rücken und ihr Po waren mit Striemen übersäht soweit man das in dem Licht sehen konnte. Brian stand hinter ihr mit einer dünnen Gerte und einer Bierflasche in der Hand. Er schlug unkontrolliert auf sie ein.

„Bist du irre?“, rief Devin und sprang auf ihn zu.

Brian hob die Gerte und wollte ihn damit abwehren. Er riss ihn um und beide landeten im Sand.

„Mach sie los Emily!“, rief Devin und drückte Brian herunter.

Ich redete behutsam auf sie ein und versuchte, das Seil von dem Stein zu lösen, ohne sie dabei zu würgen. Sie zitterte, weinte und ich wurde immer nervöser.

„Lass mich los du Penner“, schrie Brian. „Das geht dich einen Scheiß an.“

„Du bist ein verdammtes Arschloch!“, zischte Devin und hielt ihn unten.

„Ich bekomme sie nicht los“, sagte ich verzweifelt und hatte Angst, ihr noch mehr weh zu tun.

„Kieran!“, rief Devin laut.

Schon kamen alle von der Terrasse auf uns zugelaufen. Salina half mir sofort mit dem Seil und endlich hatten wir sie losgebunden.

„Verdammte Scheiße! Bist du völlig verrückt geworden?“, rief Kieran entsetzt, riss Brian nach oben und schrie ihn an.

Salina zog ihre dünne Wolljacke aus und wir halfen ihr, sie anzuziehen. Sie zitterte furchtbar und konnte kaum stehen.

„Sie hat einen Absturz. Fuck!“, stellte Julien fest.

Kieran kam zu uns und nickte. Dann warf er Devin das Seil zu. Fessel ihn und bringt ihn in sein Zimmer. Ich bringe die Kleine nach oben.

„Lasst mich in Ruhe ihr Bastarde!“, rief Brian und wehrte sich heftig.

Dann war es still und Devin hielt sich seine Faust.

Kieran trug sie nach oben und Salina und ich folgten ihm. Im Aufzug spürte ich, wie auch ich leicht zitterte. Salina nahm mich in den Arm, was mich sehr beruhigte.

„Wir helfen ihr. Es wird ihr bald besser gehen“, erklärte sie.

Das Mädchen wehrte sich schwach auf Kierans Armen.

„Bitte nicht“, jammerte sie leise und er redete beruhigend auf sie ein.

In der Suite ging Salina vor in das Bad und ließ Badewasser ein. Kieran setzte sie vorsichtig ab. Sie sprang unter die Waschbecken, drückte sich ängstlich an die Wand und sah ihn panisch an. Er presste seinen Kiefer zusammen.

„Glaub bloß nicht, dass er damit davon kommt", sagte er zu Salina.

Sie nickte.

„Geh rüber, wir kümmern uns um sie", erwiderte sie.

Da stand Declan in der Tür. Das Mädchen schrie auf und rückte sich noch mehr an die Wand. Kieran hielt ihn zurück.

„Oh Fuck! Wer ist denn da ausgerastet?", fragte er erschrocken.

„Komm mit. Ich brauche dich", sagte Kieran und schob ihn aus dem Bad.

Sie fühlte sich jetzt sicherer und stieg langsam in die Wanne. Ich hockte mich davor und hielt ihre Hand, was sie irgendwie zu beruhigen schien.

„Ich hole ihr ein paar Sachen zum Anziehen", erklärte Salina und ging hinaus.

Vorsichtig strich ich ihr eine Haarsträhne aus dem Gesicht. Auf ihren Armen sah man alte und neue Blutergüsse und sie starrte vor sich hin.

„Wie heißt du?", versuchte ich sie etwas abzulenken.

„Jona", sagte sie leise.

„Ich bin Emily", erwiderte ich. „Du bist jetzt in Sicherheit."

Sie reagierte nicht.

Julien kam herein und hatte eine Tablette in der Hand.

„Hier ist eine Schmerztablette", sagte er und setzte sich ans Ende der Wanne.

Sie zuckte zusammen.

„Er tut dir nichts", beruhigte ich sie und holte ihr ein Glas Wasser.

Zögernd schluckte sie sie. Julien beugte sich ein Stück vor und sie begann zu weinen.

„Bitte nicht. Ich kann das nicht. Ich kann das jetzt nicht bezahlen“, sagte sie flehend.

Ich nahm wieder ihre Hand und Julien sah sie erstaunt an.

„Was kannst du nicht bezahlen?“, fragte er.

„Die Tablette. Es waren gestern schon so viele und ich bin noch immer wund“, ihre Stimme brach und Tränen liefen über ihr Gesicht.

Ich starrte sie an und konnte es kaum glauben. Julien schluckte und fuhr sich durch die Haare.

„Was war gestern?“, fragte er tonlos.

„Brian hat mich an andere Männer ausgeliehen und es waren einfach zu viele“, sie schluchzte.

„Wie viele?“, fragte ich.

„Acht“, erwiderte sie ganz leise.

Julien stand auf.

„Oh Gott“, sagte er. „Sie muss ins Krankenhaus.“

Sie versteifte sich.

„Nein, kein Krankenhaus! Ich mach es das nächste Mal auch besser. Ich werde gut sein und es aushalten“, rief sie panisch.

Ich sah Julien erschrocken an und er schüttelte den Kopf.

„Okay. Kein Krankenhaus. Entspann dich und schlaf dich erstmal aus“, beruhigte er sie.

Sie starrte wieder vor sich hin.

„Ich geh mal rüber“, sagte Julien. „Pass gut auf sie auf.“

Ich nickte und setzte mich zu ihr. Langsam entspannte sie sich und das Zittern war weg. Salina kam mit ein paar Anziehsachen herein und lächelte sanft.

„Könntest du rüber gehen und nachsehen, ob Kieran nicht ausrastet. Ich kann meinen Stiefbruder jetzt nicht ertragen und kümmere mich um sie“, sagte sie traurig.

„Natürlich“, erwiderte ich und ging hinaus.

In Brians Zimmer sah ich zuerst einen sehr wütenden Kieran, der mit Julien sprach. Brian lag gefesselt in einem Käfig und kam gerade wieder zu sich.

„Du musst ihn der Polizei übergeben“, sagte Julien eindringlich.

Kieran schüttelte den Kopf. Declan und Marlon kamen herein. Anscheinend hatte Declan ihm alles berichtet, denn auch Marlon sah geschockt aus.

„In dem Käfig hat er seine Sub gehalten“, erklärte Devin tonlos, als Brian den Kopf hob.

„Was soll das hier? Lasst mich sofort raus. Ihr seid doch alle Kuscheldoms und habt gar keine Ahnung“, pöbelte er.

Kieran atmete tief durch.

„Das, was du getan hast, ist Vergewaltigung, Körperverletzung, außerdem Entführung. Solltest du ihr wirklich den Ausweis weggenommen haben“, erklärte Marlon sachlich.

Brian sah ihn hasserfüllt an.

„Und wer bist du? Der Schlaumeier hier? Ich habe so viel Kohle, was meinst du, wie schnell ich wieder draußen bin?“, provozierte er.

„Ich breche ihm alle Knochen“, zischte Kieran.

„Die Strafe wäre viel zu wenig …“, stellte Marlon ruhig fest.

Die fünf Doms fingen an zu flüstern und steckten die Köpfe zusammen. Ich konnte kein Wort verstehen und Brian wurde unruhig. Declan lachte böse und dann sahen ihn plötzlich alle an.

„Wir werden dich nicht so einfach der Polizei übergeben du wirst dafür leiden, was du ihr angetan hast“, sagte Marlon.

„Habt ihr einen Knall?“, rief Brian, aber in seiner Stimme schwang Unsicherheit mit. „Ihr werdet es bereuen.“

Declan zog ihn aus dem Käfig und hielt ihn fest. Kieran trat auf ihn zu und griff an seinen Hals.

„Provoziere mich noch ein bisschen und wir machen ein paar Atemübungen“, sagte er und drückte kurz zu.

Brian hustete und das erste Mal sah ich Angst in seinen Augen. Devin kam zu mir, als sie Brian losbanden und ihn zwangen, sich auszuziehen.

„Komm wir gehen rüber zu Salina. Dies nicht wirklich ganz legal und wird auch nicht schön“, erklärte er.

„Bleib ruhig hier“, sagte ich. „Ich kümmere mich um Jona. Aber lasst ihn am Leben.“

„Natürlich“, Devin lächelte. „Er wird nur spüren, wie sie sich gefühlt hat, und morgen wird ihn die Polizei abholen.“

„Okay“, erwiderte ich, gab ihm einen Kuss und lief zu Salina.

Jona war in eine Decke gehüllt und schlief auf dem Sofa. Salina saß bei ihr. Ich setzte mich auf den Sessel und berichtete ihr, was dort drüben passierte. Sie seufzte.

„Ich dachte mir, dass sie ihn leiden lassen, aber ich habe keinen Funken Mitleid mit ihm“, erklärte sie.

„Ich auch nicht“, sagte ich und sah zu Jona.

Kapitel 26

Devin

Ich hatte kaum ein Auge zu bekommen, denn in mir tobte noch das Adrenalin.

Wir hatten ihn wirklich leiden lassen, aber das war nichts gegen die Quälereien mit Jona. Er hatte sie entführt und in einem Käfig gehalten. Außerdem hatte Declan ihren Ausweis gefunden und sie war erst 19 Jahre. Fuck, was für ein Bastard. Es wurde schon hell und ich stand leise auf, um Emily nicht zu wecken. Im Bad entschied ich mich, in dem Jacuzzi etwas zu entspannen, und stieg hinein. Das warme, blubbernde Wasser tat gut und ich legte den Kopf nach hinten auf den Rand. Mir fiel wieder ein, was ich eigentlich gestern mit Emily vorhatte, bevor wir Brian entdeckten, und ich musste lächeln. Es hätte ihr sicher gefallen und ich würde es heute Abend noch einmal versuchen. Ich fand, sie war hier im Urlaub viel offener und ungezwungener. Vielleicht, weil wir es alle irgendwie waren. Ich hatte eigentlich damit gerechnet, dass es mehr Zoff untereinander geben würde, aber es lief sehr harmonisch. Das freute mich, denn dies war wirklich ein traumhafter Ort und ein Hammer Urlaub.

Ich hörte ein Geräusch und hob den Kopf. Emily stand in der Tür und sah mich zuckersüß an. Ihre Haare waren zerzaust und sie wirkte müde, aber ihr Blick drückte Verlangen aus. Gott, diese Frau würde mir in hundert Jahren noch ein Lächeln ins Gesicht zaubern.

„Na. Schöner Mann! Hast du einen Platz frei?“, säuselte sie und zog sich langsam das Top über den Kopf.

„Aber ja“, erwiderte ich und wurde sofort hart.

Sie grinste, wippte mit der Hüfte und zog ihre Pantry herunter. Dann hüpfte sie zu mir und setzte sich rittlings auf mich.

„Guten Morgen!“, sagte sie leise und knapperte an meiner Lippe.

Ich legte den Arm um ihre Taille und machte daraus einen langen, intensiven Kuss. Das war mehr Verführung an diesem Morgen, als ich verkraften konnte. Ich zog an den Haaren ihren Kopf nach hinten, hielt sie aber über Wasser. Sie ließ es geschehen und drückte mir ihre Brüste entgegen. Ich biss fest in ihre Brustwarze und sie keuchte.

„Hände auf den Rücken“, befahl ich und war gespannt, ob sie mir vertraute, sie nicht untergehen zu lassen.

Sie tat es sofort und ich schluckte hart.

„Fuck Emily! Du siehst so schön, devot und verletzlich aus“, sagte ich mit rauer Stimme. „Du glaubst gar nicht, wie mich das anmacht.“

Sie bog den Rücken noch mehr durch und ich hielt sie fest, damit sie kein Wasser ins Gesicht bekam. Dieser Anblick war einfach göttlich.

Kapitel 27

Emily

Er drückte mich wieder an sich und ich spürte seine harte Erektion unter mir. Mir war heiß und diese Blasen, die überall an meinem Körper kribbelten, machten mich ganz verrückt. Ich ließ die Hände brav auf dem Rücken und rieb mich an ihm.

„Emily", stöhnte er und verteilte Küsse an meinem Hals.

Dann umfasste er mich, stieg aus dem Jacuzzi und stellte mich vor die bodentiefen Fenster. Ich legte die Hände an die Scheibe und er zog meine Hüfte zurück. Er drang unendlich langsam in mich ein und ich drückte mich dagegen. Ich sah aus dem Fenster nach unten und konnte die Terrasse erkennen. Ich wurde unsicher, trotzdem viele Büsche und Palmen davorstanden, wusste ich nicht, ob man uns sehen konnte. Devin griff an meine Schulter und erhöhte das Tempo. Es fühlte sich so gut an und die Gefahr einer Entdeckung wurde plötzlich zum Antrieb meiner Lust.

„Tiefer", stöhnte ich.

Mit einem Stoß drang er tief in mich und ich schrie lustvoll auf. Mit jedem weiteren Stoß brachte er mich höher und höher. Das Bild hinter dem Fenster verschwand. Ich schloss die Augen und verlor mich mehr und mehr und mehr …

Mein Innerstes zog sich heftig zusammen und ich riss Devin gleich mit. Er stöhnte auf und entlud sich in mir. Wir ließen uns auf die warmen Fliesen gleiten, und ich genoss die letzten Wellen. Ich blickte aus dem Fenster auf das Meer, spürte seinen heißen Körper hinter mir und war einfach nur glücklich.

Im Frühstücksraum saßen schon Marlon, Ian, Salina und Jona. Sie sah besser aus und lächelte mich an, als wir alle begrüßten.

„Was ist mit Brian?“, fragte Devin.

„Die Polizei hat ihn heute Morgen abgeholt. Ich habe es so hinbekommen, dass Jona ihre Aussage hier schon machen konnte und ich dabei war“, erklärte Marlon.

„Man super!“, sagte Devin und wir setzten uns dazu. „Haben die noch Fragen gestellt wegen …“, er brach ab.

„Nein. Brian hat ihnen glaubhaft versichert, dass er betrunken war und gestürzt ist“, Marlon grinste und Devin nickte.

Da kamen Julien und Jessy vom Strand über die Terrasse zu uns. Jessys Wangen waren gerötet und ihre Augen glänzten.

„Morgen!“, sagte Julien locker und schenkte sich und Jessy Kaffee ein.

„Wie war das mit dem Sand überall … ?“, neckte ihn Devin.

Er sah ihn lächelnd an.

„Siehst du hier irgendwo Sand?“, fragte er gespielt ahnungslos.

Alle lachten.

Kieran kam mit Declan dazu. Sie schienen sich ernst zu unterhalten.

„Natürlich bekommst du noch Urlaub. Frag ihn einfach“, sagte Kieran und begrüßte uns.

„Du hast gesagt, dass an dem Wochenende alle da sein sollen, wegen dieses Events", überlegte Declan.

„Stimmt. Aber du hast ja einen netten Chef, der dir frei geben würde", erklärte Kieran und grinste.

„Oh. Das machen bestimmt nur die Flitterwochen-Hormone", lachte Marlon.

Die Stimmung war mal wieder super und ich beobachtete Jona, die sich natürlich noch unwohl zwischen dem geballten Testosteron fühlte. Als sie aufstand und unschlüssig auf das Büfett sah, ging ich zu ihr.

„Du kannst dir alles nehmen, was du möchtest", sagte ich lächelnd.

Sie sah mich unsicher an. So dünn, wie sie war, hatte sie bei Brian sicherlich nicht viel Essen bekommen.

„Hier, die kleinen Schokokuchen sind sehr lecker", sagte ich und gab ihr ein mini Küchlein.

Sie nahm es und lächelte mich an. Da die Doms mal wieder Kabbeleien austauschten, lachten sie plötzlich alle. Jona blickte misstrauisch zu ihnen hinüber.

„Niemand an diesem Tisch ist wie Brian. Sie respektieren Frauen und wollen immer, dass es uns gutgeht. Und keiner von ihnen würde etwas tun, das du nicht willst. Du kannst ihnen wirklich vertrauen", erklärte ich.

Sie blickte mich ungläubig an.

„Ja, sie machen ihre Sessions und gemeine Spielchen, aber wenn man darauf steht, so wie wir Mädels hier, wollen sie einem eigentlich nur einen verdammt heißen Orgasmus schenken. Und das können sie perfekt", sagte ich und sie lächelte ein bisschen. „Außerdem gibt es hier Regeln und Safeworte, die jeder von ihnen einhält."

„Wirklich?", fragte sie beeindruckt.

„Ganz ehrlich!", erwiderte ich.

Sie wirkte etwas entspannter und biss in den Kuchen.

„Jona! Wollen wir mal an den Strand?“, sagte Salina neben uns.

Sie nickte und folgte ihr, während ich mir noch ein Stück Ananas nahm.

„Wir werden nachher von einem Speedboot abgeholt. Das bringt uns in den Hafen von Nassau. Dort werden wir umsteigen in ein Glasboot und uns ein paar Haie ansehen. Wer hierbleiben möchte, kann das natürlich gern“, erklärte Kieran.

Alle waren begeistert und ich freute mich auf den Ausflug.

„Na Kleine“, sagte Julien neben mir und goss sich noch einen Kaffee ein. „Geht es dir gut?“

Ich grinste und dachte wieder an den Sex im Meer.

„Ja danke. Wie hast du es eigentlich geschafft, dass deine Haare bei der Nummer im Meer trocken geblieben sind?“, provozierte ich ihn und lächelte wissend.

Er trank einen Schluck und sah mich erstaunt an.

„Bei was?“, fragte er.

„Ach komm. Ich weiß, dass du es warst!“, behauptete ich fest.

„Nein. Ehrlich! Ich hab keine Ahnung, wovon du redest“, erwiderte er und legte den Kopf schief.

Ich sah ihm in die Augen und konnte wirklich nicht sagen, ob das stimmte.

„Man Julien!“, rief ich hilflos.

Er lachte.

„Ach Julien. Ich würde gern mit euch zurück nach Atlanta fliegen. Ist das okay?“, fragte Declan und stand neben mir.

„Sicher!“, erwiderte Julien erstaunt.

„Ich habe dort eine Schwester, die ich viel zu selten sehe“, erklärte er.

„Ach so. Kein Problem“, sagte er.

„Und … Kieran wäre es natürlich sehr lieb, wenn ich bei dir wohnen könnte. Dann hätte ich ein `Kindermädchen´ in Atlanta“, Declan rollte mit den Augen.

Julien lachte und sah zu Kieran, der ernst nickte.

„Du kannst gern bei mir wohnen“, erklärte er.

„Danke man. Das ist super! Ich zahle dir auch was“, freute er sich.

„Du brauchst mir nichts dafür zahlen“, antwortete Julien sofort.

„Vielleicht in Naturalien?“, er legte den Kopf schief.

„Sicher nicht!“, lachte Julien. „Und Vorsicht! Ich bin bestimmt genauso konsequent wie Kieran.“

Declan verzog das Gesicht.

„Werden wir sehen!“, erwiderte er lachend und nahm sich etwas zu essen.

Julien sah wieder zu mir und gab mir einen Kuss auf die Stirn.

„Ich war es leider nicht!“, flüsterte er und setzte sich an den Tisch.

Konnte ich das wirklich glauben? Ich sah noch einmal zu ihm hinüber und er zwinkerte mir zu. Verdammt. Was sollte das denn jetzt heißen?

Kapitel 28

Devin

Die Fahrt im Speedboot war der Wahnsinn. Jedes Mal wenn wir wieder auf dem Wasser aufprallten, kreischten die Mädels. Nicht mal, als wir ihnen androhten, sie als Haifutter zu verwenden, wurden sie ruhiger. Erst im Hafen von Nassau beruhigten sie sich wieder und wir stiegen auf ein Glasboot um. Es hatte in der Mitte seines Bodens eine große Scheibe, durch die man fast bis auf den Meeresgrund sehen konnte. Wir fuhren aufs offene Meer hinaus und hingen alle, zusammen mit anderen Touristen, an dem Geländer, das die Glasplatte umrahmte. Es war ein Oh und Ah, ein sieh mal da und was ist das…

Einer der Bordangestellten erklärte uns, was wir für Fische und Korallen sahen.

Emily war völlig fasziniert und riet mit Jessy, die neben ihr stand, was dort herumschwamm. Ich drehte mich um und blickte zu Jona, die auf einer Holzbank saß und weinte. Salina und Kieran waren gerade mit sich beschäftigt und knutschten herum. Ich ging zu ihr, trotzdem ihr Verhalten ganz normal war. Nach einem Absturz und solchen Misshandlungen war es typisch. Die Nerven spielten total verrückt und die Emotionen fuhren Achterbahn. Dennoch wollte ich sie trösten, wusste aber nicht, ob sie es zulassen würde.

„Hi Jona! Willst du nicht auch ein paar Fische ansehen?", fragte ich und setzte mich neben sie.

Sofort zuckte sie zusammen und sah mich erschrocken an.

„Es ist okay", beruhigte ich sie.

„Ich sollte gar nicht hier sein", erklärte sie schluchzend.

„Warum?", ich blickte sie erstaunt an.

„Ich kann es mir gar nicht leisten. Ich weiß noch nicht einmal, wie ich nach Hause komme", sagte sie und starrte auf den Boden.

„Wo wohnst du?", fragte ich.

„In Chicago", erwiderte sie.

Ich lächelte.

„Kieran und Salina kommen auch aus Chicago und gerade ist dort ein Platz in der Maschine freigeworden, da Declan mit zu uns kommt", versuchte ich sie aufzuheitern.

„Wirklich?", fragte sie ungläubig und Tränen liefen ihr wieder über das Gesicht. „Es tut mir leid", sagte sie sofort und wischte sie weg.

Ich hob den Arm, wollte sie trösten, aber erschrocken rutschte sie ein Stück weg.

Declan stand plötzlich vor ihr und schon war sie noch devoter und ich dachte, sie würde weggehen. Sofort stellte er sich seitlich neben die Bank.

„Hey Süße. Es ist völlig normal, dass du immer weinen musst und traurig bist. Und natürlich auch, dass du unsicher und ängstlich bist. Aber deinem Körper würde es sehr guttun, wenn er eine feste Umarmung bekommt und du dich an einer Schulter richtig ausweinen kannst. Es gibt ein Gefühl von Sicherheit und Geborgenheit. Er könnte sich für ein paar Augenblicke entspannen, neue Kraft sammeln und einfach kurz mal loslassen. Meinst du, wir sollten das vielleicht versuchen?", sagte er ruhig und bestimmt.

Jona sah ihn an und er strahlte wirklich Ruhe und Sicherheit aus. Er hielt ihr seine Hand hin und zögernd ergriff sie sie. Langsam stand sie auf und er legte seine Arme um sie. Sie zuckte kurz und er ließ sie wieder los. Dann versuchte er es noch einmal. Sie lehnte ihren Kopf an seine Schulter, er setzte sich mit ihr auf die Holzbank und konnte sie sogar auf seinen Schoß ziehen.

„So ist es okay. Ich halte dich nur und wenn es dir zu viel wird, gehst du einfach", sagte er beruhigend.

Ich war total beeindruckt und sprachlos. So etwas hätte ich ihm nie zugetraut. Ich freute mich für Jona und stand langsam auf. Er lächelte mich kurz an und sprach dann leise mit ihr. Ich ging zu Kieran, der mit Salina an der Reling lehnte.

„Lass deinen Chefdom niemals gehen. Er ist wirklich verdammt gut", sagte ich und nickte zu Declan und Jona.

Er sah hinüber und Salina drehte sich ebenfalls um.

„Wow", sagte er.

„Dafür, dass er sonst immer diese Sprüche raushaut, ist diese Einfühlungsvermögen unglaublich", erklärte ich.

Salina lächelte stolz und auch Kieran war beeindruckt.

Der Motor des Bootes wurde ausgeschaltet und das Bordpersonal begann, die Haie anzufüttern. Ich ging zurück zu Emily, legte meinen Arm um ihre Taille und sah auf die Glasplatte, als sich Julien zwischen uns drängte.

„Danke für die Anregung heute Morgen", er grinste anzüglich.

„Was? Du hast es gesehen?", piepste Emily.

„Ja, wir konnten es sehen", erwiderte Jessy grinsend.

Emily sah mich vorwurfsvoll an.

„Ich wusste das nicht, wirklich", erklärte ich.

„Es war heiß. Kein Grund zur Panik", sagte Julien lächelnd, drehte sich zu Jessy und gab ihr einen Klaps auf den Po.

Sie biss sich auf die Lippe und lächelte dann.

„Komm. Anscheinend brauchten die beiden etwas Inspiration", ich sah Emily grinsend an.

„Ihr seid echt alle unmöglich", sagte sie, aber grinste breit.

„Oh. Da!", schrie plötzlich eine Frau und wir konnten zwei Haie unter dem Boot sehen.

Es war beeindruckend und wie gebannt starrten wir auf das Glas. Es wurden immer mehr Haie und sie schienen sich unter dem Boot zu sammeln.

„Schon ein wenig unheimlich", stellte Emily fest.

Ich lachte.

„Ich pass auf dich auf", sagte ich.

„Ich weiß, immer", flüsterte sie und gab mir einen flüchtigen Kuss.

Da legten sich Hände fest auf meine Schultern. Es war Kieran.

„Hast du schon alles erledigt für heute Abend?", fragte er.

„Klar. Ian und ich haben die Zettel fertig", erwiderte ich.

„Danke", sagte er.

Ich lächelte, denn dieses Rollenspiel heute Abend schien etwas ganz Besonderes zu werden.

„Weißt du schon, wer die Hauptpersonen sind?", hakte ich nach.

„Der männliche Part wird gezogen und den weiblichen Part weiß ich …", erklärte er und blickte zu Emily, die gerade wieder zu den Haien unter uns sah.

Ich überlegte.

„Ist das okay für dich?", fragte er.

„Klar!", sagte ich, denn es war eigentlich niemand dabei, dem ich nicht trauen würde.

„Was habt ihr für Zettel gemacht?", fragte Emily neugierig.

Ich lächelte, als Kieran meine Schultern fester drückte.

„Es wird nichts verraten“, sagte er und ich hörte einen leicht drohenden Unterton in seiner Stimme.

„Niemals“, erwiderte ich grinsend und er ließ mich los.

Ich war sehr gespannt auf das Spiel.

Kapitel 29

Emily

Es war schon spät, als wir zurück auf der Insel waren. Wir hatten noch in einem kleinen Restaurant am Hafen etwas gegessen und saßen jetzt an der Bar. Kieran, Salina und Jona gingen nach oben, als Ian sich neben mich setzte.

„Hi. Was trinkst du da?“, fragte er neugierig und sah mein Glas an.

„Nur einen alkoholfreien Cocktail. Ich bin ein bisschen aufgeregt wegen des Spiels“, erklärte ich.

„Oh ja. Ich hoffe, es wird nicht allzu ernst“, gab er zu.

Ich lächelte.

„Du strahlst ja so“, stellte ich lächelnd fest.

„Marlon ist der Erste seit Langem, bei dem ich wieder echte, tiefe Gefühle habe“, sagte er offen. „Aber ich werde ihm sicher nie das geben können, was er will.“

Ich legte meine Hand auf seinen Arm.

„Ich weiß, dass Declan bei euch war. Hat es dir geholfen?“, fragte ich leise.

„Ja und nein. Er hat mir gezeigt, um was es Marlon wirklich geht. Aber auch, dass ich dafür der Falsche bin“, erwiderte er traurig.

„Magst du gar keinen dominanten Sex?“, fragte ich.

„Doch!“, sagte er sofort. „Ich liebe diese Machtspiele, dieses Neue und Ungewisse und teilweise auch das Devote, aber Marlon hat schon heftige Sachen mit Declan gemacht.“

„Weißt du, wenn mir jemand vor einem Jahr gesagt hätte, dass ich auf BDSM-Spiele stehe und dass ich durch Schmerz Lust empfinde, hätte ich den für verrückt erklärt“, gab ich zu.

Ian lachte.

„Es liegt an der Beziehung und dem Vertrauen. Und es muss ganz langsam wachsen, denke ich.“

Sein Gesichtsausdruck wurde nachdenklich.

„Marlon sollte vorsichtig vorgehen. Macht er das?“, hakte ich nach.

„Absolut! Wir haben uns versprochen ehrlich miteinander umzugehen und es ganz langsam zu steigern“, erklärte er.

„Das ist gut“, sagte ich und sah in seine grün-braunen Augen.

Da legte sich ein Arm um meine Schulter.

„Na. Probleme?“, fragte Julien ernst.

Ian seufzte.

„Du solltest euch eine Chance geben. Marlon ist total verknallt und … Ja ich weiß, wie er drauf ist, aber manchmal verändert eine Beziehung einen auch“, sagte er.

„Es tut zumindest gut, mal darüber zu reden“, erwiderte Ian.

„Jederzeit gerne!“, bot Julien sofort an.

„Bei mir auch, wenn du etwas von einer Anfängerin hören möchtest“, warf ich grinsend ein.

„Es geht los", sagte Kieran plötzlich und wir drehten uns um. Der Rest der Gruppe hatte die Bar schon verlassen und meine Aufregung stieg.

„Ihr könnt jetzt jeder einen Zettel ziehen. Dann dürft ihr mit niemanden mehr reden, bis ihr auf eurer Startposition seid. Da es ein Rollenspiel ist, solltet ihr die Rolle so echt, wie möglich spielen", erklärte er.

Julien griff in die Schale und nahm einen Zettel heraus.

„Ich hoffe, du ziehst den Richtigen", sagte Kieran und lächelte gemein.

Er las.

„Ich denke, das ist nicht der, den du meinst", erwiderte er lächelnd und ging hinaus.

Kieran grinste und Ian zog den letzten Zettel. Er las ihn im Hinausgehen.

„Du brauchst keinen", erklärte Kieran mir. „Du bekommst diesen Umschlag."

Er hielt ihn mir hin, ich nahm die kleine Karte darin heraus und las:

Du bist heute unsere `Hauptfigur´.
Geh nach oben in euer Zimmer, ziehe die Sachen
auf dem Bett an und begebe dich dann auf den Balkon
der Hochzeitssuite. Dort wartest du auf deinen `Freund´.

Als ich aufsah, war ich allein in der Bar. Schnell fuhr ich nach oben in unser Zimmer. Ich zog ein Corsagenkleid mit einem weiten Rock und Pumps an. Mehr war nicht zu finden. Himmel, was würde geschehen? Wer war mein `Freund´ und das ich die Hauptfigur sein sollte, klang auch nicht besonders gut. Ich setzte mich auf das Bett und atmete tief durch. Verdammt, ich wollte einfach Spaß haben. Entschlossen lief ich zum Zimmer von Kieran und Salina.

Die Tür zur Suite war angelehnt und es war stockdunkel. Langsam ging ich zu der Balkontür, schob sie auf und trat hinaus. Ich lehnte mich an die Brüstung und ein leichter Wind wehte durch meine Haare. Da hörte ich ein Geräusch und drehte mich um. Marlon stand vor mir und lächelte mich an.

„Gute Wahl", sagte er begeistert und legte mir seinen Arm um die Taille.

Er trug Jeans und ein Hemd, das weit geöffnet war.

„Hast du auch einen Zettel gezogen?", fragte ich.

„Ja. Aber ich schätze mal, dies wird das einzig Romantische an dieser Nacht sein", erklärte er.

Sein Mund war dicht vor meinem.

„Küss mich `Freundin´", flüsterte er.

Ich lächelte und seine Lippen fuhren fragend die Mundwinkel entlang. Es ist ein Spiel, dachte ich und öffnete den ihn. Außerdem war ich auch neugierig, wie es wäre ihn zu küssen. Er drückte sich an mich und eroberte langsam meinen Mund. Der Kuss war leicht, gefühlvoll und wurde durch das Geräusch der Balkontür unterbrochen. Kurz erschrocken, lösten wir uns und vier Gestalten, schwarz gekleidet mit schwarzen Masken um die Augen standen vor uns. Marlon stellte sich schützend vor mich. Drei von ihnen packten ihn, drückten seinen Oberkörper auf die Sonnenliege und legten ihm Handschellen an. Obwohl er sich wehrte, hatte er keine Chance. Es wirkte schon sehr unheimlich.

„Ganz schlechtes Timing", erklärte er keuchend.

Ich überlegte, es ihnen nicht so einfach zu machen und zu flüchten. Wollte an dem Einen vorbei ins Zimmer. Zwei starke Hände hielten mich allerdings fest und fesselten auch meine Arme auf dem Rücken. Dann banden sie mir ein Tuch über die Augen. Mein Herz raste, aber nicht aus Angst, sondern vor Erwartung und Neugier.

Ich wurde weggeführt. Es war gruselig, da niemand sprach und ich nicht sagen konnte, wo wir uns befanden. Ich konnte Marlon leise fluchen hören und lächelte. Sie drückten mich auf einen Stuhl und nahmen die Augenbinde ab. Wir waren in einem riesigen Badezimmer. Die Badewanne hatte Platz für mindestens vier Personen, es gab zwei große Waschbecken, die Dusche war offen, mit zusätzlichen Duschköpfen an den Wänden. Überall waren Kerzen aufgestellt, die das Bad in ein finsteres Szenario tauchten. Das wurde durch die schwarzen Masken noch mal verstärkt, aber man konnte die Personen trotzdem gut erkennen.

Marlon trug nur noch seine Jeans, stand in der Dusche und seine Hände waren über dem Kopf festgebunden. Wir sahen uns an, als Salina hereinkam. Sie hatte eine Corsage, einen kleinen Slip aus Spitze und Strapse an. Es sah megaheiß aus.

„Oh, was für eine Beute", sagte sie begeistert und sah zu Marlon.

Dann ging sie zu Kieran, kniete sich vor ihn und sah ihn an.

„Darf ich mit ihm spielen, Master?", fragte sie devot.

Hinter mir holte jemand tief Luft und ich konnte mir gut vorstellen, wie es die Doms anmachte. Kieran zog ihren Kopf an den Haaren etwas zur Seite, damit sie Marlon sehen konnte.

„Gefällt er dir?", fragte er.

„Ja Master", erwiderte sie.

Er zog sie hoch.

„Dann spiel mit ihm, aber mach ihn nicht gleich kaputt", sagte er und man hörte ein leises Lachen.

Sie ging zu Marlon, fuhr ihm über die Brust. Er schluckte und Julien, der neben ihm stand, zog seinen Kopf an den Haaren etwas nach hinten. Salina küsste seinen Hals aber es schien nicht alles sanft zu sein, denn er zuckte ab und zu. Als sie ihr

Knie zwischen seine Beine schob und sich an ihm rieb, fielen mir Kierans Worte wieder ein, unsere Rollen echt zu spielen.

„Lasst ihn in Ruhe. Es ist mein Freund“, rief ich.

Sofort drehten sich alle zu mir um und ich schluckte hart.

Declan kam auf mich zu und diese Maske machte die Situation noch bizarrer. Er strich mir drohend über die Wange.

„So, so dein Freund“, sagte er.

Er legte seine Finger um meinen Hals und zog mich hoch. Dann schubste er mich näher zu Marlon und griff mir fest in den Nacken,

„Dafür wirst du jetzt erstmal bestraft“, beschloss er.

„Bestraft mich. Lass sie!“, sagte Marlon scharf.

„Ach. Ihr seid ja süß. Aber, wie du willst“, erklärte Declan.

Er warf Julien einen Stab hin und behielt seine Hand in meinem Nacken.

„Du wirst schön zusehen“, raunte er mir zu.

Salina machte weiter, küsste und streichelte ihn und öffnete seine Hose. Julien nahm den Stab und fuhr damit über Marlons Brust. Der spannte sich sofort an.

Dann gab es ein zischendes Geräusch und er zuckte.

„Fuck“, rief er.

„Das üben wir nochmal“, erklärte Julien. „Keinen Ton, sonst ist die Kleine dran.“

Marlon schnaubte. Julien umkreiste mit dem Stab die Brustwarzen und drückte wieder auf den Knopf. Er schnappte nach Luft.

„Auf Strom steht er wohl nicht so“, stellte Declan neben mir fest.

Salina hatte ihre Hand zwischen seinen Beinen und versuchte, es ihm angenehmer zu machen, als Kieran mit einem Sektkübel hinter ihr stand. Sie nahm etwas daraus und fuhr damit sein Bein entlang.

„Ah“, stöhnte Marlon und ich sah einen Eiswürfel.

Kieran ließ Ian weitermachen. Er kniete sich vor ihn und begann einen heißen Blowjob. Schon hielt Julien den Stab an seine Brustwarze und drückte. Er hatte sich gerade wieder gefangen, da schob Kieran ihm das Eis zwischen die Beine.

„Hört auf! Verdammt!", keuchte er.

„Vielleicht hättest du mir doch ein Safeword sagen sollen", provozierte ihn Kieran.

Marlons Atem ging schneller. Julien ließ den Stab drohend tiefer gleiten.

„Bettel!", verlangte er ernst.

Er riss die Augen auf und sah ihn an. Kieran schob Ian beiseite.

„Du möchtest beides ausprobieren Eis und Strom?", fragte er.

„Das wagt ihr nicht", fluchte er.

Kieran und Julien sahen sich an und fingen an, sich abzuwechseln. Marlon zuckte, keuchte, aber es kam kein Laut über seine Lippen.

„Sehr gut", stellte Julien fest und legte ihm beruhigend die Hand auf die Brust, bis er wieder ruhig atmete.

Nun durfte Ian weitermachen.

„Jetzt bist du dran", sagte Declan.

Meine Aufregung überschlug sich und ich spürte, wie sehr ich erregt war. Das mit Marlon war nicht spurlos an mir vorbeigegangen. Ich war feucht und ein ganz leichter Druck war auch zu spüren. Declan drückte mich nach hinten, wo Devin stand, der öffnete ein wenig das Kleid und Declan schob zwei Eiswürfel in meine Corsage. Devin zog den Reißverschluss wieder nach oben und das Eis presste sich gegen meine bereits harten Brustwarzen.

„Gott!", rief ich und zappelte.

Es war ein fieser Schmerz und mein ganzer Körper erschauerte. Devin hielt mich fest.

„Auch hier gilt dein Safeword“, flüsterte er.

Ich war allerdings weit davon entfernt, es zu sagen. Plötzlich stand Julien vor mir und fuhr mit seiner Hand unter mein Kleid. Er versüßte mir den Schmerz und strich über meine Klit. Ich hörte Marlon kommen, dann ging die Dusche an und er schrie auf. Das war sicher eine kalte Dusche, dachte ich. Die Lust in mir stieg und das angewärmte Wasser des Eises, das an meinem Körper herunterlief, ließ mich noch mehr erschauern. Sie zogen mich in die Dusche und lösten die Handschellen. Ich sollte mich mit den Händen an der Wand abstützen. In meinem Körper bebte es und die Aufregung stieg an. Dieses Gefühl, wenn alles um mich herum im Nebel versank, ich wollte es sofort. Sie sollten mich jetzt endlich nehmen. Hart, heftig und schnell. Die Session mit Marlon hatte mich total angemacht, aber leider konnte ich hier gar nichts bestimmen. Da machte sich in meinen lustverwirrten Gedanken eine Idee breit. Eine verdammt gute Idee, wie ich fand.

Ich sah kurz zu Seite. Marlon saß mit Ian auf dem Badewannenrand und trocknete sich noch immer ab. Bei mir in der Dusche war nur Devin. Er hatte mich aber nicht im Blick, sondern sah zu Kieran und Julien, die etwas Vorbereiteten. Das war meine Chance und ich lief einfach los zur Badezimmertür. Ich versuchte zu fliehen, hörte Marlon hinter mir lachen und Devin fluchen. Im Wohnzimmer sah ich Salina, die mich allerdings anlächelte.

„Wie passt ihr den auf?“, schimpfte sie belustigt, tat aber nichts.

Kurz vor der Tür packte Declan mich am Arm.

„Lass mich los“, rief ich und wehrte mich.

Er drückte mich gegen die Wand und hielt meine Hände über dem Kopf zusammen.

„Heißes Wildkätzchen!“, rief er belustigt.

Dann standen Julien, Kieran und Devin um mich herum und sahen wirklich bedrohlich aus.

„Wie dumm von dir. Nun wird es eine harte Strafe“, sagte Julien.

Jetzt wusste ich nicht mehr so genau, ob das eine gute Idee gewesen war.

Sie brachten mich zum Sofa, Devin setzte sich und Declan drückte mich über seinen Schoß. Er schob das Kleid nach oben und schon spürte ich den ersten Schlag auf meinen Po. Der fing gleich auf einer Schmerzskala bei zehn an und ich schrie auf.

„Keinen Ton!“, zischte er und schlug unbeirrt weiter.

Ich biss auf meine Lippe und ertrug mutig den Schmerz.

„Nimm das!“, sagte Kieran vor mir und gab Devin ein Schlagwerkzeug aus Leder, soweit ich das sehen konnte.

Die Schläge waren wirklich heftig und ich wusste, sie würden mich nicht mehr schonen. Ich hatte aber keine Angst, sondern wollte es durchstehen und verlor mich in leisem Wimmern.

Nach den Schlägen legten sie mich über die Sofalehne. Mein Po brannte und tat richtig weh, aber als jemand zwischen die gespreizten Beine griff, war ich noch erregter. Ich hatte das Gefühl, die Feuchtigkeit lief mir an den Beinen herunter und der Druck war unerträglich. Da drang etwas Hartes, Kühles in mich, es war groß und unangenehm. Julien drückte meinen Nacken nach unten und hielt mich in der Position, als mich jemand damit penetrierte.

„Ach kommt, sie wollte uns doch nur `retten´. Seid nicht so hart“, hörte ich Marlons Stimme.

Das fiese Ding wurde aus mir herausgezogen und ein Finger fuhr durch meine nasse Spalte.

„Willst du nochmal für sie leiden?“, fragte Julien herausfordernd.

„Wenn ihr sie dann kommen lasst", erklärte er bestimmt.

Ich fand das wirklich süß von ihm. Der Finger war weg und ich stöhnte gefrustet.

„Nein. Das muss sie selbst ausbaden", entschied Kieran.

Da hörte ich einen Reißverschluss und jemand drang langsam in mich ein. Gott ja, dachte ich und drückte mich dagegen. Er erhöhte schnell das Tempo und ich konnte nicht sagen, wer es war. Ich hob träge meinen Kopf, sah nur Marlon, Ian und Salina. Die anderen schienen hinter mir zu stehen. Der Gedanke, dass alle zusahen, war merkwürdig, aber nicht mehr unangenehm. Außerdem dachte ich schon an meinem Höhepunkt, denn der Druck wurde immer stärker.

„Du wirst noch nicht kommen!", rief Devin.

Ich schluckte.

„Bitte … ich …", begann ich, denn ich spürte schon fast ein leichtes Beben.

„Nein!", riefen Devin und Kieran streng.

Die Stöße wurden tiefer, intensiver und schneller. Ich versuchte, anders zu atmen, schwitzte und Tränen sammelten sich in meinen Augen. Ich würde es nicht schaffen, dachte ich und wunderte mich, dass es mich traurig machte. Da griff mir jemand um die Taille, zog mich ein Stück hoch.

„Jetzt darfst du kommen", hörte ich leise eine Stimme.

Sofort ließ ich erschöpft los und erlebte einen unglaublichen Orgasmus. Alles um mich herum verschwand und ich schrie meine Lust heraus. Ich flog und flog und flog ….

Kapitel 30

Devin

Ich hatte Emily in unser Zimmer getragen. Sie war erschöpft, müde aber irgendwie aufgekratzt. Sie war noch zweimal gekommen, konnte jetzt ihre Bedenken völlig ablegen und genoss es in vollen Zügen. Als sie unter der Dusche stand, klopfte es an der Zimmertür. Es war Kieran und ich ließ ihn hinein.

„Geht es Emily gut?", fragte er und setzte sich auf das Bett.

„Ja. Ich finde, sie hat es megatoll gemacht", erwiderte ich stolz.

„Das stimmt. Ich war auch beeindruckt", gab er zu.

„Du hast ja noch immer diesen Elektrostab in der Hand", stellte ich fest.

„Ja. Willst du ihn mal ausprobieren?", fragte er mit einem gemeinen Grinsen.

„Nein. Aber Marlon hat ganz schön gekämpft", sagte ich.

„Na ja. Es war die höchste Stufe", erklärte er.

„Ups. Ich dachte, er stellt sich nur an", lachte ich.

Emily kam zu uns und hatte sich nur in ein großes Handtuch gewickelt. Kieran machte ihr Platz und sie krabbelte unter die Decke. Ich hielt ihr die Salbe hin.

„Lass uns deinen Po eincremen. Dann wird er vielleicht nicht ganz so blau", erklärte ich.

Umständlich schob sie die Decke beiseite und sah zu Kieran.

„Emily, nicht dein Ernst?", sagte er belustigt.

„Was meinst du, wer eben dabei war?", fragte auch ich amüsiert.

Sie schälte sich aus dem Handtuch und legte sich auf den Bauch.

„Ihr habt ja recht", murmelte sie.

Wir lächelten und ich brachte vorsichtig Creme auf ihren Po.

„Dieses Schlagwerkzeug hat es echt in sich", gab ich zu.

„Der Vorteil ist aber, es gibt niemals offene Wunden im Gegensatz zum Rohrstock. Es wird allerdings meisten blau", erklärte Kieran.

„Das ist ein Vorteil?", maulte Emily.

„Absolut. Du hast sicher noch keine offenen Wunden gespürt", sagte er.

„Auch noch keinen Rohrstock", gab sie zu.

„Stimmt. Du magst ja Peitschen", überlegte Kieran.

Emily vergrub sich unter einem Kissen.

„Ihr seid furchtbar", jammerte sie.

Wir lachten, sahen auf ihren Po und ich denke, auch Kieran kickten diese roten Spuren auf ihrem hübschen Hintern. Mich ließ es sogar hart werden.

„Dann schlaft gut ihr beiden", verabschiedete er sich.

„Gute Nacht, es hat Spaß gemacht", sagte Emily, drehte sich und lächelte ihn an.

„Freut mich", erwiderte er.

„Wo war eigentlich Jessy?", fragte sie dann.

„Sie hat sich freiwillig angeboten, bei Jona zu bleiben", sagte Kieran und ich brachte ihn zur Tür.

Wieder am Bett, zog ich mich aus, löschte das Licht und Emily rutschte in meinen Arm.

„Ich bin so verdammt stolz auf dich, kleiner Engel“; flüsterte ich.

„Danke“, sagte sie. „Sagst du mir dieses Mal, wer es war?“

Ich lächelte.

„Das war ich“, gab ich zu.

„Wirklich?“, fragte sie nach.

„Ja!“, versicherte ich ihr.

Schon entspannte sich ihr Körper und sie schlief ein.

Wir hatten sehr lange geschlafen und unten beim Frühstück, saßen nur noch Jessy und Jona am Tisch.

„Na ihr Schlafmützen?“, begrüßte Jessy uns und lachte.

„Wo sind die anderen?“, fragte ich und schenkte Emily Kaffee ein.

„Die bauen am Strand ein Volleyball Netz auf“, erklärte Jessy.

„Gute Idee!“, sagte ich begeistert.

„Finde ich auch. Schweißnasse, glänzende, muskulöse Männerkörper in der Sonne …“, schwärmte sie.

Ich sah sie streng an.

„Ihr seid auch nicht besser, als wir Männer“, erwiderte ich.

„Das stimmt, aber wir zeigen es meistens nicht so offen“, sie grinste mich an und ich lachte.

Emily rutschte vorsichtig auf dem Stuhl herum. Es tat sicher noch weh und sofort dachte ich an die gerötete Haut und die dunklen Flecken. Sie hatte keine Ahnung, wie sie mich indirekt damit anmachte, wenn sie keine Sitzposition fand, also versuchte ich, mich mit dem Buffet abzulenken.

„Warst du gestern nicht artig?“, fragte Jona plötzlich und alle sahen sie erstaunt an.

„Genau.“, lächelte Emily.

„Es ist ja nicht so, dass ich das alles ablehnen würde. Als Brian und ich uns kennenlernten, haben wir beide auf diese Art von Sex gestanden. Nur bei ihm schlug es schnell in Brutalität um und es geriet außer Kontrolle“, erzählte sie.

„Hattest du kein Safeword?“, fragte ich.

„Doch. Allerdings es hat ihn nicht mehr interessiert“, sagte sie.

„Das sind die Psychopathen, die sich dann Doms nennen, aber eigentlich nur Schmerz und Leid zufügen wollen. Absolute Sadisten, die das auch noch geil finden. Das hat nichts mit BDSM zu tun, ist einfach nur gefährlich und totaler Mist!“, erwiderte ich böse.

Jona nickte.

„Bei uns geht es alles um Kontrolle, Regeln und natürlich Sex. Hier gibt es viele Doms, wie du ja schon gemerkt hast, aber wenn einer von ihnen die Regeln nicht einhalten würde, oder bei einem Safeword nicht stoppt, würden ihm die anderen die Hölle heiß machen“, erzählte Jessy.

„Stimmt“, sagte ich. „Wie damals mit Marlon.“

„Was war mit Marlon?“, fragte Emily neugierig.

„Na ja. Ich denke, Marlon ist hier der Einzige, der wirklich sadistische Neigungen hat. Und damals war er mit einer Frau bei Julien im Spielzimmer. Gott sei Dank, war die Tür nur angelehnt und wir hörten laute Schreie und ein Safewort. Er beendete es allerdings nicht und Julien und ich haben eingegriffen. Er stand völlig neben sich und der Frau ging es wirklich schlecht. Dafür hat Julien ihn drei Tage echt leiden lassen. Das war schon brutal damals, aber er musste einfach mal die andere Seite verstehen“, erzählte ich.

Alle sahen mich mit großen Augen an.

„Er hat es ja überlebt und daraus gelernt“, fügte ich hinzu.

„Ich finde das gut und bei sowas tut mir auch niemand leid“, sagte Jessy bestimmt.

Jona nickte beeindruckt.

Wir aßen schweigend und ich hatte das Gefühl, das Jona sich immer mehr erholte und wenigstens ein bisschen Vertrauen fasste. Trotzdem es ein langer Weg werden würde.

„Weißt du, eigentlich wollen die Doms nur, dass es ihren Subs gut geht“, sagte Jessy.

Jona sah zu mir.

„Absolut! Genauso ist es“, sagte ich überzeugt und meinte es auch so.

Kapitel 31

Emily

Wir hörten Julien und Kieran in der Nähe lachen und Jessy seufzte.

„Außer man ist sich mit seinem Dom nicht einig“, stöhnte sie.

Devin sah sie skeptisch an.

„Er packt mich noch immer die meiste Zeit in Watte. Ich muss nochmal mit ihm reden“, erklärte sie und stand auf.

Nach dem Frühstück fragte ich Jona, ob wir uns eine Liege in der ersten Reihe für den Beach Volleyball sichern wollen. Sie lachte und wir gingen zum Strand.

Devin war mit Marlon zum Tauchen. Ich konnte sie in weiter Ferne sehen und sie schienen Spaß zu haben.

„Hi Mädels“, rief Ian, der auf einer der Liegen lag.

Jona setzte sich auf die Sonnenliege daneben und begann sich einzucremen. Ich ging zu Ian.

„Hat Marlon alles gut überstanden?“, fragte ich.

„Klar. Ich fand es ganz gut, dass er mal leiden musste“, erklärte er grinsend. „Aber was ist mit dir? Das sah viel schlimmer aus.“

„Alles gut. Außer einem rot, bläulichem Po …“, erwiderte ich.

„Oh je. Das steht mir wohl auch bevor“, sagte er.

„Hat er dir eine Strafe angedroht?“, fragte ich.

Ian nickte.

„Weißt du, eigentlich haben mich die Schläge noch mehr erregt“, sagte ich leise.

„Das kenne ich“, erwiderte er und lächelte.

„Oh. Dann viel Spaß dabei“, lachte ich.

Der Tag verging mit essen, faulenzen und Beach Volleyball. Es herrschte absolute Urlaubsstimmung und auch Jona ließ sich langsam in den `Entspannungsmodus´ fallen. Bei Jessy und Julien brodelte es allerdings. Leider konnte ich den Tag über keinen der beiden allein erwischen, um nachzufragen.

Nach dem Abendessen saßen wir am Strand um ein Lagerfeuer herum. Es war Declans Idee und mir gefiel sie sehr gut. Wir hatten kleine Liegen um das Feuer gestellt und es war romantisch mit dem flackern der Flammen. Kieran hatte Salinas Kopf auf dem Schoß, Devin saß auf der Liege und ich im Sand zwischen seinen Beinen, Marlon und Ian saßen beide im Sand. Nur Julien und Jessy hatten sich beide auf die Liege gesetzt mit einem Abstand dazwischen. Declan kam auf uns zu und hatte den Barkeeper im Arm. Ich musste schmunzeln. Er bekam anscheinend immer den, den er wollte. Er stellte ihn uns als Tristan vor. Außerdem hatten die beiden noch Bier für jeden mitgebracht.

„Hast du endlich mal frei?“, fragte Kieran ihn und nahm sich eine Flasche.

„Ja, mein Kollege ist wieder gesund!“, erklärte er.

Tristan hatte eine sehr sportliche Figur, hellbraune Haare mit blonden Strähnen, blaue Augen und war braungebrannt. Er sah wirklich attraktiv aus, so ein wenig wie ein Beachboy.

„Und ihr seid jetzt beide bockig, oder wie?“, fragte Kieran Julien und Jessy.

Sie verzog das Gesicht.

„Er kann so stur sein“, sagte sie leise.

Julien schien eher wütend und schwieg.

„Wir waren Wasserski fahren mit Tristans Boot“, wechselte Declan das Thema.

„Oh Gott“, rief Salina. „Ich habe das auch mal versucht. Es war furchtbar.“

„Stimmt. Ich dachte, sie ertrinkt dabei“, lachte Kieran.

„Wo ist eigentlich Jona?“, fragte ich.

„Sie telefoniert oben im Zimmer mit ihren Eltern“, erklärte Salina.

„Ich finde, sie ist schon ein bisschen lockerer“, sagte Declan.

„Das finde ich auch“, gab ich zu.

Tristan saß zwischen Declans Beinen und sah ins Feuer, während Declan seine Hand in sein Hemd geschoben hatte und ihn streichelte. Devin kraulte meinen Nacken und auch die anderen tauschten kleine Zärtlichkeiten aus. Bis auf Jessy und Julien.

„Soll ich mal den Richter machen?“, fragte Kieran locker.

„Du schon gar nicht!“, erwiderte Julien genervt.

Kieran schüttelte den Kopf und es sah so aus, als ob er wüsste, was das Problem war. Julien nahm plötzlich entschlossen Jessys Hand.

„Komm. Lass uns nochmal reden“, sagte er versöhnlich.

Sie liefen ein Stück den Strand entlang.

Nach anfänglicher Stille entstand rund um unser Feuer eine lockere Unterhaltung. Wir lachten, tranken Bier und kuschelten. Es war total entspannend. Kieran hatte seine Hand unter Salinas Shirt geschoben.

„Du trägst ja einen BH?“, stellte er verblüfft fest.

„Ja. Und es wäre schön, wenn es so bleiben würde“, erklärte sie.

Wir lachten. Ich sah zu Tristan, der sich sichtlich wohl unter uns fühlte und immer mal wieder genüsslich die Augen schloss. Devin hatte seine Hand jetzt ebenfalls in meinem Ausschnitt und streichelte meine Brust. Es war einfach nur schön und ich seufzte leise.

„Mmh, du kannst das so gut“, knurrte Marlon und ich sah hinüber.

Ian hatte sich auf die Liege gesetzt und massierte ihm die Schultern.

„Wir sind mal kurz weg“, sagte Declan plötzlich und ging mit Tristan zum Wasser.

Julien und Jessy kamen zurück und er hatte den Arm um sie gelegt.

„Kleine Zicke“, neckte er sie liebevoll.

Sie lachte.

„Nun bin ich ja gespannt, was ihr beschlossen habt“, sagte Kieran, während die beiden sich setzten.

„Ich werde es machen“, erklärte Jessy strahlend.

Julien sah Kieran ernst an.

„Ich bin noch immer dagegen, aber wenn es ihr so wichtig ist“, gab er nach.

„Können wir es jetzt machen?“, fragte Jessy Kieran aufgeregt.

Er schüttelte den Kopf und hielt die Bierflasche hoch.

„Heute habe ich schon zu viel Alkohol getrunken“, stellte er fest.

„Aber du bist doch nicht betrunken“, drängte Jessy.

„Nein. Aber um das zu machen brauche ich einen ganz klaren Kopf“, erwiderte Kieran.

„Was wollt ihr machen?“, fragte Marlon interessiert und auch ich überlegte die ganze Zeit.

„Ich will eine Session mit Atemkontrolle. Ich möchte es endlich ausprobieren“, erklärte sie.

Ich blickte sie sprachlos an.

„Wirklich?“, fragte ich erstaunt.

„Ganz sicher!“, sagte sie bestimmt. „Und Kieran soll es machen, weil er die meiste Erfahrung damit hat.“

„Oder du fragst Declan. Der trinkt nur alkoholfreies Bier und kann es genauso gut“, schlug Kieran vor.

„Nein!“, sagte Julien sofort. „Wenn es sein muss, dann mach du es bitte.“

„Okay. Aber es gibt da noch ein paar Bedingungen, über die wir reden sollten“, erklärte Kieran und stand auf.

Julien nickte und die drei gingen ein Stück weg.

„Hast du so etwas auch schon gemacht?“, fragte Ian Marlon.

„Ja. Aber es ist nicht so mein Ding“, sagte er.

Da kam Jona mit einem Korb voll kühlem Bier.

„Nachschub!“, rief sie.

„Oh gut!“, sagte Marlon und griff sich gleich eine Flasche.

„Hast du es mit der Atemkontrolle schon mal ausprobiert?“, fragte ich Salina, die sich aufgesetzt hatte und ihren BH sortierte.

„Ja. Habe ich, es ist ein wahnsinniges Gefühl“, erwiderte sie.

Ich bekam Gänsehaut bei dem Gedanken und konnte Jessy nicht verstehen.

„Oh Gott, ich stelle mir das furchtbar vor“, stellte Ian fest.

Marlon lachte.

„Du bekommst nachher das Soft-Programm. Es wird dir gefallen“, sagte er.

Ian machte große Augen, beugte sich herunter und fuhr mit seinen Händen bis zu Marlons Jeansansatz.

„Das hört sich gut an und bitte das von gestern Abend nochmal", Ian lächelte.

„Wenn du artig bist!", erwiderte Marlon belustigt.

Ians Grinsen wurde breiter.

Kapitel 32

Devin

Während Kieran, Julien und Jessy wieder zu uns kamen, beugte ich mich zu Emily.

„Komm mit!“, flüsterte ich in ihr Ohr und sie erhob sich sofort.

Ich umfasste ihre Taille und sie sah mich mit leuchtenden Augen an. Ich steuerte zum Wasser, an dem wir ein Stück entlang gingen. Ich wollte endlich mit ihr zum Steg, das hatte ich ja schon vorgehabt, als wir Jona fanden.

„Es macht wirklich Spaß mit allen zusammen hier zu sein“, stellte sie fest.

„Stimmt und es ist erstaunlich friedlich“, sagte ich.

„Ist es sonst anders?“, hakte sie nach.

„Mit so vielen war ich auch noch nicht weg, aber es hat immer mal mit Marlon geknallt“, erwiderte ich.

„Ian tut ihm, glaube ich sehr gut“, stellte sie fest und ich nickte.

Sie schob mir ihre Hand unter das T-Shirt und strich sanft meinen Rücken hinauf. Ich griff an ihren Po.

„Ist es noch schlimm?", fragte ich und fuhr langsam über den Stoff ihrer kurzen Jeans.

„Viel besser, als heute Morgen", sagte sie lächelnd.

„Hast du eigentlich ein Höschen an?", fragte ich.

Sie sah mich an und grinste frech.

„Finde es heraus!", sagte sie kurz.

Ich lachte und küsste sie auf die Stirn.

Sie hakte einen Finger in die Schlaufe meiner Bermudas Jeans.

„Hast du denn etwas darunter?", ihre Stimme klang übermütig.

„Finde es heraus!", wiederholte ich ihre Antwort und sie lachte ausgelassen.

Wir kamen an dem langen Steg an und ich lief ihn mit ihr bis zum Ende, wo er etwas breiter wurde. Sie stand mit dem Rücken zu mir und sah auf das dunkle Wasser.

„Zieh dich aus", befahl ich streng.

Sie erschauerte und zog langsam und sexy ihre Sachen aus, ohne sich umzudrehen. Als sie nur noch in weißer Spitzenunterwäsche vor mir stand, leckte ich mir über die Lippen und wurde hart. Ich trat auf sie zu und löste ihr Zopfgummi. Ihre langen Haare fielen um ihre Schulter. Ich schob sie ein Stück beiseite und küsste ihren Hals.

„Du bist so schön, mein Engel!", brummte ich und drehte sie dann zu mir um.

In ihren Augen sah ich Begierde und um diese zu steigern, zog ich das T-Shirt aus. Ihr Blick glitt über meinen Körper und sie streckte die Hand aus, um mich anzufassen. Ich hielt sie auf und fragend blickte sie mich an.

„Öffne die Jeans", befahl ich und ihre Finger fuhren meine Brust entlang zu dem Knopf. Sie öffnete ihn und den Reißverschluss ohne das sich unsere Blicke trennten. Dann schob sie die Hose nach unten, indem sie in die Knie ging und noch immer hochsah. Fuck, sie war so verdammt perfekt.

Sie verzog den Mund zu einem kurzen Lächeln, denn dieses Mal trug ich nichts darunter. Ihre Hände griffen an meine Oberschenkel und ihre Zunge leckte sanft über meinen Schwanz. Ich schluckte hart. Sie umschloss die Eichel mit ihren Lippen und schob die Hand zwischen meine Beine. Dann ließ sie ihre Zunge über die Unterseite meines Schwanzes gleiten, um ihn gleich drauf tief in ihren Mund zu saugen. Ich zog scharf die Luft ein und wurde noch härter. Es schien ihr zu gefallen, denn sie ließ mich immer tiefer in ihren Mund. Ihr dabei zuzusehen, wie sie das Tempo und die Intensität erhöhte, brachte mich schnell ins Schwitzen. Ich nahm etwas Tempo heraus, indem ich an ihren Hinterkopf griff. Sofort überließ sie es mir, massierte allerdings meine Hoden weiterhin.

„Gott Emily!“, stöhnte ich und es fühlte sich so verdammt geil an.

Sie nahm mich tief in ihren Mund und ich forderte sie heraus, indem ich sie ein paar Sekunden an mich drückte. Sie war konzentriert, aber ruhig und schaffte es immer länger. Mich kickte es wahnsinnig und ich ließ ihren Kopf los.

„Willst du, dass ich in deinem Mund komme?“, keuchte ich.

Sie sah mich kurz an und begann noch heftiger zu saugen und erhöhte wieder das Tempo. Das war wohl ein Ja.

„Aber brav alles Schlucken!“, knurrte ich und kam.

Sie war brav. Schluckte und sah mich lächelnd an.

Wir legten uns auf den Steg und sahen in die Sterne. Langsam kam ich wieder zu Luft. Unter uns plätscherte das Wasser gegen den Bootssteg und sie seufzte wohlig. Ich stützte mich auf den Ellenbogen und malte kleine Kreise auf ihren Bauch bis zu ihrem Slip.

„Bist du feucht?“, fragte ich sie.

„Mmh“, machte sie nur und schloss die Augen.

Ich schob meine Hand unter den Stoff und fühlte, wie heiß und feucht sie war. Ich streichelte sie sanft.

„Von welchen Fantasien träumst du noch?“, fragte ich leise. „Was möchtest du erleben. Sag es mir.“

„Ich weiß nicht“, stöhnte sie genüsslich.

Ich umkreiste ihre Klit.

„Doch. Sag es!“, forderte ich.

Sie öffnete die Augen und sah mich an. Es wirkte so, als wenn sie schon wieder überlegte, ob oder wie sie es sagen sollte.

„Hat es dir gefallen, dass uns alle zugesehen haben?“, fragte ich.

„Ja“, gab sie leise zu.

„Willst du vielleicht so eine Session, wie Jessy?“, ich sah sie abwartend an.

„Nein!“, sagte sie erschrocken.

„Sch. Schon gut. Ich frag ja nur“, erklärte ich.

Sie holte tief Luft.

„Also ich mag Rollenspiele und … ach ich weiß nicht“, sagte sie.

„Du magst harten Sex, Kuschelsex, Analsex. Du magst es mit zwei Männern und du magst Peitschen und …“.

„Ja, ja, ja“, unterbrach sie mich und ich lachte.

Ich zog ihr den BH und den Slip aus, spreizte ihre Beine und strich wieder sanft mit meinem Finger durch ihre nasse Spalte.

„Schließ die Augen“, sagte ich.

Sie tat es und ich fuhr fort.

„Stell dir vor, wir wären hier nicht allein. Um uns herum sind viele Menschen, die uns beobachten … Sie sehen, wie es dir gefällt, was ich mache, sehen, wie nass du schon bist …“, meine Stimme wurde dunkel und leise.

Ich schob zwei Finger in sie und massierte sie sanft von innen. Sie stöhnte und genoss es sichtlich.

„Würde es dir gefallen?", fragte ich.

„Ja. Glaub schon", hauchte sie.

„ … es sind alles fremde Menschen", begann ich.

„Nein!", sagte sie sofort.

„Gut. Es sind Menschen, die du kennst … sie blicken auf uns herab … wollen zusehen …", erzähle ich leise weiter.

Dabei wurde ich fordernder und penetrierte sie kurz hart und fest. Dann wieder zärtlich.

„Ah", stöhnte sie.

„ … alle wollen sehen, wie du kommst …"

Sie drückte ihre Beine mehr zusammen.

„Nein!", sagte ich streng und schob sie wieder auseinander.

„ … es macht alle unglaublich an … sie stöhnen und wünschen sich es dir besorgen zu dürfen … und du wirst immer nasser … willst du das?"

Plötzlich ließ sie sich mitreißen.

„Ja! Ich mag es, ihre Lust zu hören, ihr Keuchen oder Stöhnen. Aber ich kann sie nur hören, denn ich trage eine Augenbinde", sagte sie mit heiserer Stimme. „Ich bettel um den Höhepunkt, um Erlösung. Darum, dass jemand in mich eindringt und mich nimmt."

Ich schlucke, denn plötzlich macht auch mich dieses Szenario an.

„ …es dringt jemand in dich ein … hart … er stößt immer wieder in dich … unausweichlich …", meine Stimme klang rau.

Ich schob drei Finger in sie, penetrierte sie hart und strich fest über ihre Klit.

Sie atmete schnell und drückte ihren Kopf in den Nacken.

„ … alle sehen es Emily … alle sehen zu …", sagte ich und zog meine Finger weg.

„Lass die Augen zu und bettel!“, forderte ich.

„Bitte!“, hauchte sie. „Bitte lass mich kommen.“

Fuck, ihre bettelnde Stimme ließ mich schon wieder hart werden.

Ich kniete mich zwischen ihre Beine und legte sie mir über die Schultern. Langsam drang ich in sie. Sie war so verdammt nass und nah an ihrem Höhepunkt. Ich versenkte mich tief in ihr und nahm sie dann schnell und hart.

„ … komm Emily, sie wollen deinen Orgasmus sehen …“, knurrte ich.

Meine harten Stöße erregten sie immer mehr. Die Lust spiegelte sich auf ihrem Gesicht und der Anblick kickte mich total.

„Oh Gott!“, rief sie, drückte sich gegen mich und zog sich eng an mir zusammen. Sie bebte, während ich noch in sie stieß und ich folgte ihr sofort.

Wir lagen nebeneinander und das Gefühl war unbeschreiblich.

„Du warst … du bist doch vorher …“, Emily sah mich verwundert an.

„Ja Baby. Nicht nur dich machen solche Vorstellungen an“, lachte ich.

„Würdest du es denn so wollen?“, fragte sie.

„Sicher, warum nicht. Aber es ging ja eigentlich um deine Fantasie“, erklärte ich grinsend.

„Ja vielleicht“, gab sie lächelnd zu.

Wir sahen beide wieder in die Sterne und ich überlegte, wie man so ein Rollenspiel wohl machen könnte.

Kapitel 33

Emily

Ich wachte früh auf und sah an die Decke. Meine Gedanken waren sofort bei dem Steg und ich musste lächeln. Devin lag neben mir auf dem Bauch, hatte seine Arme über dem Kopf liegen und schlief. Ich stand auf und schob den Vorhang etwas zurück. Die Sonne ging gerade auf und es war wunderschön.

Schnell zog ich mich an und verließ das Zimmer.

Im Hotel war es noch ganz still, nur im Frühstücksraum hörte man leises Geschirrklappern. Ich lief über die Terrasse zum Strand hinunter. Der warme Sand, das ruhige, türkisfarbene Meer und die aufgehende Sonne waren einfach nur fantastisch.

Da sah ich Marlon am Strand sitzen. Er trug eine helle Jeans, ein Tank Top und sah gedankenverloren über das Wasser. Ich ging zu ihm.

„Hi!“, sagte ich leise.

Er blickte mich an und lächelte.

„Hi. Kannst du auch nicht schlafen?“, fragte er.

„Nein. Außerdem sah es so wundervoll hier draußen aus“, erwiderte ich.

Ich setzte mich neben ihn und wir sahen eine Weile schweigend zum Sonnenaufgang.

„Habt ihr Streit?", fragte ich.

„Nein, haben wir nicht. Es ist ein wahnsinnig schöner Urlaub mit Ian", sagte er.

„Nur Urlaub?", hakte ich nach, denn es klang wie eine Trennung.

Sein Ausdruck wurde ernst.

„Ich weiß nicht, ob wir dieses Urlaubsgefühl in den Alltag retten können. Es spricht einfach zu viel dagegen", überlegte er.

„Aber ihr habt doch auch Gefühle füreinander, oder ist es nur Sex?", fragte ich.

„Nein! Aber starke Gefühle reichen eben nicht immer. Ian arbeitet und wohnt meistens in New York. Okay, ich habe ein Apartment dort, meine Kanzlei ist allerdings in Atlanta. Außerdem fliegt er oft in der Welt umher und auch ich habe viel zu tun. Also wäre es eine Fernbeziehung", erklärte er.

„Aber solltet ihr es nicht trotzdem versuchen? Oder ist es der Sex, der Probleme macht?", fragte ich nach.

Er legte den Kopf schief und sah mich an.

„Ich weiß, dass Ian versucht, mir zu gefallen, aber er ist wie du. Er entdeckt gerade seine dunkle Seite und es macht ihm Spaß. Sicher wird er nie so hart spielen wollen, wie ich es mag, das wäre auch überhaupt nicht schlimm. Es würde mir nichts ausmachen, darum denke ich, dass Sex kein Problem wird.

Allerdings …", er machte eine kurze Pause. „Treue vielleicht …"

„Von Ian oder von dir aus?", hakte ich nach.

„Von beiden?! Eine Fernbeziehung ist verdammter Mist!", sagte er ernst.

Wir schwiegen eine Weile und ich sah den Wellen zu, wie sie sich leicht am Strand brachen. Alles war so friedlich und wunderschön.

„Und du hast keine Hoffnung?“, fragte ich ihn traurig.

„Doch. Aber vorher muss ich mir über einiges klar werden“, gab er zu und sah mich an. „Ich wollte dich jetzt nicht so traurig machen.“

Er strich mir zärtlich über die Wange.

„Hast du nicht, aber ich finde, ihr passt so super zusammen und ihr wirkt so glücklich“, sagte ich.

„Wir werden es auf jeden Fall versuchen, dafür hängen wir gefühlsmäßig schon viel zu tief drin“, gab er zu und lächelte.

Wieder sahen wir über das Meer, als es auf meinem Rücken juckte. Ich zog das Shirt zurecht, aber es hörte nicht auf, sondern brannte auch ein wenig. Ich versuchte, mit der Hand an die Stelle zu kommen.

„Kann ich dir helfen?“, fragte Marlon und zog das T-Shirt nach oben. „Oh.“

„Was?“, ich wurde nervös.

Er zog es noch höher.

„Ich würde sagen, du solltest Devin das nächste Mal unten liegen lassen“, bemerkte er schmunzelnd. „Du hast ein paar Balkenabdrücke und Abreibungen.“

„Mist“, sagte ich leise und zog das Shirt herunter.

„Ach, hätte schlimmer kommen können. Du hättest dir noch einen Splitter einfangen können“, neckte er mich.

Mein Ellenbogen landete an seinen Rippen und er lachte.

„Ach komm, hat sich sicher gelohnt“, sagte er dann sanft.

„Ja. Das hat es“, stellte ich fest und musste auch lachen.

„Ich gehe mal Ian wecken. Lass dir den Rücken einreiben!“, erklärte er, beugte sich zu mir und gab mir einen sanften Kuss auf die Stirn.

„Ja mach ich“, erwiderte ich und er stand auf.

Ich blieb noch sitzen, blinzelte in die Sonne, die jetzt ganz am Himmel strahlte und genoss die Wärme auf meiner Haut. Da hielt mir jemand die Augen zu und ich musste lächeln.

„Devin?“, fragte ich, aber nichts passierte.

„Mmmh? Jessy?“, riet ich weiter, als ich eine Hand spürte, die vom Hals bis zu meiner Brust fuhr. Dort streichelte sie mich.

„Hey!“, rief ich, schlug die Hand weg und lehnte mich zurück.

Wir fielen beide in den Sand und Julien lachte.

„Du bist ja schlimm!“, sagte ich streng, was mir aber nicht ganz gelang.

Er lag auf dem Rücken, trug nur eine Jeans und ich stützte mich drohend über ihm ab.

„Und was willst du nun machen?“, fragte er belustigt.

„Ich hätte jetzt gern ein paar Eiswürfel, aber Sand tut es auch“, sagte ich und entlud eine Handvoll feinen Sand auf seiner Brust.

Er verzog das Gesicht, packte meine Arme, riss mich um und lag über mir.

„Man!“, maulte ich. „Du sollst dich nicht wehren.“

„Ach so?“, lachte er und setzte sich auf mich. „Ich würde wirklich gern mal wissen, was ihr Frauen so mit uns anstellen würdet, wenn ihr eine ganze Nacht das Sagen habt.“

„Oh, da würden uns sicher viele, gemeine Dinge einfallen“, erwiderte ich und versuchte, ihn von mir zu schubsen.

Er fing meine Hände ein, legte sie sich auf die Brust und sah mich mit diesem verführerisch, heißen Blick an.

„Das glaube ich auch. Frauen sind bestimmt noch viel schlimmer als Männer“, sagte er leise.

Ich hielt seinem Blick stand, bewegte sanft meine Finger auf seiner Brust und leckte mir über die Lippe.

„Aber es wäre sicher auch viel dabei, was euch anmachen und um den Verstand bringen würde“, hauchte ich.

Er lächelte und verschlang mich weiterhin mit seinem Blick.

„Ist das so?“, seine Stimme wurde pure Verführung und ich spürte, wie mein Körper darauf reagierte.

„Ja. Das ist so. Wir würden euch Orgasmen schenken, wie ihr sie noch nie erlebt habt“, sagte ich mit einem zuckersüßen Lächeln.

Er zog die Augenbraue hoch.

„Das klingt verlockend“, seine Stimme war dunkel und ich hielt seinem Blick kaum noch stand.

„Aber du weißt ja, vor dem Ziel steht der lustvolle Schmerz“, flirtete ich weiter.

„Mmmh“, knurrte er sexy. „Solange er heiß und lustvoll ist, macht es die Sache noch viel reizvoller.“

Ich schluckte und war wie gefangen in seinem Blick.

„Mr. West! Verausgaben sie sich nicht schon am frühen Morgen“, hörten wir Kierans Stimme.

Julien stöhnte und ließ mich frei. Der Zauber war vorbei, aber es war jedes Mal sehr heiß, mit ihm zu flirten.

„Ein Eimer kaltes Wasser, hätte es auch getan“, sagte er zu Kieran.

„Ich weiß, vielleicht nächstes Mal“, erwiderte der und lächelte.

Julien hielt mir seine Hand hin und zog mich auf die Füße. Sofort spürte ich meinen Rücken wieder.

„Autsch“, rutschte mir heraus und ich fasste nach hinten.

Beide sahen mich skeptisch an.

„Was hast du?“, fragte Julien.

„Nichts. Ich gehe jetzt Devin wecken“, rief ich, als er mir den Weg versperrte.

„Du weißt doch, das du damit nicht durchkommst!“, sagte er streng.

Ich stöhnte genervt und Julien zog mir das Shirt hoch. Beide sahen sich meinen Rücken an.

„Wehe, einer von euch sagt jetzt einen dummen Spruch", erklärte ich.

Julien fuhr vorsichtig mit dem Finger über die Haut.

„Es ist nur hier oben etwas abgeschürft", stellte er fest. „Lass dich von Devin einreiben. Er hat es jawohl auch verbockt."

Er ließ das Shirt los und Kieran grinste.

„Das sieht man dem Steg echt nicht an. Ich habe ihn ebenfalls für glatter gehalten", erklärte er belustigt.

Julien sah ihn erstaunt an und ich lachte.

„Aber für den Sex da draußen, lohnt es sich, oder?", Kieran zwinkerte mir zu. „Solltest du auch mal versuchen", riet er Julien.

Der schüttelte belustigt den Kopf.

„Stimmt", sagte ich lachend und lief zum Fahrstuhl.

Im Zimmer hörte ich die Dusche, zog mich aus und ging ins Bad. Devin wusch sich gerade die Haare und konnte mich nicht sehen. Ich schlang von hinten die Arme um ihn und presste mich dicht an seinen Körper. Er drehte den Kopf und lächelte mich an. Ich ließ ihn los und fuhr mit beiden Händen langsam über seinen Po. Er zog mich nach vorn und sah mir in die Augen.

„Wer hat dich denn angemacht? Heißes Date bei Sonnenaufgang?", fragte er und zog die Augenbraue hoch.

Ich verteilte Küsse auf seiner Brust.

„Quatsch", nuschelte ich.

Er schob einen Finger unter mein Kinn, hob es hoch und küsste mich zärtlich und voller Liebe.

„Du solltest mal meinen Rücken einreiben", sagte ich, als wir uns trennten.

„Deinen Rücken?", fragte er erstaunt und drehte mich um.

„Oh. Fuck. Engel, das tut mir leid“, erklärte er sofort.

„Es ist nicht so schlimm. Julien und Kieran mussten es auch unbedingt ansehen“, erzählte ich.

„Na. Auf die Blicke freue ich mich ja jetzt schon“, erwiderte er stöhnend.

Ich drehte mich wieder zu ihm.

„Die werden nicht schlimm. Kieran hat den Steg auch unterschätzt“, sagte ich grinsend.

Devin lachte, strich mir eine nasse Haarsträhne aus dem Gesicht und küsste meinen Hals.

„Es tut mir wirklich leid, Baby“, flüsterte er.

„Es ist völlig egal. Ich habe es gar nicht bemerkt, weil es viel zu aufregend mit dir war“, sagte ich und legte die Arme um seinen Hals.

Er brummte leise.

Wir saßen mal wieder alle zusammen beim Frühstück und ich hatte mir gerade ein Glas Orangensaft eingeschenkt, als Declan und Tristan den Raum betraten.

„Du bist ein Arschloch“, schnaubte Tristan böse und schien sehr wütend zu sein.

Es wurde abrupt ruhig und alle sahen auf. Tristan wollte gehen, als Declan ihn am Arm festhielt.

„Tris!“, sagte er schuldbewusst.

„Fass mich nicht an!“, Tristan riss sich los und ging hinaus.

Declan schluckte, setzte sich neben mich und schenkte sich Kaffee ein.

„Was ist passiert?“, fragte ihn Ian.

Er winkte ab.

„Heute werden wir von einem Boot abgeholt und fahren zu den schwimmenden Schweinen“, erklärte Julien.

„Oh süß!“, riefen Jessy und ich begeistert.

„Die Tour ist aber erst um 15 Uhr. Vorher werden wir die Session mit Jessy machen. Wer dabei sein möchte, kann in ihr

Zimmer kommen. Es ist okay für sie“, erklärte Kieran und Jessy nickte aufgeregt.

Es setzte ein Stimmengewirr ein und man spürte eine gewisse Anspannung in der Luft. Ich holte mir gerade Obst und einen Joghurt vom Büffet.

„Guck mal, da sind ja wieder unsere Früchte“, sagte Kieran neben mir und hielt eine Guave hoch.

Ich lächelte und dachte an die Stunden mit ihm. Declan stand plötzlich hinter uns und Kieran sah ihn ernst an.

„Ich würde dich bei der Session mit Jessy gern dabei haben. Es gibt hier nur begrenzt Mittel, um überhaupt so etwas zu machen, und ich möchte, dass du ein mit Auge darauf hast“; sagte er.

„Okay. Kein Problem!“, erwiderte er und sah niedergeschlagen aus.

„Es gibt nichts, was man nicht aus der Welt schaffen kann“, stellte Kieran fest und nickte zur Hotelhalle.

Tristan redete dort mit einer Kollegin. Er schüttelte den Kopf.

„Ich war ein Arschloch!“, gab er zu und setzte sich wieder.

Kieran zog verwundert die Augenbrauen hoch und sah ihm hinterher.

Nach dem Frühstück saßen Devin und ich noch mit Ian auf den Stufen, die hinunter zum Strand führten. Die anderen waren schon oben im Zimmer. Da kam Marlon zu uns.

Er hielt eine Fernbedienung in der Hand und lächelte böse, was Ian aber nicht sehen konnte.

„Los. Komm jetzt!“, befahl er streng.

Ian drehte sich erstaunt um.

„Geht das auch freundlicher?“, zischte er.

Marlon drückte auf den Knopf und Ian zuckte.

„Verdammt, mach es aus!“, rief er.

Devin lachte.

„Falsche Antwort, du darfst nochmal!“, erklärte Marlon ruhig, lächelte und schaltete eine Stufe höher.

Ian sprang auf und atmete tief durch.

„Ich bin ja schon da“, erwiderte er.

Marlon sah ihn musternd an.

„Und?“; fragte er fordernd.

„Sorry“, sagte Ian und man sah, wie ihm warm wurde.

Marlon drückte noch immer auf die Fernbedienung und sein Gesichtsausdruck wurde hart.

„Es tut mir leid, Sir!“, verbesserte er sich.

Marlon lächelte zufrieden und steckte den Kasten weg. Ian atmete auf.

„Na ja. Das hat wohl noch Luft nach oben und wir werden es üben“, stellte er fest, legte den Arm um Ians Schulter und dann verschwanden sie im Hotel.

„Hätte nie gedacht, dass Ian sich darauf einlässt“, erklärte Devin.

„Vielleicht gefällt es ihm?“, sagte ich lächelnd.

Kapitel 34

Julien

Als ich in unser Zimmer kam, hatte Jessy sich umgezogen. Sie trug einen schwarzen, weiten Spitzenrock, der so verdammt kurz war, dass er die Bezeichnung Rock nicht verdient hatte. Außerdem einen hauchdünnen Spitzen BH.

„Es sollen ja schließlich alle etwas davon haben“; sagte sie und drehte sich vor dem Spiegel.

„Willst du es wirklich machen?“, fragte ich noch einmal, denn ich wollte es eigentlich nicht.

Sie drehte sich zu mir und legte die Arme um meinen Nacken.

„Ja. Und alle werden auf mich aufpassen“, erwiderte sie leise.

Ich seufzte, Umfasste und küsste sie hart. Es drückte wahrscheinlich mein ungutes Gefühl aus, was ich noch immer hatte. Sie begann mein Hemd aufzuknöpfen und ich ließ es über die Schultern gleiten. Ihre Hand fuhr an den Bund meiner Hose und sie leckte über meine Brustwarzen. Ich drehte sie abrupt um, legte von hinten die Hand an ihren Hals und schob diesen kurzen Rock, der oben einen Gummizug hatte, ein Stück hinunter. „Jessy!“, brummte ich, denn sie trug natürlich keinen Slip.

Sie presste ihren Körper an mich und ich stellte fest, dass sie schon feucht war.

Sie stöhnte und rieb sich an mir. Ich brachte etwas Abstand zwischen uns und biss ihr in die Schulter. Es kickte uns beide und ihre Hand wanderte in meinen Schritt, als sich die Tür öffnete, die ich nur angelehnt hatte.

Mein Blick traf Kierans, der hart schluckte. Ich schmunzelte und zog ganz ganz langsam den Rock wieder gerade. Er konnte nicht wegsehen und ich hätte jetzt viel mehr Lust auf einen Dreier gehabt.

„Ich hab ein paar Sachen mit“, sagte er und legte alles auf den Nachttisch.

Ich hielt Jessy noch immer am Hals fest und sie stand brav vor mir.

„Leg dich auf das Bett!“, befahl ich und sie gehorchte.

Wir banden ihre Hände rechts und links über ihr an das Bett.

„Sollten wir vielleicht eine Hand frei lassen?“, überlegte ich.

Kieran sah mich warnend an.

„Nein! Wenn du die Nerven nicht hast, fliegst du raus. Du weißt, was wir besprochen haben“, knurrte er.

„Okay!“, murmelte ich und starrte auf das Beatmungsgerät, das er mitgebracht hatte.

Natürlich wusste ich, dass es nur für den Notfall war, aber mein Gefühl wurde dadurch nicht besser. Declan kam herein und stellte sich zu mir auf die andere Seite, des Bettes.

„Alles okay? Bist du bereit?“, fragte Kieran Jessy.

„Ja!“, strahlte sie.

„Sag mir nochmal, was du machst, wenn du Panik hast“, forderte er.

„Ich drehe den Kopf nach rechts", erklärte sie.

„Genau!", erwiderte er zufrieden und sah zu mir.

Ich nahm den kleinen Vibrator, den sie mir gegeben hatte und fuhr damit über ihren Körper, bis zwischen ihre Beine. Da sie eben schon sehr erregt war, stieg ihre Lust, trotzdem sie immer wieder zu Kieran sah.

„Es wird dir nichts geschehen. Entspann dich und lass los", sagte er ruhig.

Sie begann sich fallen zu lassen und ich steigerte ihre Erregung. Declan schob den BH zur Seite und legte ihr recht heftige Klemmen an. Sie schrie auf, aber es waren eher Lustschreie. Ich sah mich kurz um und jetzt waren auch Ian, Devin und Emily im Raum.

Emily starrte auf Jessy und dieses Szenario schien sie noch anzumachen. Besonders ihre Schreie, die in Lust übergingen. Jessy war schon verdammt nass, schloss die Augen und ihr Puls raste. Ich sah zu Kieran und er nahm die Klammer vom Nachttisch und drückte damit ihre Nase zu. Eigentlich war es eine Tauchklammer. Aber hier auf der Insel mussten wir eben improvisieren. Sie atmete durch den Mund und ich brachte sie immer näher an ihren Orgasmus. Ihre Atmung wurde plötzlich viel zu schnell, ich unterbrach es und Kieran legte ihr sofort die Hand beruhigend über die Brust.

„Ruhig atmen. Du bekommst noch genug Luft", redete er auf sie ein.

Ihre Atmung wurde wieder gleichmäßig und ruhig, aber meine Anspannung wuchs. Kieran sah warnend zu mir und ich machte weiter. Er legte ihr die Hand locker auf den Mund. Es war ein Test und sie bekam genug Luft. Er wollte nur sehen, ob sie panisch wurde. Sie atmete allerdings ruhig ein und aus. Er machte es noch ein paarmal, mal mehr Luft, mal weniger. Aber sie war wirklich richtig gut und blieb entspannt.

Dann stand sie kurz vor ihrem Höhepunkt, ich blickte zu ihm und er hielt ihr fest den Mund zu.

Die Sekunden kamen mir wie Minuten vor und ich musste mich sehr zurücknehmen, um es nicht zu unterbrechen. Ich kannte Kieran allerdings schon ein paar Jahre und wusste, dass er es einschätzen konnte. Daher beherrschte ich mich. Plötzlich zog Jessy an den Fesseln.

„Kieran!", rief ich hektisch, aber Declan hielt mich zurück und Jessy hatte einen tiefen und unglaublichen Orgasmus. Ihr ganzer Körper zitterte und bebte. Kieran ließ los und nahm auch die Klammer von der Nase. Sie hatte die Augen geschlossen und ihr Körper zuckte noch immer. Sie schnappte nach Luft und stöhnte, als wenn sie in einer anderen Welt wäre. Verdammt, das war sicherlich ein sehr intensives Erlebnis.

Kieran achtete genau auf ihre Atmung, die zwar schnell, aber in Ordnung war.

„Oh mein Gott", hörte ich Emily leise.

Wir lösten die Fesseln.

„Jessy! Sieh mich an", sagte Kieran und griff an ihr Kinn.

Sie blinzelte und öffnete dann die Augen.

„Wie geht es dir?", fragte ich besorgt.

„Himmlisch", flüsterte sie und lächelte.

Ich atmete tief durch, nahm die Decke und legte sie über sie. Kieran hatte sie noch immer im Blick und ich war dankbar dafür. Er redete leise mit ihr und sie nickte.

„Hey. Entspann dich", sagte Declan und legte seine Hand auf meine Schulter.

Jessy wurde immer klarer und sah Kieran an.

„Danke! Es war noch besser, als ich gedacht hatte", erklärte sie.

„Bedank dich bei Julien. Er hat hier am meisten gelitten", erwiderte er grinsend.

Jessy lächelte, fasste an meinen Arm und zog mich zu sich. Ich legte mich neben sie und war froh, dass es vorbei war.

„Es ist immer wieder der Hammer so etwas zu sehen", sagte Declan.

„Willst du auch noch mal?", fragte Kieran.

„Nee, lass mal einmal reicht", lehnte er ab.

„Du hast es schon mal gemacht", Devin wurde neugierig.

„Welch Frage", er sah zu Kieran. „Bevor ich es machen durfte, musste ich es selbst ausprobieren."

„Wie ist das so?", hakte Devin nach.

Typisch Devin, dachte ich.

„Ich muss zugeben, es ist unbeschreiblich geil", erwiderte Declan und ging mit Devin und Emily hinaus.

„Schön bei ihr bleiben. Du musst sie noch im Auge behalten", sagte Kieran streng.

„Okay und Danke", erwiderte ich.

Er lächelte.

„Dann kommt mal beide in Ruhe runter", sagte er und verließ das Zimmer.

Wir waren jetzt allein und sie kuschelte sich an mich. Ich musterte sie kritisch.

„Ich fühle mich müde, tief befriedigt und glücklich", erklärte sie lächelnd. „Ich habe nämlich den besten Freund der Welt."

Ich grinste.

„Ich glaube, du hast noch viel zu viel Adrenalin im Körper", erwiderte ich und küsste ihre Stirn.

Kapitel 35

Emily

Ich lief mit Devin an den Strand, denn wir hatten noch Zeit vor unserer Bootstour. Jona war mit Ian und Marlon im Wasser und sie alberten herum. Ich freute mich, dass es ihr besser ging. Wir legten uns in Badesachen auf eine der Liegen.

„Wow, es war unglaublich mit Jessy", stellte ich noch immer beeindruckt fest.

„Ja, es scheint ein riesiger Kick zu sein", sagte Devin und drehte sich zu mir.

„Und das Vorspiel hat dich ganz schön angemacht, oder."

Ich blinzelte ihn an.

„Ja. Ist schon heiß gewesen", gab ich zu. „Jessy gefesselt und um sie herum drei Doms."

Er grinste breit.

„Mich hat es auch angemacht, aber richtig kicken würde mich, wenn du dort gelegen hättest", sagte er.

Ich riss die Augen auf.

„Aber keine Atemkontrolle!", rief ich.

„Nein!", beruhigte er mich. „Egal was."

Ich kniff die Augen zusammen.

„Du meinst, wenn ich eine Session mit jemand anderen hätte?“, fragte ich.

Er nickte.

„Ach“, sagte ich und überlegte, ob ich das durchstehen würde.

„Deine nächste Strafe könnte ja mal jemand anderes übernehmen“, Devin lächelte.

„Julien!?“, fragte ich sofort.

Er lachte laut auf.

„Es ist eine Strafe, kein Wunschkonzert“, stellte er fest.

Wir waren auf dem Boot und fuhren zu der Insel mit den Schweinen. Julien war bei Jessy geblieben. Sie war noch erschöpft und müde. Ich musste ihr aber versprechen, ganz viele Fotos zu machen. Da wir die einzigen Touristen auf dem Boot waren, war die Stimmung ausgelassen und lustig. Als wir vor der Insel Halt machten, sahen wir schon die ersten Schweine. Wir hatten Wurzeln an Bord und durften aussteigen und sie füttern. Es war einfach unglaublich. Wir standen bis zu den Knien im Wasser und sie schwammen um uns herum. Sie waren größer, als ich gedachte hatte, und forderten beharrlich ihr Essen ein.

Plötzlich sprang Salina mit einem Schrei Kieran an und griff um seinen Hals.

Er konnte gerade noch zufassen. Wir sahen alle ins klare Wasser und ein riesiger, schwarzer Rochen schwamm um uns herum.

„Wow! Wahnsinn!“, stellte Devin fest.

Ich ging ihm lieber ein bisschen aus dem Weg. Der Mann von den Schweinen erklärte uns, dass nichts passieren würde, wenn wir ihn in Ruhe ließen. Salina war aber trotzdem an den Strand geflüchtet und Kieran lachte.

Ich ging auch an den Strand und fütterte gerade ein Schwein, als Declan mich anstieß und ins Gebüsch zeigte.

„Oh nein“, rief ich begeistert, denn dort war ein Ferkel und sah zu uns.

Es war kleiner, als ein Dackel und ich fragte den Mann, ob ich es anfassen dürfte. Er nickte, nahm es auf den Arm und gab es mir. Es war so süß und ganz rosa. Es hatte überhaupt keine Angst und beobachtete alles interessiert. Jeder machte sofort Fotos und ich streichelte es sanft. Declan hielt ihm eine Möhre vor die Nase, aber es wollte nicht. Vorsichtig ließ ich es runter und es lief zu den anderen.

„Guckt mal, eine Schildkröte!“, rief Ian im Wasser und zeigte auf eine Stelle.

Wir versuchten, sie mit unseren Blicken zu verfolgen, aber sie tauchte unter dem Boot hindurch und war verschwunden. Es war einfach fantastisch hier und ich machte ganz viele Bilder für Jessy.

Es war spät, als wir zurück im Hotel waren. Wir zogen uns um und gingen unten etwas Essen. Danach gab es Musik und es konnte getanzt werden. Ich saß mit Jessy auf der Terrasse und wir sahen uns sie Bilder an. Sie fühlte sich wieder richtig gut und sie schwärmte von ihrem Erlebnis. Es war wie eine kleine Abschiedsfeier, denn am nächsten Morgen fuhren wir mit dem Boot nach Nassau. Dort wollten wir noch eine Nacht in einem Unterwasserhotel verbringen, bis es dann zurück nach Hause ging. Ich war ein bisschen traurig, freute mich aber auf das besondere Hotel.

„Wir sollten so einen Urlaub auf jeden Fall noch einmal machen“, sagte Jessy

„Unbedingt. Vielleicht können wir ihn sogar mit Kieran und Salina absprechen“, überlegte ich.

„Gute Idee. Ich mag die beiden sehr“, stellte sie fest, als Julien zu uns kam.

„Hier alles gut bei euch?“, fragte er und setzte sich neben Jessy.

„Immer!“, hauchte sie und hüpfte auf seinen Schoß.

Mein Blick fiel auf die Bar, denn Tristan hatte heute Dienst. Da kam mir eine Idee. Ich fühlte mich schon den ganzen Abend, wie aufgedreht und hatte auch ein bisschen zu viel Alkohol. Also stand ich auf und lief zur Bar.

„Hast du einen Mojito für mich?“, fragte ich ihn.

„Kommt sofort“, sagte er und machte sich an die Arbeit.

Er sah wirklich gut aus, braungebrannt und sexy.

„Was ist mit dir und Declan?“, fragte ich, da es mir irgendwie leidtat. Außerdem war es die letzte Nacht hier.

„Ach“, winkte er ab und stellte einen kleinen Cocktail vor mich.

„Danke. Vielleicht solltest du ihn ein wenig eifersüchtig machen?“, ich lächelte ihn an.

„Er weiß aber, dass ich nicht auf Frauen stehe“, lachte er.

Ich lehnte mich über den Tresen und winkte ihn verführerisch nah zu mir heran. Er stützte sich mit den Unterarmen auf die Theke und beugte sich zu mir. Ich legte demonstrativ meinen Arm in seinen Nacken.

„Aber er sollte sich da nicht so sicher sein. Du bist verdammt sexy“, sagte ich verlockend.

Er lächelte, als plötzlich Declan um den Tresen kam.

„Du darfst nicht ....“, begann Tristan.

Er wollte sicher sagen, dass er nichts hinter der Bar zu suchen hätte. Declan ignorierte es allerdings und drückte sich an ihn. Seine Hände konnte ich nicht sehen, aber Tristan schloss kurz die Augen und stöhnte leise.

„Was darf ich nicht?“, raunte er ihm zu.

Tristan atmete tief durch. Ich nahm meinen Drink und zwinkerte ihm zu, denn im Augenwinkel sah ich Devin und genau das hatte ich geplant.

Ich ging in Richtung Tanzfläche und sah zu ihm hinüber. Er stand in seiner grauen Hose und dem weit offenen Hemd an der Wand gelehnt und hatte die Arme verschränkt. Eine Haarsträhne fiel in sein Gesicht. Himmel, er sah einfach nur hot aus. Ich ging auf ihn zu und er sah mich ernst und lauernd an. Als ich vor ihm stand, trank ich ein paar Schlucke und lächelte ihn an. Schon nahm er mir das Glas aus der Hand.

„Ich denke, du hast genug heute", sagte er bestimmt.

Ich legte den Kopf schief.

„Spaßbremse", erwiderte ich schnippisch.

Er sah mich warnend an. Das reichte wohl noch nicht ganz für eine Strafe. Kieran ging gerade auf die Bar zu. Ich stellte mich vor ihn und legte meine Hand auf seine Brust.

„Hey. Mr. Cool! Tanzt du mit mir?", fragte ich mit einem zuckersüßen Lächeln.

Er musterte mich, sah kurz zu Devin und wieder zu mir. Ich strich mit der Hand über den Stoff seines Shirts. Er zog die Augenbraue hoch und führte mich zur Tanzfläche.

„Du spielst mit dem Feuer, kleine Lady", stellte er fest und begann mit mir zu tanzen.

„Ich weiß", erwiderte ich grinsend und schenkte ihm ein heißes Lächeln.

„Dann verbrenne dich mal nicht", sagte er belustigt.

Ich drückte meinen Körper dichter an ihn und sah herausfordernd zu Devin, der noch immer an der Wand lehnte. Kieran brachte etwas Abstand zwischen uns.

„Du solltest es nicht übertreiben. Du kannst gerade wieder sitzen, oder?", sagte er.

Ich kicherte und bemerkte, dass mir bei Drehungen ganz schwindelig wurde.

„Uhieee", rief ich und ließ meinen Kopf in den Nacken fallen.

Er blieb stehen und zog mich an sich.

„Geht es wieder?", fragte er.

„Ja. Ist schon vorbei", erwiderte ich grinsend.

Kieran drehte mich um und Devin stand vor mir.

„Ich hoffe, Devin wird gnädig sein“, erklärte er.

Devin sah mich ernst an.

Plötzlich wurde mir bewusst, dass es vielleicht doch zu viel, für eine klitzekleine Strafe war.

„Kieran rette mich!“, rief ich ihm hinterher, als er zur Bar ging.

Er drehte sich um und schüttelte den Kopf.

„Du hast es so gewollt!“, erwiderte er grinsend.

Ich blickte Devin an. Er griff um meine Taille und zog meinen Kopf nach hinten

„Genau. Du hast es so gewollt“, wiederholte er und jedes Wort klang wie eine Drohung.

„Ich wollte …“, begann ich.

„Sch. Mach es nicht noch schlimmer“, knurrte er.

Ich verstummte. Er ließ mich los und legte drohend seine Hand in meinen Nacken. Ich sah demütig zu Boden. Ja, ich war jetzt aufgeregt, aber ich liebte diese Spiele. Ein warmer Schauer lief mir über den Rücken und ich lächelte.

Er führte mich zum Aufzug und schweigend, mit seiner Hand im Nacken, fuhren wir nach oben. In unserem Zimmer ließ er mich los.

„Ausziehen! Alles!“, befahl er.

Ich gehorchte, denn schlimmer wollte ich es jetzt nicht mehr machen. Devin schob unsere leeren Koffer geöffnet, nebeneinander auf den Boden und holte etwas aus den Nachttisch. Ich stand nackt vor ihm und er legte mir eine Kette um den Hals, an der Brustwarzenklemmen befestigt waren. Er brachte die Klemmen an und ein gleichmäßiger, leichter Schmerz durchfuhr mich. Dann gab er mir halterlose Strümpfe und Heels, die ich anziehen sollte. Ich tat es, trotzdem die Klammern an meiner Brust mich dabei fast umbrachten.

„Sehr sexy“, stellte er fest, als ich wieder vor ihm stand.

Seine Hände strichen über meinen Körper und er küsste mich sanft. Mir wurde heiß und ich erschauerte. Er drückte mich vorn über die Sofalehne und strich mir über den Po. Ich spürte noch immer die blauen Flecke und war angespannt, da ich einen Schlag erwartete.

„Dein Po ist noch etwas blau und du hast zu viel Alkohol im Blut, also wird dies nur eine kleine Strafe. Die richtige Session bekommst du morgen“, sagte er.

Ich schluckte und fühlte mich eigentlich wieder nüchtern. Seine Hand schob sich weiter durch meine Spalte und das Gefühl war einfach nur schön. Mein ganzer Körper reagierte und der Zug auf die Brustwarzen, heizte das Ganze noch an. Er ließ mich richtig feucht werden und ich genoss es. Dann griff er in meine Haare und zog den Kopf nach hinten.

„Ah“, schrie ich auf, denn die Klammern bissen fest in meine Nippel.

Er ließ mich los und ich spürte etwas Kühles, Hartes an meinem Eingang. Es wurde langsam in mich geschoben, ein Stück zurück und wieder vor. Da es sich so kühl anfühlte, war es sicher ein Vibrator. Allerdings erschien er größer als die, die ich kannte. Ich keuchte und dann war er ganz in mir. Devin zog mich hoch.

„Da wir für morgen packen müssen, wirst du jetzt unsere beiden Koffer einräumen“, sagte er bestimmt.

Ich sah zu den Koffern und plötzlich verstand ich seine Strafe. Himmel, das konnte er doch nicht machen.

„Los, hopp!“, drängte er.

Ich lief vorsichtig zum Schrank und der Vibrator in mir begann auf mittlerer Stufe, würde ich sagen.

„Gott“, stöhnte ich leise und drückte die Beine zusammen.

Devin saß gemütlich auf dem Sofa und musterte mich.

„Packen! Und pass auf, dass du das Ding nicht verlierst“, befahl er.

Es war die Hölle. Der Vibrator wechselte ständig seine Geschwindigkeit und die Klemmen befeuerten meine Lust mit einem fiesen stechenden Schmerz. Jedes Mal, wenn ich etwas in den Koffer legte, musste ich mich vor Devin bücken, damit er mich betrachten konnte. Einen klaren Gedanken konnte ich schon lange nicht mehr fassen. Ich wurde immer feuchter, Lust pulsierte in mir und ich tänzelte wahrscheinlich umher, wie auf heißen Kohlen.

„Baby! MEINE Shirts gehören auch in MEINEN Koffer!", sagte er plötzlich und ich sah, dass ich einen Fehler gemacht hatte.

Ich schluckte, packte sie um, während Devin den Vibrator höher stellte.

„Himmel!", stöhnte ich und spürte, wie mir die Feuchtigkeit an den Beinen herunterlief.

Ich konnte kaum noch richtig laufen und hatte Angst, das Ding in mir rutschte tatsächlich heraus. Meine Klit pochte heftig und der Druck im Unterleib war unerträglich. Als ich fast fertig mit dem Packen war, rief er mich zu sich. Aufgelöst stand ich vor ihm. Er schaltete den Vibrator aus und betrachtete mich. Ich holte tief Luft und war dankbar für diese Pause.

„Auf die Knie, Hände auf das Sofa", seine Stimme klang dunkel und hart.

Ich gehorchte und er stand auf. Er war hinter mir und schob seine Finger in mich, um den Vibrator herauszuziehen.

„Devin!", keuchte ich, denn die kurze Enge erregte mich noch mehr.

Langsam zog er ihn aus mir und brummte dabei tief.

„Dreh deinen Kopf", verlangte er und hielt mir den feuchten Vibrator an den Mund.

Ich leckte ihn ab und schmeckte meine Lust. Es war unglaublich und kickte mich noch mehr. Besonders als ich dabei in Devins lustverhangene Augen sah.

Er schob ihn tiefer in meinen Mund und ich schloss fest die Lippen darum.

„Oh Baby!“, knurrte er, zog ihn heraus und steckte ihn wieder ganz langsam in meinen Eingang.

Er penetrierte mich damit und ließ ihn auf der höchsten Stufe laufen. Schnell riss mich eine heftige Welle in einen tiefen Orgasmus. Ich warf den Kopf nach hinten, spürte sofort den Schmerz an meinen Brustwarzen und fühlte mich, wie in einem Rausch. Ich hätte es niemals für möglich gehalten, einen Höhepunkt, den ich früher eher selten einmal hatte, in so vielen himmlischen Varianten zu erleben.

Nachdem wir das letzte Mal alle zusammen auf der Insel gefrühstückt hatten, stand ich auf den Stufen und sah traurig zum Strand. Es war ein wunderschöner Urlaub gewesen und ich wäre gern noch geblieben. Da bewegte sich etwas unten an der Palme und ich erkannte Declan und Tristan. Sie küssten sich und ich freute mich, dass sie wenigstens nicht im Streit auseinandergingen.

„Na. Würdest du gern noch bleiben?“, fragte Julien und legte einen Arm um meine Schultern.

„Ja. Es war einfach fantastisch hier“; gab ich zu.

„Es muss ja nicht der letzte Urlaub mit den Chaoten gewesen sein“, lachte er.

„Genau. Wir sollten es unbedingt noch einmal machen“, sagte ich.

Eine Art Wassertaxi brachte uns nach Nassau. Dort standen wir in dem Hotel an der Rezeption, die aussah, wie ein normaler Hotelbetrieb. Als wir allerdings in den Fahrstuhl stiegen, fuhren wir nach unten und es war schon ein seltsames Gefühl. Devin zog die Zimmerkarte durch und die Tür öffnete sich. Sofort blieb ich staunend stehen. Gegenüber von einem großen Himmelbett befand sich eine bodentiefe Fensterfront und dahinter das Meer. Fische, Korallen und Meerespflanzen, alles konnte man genau erkennen. Es war der Wahnsinn. Sogar eine kleine Schildkröte schwamm vorbei.

„Der Hammer", stellte Devin fest.

Wir ließen das Gepäck stehen, setzten uns auf die Bettdecke und sahen durch das Glas. Es war ein unglaubliches Gefühl, dort zu sitzen, mitten im Meer und das von einem Bett aus. Devin ging an die Scheibe und legte seine Hand daran. Ein kleiner, bunter Fisch kam neugierig herangeschwommen und wir lachten.

Eine Stunde später waren wir in alle Himmelsrichtungen verstreut. Marlon, Declan und Ian besichtigten eine Rum Distillery. Kieran, Devin und Julien wollten eine Segwaytour machen und wir Mädels waren natürlich in einer kleinen Mall hängen geblieben. Salina hatte die Kreditkarte von Kieran und wir kauften Jona neue Kleidung. Sie wollte es zwar ablehnen, aber Salina bestand darauf. Wir hatten einen riesigen Spaß und lachten viel.

„Oh! Pause! Ich muss mich mal setzen", rief ich irgendwann.

Jessy verschwand mit Salina in einem Laden und Jona setzte sich zu mir.

„Ich bin wirklich froh, dass ihr mich gerettet habt", sagte sie.

„Wir müssen unbedingt in Kontakt bleiben", erklärte ich. „Vielleicht hast du ja mal Lust nach Atlanta zu kommen?"

„Ja. Gern!", rief sie begeistert. „Aber ich muss mir jetzt erstmal eine Arbeit und eine Wohnung suchen. Bei meinen Eltern werde ich es wohl nicht lange aushalten."

„Das verstehe ich. Und Salina und Kieran werden dir sicher dabei helfen", erwiderte ich.

Sie nickte.

„Sie haben mir eine kleine Wohnung über ihrem Club angeboten", erklärte sie zögernd.

„Das ist doch toll. Oder nicht?“, fragte ich erstaunt.

„Ich weiß nicht. Salina ist wirklich nett …“, sie brach ab.

„Und Kieran nicht?“, hakte ich nach.

„Doch. Aber ich fühle mich immer so unsicher in seiner Nähe und habe auch ein bisschen angst vor ihm“, gestand sie.

Ich legte den Arm um ihre Schulter.

„Das brauchst du nicht. Er würde dir niemals etwas tun“, sagte ich bestimmt.

„Ich kann es auch nicht so erklären“, überlegte sie. „Aber Marlon kommt nach Chicago, wenn ich eine offizielle Aussage wegen Brian bei der Polizei machen muss. Er will mir helfen und mich beraten. Vielleicht sehe ich seinen Freund ja auch wieder. Ich mag die beiden.“

Sie lächelte und ich biss mir auf die Zunge. Natürlich fühlte sie sich sicher, denn sie dachte, sie wären schwul. Wie sollte ich ihr jetzt sagen, dass Marlon bi war und eigentlich der größte `Womanizer´ unter der Sonne? Verdammt. Ich sagte nichts und nickte nur.

Zurück im Hotel brachte ich die Sachen in unser Zimmer. Dort saßen Julien, Devin und Kieran.

„Hi Engel!“, rief Devin, als ich die Tüten auf das Bett legte.

„Hi. Wie war euer Ausflug?“, fragte ich.

„Super! Keine Ahnung, was der Typ genau erzählt hat, aber die Segways waren klasse“, sagte Devin und grinste. Wir lachten.

Kapitel 36

Devin

Nach einem Abendessen in einem klasse Restaurant waren wir noch in einen Nobel Club gegangen. Nur Marlon und Ian hatten andere Pläne und fuhren ins Hotel zurück.

Der Club war modern und exklusiv eingerichtet und ich sah mich interessiert um. Vielleicht könnte ich ein paar Ideen für das BLUE ISLAND finden. Wir saßen an einem großen Tisch und bestellten Getränke. Emily bekam einen alkoholfreien Cocktail, was ich sehr gut fand. Denn ihre eigentliche Strafe würde sie heute Abend bekommen. Auch ich hielt mich mit Alkohol zurück und musste unbedingt noch ungesehen mit Declan reden.

Wir waren alle etwas schicker angezogen, besonders die Frauen. Ich fand sie in ihren sexy Kleidern einfach sehr heiß anzusehen. Auch Jona trug ein neues Kleid, aber sie wirkte noch unsicher.

„Hey, du siehst superhübsch aus“, sagte Jessy zu ihr.

„Ja und der Barkeeper sieht auch schon ständig zu dir herüber“, stellte Emily fest.

„Aber für Barkeeper ist ja eigentlich Declan zuständig, oder?", lachte Kieran.

Declan, der mit Julien gesprochen hatte, drehte sich zu uns.

„Für was bin ich zuständig?", fragte er.

„Der Barkeeper da vorn, der mit den kurzen, braunen Haaren", erklärte Kieran.

Declan sah hinüber und lächelte.

„Sorry. Der ist hetero …", stellte er fest und wir lachten.

Es war ein lustiger Abend und wir hatten viel Spaß. Emily ging irgendwann mit Jona an die Bar. Es schien wirklich so, als wenn der Barkeeper, die Kleine mochte. Ich behielt sie im Auge, machte mir aber kein großen Sorgen. Sie redeten mit ihm und Jona lachte sogar. Als Declan zur Bar schlenderte und sich etwas abseits von den beiden an den Tresen lehnte, stand ich auf und ging zu ihm.

„Hey, schade, dass es schon der letzte Abend ist, oder?", fragte er.

„Ja. Hat echt Spaß gemacht", gab ich zu. „Hast du nachher noch etwas vor?"

Er sah mich erstaunt an und musterte mich.

„Nein. Nicht, was du jetzt denkst", lachte ich.

„Okay. Um was geht es?", fragte er grinsend.

„Ich würde gern, dass du mit Emily nachher eine Session machst. Es wäre eine größere Bestrafung für sie, als wenn ich es durchführe", erklärte ich.

„Gern!", er lächelte.

Ich sah ihn warnend an.

„Voraussetzung. Ich bin dabei und wir klären vorher die Grenzen", sagte ich ernst.

„Klar. Kein Problem. Ich würde mich freuen", erwiderte er.

„Ich weiß, dass du sie magst …", begann ich warnend.

„Entspann dich. Auch ich kenne die Grenzen und würde sie nicht überschreiten“, unterbrach er mich.

Ich nickte und entspannte mich tatsächlich. Denn das war der einzige Punkt an der Session, der mir im Magen lag. Wir redeten noch über ein paar Vorlieben und ich fand ihn eigentlich immer sympathischer.

Ich sah kurz zu Emily und meine Aufmerksamkeit war geweckt. Ein Typ hatte sich den beiden genährt, stand dicht vor Jona und redete mit ihr. Emilys Gesichtsausdruck verriet mir sofort, dass etwas nicht in Ordnung war und Jona sah panisch aus. Gerade, als ich zu ihnen gehen wollte, kam Kieran und stellte sich neben Jona. Declan und ich kamen ebenfalls dazu.

„Finger weg!“, drohte Kieran und sah den Typen böse an.

Man sah, dass er sie gerade anfassen wollte.

„Deine Freundin, oder was?“, fragte der Typ, der nach einem reichen Macho aussah.

„Geht dich das etwas an?“, Kierans Augen wurden schmaler.

„Was ist aus Brian geworden?“, fragte er nach.

Declan und ich sahen uns verwundert an. War das einer der Männer, an die er Jona ausgeliehen hatte?

„Brian gibt es nicht mehr und du wirst sie nie wieder anfassen!“, knurrte Kieran.

Der Typ griff in seine Brusttasche.

„Das ist jawohl eine Frage des Geldes“, stellte er ruhig fest.

„Lass es stecken! Man kann sich nicht alles im Leben kaufen und für dich ist sie tabu“, sagte Kieran scharf.

Er legte den Arm um Jona und führte sie zum Tisch. Emily sah erleichtert zu mir und wir setzten uns ebenfalls zu den anderen. Als ich wieder zur Bar sah, war der Typ verschwunden.

„Wo kam der denn her?“, fragte ich.

„Er stand plötzlich vor uns und hat Jona erkannt. Er hat sie sofort echt mies angemacht“, erklärte Emily noch etwas aufgeregt.

Kieran schenkte Jona ein Glas Wasser ein.

„Du kannst beruhigt sein. Wir passen schon auf dich auf“, sagte er und sie lächelte.

„Er wird sich sicher nicht mit uns allen anlegen wollen“, stellte Declan fest und grinste breit.

Die normalen Gespräche wurden wieder aufgenommen und ich beugte mich zu Emily.

„Wenn du nachher unser Zimmer betrittst, beginnt deine Strafe“, flüsterte ich.

Sie sah mich mit großen Augen an und ein Lächeln huschte über ihre Lippen.

„Ja Master!“, sagte sie leise.

Ich legte meine Hand auf ihr Knie und überlegte, wie sie eine Session mit Declan wohl finden würde.

Kapitel 37

Emily

Ich war nervös, als wir ins Hotel zurückfuhren. Aber auch gespannt darauf, was er sich für eine Strafe überlegt hatte. In der Halle trafen wir auf Marlon und Ian. Devin hielt mich an der Hand und begann ein Gespräch mit ihnen. Das machte er sicher, um meine Anspannung zu steigern, dachte ich und versuchte ganz ruhig zu bleiben. Julien und Jessy gingen noch in die Bar und die anderen stiegen in den Fahrstuhl. Endlich verabschiedeten wir uns von den beiden und fuhren nach unten zu unserem Zimmer. Im Aufzug legte Devin den Arm um mich.

„Na? Bist du schon müde?", fragte er.

„Nein!", erwiderte ich sofort und lächelte.

Er musterte mich, aber ich war tatsächlich noch sehr munter. Wir standen vor unserem Zimmer.

„Nimmst du deine Zimmerkarte. Ich habe meine nicht mitgenommen", erklärte er.

Ich war etwas verwundert und mir eigentlich sicher, dass er sie eingesteckt hatte, aber das war jetzt egal. Ich schob sie durch und er folgte mir ins Zimmer. Ich hörte, wie er sich das

Jackett auszog, und legte meine Handtasche auf einen Stuhl. Devin schaltete eine kleine Lampe ein, die den Raum eher im halbdunkel lies, denn man konnte nur Umrisse erkennen. Er setzte sich auf das Sofa, ich stellte mich vor ihn und erwartete seine Anweisungen.

„Ich werde heute deine Bestrafung übernehmen“, hörte ich plötzlich Declans Stimme hinter mir und zuckte zusammen.

„Oh“, sagte ich und sah Devin an.

Er lächelte. Himmel, mein Herz begann zu rasen und schon kam wieder dieses blöde Gefühl, alles richtig machen zu wollen. Declan ging langsam um mich herum. Er hatte sich umgezogen und trug jetzt eine Jeans und ein Hemd, das offen war. In der Hand hielt er eine Gerte.

„Wie ist dein Safeword?“, fragte er.

„Engel“, brachte ich kaum heraus, denn mein Mund war ganz trocken.

„Gut! Zieh das Kleid und den BH aus“, befahl er und öffnete den Reißverschluss.

Seine Stimme klang jetzt völlig anders. Kalt, hart und drohend. So wie damals in Kierans Club bei der Unterwerfung. Schnell streifte ich meine Sachen ab und er legte sie über den Sessel. Es war ein merkwürdiges Gefühl, so mit ihm zu spielen, aber ich spürte auch ein verheißungsvolles Kribbeln in mir.

„Hände auf dem Rücken verschränken“, befahl er und fesselte sie mit einem Seil.

Es war eine sehr ungemütliche Position, die ich noch nicht kannte. Ich konnte mich gar nicht mehr bewegen, als Declan mit der Gerte über meinen Körper fuhr. Ich sah, dass es Devin kickte, aber gleichzeitig passte er auf mich auf. Plötzlich traf mich ein harter Schlag auf den Oberschenkel.

„Sieh nach unten“, knurrte Declan, der hinter mir stand.

Es brannte wie Feuer und mir wurde bewusst, dass es bei ihm sicher keine Gnade gab. Es machte das beruflich und wusste genau, was er tat. Mir wurde etwas mulmig und ich war froh, dass Devin da war.

Er massierte meine Brustwarzen fest zwischen seinen Fingern. Es war heftig, aber sie wurden sofort hart. Mit der Gerte fuhr er langsam in meine Mitte und ich spürte die Berührung durch den dünnen Slip. Ich atmete schneller, als ich seinen Körper dicht hinter mir wahrnahm und er eine Hand vorn in mein Höschen schob.

„Sieh Devin an“, sagte er leise und ich hob den Kopf.

Er leckte sich über die Lippen und obwohl er locker einen Arm auf der Sofalehne hatte, konnte ich erkennen, wie angespannt er war. Auch mich erregte es immer mehr. Declan fuhr fast schon sanft über meine Klit und umkreiste sie. Ich stöhnte leise und spürte die Feuchtigkeit in meinem Slip.

Abrupt nahm er die Hand weg, drehte mich seitlich zu Devin und stellte sich vor mich.

„Knie dich hin“, befahl er hart.

Da ich nicht sofort reagierte, traf mich ein Schlag an der Brust. Es war ein kurzer, heftiger Schmerz und ich biss mir auf die Lippe. Schnell ließ ich mich vor ihm auf die Knie fallen. Er packte mein Kinn und drückte es nach oben, damit ich ihn ansah. Er öffnete seinen Gürtel und hielt meinen Blick gefangen. Der Gedanke, ihm jetzt vor Devin einen Blowjob zu geben, ließ mein Herz rasen und gleichzeitig kickte es mich noch mehr. Zwischen meinen Beinen wurde es feuchter und der Druck im Unterleib wuchs.

Er zog den Gürtel aus seiner Jeans, legte ihn mir blitzschnell um den Nacken und zog mich fest an sich heran. An meinem Gesicht spürte ich seine Erektion unter dem Jeansstoff und heiße Schauer liefen mir über den Rücken. Dann ließ er mich los und ich sollte mich direkt vor Devin knien.

Ich drehte mich um und sah zu Devin. Er beugte sich vor, nahm meinen Kopf in beide Hände und küsste mich besitzergreifend und stürmisch. Während Declan begann, Schläge auf meinen Po zu verteilen. Harte, gnadenlose Schläge, die sich auch von dem bisschen Stoff nicht abhalten ließen. Devin massierte meine Brustwarzen und küsste mich wieder. Ich fiel in eine Art Rausch und die Schmerzen trieben meine Lust immer mehr an. Kurz vor dem Höhepunkt hörten beide auf und ich schnappte nach Luft.

Ich sah Devin an, der sich wieder zurückgelehnt hatte und Declan stand jetzt hinter dem Sofa.

„Sieh ihn dir an, Emily", sagte er und begann, Devins Hemd aufzuknöpfen.

Ich verfolgte seine Hand, sah kurz in Devins verlangende Augen und fand es total heiß. Declan fuhr über seine Brust und zog das Hemd aus der Hose, um es ganz zu öffnen. Er malte mit einem Finger das Tattoo nach und umkreiste seine Brustwarze. Dann griff er an den Hosenknopf. Devin hielt sofort seine Hand fest.

„Nicht übertreiben", sagte er mit dunkler Stimme.

Declan lächelte und zog die Hand weg. Ich musste schmunzeln. Er kam wieder zu mir und löste meine Fesseln.

„Du solltest dich jetzt um deinen Freund kümmern. Die Hose ist ganz schön eng", sagte er.

Ich öffnete Devin Hose und befreite seinen Schwanz. Es hatte ihn heftig erregt und ich umschloss ihn mit meinen Lippen. Während ich mein Bestes gab, spürte ich Declans Hand plötzlich am Hinterkopf und schon schob er mich unnachgiebig nach vorn. Devin stöhnte.

„Du wirst alles schlucken und ganz brav sein", knurrte er.

Ich versuchte zu nicken, aber hatte mehr Mühe, nicht zu würgen. Er ließ mich wieder los und ich machte weiter. Kurz bevor Devin kam, verband er mir die Augen. Schnell brachte ich ihn zum Orgasmus und ich schluckte und leckte alles brav auf. Er drückte mich zurück und stand auf. Es hörte sich an, als wenn sie tauschten.

Ich spürte eine Schwanzspitze an meinen Mund und umschloss sie fest. Jetzt hatte ich Declan in der Hand, dachte ich und würde ihn mal ein bisschen ärgern. Auch er war schon ziemlich erregt und ich hatte ein leichtes Spiel, als ich ihn ein wenig die Zähne spüren ließ. Er zog zischend die Luft ein, packte meinen Kopf, was wie eine Warnung wirkte. Ich war lieber artig und überließ ihm das Tempo und wie tief er in meinen Mund eindrang. Da spürte ich eine Hand, die meine Hüfte anhob und da ich jetzt stand, beugte ich mich über Declans Schoß und stützte mich auf dem Sofa ab. Finger schoben meinen Slip herunter und fuhren dann durch meine nasse Spalte. Himmel!

„Konzentrier dich!“, hörte ich Declan.

Ja doch, dachte ich, aber es fühlte sich gerade so gut an. Ich beugte mich noch mehr hinunter und er schob sich tief in meinen Mund. Plötzlich hatte ich ein Hauch von einem After Shave in der Nase, was ich kannte. War es gar nicht Declan, sondern Julien? Würde Devin ihn überhaupt so mit mir spielen lassen? Ich gab mir richtig Mühe und wollte ihn zu Stöhnen bringen, denn dann hätte ich ihn erkannt. Leider hatte ich die Chance nicht mehr.

Sie ließen von mir ab, drückten mich auf den Teppich und fesselten meine Hände über Kopf an das Sofa.

„Willst du kommen, Emily?“, hörte ich Declan.

„Ja Sir“, hauchte ich und mein Slip wurde ganz ausgezogen.

„Ich will dich hören, wenn du kommst. Laut. Ist das klar?“, drohte er.

„Ja Sir“, meine Stimme wurde noch leiser.

Meine Beine wurden gespreizt, festgehalten und schon spürte ich einen Schlag auf meinen Unterleib. Ich keuchte.

Der Nächste traf meine bereits geschwollenen Schamlippen. Es brannte höllisch und ich schrie auf. Zwei Finger drangen in mich und penetrierten mich. Meine Klit wurde fest umschlossen, gestreichelt und schon baute sich ein unglaublicher Druck in mir auf. Das Brennen auf meinem Po, zwischen den Beinen und die Finger in mir brachten mich schnell zu einem Orgasmus. Ich kam tief, heftig, zitterte und schrie den Höhepunkt heraus.

Mein Körper bebte noch und wieder spürte ich überall Berührungen. Ich hörte leise Stimmen und die Finger in mir penetrierten mich schneller, härter und entschlossener. Ich stöhnte, fühlte Hände auf der Innenseite meiner Schenkel und ließ mich einfach fallen. Mein Unterleib zog sich erneut zusammen und ich hatte das Gefühl zu schweben. Kurz kam mir der Gedanke, an einen nie endeten Orgasmus. Als ich mit rasenden Puls und schneller Atmung ganz langsam wieder landete.

„Du bist ein Spinner!“, hörte ich Devins Stimme und er lachte. Ich blinzelte und ein helleres Licht blendete mich kurz. Jemand streichelte sanft meinen Nacken und ich drehte den Kopf. Es war Julien, der neben mir auf dem Bett lag.

„Ach ihr Softies“, lachte Declan.

„Vorsicht, sonst bist du gleich der Nächste“, erwiderte Julien.

„Und? Bei euren kleinen Spielchen wird mir nicht einmal warm“, erklärte Declan.

„Das klingt, als würde er uns herausfordern“, stellte Devin lachend fest.

„Sehe ich auch so, aber er kommt ja mit nach Atlanta“, sagte Julien belustigt und sah mich an.

„Hey. Wieder gelandet?“, fragte er lächelnd.

Ich grinste und nickte. Ich war in eine Decke gehüllt und fühlte mich noch wie im Himmel. Declan und Devin standen am Ende des Bettes und musterten mich.

„Mir geht es wirklich gut", versicherte ich.

„Zeig mal, was hast du noch in der Tasche?", fragte Julien Declan, der gerade die Gerte hineinschob.

„Nee, nee. Das ist nichts für Softies. Ich werde euch jetzt mal kuscheln lassen", erwiderte er grinsend.

„Du bist ganz schön frech", sagte Julien, als Declans Handy piepte.

Er las eine Nachricht und lächelte.

„Das ist doch mal ein Angebot", stellte er fest und kam zu mir.

Er strich mir sanft über Wange.

„Alles okay, Honey? Du bist ganz schön taff. Hat mir sehr gefallen", sagte er ernst und küsste meine Stirn.

„Danke", erwiderte ich und lächelte.

Ich mochte ihn immer mehr und freute mich auf die Zeit in Atlanta mit ihm.

Er zwinkerte mir zu und verließ das Zimmer.

„Man ist der arrogant", Devin grinste und setzte sich neben mir auf das Bett.

„Mal sehen, ob er das auch noch nach einer Woche in Atlanta ist", sagte Julien und Devin lachte.

Dann sah Julien mich ernst an.

„Ganz mieser Blowjob, übrigens", erklärte er. „Und vorsichtig mit deinen Zähnen."

„Ich dachte, es wäre Declan und wollte ihn ein wenig ärgern", erwiderte ich kleinlaut und musste kichern.

Devin lachte.

„Mach dir keine Gedanken. Declan wollte es für dich zu Ende bringen, aber Julien hat abgelehnt", sagte er.

Julien rollte mit den Augen und wir mussten lachen.

„Ich lasse dir mal ein Bad ein", Devin verschwand im Bad.

Julien stand auf und angelte nach seinem Hemd.

„Warst du es die ganze Zeit bei dem Blowjob, oder auch Declan?“, fragte ich.

Er sah mich erstaunt an.

„Ich war es. Devin hätte es Declan nicht gegönnt“, erklärte er schmunzelnd.

„Warum?“, fragte ich.

„Weil Declan dich mag und er eifersüchtig ist“, sagte er und setzte sich zu mir, während er sein Hemd zuknöpfte.

Ich grinste breit.

„Er ist tatsächlich eifersüchtig“, stellte ich fest und es tat schon irgendwie gut.

Julien lachte.

„Sicher. Es kommt immer darauf an, wer dich anfasst“, erwiderte er.

„Und die Session von Declan war okay für ihn?“, fragte ich.

„Ja. Aber nur, weil er dabei war“, sagte Julien.

Ich nickte.

„Ich wäre auch nicht gern mit Declan allein“, gab ich zu.

„Aber ich glaube, er ist ganz okay“, antwortete er.

Devin kam herein und zog mich vorsichtig vom Bett in seine Arme. Schnell stand Julien hinter mir.

„Ich bin schon wieder die Einzige, die nackt ist“, stellte ich frustriert fest.

Beide lachten.

„Schlaf schön“, sagte Julien und küsste mich auf die Schulter.

„Sorry für den Blowjob“, erwiderte ich leise.

Er lachte und ging zur Tür. Devin schob mich ins Bad.

Nach einem ausgiebigen Bad fiel ich müde ins Bett. Wir lagen nebeneinander gekuschelt und blickten auf die große Scheibe. Ab und an sah man sogar im Dunklen, dass sich dort etwas bewegte. Devin schien in Gedanken zu sein und ich stützte mich neben ihm auf.

„Was denkst du gerade?“, fragte ich.

„Mmh. Hat dir die Session gefallen?“, er sah mich an.

„Ja!“, sagte ich sofort. „Trotzdem es ganz schön zwischen meinen Beinen brennt.“

„Du würdest doch dein Safeword benutzen, oder?“, fragte er ernst.

„Natürlich. Warum fragst du?“, hakte ich nach.

„Du würdest es nicht aushalten, nur um mir zu gefallen?“, sein Blick war prüfend.

Ich überlegte.

„Ich versuche es immer nur, soweit es geht. Dann würde ich es benutzen“, erwiderte ich bestimmt.

„Gut. Ich würde es nicht ertragen, wenn ich meine Bedürfnisse über deine stellen würde. Ich will, dass wir beide Spaß haben“, erklärte er.

Eine wohlige Wärme machte sich in mir breit. Es bedeutete mir so viel, dass er überhaupt darüber nachdachte.

„Das hast du noch nie gemacht. Du passt immer gut auf mich auf, auch heute mit Declan“, sagte ich ernst und ich sah, das er erleichtert war.

„Hat es dich angemacht, von ihm bestraft zu werden?“, fragte er.

„Ziemlich. Aber noch mehr, dass du zugesehen hast und es dich gekickt hat“, gab ich zu.

Er schmunzelte. Ich beugte mich über ihn und küsste ihn liebevoll.

Kapitel 38

Devin

Wir hatten uns von Kieran, Salina und Jona verabschiedet und saßen im Flugzeug. Es war natürlich Businessclass und sehr gemütlich, trotzdem fand Emily keine richtige Sitzposition. Ich stand auf und ging zur Stewardess. Sie lächelte mich freundlich an, als ich auf sie zukam.

„Haben sie vielleicht noch ein Kissen für uns?“, fragte ich.

„Natürlich!“, erwiderte sie, öffnete ein kleines Schränkchen und gab mir ein weiches Polster.

„Dankeschön“, sagte ich und ging zu Emily.

Ich setzte mich wieder neben sie und gab ihr das Kissen. Es war ihr etwas peinlich, aber als sie darauf saß, spürte sie sofort Erleichterung.

Julien und Jessy saßen hinter uns und Marlon und Ian vor uns. Ian musste erst am Dienstag wieder in New York sein und flog deshalb mit nach Atlanta. Declan saß auf der anderen Seite und tippte die ganze Zeit etwas in sein Handy. Na ja, er musste wohl seine vielen Fans zufrieden stellen, dachte ich schmunzelnd. Nachdem wir gestartet waren, sah Emily sehnsüchtig auf das Meer herunter. Ich legte den Arm um sie und sie lächelte mich an.

„Es war ein wunderschöner Urlaub und ich glaube, wir sind alle noch ein Stück mehr zusammen gewachsen", sagte sie leise.

„Fühlst du dich wohl mit allen, die mit waren?", fragte ich.

Sie nickte, drehte sich zu mir und wir küssten uns lange, tief und zärtlich.

„Immer dieses rücksichtslose Geknutsche", hörte ich Marlons belustigte Stimme.

Ich löste mich von Emily und sah ihn an.

„Reiner Neid! Ihr traut euch wohl nicht", erwiderte ich grinsend.

Marlon lachte.

„Ist das dein Auto?", rief Jessy plötzlich hinter mir.

„Ja. Ist gestern gekommen. Elena hat mir ein Foto geschickt", erklärte Julien.

Ich drehte mich um.

„Zeig!", sagte ich ungeduldig.

Er gab mir sein Handy und ich blickte auf einen nagelneuen grauen Maserati.

„Fuck! Dein Ernst?", rief ich begeistert.

Sofort standen alle um uns herum.

„Ja. Ich dachte, es ist mal etwas anderes", sagte Julien grinsend.

„Ist die Farbe nicht schön?", fragte Jessy und jeder wollte es jetzt genauer sehen.

„Anthrazit und ein Cabrio. Alle Achtung!", stellte Marlon fest.

„Was so ein Auto auslösen kann", erklärte Emily belustigt, denn nun redeten sie durcheinander.

„Damit müssen wir morgen sofort eine Tour machen“, rief ich begeistert.

„Na mal sehen“, sagte Julien lachend.

Kapitel 39

Emily

Wieder im Apartment angekommen, ließ ich die Sachen fallen und schmiss mich auf das Sofa. Ich war todmüde und völlig fertig.

„Willst du noch in den Club?“, fragte ich Devin.

„Ja. Ich habe Ryan schon angerufen und sehe mal nach dem Rechten“, erwiderte er und trug die Koffer ins Schlafzimmer.

„Ich gehe ins Bett“, beschloss ich, stand auf und lief hinter ihm her.

Devin kam zu mir und umarmte mich.

„Der Urlaub mit dir war wahnsinnig schön, Engel“, sagte er.

Mein Herz machte einen Salto. Ich legte die Arme um seinen Hals und küsste ihn.

Nachdem er in den Club gefahren war, packte ich unsere Sachen aus. Danach fiel ich müde ins Bett und schlief sofort ein. Spät in der Nacht, legte sich von hinten ein Arm um mich und ich spürte die Wärme von Devin. Ich drückte mich an ihn. Er küsste meinen Hals und biss zärtlich in mein Ohrläppchen.

„Mmh“, machte ich verschlafen.

Er schob seine Hand unter das Shirt, ließ sie dort liegen und ich schlief wieder ein.

„Ich koche uns etwas“, rief ich aus der Küche.

„Okay. Ich gehe schnell duschen“, erwiderte Devin, der gerade von seinem Laufband kam.

Wir waren spät aufgestanden und ich war froh, dass ich erst morgen wieder arbeiten musste. Mein Handy, das auf dem Tresen lag, signalisierte eine Nachricht. Ich nahm es und lächelte. Es war ein Video von Kieran. Er hatte Summer abgeholt, hockte in einem Flur und rief sie. Sie kam angerannt und freute sich riesig. Sie drehte sich und quiekte vor Freude, dann kletterte sie an ihm hoch und schmiss ihn um. Er lag auf dem Rücken und hatte die Arme um sie geschlungen, während sie ihn ableckte und am Liebsten in ihn hineinkriechen wollte. Er lachte und redete leise mit ihr.

Das einzige Mädchen, das mich so schnell auf den Rücken legt.

Stand unter dem Video. Ich schrieb zurück:

Und das mit Herzchen in den Augen auf beiden Seiten …

Ich fand das Video total süß und sah es mir ein paarmal an. Dann tat ich Nudeln in den Topf und kümmerte mich um die Soße, als es klingelte. Ich lief zur Tür und öffnete. Jessy fiel mir um den Hals.

„Kleiner Überraschungsbesuch!“, rief sie und ging an mir vorbei.

Julien umarmte mich und küsste mich auf die Wange.

„Devin ist unter der Dusche. Mögt ihr etwas trinken?“, fragte ich.

„Gerne! Kochst du gerade?“, Jessy blickte zum Herd.

„Ja. Möchtet ihr mitessen?“, bot ich an und beide waren begeistert.

„Weißt du, wir fahren nur so in der Gegend herum ... , mit dem neuen Auto!“, erklärte sie grinsend und half mir in der Küche.

Ich sah zu Julien, der sich an den Tresen setzte.

„Und? Ist er schön?“, fragte ich.

Er strahlte.

„Ist er!“, erwiderte er.

Devin kam aus dem Schlafzimmer.

„Ups. Lass mich raten. Du gibst mit deinem neuen Wagen an?“, sagte er grinsend und begrüßte die beiden.

Wir saßen am Tisch, aßen und die Männer unterhielten sich nur über Autos. Jessy und ich warfen uns vielsagende Blicke zu und grinsten.

„Wo ist eigentlich Declan?“, fragte ich in einer Pause.

„Er ist bei seiner Schwester“, erklärte sie.

„Wir sollten uns für Declan wirklich etwas einfallen, um ihn mal zu erden“, schlug Devin vor.

„Absolut“, Julien lächelte. „Aber es wird sicher schwer. Er ist nicht leicht zu beeindrucken.“

„Stimmt“, stellte Devin fest.

Julien zog sein Handy aus der Tasche, wählte eine Nummer, drückte auf Lautsprecher und legte es auf den Tisch. Kieran nahm ab.

„Na. Willst du ihn schon wieder loswerden?“, fragte er sofort.

„Nein. Noch ist es entspannt. Aber eine kleine Lektion würde ihm bestimmt guttun“, sagte Julien.

„Das würde es sicher“, gab Kieran zu.

„Die Frage ist, was nimmt er wirklich ernst? Oder ist er gar nicht so taff, wie er tut?“, fragte Julien.

„Doch. Er ist ganz schön abgebrüht. Also meine letzte Session mit ihm war Atemkontrolle, das fiel ihm schwer. Aber sein größter Schwachpunkt ist sein eigenes Kopfkino. Ihr solltet ihm auf jeden Fall die Augen verbinden und es nicht in deinem Spielzimmer machen. Da fühlt er sich wie zu Hause und viel zu sicher. Macht es in einer Gegend, die er nicht einschätzen kann“, erklärte Kieran.

„Sehr interessant. Und hast du noch mehr Tipps?“, fragte Devin.

„Na ja. Verständlicherweise hat er natürlich Probleme mit devoten Verhalten. Er kann den devoten Part spielen, aber macht es meistens nur freiwillig und nicht, wenn man es von ihm verlangt. Er ist nun mal ein Dom.“

„Danke. Damit können wir schon etwas anfangen“, erklärte Julien.

„Lass ihn heil. Ich brauche ihn noch!“, sagte Kieran lachend.

„Sicher!“, Julien lachte ebenfalls.

Sie alberten ein bisschen, dann legte er auf.

„Man, das klingt schon wieder echt gemein“, stellte Jessy fest.

Devin und Julien sahen sich gespielt überrascht an.

„Wir sind nie gemein!“, sagte Julien ernst.

Jessy und ich lachten.

„Weißt du schon, wo man es machen könnte?“, fragte Devin.

„Ich habe eine Idee und werde das prüfen“, erwiderte Julien.

„Okay und jetzt fahren wir eine Runde in deinem Wagen“, rief Devin und nahm seine Jacke.

Am Abend trafen wir uns alle im BLUE ISLAND. Ich saß mit Jessy und Declan an der Bar.

„Man, das ist ja richtig groß und nobel hier“, stellte er fest.

Ich nickte und sah zu Julien und Devin, die sich neben uns unterhielten. Es ging anscheinend um geschäftliche Dinge.

„Los Mädels, lasst uns tanzen!", rief Declan und zerrte uns auf die Tanzfläche.

Er konnte sich wirklich gut bewegen und tanzte mich und mal Jessy an. Wir alberten dabei herum und lachten. Als ein etwas langsameres Lied kam, legte er mir von hinten die Hände auf die Hüften. Ich spürte seinen Atem an meinem Nacken und grinste.

„Du warst so heiß, als Sub. So hingebungsvoll und verführerisch. Ich mag das" sagte er leise.

Ich legte einen Arm nach hinten um seinen Nacken. Er kam noch näher und ich spürte seinen Körper an meinem. Wir wiegten uns im Takt der Musik.

„Und wie bist du als Sub?", fragte ich mit einem breiten Grinsen.

Er lachte.

„Ich bin sehr leidensfähig, aber mega unentspannt", gab er zu, drehte mich mit einem Ruck um, ohne unsere Bewegung zu unterbrechen.

Seine Hände waren an meiner Taille und er sein Blick bohrte sich in meinen. Ich tanzte mich mit einer Drehung frei und lächelte. Eine Weile bewegte er sich noch zwischen uns hin und her, dann lief er zu einer Frau, die an einem Tisch allein saß. Ich gab Jessy ein Zeichen, dass ich etwas Trinken müsste. Sie nickte und folgte mir.

Ich ging zu Devin und Julien. Griff mir Devins Bier und trank drei schnelle, große Schlucke. Er zog die Augenbrauen hoch.

„Schmeckt`s?", fragte er erstaunt.

„Nee. Aber es war flüssig und kalt", erwiderte ich und stellte das Glas wieder vor ihm ab.

Er lachte. Ich setzte mich neben ihn und legte eine Hand auf seinen Oberschenkel.

„Hast du mich vermisst?“, fragte er belustigt.

Ich legte den Kopf schief.

„Ein bisschen, vielleicht“, sagte ich lächelnd.

Ich sah zu Jessy, die an Julien lehnte, und er hatte seinen Arm um sie gelegt. Ein großer Mann mit braunen Haaren und einem sympathischen Gesichtsausdruck kam auf uns zu. Er trug Jeans, ein Shirt und ein Jackett. In der Hand hielt er eine Mappe. Devin stellte ihn uns als Ryan vor.

„Kannst du dir das mal eben ansehen?“, fragte er.

„Klar!“, sagte Devin und folgte ihm.

„Wo habt ihr Declan eigentlich gelassen?“, Julien sah zu mir.

„Na, wo wohl? Er gräbt irgendeine Frau an!“, erwiderte ich.

Er schüttelte belustigt den Kopf.

Ich erschien etwas früher als sonst bei Cameron Marketing. Marvin, der Chef war noch nicht da, aber seine Assistentin winkte mir freundlich zu. Ich ging in mein Büro, fuhr den Computer hoch und sortierte meine Sachen. Natalie schien auch schon da zu sein, denn ihre Tasche stand neben dem Schreibtisch. Ich beschloss, mir einen Kaffee zu holen. Mit einem Becher in der Hand ging ich am Kopierraum vorbei und hörte leise Stimmen und Stöhnen. Lächelnd lief ich weiter. Sollte das Natalie mit unserem Chef sein? Vielleicht gab es den beiden ja einen besonderen Kick, dachte ich und holte mir einen Kaffee. Auf dem Rückweg war es still und ich öffnete die Tür meines Büros.

„Hi Urlauber! Da bist du ja“, empfing sie mich, sortierte gerade ihre Haare vor dem Spiegel und legte neuen Lippenstift auf.

Ich ignorierte es.

„Erzähl! Wie war es? Man bist du braun!", sprudelte es aus ihr heraus.

Ich lachte und begann zu berichten, als sich die Tür öffnete und ein junger Typ, so knappe zwanzig Jahre, den Kopf hereinsteckte. Er sagte kein Wort und starrte mich an.

„Das ist unser neuer Praktikant Adam", stellte Natalie ihn vor. „Soll ich dir noch einmal zeigen, wie der Kaffeeautomat funktioniert?"

„Äh ja. Danke", brachte er hervor.

„Adam hat noch Probleme mit den ganzen Tasten", erklärte sie, stand auf und ging mit ihm hinaus.

Ich starrte auf die Tür. Von wegen Probleme mit den Tasten. Die beiden waren bestimmt im Kopierraum gewesen. Tausend Gedanken gingen mir durch den Kopf. Sie betrog Marvin? Oder war es vorbei? Was sollte ich tun? Ich kannte Marvin gut und er war Devins Bruder. Verdammt Natalie!

Sie kam wieder herein und setzte sich an ihren Schreibtisch.

„So. Los erzähl. Wie war die Hochzeit? Hast du Bilder?", fragte sie.

Ich schluckte das ungute Gefühl herunter, nahm mein Handy und zeigte ihr die Urlaubsfotos.

„So. Nun muss ich auch mal arbeiten", erklärte ich nach einer Weile.

„Das war ja eine traumhafte Hochzeit", stellte sie fest.

„Stimmt. Aber das könntet ihr ja genauso haben", sagte ich und war gespannt, wie sie reagieren würde. „Wie läuft es mit Marvin?"

„Och. Ganz gut!", erklärte sie fröhlich und sah auf ihre Arbeit.

Es trat Schweigen ein und jeder sah auf seinen PC. Ich fragte mich allerdings immer wieder, ob sie ihn wirklich betrog?

Zum Mittag hatte ich mich mit Cara verabredet. Sie wartete schon, als ich das kleine, italienische Restaurant betrat. Wir fielen uns in die Arme und begrüßten uns stürmisch.

„Mein Gott Em bist du braun!“, rief sie. „Ich will alles wissen, sofort.“

Ich lachte und erzählte von der Hochzeit, den Ausflügen und dem Urlaub eben. Sie wusste allerdings nichts von den `sexuellen Besonderheiten´, darum ließ ich die aus.

„Was ist mit dir und dem Laden?“, konnte ich endlich fragen, als wir schon bei dem Nachtisch waren.

„Oh. Es sieht gut aus. Nachdem Marlon dem Vermieter etwas Druck gemacht hat, ist er tatsächlich mit der Mieterhöhung runtergegangen. So ist es okay für mich“, erzählte sie.

„Das freut mich sehr“, erwiderte ich begeistert. „Ich bin froh, dass Marlon sich gekümmert hat.“

„Ich bin überhaupt froh, dass du ihn mir vorgestellt hast“, sagte sie mit einem schiefen Grinsen.

Ich riss die Augen auf.

„Du hast …“, begann ich.

„Ja, aber es war nur ein One-Night-Stand kurz vor eurem Urlaub. Wir hatten zu viel Wein und ich habe ihn echt bedrängt“, gab sie zu.

„Ach“, sagte ich nur und konnte es mir gut vorstellen. Wenn Cara jemanden haben wollte, bekam sie ihn auch und Marlon musste sie sicher nicht lange überzeugen.

„Aber es war der beste One-Night-Stand in meinem Leben“, sagte sie leise und beugte sich zu mir.

Wir lachten.

„Er ist so hot. So erfahren und geschickt“, flüsterte sie begeistert.

„Welch ein Kompliment“, erwiderte ich grinsend.

„Durchaus verdient! Er steht ganz oben auf meiner Liste“, erklärte sie.

„Du hast eine Liste?“, fragte ich erstaunt und riss die Augen auf.

„Ja habe ich. Aber Psst!“, sagte sie und hielt sich den Finger vor den Mund.

„Oh Himmel! Du bist ja wirklich schlimm“, ich schüttelte lachend den Kopf. „Hast du denn zurzeit jemanden.“

„Ja Cole“, lachte sie.

„Ach. Und wo steht der auf der Liste?“, fragte ich neugierig.

„Platz drei“, sagte sie sofort.

Meine Augen wurden immer größer.

„Wer ist auf Platz zwei?“, hakte ich nach.

„Den kennst du nicht, aber der Abstand zu Marlon ist riesengroß“, sie grinste.

„Cara!“, rief ich entsetzt.

„Was? Es ist so!“, erwiderte sie und wir lachten.

Die Mittagspause war schnell vorbei und gerade, als wir zahlen wollten, betrat Marlon mit einem Geschäftsmann den Laden. Beide setzten sich in eine ruhige Ecke und es schien ein Geschäftstermin zu sein.

„Oh Gott“, rief Cara. „Jetzt ist er auch noch braungebrannt und diese blonden Haare. Schon kribbelt es überall.“

„Cara! Schluss!“, sagte ich leise, den ich hatte das Gefühl, sie springt ihn gleich an.

Sie grinste.

„Du, sei mal ganz still! Du konntest ihn jeden Tag in Badehose sehen“, stellte sie fest.

Ich rollte mit den Augen und zog sie schnell aus dem Restaurant.

„Man“, protestierte sie. „Wir hätten ja wenigstens mal `Hallo´ sagen können.“

„Aber es ist sicher geschäftlich“, sagte ich mit Nachdruck.

Sie seufzte. Wir verabschiedeten uns und ich ging wieder ins Büro. Als sich die Fahrstuhltüren öffneten, sah ich Marvin, der gerade einem Kunden zum Aufzug brachte.

„Hi Emily! Der Urlaub war schön, habe ich gehört“, sagte er lächelnd.

„Ja. Superschön“, gab ich zu. „Wie geht es denn deiner Mutter?“

„Ich glaube, etwas besser. Danke“, erklärte er.

„Mr. Cameron, ein Gespräch für sie“, rief Jenna hinter uns.

„Wünsche dir noch einen schönen Tag. Der erste Arbeitstag nach dem Urlaub ist immer blöd, ich weiß“, Marvin zwinkerte mir fröhlich zu und ging in sein Büro.

Ich setzte mich wieder an den Schreibtisch. Natalie war jetzt etwas Essen und ich war allein. Da klingelte mein Handy.

„Hi Marlon!“, meldete ich mich erstaunt.

„Na Süße. Ich hoffe, das war eben keine Flucht“; sagte er belustigt.

„Nein. Doch. Na ja zumindest nicht von mir. Ich musste nur Cara aus dem Restaurant bekommen“, versuchte ich es zu erklären.

„Cara? Warum?“, hakte er nach.

„Tja. Keine Ahnung was du mit ihr angestellt hast, aber du bist jetzt Platz eins auf ihrer Liste“, rutschte es mir heraus.

„Bitte? Was für eine Liste?“, fragte er verwirrt.

„Du bist auf ihrer Liste, der besten Liebhaber. Platz eins“, erklärte ich leise.

Marlon lachte.

„Na. Das ist doch eine Ehre. Aber wir hatten nur einmal Sex“, erwiderte er.

„Du Sexgott!“, neckte ich ihn.

Er lachte noch mehr.

„Du hast es ja bisher nicht ausprobiert. Vielleicht stehe ich ja dann auch bei dir ganz oben", sagte er provozierend.

Ich lachte.

„Nein. Ich denke nicht", erwiderte ich.

„Das käme auf einen Versuch an, Süße!", sagte er mit dunkler Stimme.

„Das stimmt. Aber ich habe ja gar keine Liste …", erklärte ich lachend.

Die Tür öffnete sich und Natalie kam herein.

„Ich muss jetzt Schluss machen", sagte ich hektisch.

Er lachte.

„Okay. Und solltest du dir noch eine Liste anschaffen, lass es mich wissen", sagte er ernst.

„Vergiss es", erwiderte ich und legte auf.

Ich musste noch immer grinsen, aber machte mich wieder an die Arbeit.

Kapitel 40

Devin

Ich hatte Emily eine Nachricht geschrieben und stieg auf mein Motorrad. Wir wollten uns bei Julien im Büro treffen. Ich hatte keine Ahnung, was er vorhatte, aber ich genoss es, mal wieder mit der Maschine unterwegs zu sein. Da ich zu früh war, wartete ich in der Tiefgarage auf sie. Sie fuhr zügig hinein und parkte ihren Wagen direkt gegenüber der Aufzüge. Sie stieg aus und ich musste schmunzeln. Sie war sicher schon wieder aufgeregt, ob wir etwas mit ihr geplant hätten, aber heute sollte Declan dran sein. Ich pfiff frech hinter ihr her und lehnte mich an die Mauer. Sie drehte sich erstaunt um und schenkte mir ein umwerfendes Lächeln.

„Hey Sexy! Fahren wir zusammen nach oben?“, fragte ich sie und ging auf sie zu.

„Klar Süßer! Wer könnte da schon nein sagen“, erwiderte sie.

Ich zog sie an mich und küsste sie.

„Heiß!“, stellte sie dann fest und musterte mich.

„Der Kuss oder die Klamotten?“, fragte ich, denn ich trug eine schwarze Lederhose, ein graues T-Shirt und eine Motorradlederjacke.

„Der ganze Mann!“, hauchte sie, als wir in den Aufzug stiegen.

Ich drückte sie gegen die Wand und der Fahrstuhl setzte sich in Bewegung.

„Ich stehe auch auf Business Klamotten“, erklärte ich und strich über ihre Bluse.

Sie lachte.

Es war menschenleer auf dem Gang zu Juliens Büro. Alle hatten schon Feierabend gemacht.

„Was machen wir denn hier?“, fragte sie ungeduldig.

„Wir legen dich gleich über den Schreibtisch und nehmen dich abwechselnd“, sagte ich gespielt ernst.

Ein breites Grinsen bildete sich in ihrem Gesicht.

„Ach Quatsch!“, erklärte sie überzeugt.

„Doch!“, erwiderte ich und lächelte.

„So einfallslos seid ihr nicht“, stellte sie fest.

Ich starrte sie an und musste lachen, als ich kurz bei Julien anklopfte und dann eintrat.

„Na. Ihr seid ja schon mal gut drauf“, sagte er und fuhr seinen Computer herunter.

Ich erzählte ihm den Spruch von Emily eben und musste noch immer lachen.

„Danke, für das Kompliment“, sagte auch er grinsend.

„Ihr seid albern“, stellte sie fest. „Was machen wir denn nun wirklich hier?“

„Ich habe Declan herbestellt und dachte, wir könnten ihn etwas fordern“, erklärte er.

„Hier?“, fragte ich zweifelnd.

„Nein! Aber an einem sehr interessanten Ort“, erwiderte er und sein Lächeln sah gemein aus.

Meine Aufmerksamkeit war geweckt.

„Wo ist Jessy?“, fragte Emily.

„Sie ist nach Hause geflogen, um noch ein paar Sachen zu holen, aber am Freitag ist sie wieder hier“, sagte er, als es an der Tür klopfte.

„Ja“, rief Julien ernst.

Declan kam herein und schloss die Tür hinter sich.

„Mr. West! Was für ein Büro“, erklärte er beeindruckt und sah durch die bodentiefen Fenster.

Dann begrüßte er uns etwas erstaunt, ging zu dem Stuhl vor Juliens Schreibtisch und stützte sich auf die Lehne.

„Was machen wir denn jetzt für Geschäfte zusammen?“, fragte er herausfordernd und sah Julien an.

Der lehnte sich im Stuhl zurück und verschränkte die Arme.

„Mmh Geschäfte? Ich dachte eher an eine Session mit dir“, erwiderte er.

Declan lachte.

„Wenn ihr unbedingt wollt. Mit euch beiden Softies, kann ja nicht viel passieren“, provozierte er.

Julien stand auf, ging auf ihn zu und stellte sich direkt vor ihn.

„Dann kannst du dich ja entspannen“, sagte er drohend.

Declan hielt seinem Blick stand.

„Ich bin total entspannt, Mr. West“, erwiderte er im gleichen Tonfall.

Ich musste lächeln, denn so leicht war er sicher nicht zu beeindrucken.

Er begann Julien in seinem teuren Anzug zu mustern. Emily grinste mich an.

„Sehr sexy und verführerisch“, stellte er fest und zog ihn mit seinen Blicken aus.

Er konnte seine Neigungen für beide Geschlechter perfekt als Waffe einsetzen, dachte ich.

„Willst du wirklich so spielen?“, fragte Julien ernst.

Declan legte den Kopf schief.

„Natürlich, warum nicht? Unsicher? Mr. West?“, er schenkte ihm ein Flirti Lächeln.

„Kein bisschen!“, erklärte Julien und legte ihm die Hand an den Hals.

Declan drehte den Kopf zur Seite, wehrte sie aber nicht ab. Er hatte heute wirklich eine Lektion verdient, dachte ich und hoffte, Julien hatte etwas Gutes vorbereitet. Ich folgte Juliens Blick zu einer Tasche am Boden und wusste sofort, dass dort die nötigen Hilfsmittel zu finden waren. Ich öffnete sie, griff ein paar Handschellen und stellte mich hinter Declan. Als ich seine Hände auf dem Rücken fesselte, wehrte er sich nicht. Er wollte uns sicher damit zeigen, dass er uns noch immer nichts zutraute.

Wir gingen zu den Fahrstühlen. Ich hatte die Tasche mitgenommen, aber keine Ahnung, wo Julien überhaupt hinwollte. Da stieg Marlon aus dem Aufzug und kam auf uns zu.

„Ach shit“, sagte Declan sofort.

Ich lachte, denn von Marlon wusste er bereits, dass er hart spielen konnte. Er begrüßte uns und stand dann vor Declan.

„Wieso shit?“, fragte er und strich ihm provozierend am Hals entlang.

„Weil mit dir die Sache doch anstrengend werden könnte“, brummte er.

Wir lachten und stiegen in den Fahrstuhl. Julien steckte einen Schlüssel in die Armatur, dann verband er Declan die Augen.

„Du wirst auch ohne Marlons Hilfe jammern“, sagte er leise zu ihm.

„Bleibt abzuwarten“, erwiderte er trotzig.

Julien drückte ein Stockwerk, das über uns lag und der Aufzug setzte sich in Bewegung. Ich war gespannt, was er geplant hatte. Die Türen öffneten sich und wir waren in einer Etage, die gerade renoviert wurde. Überall befanden sich Abdeckplatten und Arbeitsmaterial von Handwerkern. Der Raum, in den wir gingen, war groß und hatte eine lange Fensterfront. Die Fenster standen offen und es wehte ein leichter Wind. Sonst war er, bis auf eine Leiter leer. Julien gab uns zu verstehen, dass wir nicht sprechen sollten. Er führte Declan am Arm in den Raum. Marlon und ich sahen uns verwundert an und er zuckte mit den Schultern. Emily stieß mich an und zeigte auf eine Säule in der Mitte. Ich nickte, denn vielleicht wollte er ihn daran fesseln.

Julien ließ ihn allerdings frei im Raum stehen. Er öffnete seine Handschellen, zog ihm das T-Shirt aus und fesselte ihm dann die Hände vor dem Körper. Er kam zu uns und gab Marlon und mir eine Peitsche aus der Tasche.

„Verteilt euch im Raum, ich werde ihn hier herumlaufen lassen“, flüsterte er und wir taten es.

„Alles klar mit dir?“, fragte er dann Declan.

„Sicher“, erwiderte er kurz.

Er versuchte, sich zu orientieren, was ihm aber hier nicht gelingen würde.

„Gut. Dann wirst du jetzt genau auf meine Anweisungen hören und sie sofort ausführen, sonst könnte es neben den Striemen auch gefährlich werden. Hier sind ein paar fiese Hindernisse“, erklärte er. „Also los. Geh geradeaus.“

Er setzte sich langsam in Bewegung.

„Stop! Nach rechts drehen“, rief Julien, obwohl es hier wirklich nichts gab, worüber er fallen könnte.

Declan gehorchte.

„Gut. Weiter gehen“, sagte Julien.

Seine Schritte wurden kleiner vorsichtiger. Er zögerte. Da er gerade in meiner Nähe stand, traf ich ihn mit der Peitsche auf den Rücken. Er zuckte.

„Beweg dich!", rief Julien drohend.

Er ging weiter und Julien lotste ihn hin und her im Zimmer. Blieb er stehen, bestrafte ihn einer von uns. Ich stellte mir das furchtbar vor, denn es war noch einmal eine neue Art von Vertrauen und so gut kannte er uns ja auch nicht. Emilys Blick war mitleidig und ich musste lächeln. Als er dicht an Marlon vorbeiging, hielt er den Griff der Peitsche so in die Luft, dass Declan mit dem Kopf dagegen stieß. Sofort duckte er sich weg und blieb stehen.

„Fuck!", rief er und seine Stimme war schon sehr unsicher.

„Sorry, hab ich zu spät gesehen. Dreh dich nach links und geh weiter", sagte Julien auch noch.

Declan brummte etwas, aber bewegte sich nicht. Marlon nahm Abstand und schlug zu. Er schnappte nach Luft und setzte sich wieder in Bewegung.

Himmel, was musste das für ein Kopfkino sein. Es ging eine ganze Weile so und er wurde immer unsicherer. Julien ließ ihn irgendwann zwischen zwei offenen Fenstern stehen. Er konnte den Wind spüren, den er sicher nicht einordnen konnte. Wir stellten uns im geringen Abstand zu ihm.

„Schade, dass du die Aussicht nicht genießen kannst", sagte Julien fest.

Er atmete tief ein und hatte plötzlich ein Problem ruhig zu bleiben. Wir sahen uns beunruhigt an.

„Mach einen kleinen Schritt vor", befahl Julien, um zu sehen, ob er noch ansprechbar war.

„Das ist nicht lustig auf dem Dach!", sagte er plötzlich und blieb angespannt stehen.

Wir sahen uns an. Wie kam er darauf, dass er auf dem Dach war? Wow. Seine Atmung wurde schneller und ich ahnte, welche Kraft sein Kopfkino haben würde. Julien packte seinen Arm und schob ihn langsam zurück.

„Alles okay. Du bist sicher", sagte er ruhig.

Marlon stellte sich dicht hinter ihn, um ihm noch mehr Sicherheit zu geben, und legte seine Hände auf Declans Schultern. Als Julien ihm die Handschellen und die Augenbinde abnahm, zitterte er tatsächlich ein wenig.

„Fuck", rief er erleichtert, als er wieder sehen konnte. „Ihr seid ja völlig irre."

Sein Blick glitt durch den Raum.

„Ja reines Kopfkino", gab Julien zu.

Er schüttelte ungläubig den Kopf und war froh, dass Marlon ihn gerade auffing.

„Geht es wieder?", ich gab ihm eine Flasche Wasser.

Er nickte und trank ein paar Schlucke.

„Bereit für eine Belohnung?", fragte Julien ihn, als er sich gefangen hatte.

„Immer", erwiderte er und grinste leicht.

Wir fuhren im Aufzug eine Etage nach unten und betraten ein luxuriös eingerichtetes Apartment.

„Wer wohnt hier?", fragte Emily.

„Ein Geschäftskunde von mir. Er ist aber meistens in Europa und ich darf die Wohnung nutzen", erklärte Julien und führte uns in ein Spielzimmer.

„Hat jeder so ein Zimmer?", fragte Emily lachend.

„Bestimmt nicht. Es ist teuer", erwiderte Marlon und grinste.

Declan entspannte sich sichtlich, denn hier war er wieder in seinem Element. Aber nach dieser Session da oben, hatte er das sicher auch verdient. Wir banden ihn stehend mit den Händen über dem Kopf fest. Dieses Spielzimmer war echt klein, aber uns würde schon etwas einfallen.

„Du bekommst jetzt deine Belohnung", sagte Julien und drehte sich zu mir.

„Vielleicht kann Emily das übernehmen?", fragte er mich leise.

Ich schluckte hart.

„Klar, warum nicht", sagte ich zähneknirschend.

Julien lächelte, denn er wusste genau, dass es mir schwerfiel.

Kapitel 41

Emily

Ich stand an der Seite und sah zu Declan. Er war wieder locker und entspannt. Ich hatte mich eben wirklich erschrocken, als die drei ihn plötzlich beruhigen mussten. Es war aber auch eine Psychosession, fand ich. Marlon begann ihn spielerisch anzumachen und es verfehlte nicht seine Wirkung.

„Emily! Du bist die Belohnung“, rief Devin.

„Was?“, erwiderte ich und starrte zu ihm.

Er kam auf mich zu und blieb direkt vor mir stehen.

„Du machst das sicher gut und du weißt, wie mich das anmacht“, sagte er leise und lächelte.

Sofort fielen mir Juliens Worte ein, dass er bei Declan eifersüchtig wäre und ich musterte ihn. Er wirkte nach außen hin locker, aber ich konnte gut erkennen, dass es ihm nicht gefiel.

Trotzdem ging ich brav zu Declan. Sollte Devin doch ein wenig leiden, dachte ich. Außerdem hatte er auch mit mir gespielt und sich jetzt was Schönes verdient. Ich stand vor ihm und seine dunklen Augen funkelten mich an. Langsam strich ich über seine Brust, als Marlon sich hinter ihn stellte. Was würde er mögen? Vielleicht gelang es mir gar nicht, ihn in Stimmung zu bringen? Plötzlich kreisten mir Zweifel im Kopf herum und er bemerkte mein Zögern.

„Zieh die Bluse aus und mach es mit deiner Zunge, anstatt der Hände“, sagte er leise.

Ich nickte dankbar, begann ihn herausfordernd zu küssen und umkreiste mit der Zunge seine Brustwarzen. Dann zog ich die Bluse aus und schob sanft die Hand zwischen seine Beine. Er schloss kurz die Augen und ich spürte seine Erregung. Ein Lächeln huschte über mein Gesicht. Es machte mir Mut. Ich wurde lockerer und ließ ihn Zähne an seiner Brustwarze spüren. Es kickte ihn und ich wurde immer heftiger.

Marlon fuhr über die Striemen an seinem Rücken. Er zuckte, aber es machte ihn an. Ich ließ mich auf die Knie fallen und öffnete seine Hose. Marlon strich von hinten über seine Hüften und flüsterte ihm schmutzige Sachen ins Ohr. Dann schob er die Jeans herunter und ich seine Boxershorts. Declan starrte mich erwartungsvoll an und ich gab mich devot, als ich zu ihm aufblickte. Seine Erregung stieg schnell und ich leckte über seine Eichel, während Marlon um ihn herumfasste und seinen Penis massierte. Er keuchte und stöhnte tief.

Ich übernahm Marlons Part und ließ ihn dabei immer nur kurz in meinen Mund.

Marlon nahm einen Flogger und schlug damit in kurzen Abständen zu. Ich steigerte den Blowjob und versuchte, ihm eine gute Mischung aus Lust und Schmerz zu geben. Ich sah nach oben und in seinen Augen war pure Begierde zu sehen. Sein Puls raste und er war kurz davor zu kommen. Da legten sich Hände auf meine Schulter und zogen mich ein Stück weg. Marlon hörte ebenfalls auf.

„Fuck!“, rief Declan keuchend.

„So nett sind wir auch wieder nicht“, sagte Julien.

„Nicht dein Ernst“, Declan wurde unruhig.

„Sag bitte!“, forderte Devin.

Seine Augen wurden schmal und er schwieg.

„Okay. Kein Happyend“, stellte Julien fest und wollte mir gerade aufhelfen.

„Warte!“, Declans Stimme klang rau.

„Ich hör nix“, Julien sah ihn herausfordernd an.

„Bitte!“, knurrte er.

„Mmh. Freundlich war das nicht“, Devin grinste.

„Bitte. Lasst mich kommen!“, zähneknirschend versuchte es Declan nochmal.

„Gern“, erwiderte Julien und sah zu mir.

Ich brachte ihn jetzt sehr schnell zu seinem Höhepunkt ohne Spielchen oder Verzögerungen. Außerdem ließ ich ihn in meinem Mund kommen und sah ihn dabei an.

Declan keuchte noch und ich stand auf und drehte mich um. Devin schluckte hart und auch Julien war warm geworden. Mit einem zufriedenen Lächeln zog ich meine Bluse wieder an. Marlon löste seine Fesseln und er konnte sich erholen.

„Ich glaube, wir fahren jetzt nach Hause“, stellte Devin fest und hielt mich in seinem Arm.

Ich grinste.

„Und ich möchte genau das, was du da eben gemacht hast“, Devin lächelte anzüglich.

Mir lief ein heißer Schauer über den Rücken und die Idee gefiel mir mehr als gut.

Es war sehr voll, als ich mich in meinem Lieblingskaffee in die Reihe stellte.

Endlich war es Donnerstag Mittag, denn Devin hatte erklärt, dass es am Freitag bei Julien für Jessy und mich eine Session gab. Ich spürte schon ein leichtes Kribbeln, wenn ich daran dachte, aber es war keine Angst mehr so wie früher. Jetzt machte sich eher eine süße Aufregung in mir breit. Ich bekam meinen Latte Macchiato und blickte mich nach einem freien

Platz um. Da sah ich Julien allein an einem Tisch sitzen und auf seinem Handy herumtippen.

„Hi schöner Mann. Ist hier noch frei?“, flirtete ich grinsend.

Er sah erstaunt auf und lächelte dann.

„Natürlich!“, erwiderte er mit sanfter Stimme. „Für dich immer Kleines!“

Nur diese Worte fühlten sich vertraut und geborgen an. Er trug wieder einen perfekt sitzenden Anzug, allerdings ohne Krawatte.

„Wie geht es Declan“; erkundigte ich mich und setzte mich zu ihm.

„Alles okay. Er ist ja mit Devin zusammen Motorrad fahren“, sagte er.

„Ja. Ich weiß. Hat er deine Maschine?“, fragte ich grinsend.

Julien nickte ergeben und ich lachte.

„Ich wollte mich hier eigentlich mit Marlon treffen, aber er hat gerade abgesagt“, erklärte er und steckte sein Handy ein.

„Ach. Marlon steht übrigens ganz oben auf der Liste einer Freundin“, sprudelte es aus mir heraus.

Er hob die Augenbrauen.

„Eine Abschussliste?“, er sah mich ungläubig an.

„Nein“, lachte ich. „Eine Liste der besten Liebhaber. Und das nach nur einer Nacht.“

Er legte den Kopf schief.

„Das kann gar nicht sein“, stellte er belustigt fest. „Dann ist sie bestimmt nicht sehr verwöhnt.“

Ich kicherte.

„Vielleicht“, gab ich zu und bevor er etwas sagen konnte, fügte ich hinzu: „Ich habe keine Liste!“

„Schade“, erwiderte er grinsend.

„Ja. Marlon würde sich auch sofort für einen Vergleich zur Verfügung stellen“, erklärte ich.

„Das glaube ich. Der ist zurzeit nur so zahm, wegen Ian“, sagte er.

„Ist er sonst anders?“, fragte ich neugierig.

„Ist er. Sonst hätte er schon mit allen Mitteln versucht, dich zu verführen“, antwortete er.

„Oh“, ich verschluckte mich fast an meinem Kaffee, als draußen ein Motorrad hielt.

Declan stieg ab und kam in den Laden. Er sah echt hot aus. Enge Lederhose, weißes offenes Hemd, teure Lederjacke und zerzauste Haare, die gut zu seinem Look passten. Er hatte Präsenz, Ausstrahlung und viele Frauen drehten sich um.

„Kein Wunder, dass er jede abschleppen kann“, stellte ich fest.

Julien schmunzelte. Er ging an dem Tisch vorbei und hatte uns nicht gesehen.

„Schöne Maschine!“, rief Julien.

Er blieb stehen und lächelte, als er uns sah.

„Ja, eine erstklassige Maschine. Von einem guten Freund“, erwiderte er und begrüßte mich mit einer festen Umarmung.

„Das ist ja wirklich ein sehr guter Freund“, sagte Julien und grinste.

„Stimmt. Er gefällt mir immer besser“, gab Declan zu.

„Wo hast du Devin gelassen?“, fragte ich.

„Der wollte etwas erledigen. Aber wir treffen uns gleich“, erklärte er und sah einer Frau hinterher, die gerade den Laden verließ.

Julien schüttelte belustigt den Kopf. Declan holte sich schnell einen Kaffee und setzte sich zu uns. Die beiden Mädchen am Nachbartisch hätten sicher gern mit mir getauscht, dachte ich, als sie tuschelten.

„Heute eher das weibliche Geschlecht?“, fragte Julien herausfordernd.

Declan stutzte.

„Nein. Immer das, was gefällt“, erwiderte er mit einem charmanten Lächeln. „Und sehr gern auch so einen Dreier, wie gestern bei der Belohnung.“

„Interessant“, sagte Julien überlegend. „Und was wärst du dann? Top oder Bottom?“

Er überlegte.

„In der Konstellation von gestern … gegen Marlon wohl eher Bottom“, lachte er. „Sonst lieber Top.“

„Es ist wirklich beeindruckend beide Seiten zu beherrschen und auch noch Spaß daran zu haben“, stellte Julien ernst fest.

„Ist das ein Kompliment?“, fragte Declan frech.

„Ein kleines vielleicht“, gab Julien zu. „Im Übrigen steht dir meine Lederjacke gut.“

Er lachte.

„Nicht wahr?“, erwiderte er und sah auf seine Uhr.

„Ich muss mal los. Noch einen schönen Bürotag, Mr. CEO“, sagte er grinsend.

Dann umarmte er mich.

„Es war ein unglaublicher Blowjob, danke nochmal!“, flüsterte er mir ins Ohr.

Mein Grinsen wurde breiter. Er ging zum Motorrad, setzte den Helm auf und fuhr los.

„Wow, was hat er dir denn erzählt?“, fragte Julien erstaunt und ich bemerkte meine rötlichen Wangen.

Ich lächelte verlegen und beugte mich zu ihm.

„Er hat sich für den Blowjob bedankt“, flüsterte ich.

Er grinste anzüglich.

„Den hätte ich auch gern gehabt“, erwiderte er.

Ich lachte, legte meinen Finger unter sein Kinn und gab ihm einen kurzen, aber heißen Kuss. Er sah mich mit durchdringendem Blick an.

„Der Kuss hat mir zumindest den Tag versüßt“, stellte er fest.

Ich schenkte ihm ein strahlendes Lächeln.

„Ich muss auch leider wieder ins Büro“, erklärte ich.

„Soll ich dich eben hinfahren?“, fragte er verführerisch.

„Oh gern. In deinem neuen Wagen?“, sagte ich.

Er lachte.

„Genau. Komm.“, er umfasste meine Taille und wir gingen hinaus.

Das neue Auto stand hinter dem Café auf dem Parkplatz. Er hielt mir die Wagentür auf und ich glitt in die schwarzen Ledersitze. Als er einstieg, öffnete er das Dach und ich fühlte mich, wie im Film. Er lächelte mich an und fuhr los. Da Cameron Marketing nicht sehr weit war, drehte er noch eine Runde um den Block, um dann genau vor dem Eingang zu halten.

„Der Wagen ist der Hammer! Vielen Dank!“, rief ich begeistert.

„Jederzeit gern!“, sagte er und gab mir noch einen Kuss auf die Wange.

Ich stieg aus und die Leute, die gerade in der Eingangshalle waren, starrten mich an. Insgeheim genoss ich die fragenden Blicke und lief selbstbewusst zu den Aufzügen.

Kapitel 42

Devin

Der PC fuhr herunter und ich hatte die letzte Bestellung hinter mir. Es war spät und Emily würde sicher schon schlafen, also beschloss ich, noch etwas an der Bar zu trinken. Der Tag heute mit Declan und den Motorrädern war einfach super gewesen und wir verstanden und wirklich sehr gut. Im Club war es für einen Donnerstagabend recht voll und ich setzte mich an die Bar. Joe, einer der Barkeeper stellte lächelnd ein Bier vor mir auf den Tresen. Ich nickte dankend und sah mich um. Mein Blick glitt über die Tanzfläche und ich traute meinen Augen nicht. War das Enya? Hatte sie nach dieser Ansage tatsächlich die Dreistigkeit hierher zu kommen? Und wer verdammt, hatte nicht aufgepasst. Denn jeder hatte die Anweisung bekommen, dass sie Hausverbot hatte. Ich sprang vom Barhocker und steuerte auf sie zu, als Cole mir zuvorkam, sie am Arm packte und zum Ausgang schob.

„Cole!", rief ich und beide blieben stehen.

„Oh. Der Chef persönlich!", sagte sie und grinste.

Meine Wut stieg.

„Ich mach das!", knurrte ich und Cole ließ sie los.

Ich schob sie durch einen Notausgang nach draußen.

„Wehe! Ich sehe dich hier noch einmal!“, drohte ich.

„Ach Schatz. Sei doch nicht so ein Spielverderber. Wir könnten so viel Spaß haben“, erklärte sie und klammerte sich mit ihren Armen an meinen Nacken fest. Ich packte ihre Unterarme und sah sie böse an.

„Au! Du tust mir weh!“, jammerte sie, hielt sich ihren Arm und ließ los.

„Dann fass mich nicht an!“, rief ich stocksauer.

Plötzlich veränderte sich ihre Mimik.

„Das wirst bereuen!“, zischte sie.

„Du wirst es bereuen, wenn du hier noch einmal auftauchst“, erwiderte ich drohend.

Sie sah mich böse an und stolperte davon.

„Das war echt ein Fehler, Cameron!“, rief sie noch.

Ich schüttelte den Kopf und ging hinein zu Cole, der seinen Job am Eingang machte.

„Wie ist sie hier rein gekommen?“, schnauzte ich ihn an.

„Sorry. Sie hat sich wohl an dem Neuen vorbeigeschlichen. Ich hab eben erst angefangen“, erklärte er.

„Verdammt. Sag ihm Bescheid. Ich will sie hier nicht mehr sehen“, sagte ich genervt.

„Ja Chef“, erwiderte er.

Ich ging zurück zur Bar und beruhigte mich langsam wieder. Nachdem ich das Bier ausgetrunken hatte, fuhr ich nach Hause. Das reichte auch für einen Tag. Es war schon halb zwei Uhr, als ich das Apartment aufschloss. Leise legte ich die Sachen auf den Sessel und zog meine Jacke aus. Dann schlich ich ins Schlafzimmer. Emily schien zu schlafen und ich zog mich aus.

„Mmh. Sexy“, murmelte sie und ich sah hoch.

Sie sah mich an und lächelte. Ich legte mich zu ihr und zog sie an mich.

„Solltest du nicht schlafen?", fragte ich.

„Ich konnte nicht, ohne dich", erwiderte sie müde.

„Dann schlaf jetzt schnell ein, kleiner Engel" flüsterte ich.

Sie seufzte und brummte wohlig. Ich musste lächeln und stellte mal wieder fest, wie gut ich mich bei ihr fühlte.

„Ich mache morgen früher Feierabend, dann sind wir nicht so spät bei Julien", sagte sie.

„Okay. Vielleicht bekommen wir noch ein leckeres Essen von Elena", erwiderte ich.

„Gott. Du denkst ans Essen und ich überlege schon wieder, was ihr mit uns vorhabt", maulte sie.

„Du solltest auch ans Essen denken und jetzt schlafen", sagte ich grinsend.

„Ach man", gab sie auf und schlief ein.

„Hast du auch an deinen Bikini gedacht?", fragte ich Emily auf der Fahrt zu Julien.

Es war früher Nachmittag und fantastisches Wetter.

„Ja! Ich habe gehofft, dass er seinen Pool wieder freigegeben hat", lachte sie.

„Ganz sicher", erklärte ich.

„Was habt ihr euch denn so ausgedacht?", fragte sie und lächelte mich zuckersüß an.

„Das werdet ihr ja sehen. Es wird zumindest eine ganz neue Erfahrung für dich werden", sagte ich.

„Na super. Das beruhigt mich jetzt …", schnaubte sie.

Ich lächelte. Natürlich war sie aufgeregt, obwohl sie vermied, es zu zeigen. Jessy öffnete die Tür und umarmte uns.

„Hi! Du bist ja schon zurück", rief Emily begeistert.

„Ja. Heute Morgen ganz früh. Erster Flug", erklärte sie.

„Ich hab etwas von leckerem Essen gehört", sagte ich.

Jessy lachte.

„Ja, aber es ist noch nicht fertig", erwiderte sie.

Wir gingen hinein. Julien saß mit seinem Laptop auf der Terrasse und Declan lag auf einer der Liegen. Wir begrüßten Julien und Emily schlich leise zu ihm, um ihn zu erschrecken. Er schien zu schlafen und sie begann ihn zu kitzeln. Blitzschnell packte er sie und drückte sie neben sich auf die Liege. Emily kreischte und lachte dann.

„Du hast gar nicht geschlafen!“, stellte sie fest.

„Nein. Und du bist ganz schon mutig so vor der Session“, erwiderte er und lachte.

„Bist du schon fertig mit den Vorbereitungen?“, fragte ich Julien leise und setzte mich zu ihm.

„Ja. Es ist alles unten, was wir benötigen“, erklärte er.

Ich grinste.

„Wie werden sie wohl reagieren?“, überlegte ich.

„Ich denke, es wird ihnen gefallen“, erwiderte er überzeugt.

„Ist Declan mit dabei?“, fragte ich.

Er legte seinen Kopf schief und sah mich musternd an.

„Ja. Noch immer Probleme damit?“

„Nein. Jetzt wo ich ihn ein bisschen besser kenne, ist das okay“, antwortete ich ehrlich.

Julien nickte zufrieden. Jessy und Emily liefen ins Haus und sofort begann Declan auf seinem Handy Nachrichten zu schreiben.

„Hat er eine Neue am Start?“, fragte ich.

Julien lächelte.

„Nein. Er schreibt sich sicher wieder mit Tristan“, sagte er.

„War es so ernst?“, ich sah ihn erstaunt an.

„Anscheinend. Zumindest vermisst er ihn. Trotzdem er das natürlich niemals zugeben würde“, erwiderte er.

„Niemals!“, stellte ich grinsend fest.

Jessy kam zu uns und setzte sich bei Julien auf den Schoß.

„Das Essen ist gleich fertig“, erklärte sie.

„Oh Prima“, sagte ich begeistert.

Sie sah zu Declan, der verträumt in sein Handy blickte.

„Es war schön gestern mit ihm", stellte sie fest.

Ich riss die Augen auf.

„Ihr habt zu dritt … ?", fragte ich.

„Ja", erwiderte sie und lächelte, während Julien grinste.

„Wow", sagte ich beeindruckt.

„Ach komm. Eure Nummer im Unterwasserhotel soll ganz schön heiß gewesen sein", erklärte Jessy.

„Das war sie", lachte ich und Julien schmunzelte.

„Wo ist Emily?", fragte Julien.

„Sie hilft Elena und wollte den Tisch decken", erwiderte sie.

Er sah mich an.

„Gehst du nach oben … du weißt schon", sagte er.

„Klar", ich grinste, denn es ging um die Vorbereitung der Session.

„Die Sachen sind in meinem Büro", rief er mir hinterher.

Nachdem ich alles vorbereitet hatte und die Kleidungsstücke auf Emily und Jessy verteilt hatte, ging ich wieder hinunter. Elena kam mir mit einer großen Platte Gemüse entgegen und trug sie ins Wohnzimmer. Ich umarmte sie und klaute ein Stück Paprika.

„Hi Elena!", sagte ich.

„Devin! Finger weg!", erwiderte sie belustigt.

Ich lachte. Wir kannten uns lange und damals hatte sie mich in meinen schlimmsten Nächten immer mit einem leckeren Pudding unterstützt. Alle saßen schon am Tisch und ich ließ mich neben Emily auf den Stuhl fallen. Sofort fingen wir an, sich jeder einen Taco zu `bauen´.

„Wann musst du zurück?", fragte ich Declan.

„Am Montag. Ich muss ja mal wieder arbeiten", sagte er.

„Aber ich glaube, du liebst deinen Job", stellte Emily fest.

„Ja, das stimmt", gab er zu.

Ich blickte zu Julien, der immer mal wieder auf sein Handy sah. Das kannte ich gar nicht von ihm.

„Na? Noch ne Zweitfreundin?“, neckte ich ihn.

Jessy grinste.

„Das glaube ich nicht“, sagte sie selbstbewusst.

Okay. Sie wusste also, was da los war. Julien blickte auf, legte das Handy beiseite.

„Eine?“, fragte er lächelnd.

Das klang ja interessant.

Kapitel 43

Emily

Nach dem Essen saß ich mit Jessy am Pool. Die drei Männer redeten leise im Wohnzimmer über die Session.

„Weißt du was die vorhaben?“, fragte ich nervös.

„Nee. Keine Ahnung. Aber ich hatte gestern schon Spaß mit den beiden“, sagte sie und lächelte anzüglich.

„Wirklich? Mit Declan?“, fragte ich erstaunt.

„Ja! Zwei Doms im Bett sind gar nicht so schlecht. Ich weiß jetzt, was du daran magst“, erklärte sie grinsend.

Ich lachte und wusste genau, was sie meinte.

„Wie lief es denn überhaupt mit Declan?“, fragte ich.

„Zuerst etwas holprig, aber dann super. Ich glaube, Julien und er verstehen sich jetzt echt gut“, sagte sie.

„Vielleicht kommt er ja mal wieder?“, überlegte ich und grinste breit.

Sie lachte.

„So Mädels, los geht es!“, rief Declan plötzlich und alle drei waren auf der Terrasse und sahen uns an.

Wir standen auf und gingen zu ihnen.

„Geht nach oben in eure Schlafzimmer, umziehen und dann kommt ihr wieder herunter“, erklärte Julien.

„Ich bin so gespannt“, Jessy stieß mich an.

„Und denkt daran, es wird ein Rollenspiel“, sagte Devin ernst.

„Okay. Sachen sind wie immer auf dem Bett?“, fragte Jessy.

Julien nickte und wir liefen nach oben.

„Was wir wohl anziehen sollen?“, überlegte sie aufgeregt.

„Ich gehe davon aus, dass es eher weniger ist“, lachte ich und bog in unser Gästezimmer ab.

Natürlich hatte ich recht. Auf dem Bett lagen ein Kleid, eine wahnsinnig teure Chanel Handtasche und ein Zettel. Davor standen Heels.

Bitte ziehe das Kleid und die Schuhe an.
Mach dir einen Zopf, nimm die Handtasche
und komm nach unten.

Ich sah mir die Tasche genau an. Sie war schwarz und wunderschön. Wow, was mochte die gekostet haben? Ich riss mich von dem Gedanken los, ging noch einmal ins Bad und zog mich dann um. Schnell band ich meine Haare zusammen und schlüpfte in die Heels. Ich nahm die Tasche und lief die Treppe hinunter. Dort stand Jessy ebenfalls in einem Kleid und einer teuren Handtasche in Grau. Declan kam zu uns, er trug schwarze Jeans und ein Tank Top. Er nahm uns die Taschen ab und fesselte unsere Hände mit richtigen Polizeihandschellen auf dem Rücken.

„Ihr seid festgenommen“, sagte er tonlos.

Jessy grinste mich kurz an, dann packte er die Oberarme und schob uns vor sich her. Als wir am Spielzimmer vorbeigingen und er die kleine Tür dahinter öffnete, erhöhte sich mein Herzschlag. Hier waren Devin und Julien vor dem Urlaub hin verschwunden, erinnerte ich mich. Wir liefen eine steile Treppe hinunter und vor einer Tür, unter der ein kleiner Lichtschein zu sehen war, hielten wir an. Er riss die Tür auf und schubste uns unsanft hinein.

Ich traute meinen Augen kaum. Es war ein Keller. Die Wände waren schwarz gestrichen und an ihnen hingen viele verschiedene Schlagwerkzeuge. Eine kleine Kommode stand in einer Ecke, auf der sich eine Schale mit Nippelklemmen, Vibratoren, Plugs und anderen Sachen befanden. Es gab einen breiten Holztisch mit jeweils zwei Stühlen auf jeder Seite. Eine große Glühbirne gab ein grelles Licht. Devin und Julien trugen Polizeiuniformen und sahen verdammt sexy aus. Julien lehnte an der Wand und musterte uns eiskalt. Er hatte eine Art Schlagstock in der Hand und schlug damit immer wieder in seine Handfläche. Devin saß am Tisch.

Declan drückte uns auf die beiden Stühle, nahm die Handschellen ab und stellte die Handtaschen vor uns auf die Tischplatte.

„Die haben sie geklaut", sagte er.

Über Jessys Gesicht huschte ein kurzes Lächeln. Devin fixierte sie mit seinem Dom Blick.

„Was ist daran so komisch?", fragte er drohend.

„Nichts", erklärte sie schnell und sah nach unten.

Julien hängte die Taschen an einen Wandhaken.

„Dann werdet ihr die Taschen jetzt bezahlen, aber ohne Geld", sagte er und seine Stimme klang gemein.

Mein Puls raste und ich war wirklich wie gefangen in diesem Spiel. Declan zog meinen Kopf an den Haaren nach zurück und reflexartig griff ich hinter mich.

„Na!", zischte er und legte seine Hand fest und drohend an meinen Hals. „Fangen wir doch mit ihr an."

Er zog mich vom Stuhl, ohne mich loszulassen oder seinen Griff zu lockern. Devin zog Jessy hoch.

„Ich werde sie schon mal vorbereiten", sagte er.

Julien stand jetzt vor mir. Er hielt meinen Blick und strahlte so viel Macht aus, dass mir ein Schauer über den Rücken lief. Trotzdem ich ihn so gut kannte, war er als Dom respekteinflößend. Declan ließ mich los und die mächtige Präsenz spürte ich zwischen ihnen noch viel mehr.

„Ausziehen", befahl Julien hart.

Ich gehorchte sofort, denn unter diesem Blick konnte ich auch gar nicht anders. Als ich nackt zwischen ihnen stand sah ich ein helles Seil in Juliens Hand. Er legte es schnell und geschickt um meinen Oberkörper, bis meine Brust dazwischen eingeklemmt war.

„Hände auf dem Rücken verschränken", forderte er und schnürte mich immer weiter ein.

Ich hatte eine solche Verschnürung mal im Internet gesehen, wusste aber nicht, dass Julien Bondage beherrschte. Schnell und routiniert fuhr er fort und ich konnte mich nicht mehr bewegen. Eine leichte Panik stieg in mir auf und ich hatte das Gefühl, nicht atmen zu können.

„Ruhig weiteratmen", beruhigte Declan mich, der noch immer hinter mir stand.

Ich zwang mich zur Ruhe und beobachtete Julien. Er überprüfte hier und da ein paar Knoten und schob mich ein Stück zurück. Etwas wurde an meinem Rücken eingehakt und zog mich nach oben, sodass ich gerade noch stehen konnte. Ich bewegte mich in den Fesseln und spürte einen sanften und gleichmäßigen Schmerz.

„Halt still", sagte Julien, nahm meine Brustwarzen und drückte sie fest.

„Ah", rief ich erschrocken und Hitze schoss mir zwischen die Beine.

Er begann mich zu streicheln, meinen Hals, meine Brust und stand dicht vor mir. Declan fuhr fest und bestimmt über den Rücken und den Po. Ich fühlte mich ausgeliefert, schutzlos, unterworfen und die Lust in mir erwachte.

Himmel. Julien schob mir seine Hand zwischen die Beine, umspielte meine Klit und heizte die Lust noch an. Durch leichte Bewegungen an dem Seil hatte ich das Gefühl, alle Berührungen waren viel intensiver. Gerade, als ich es genoss, hörten beide auf und ich biss mir auf die Lippe. Julien legte ein neues Seil um meine Taille, und zog eine Schnur mit kleinen Knoten zwischen den Beinen hindurch. Declan hielt sie fest, bis Julien hinter mich trat, das Ende anzog und befestigte. Ich schnappte nach Luft. An meiner Klit befand sich ein Knoten und drückte zwar nicht fest, aber stetig auf sie. Er hielt den Druck und ich wurde schnell feucht.

„Gott", stöhnte ich, denn bei der kleinsten Bewegung rieb das Seil in meiner Spalte.

Julien lächelte kurz.

Sie gingen zu Jessy. Devin hatte sie schon nackt, vorn über auf einem Strafbock fixiert. Sie wehrte sich und fluchte gespielt.

„Da schreit jemand nach Bestrafung", stellte Devin fest.

Julien nahm einen Rohrstock von der Wand und ließ ihn durch die Luft sausen. Allein das Geräusch ließ mich erschauern und ich starrte zu ihnen. Er begann Striemen auf ihrem Po zu verteilen und einige auch auf ihren Oberschenkeln. Ich schluckte und spürte, wie es mich kickte. Er machte immer wieder Pausen, in denen Declan ihr einen großen Vibrator zwischen die Beine hielt. Sie wechselten sich ab und ich genoss das Szenario. Ich presste die Schenkel zusammen, um ein wenig Erholung von dem Druck in mir zu haben, aber die Knoten bewirkten sofort das Gegenteil.

„Komm Baby. Schrei den Schmerz heraus!“, forderte Julien und Jessy begann zu jammern.

Ihre Schreie gingen in Lustschreie über und es machte mich total verrückt. Ich konnte die Striemen, die immer mehr wurden, auf ihrem Po sehen. Meine Klit pochte und plötzlich stand Devin neben mir.

„So erregt?“, fragte er mit dunkler Stimme und griff an mein Kinn.

Ich schluckte. Er berührte leicht meine Brustwarzen und da sie so hart waren, fühlte ich es intensiv. Er ging um mich herum und schon spürte ich einen heftigen Schlag auf meinen Po. Ich schrie auf und der Schmerz vermischte sich mit tiefer Lust.

„Lass sie nicht fallen, sonst bekommst du noch 10 Schläge extra von mir“, hörte ich Declan und sah zu Jessy.

Er hatte ihr eine Peitsche zwischen die Zähne geschoben und nun machten sie beiden unbeirrt weiter. Auch Devins Schläge wurden fester, härter und jedes Mal bewegte ich mich in ungewollt, um das Gleichgewicht zu halten. Es war berauschend und unglaublich erregend. Ich hatte das Gefühl, vor Emotionen zu platzen, und schrie jetzt ebenso bei jedem Schlag wie Jessy.

Devin verteilte die Nässe in meiner Spalte, löste die Schnur zwischen den Beinen und packte meine Oberschenkel. Ich kippte im Seil nach vorn und der Druck auf den Oberkörper nahm zu. Dann drang er langsam in mich ein. Ich schrie vor Lust, hatte aber gleichzeitig Angst auf den Boden zu prallen.

„Zappel nicht so, es wird dir nichts nützen!“ ,zischte er drohend und kickte mich noch mehr damit.

Seine harten Stöße und der heftige Zug der Seile trieben mich in einen tiefen, unglaublichen Orgasmus. Alles verschwamm und mein Blick wurde starr. Während ich nur ganz langsam wieder erdete, lösten sie meine Fesseln.

Ich konnte die Augen nicht öffnen, denn meine Lider fühlten sich schwer an. Juliens Seile waren entfernt und Devin trug mich in einen Nebenraum. Dort lagen Jessy und Julien aneinander gekuschelt in einem riesigen Bett. Es war schon mehr, als eine Spielwiese und ich sah mich interessiert um. Eine Energiewelle raste plötzlich durch meinen Körper und ich fühlte mich wie high. Auch dieser Raum war gestrichen worden, allerdings in warmen Sandtönen. Zwei Stehlampen warfen ein gemütliches Licht auf das Bett. Declan kam herein und lachte.

„Was willst du uns mit diesem XXXXL Bett sagen"? , fragte er.

Julien hob den Kopf und lächelte.

Er legte sich zu uns und starrte auf die Seilabdrücke auf meiner Haut.

„Fuck. So geil", brachte er tonlos heraus.

Ich musste lächeln, denn auch die anderen schien es anzumachen. Ich lag in Devins Arm und fuhr mit der Hand unter die Decke, als ich seine Erregung spürte. Er war eben also nicht gekommen, überlegte ich und strich sanft darüber. Er lächelte und schloss kurz die Augen. Ich öffnete seine Hose und schob meine Hand hinein. Er sah mich auffordernd an.

Declan, der auf der anderen Seite von Devin lag, stützte sich auf und hatte es natürlich bemerkt.

„Mmh, ist da jemand zu kurz gekommen?", fragte er und leckte sich über die Lippen.

„Lass deine Finger bei dir", warnte Devin ihn.

Er grinste breit. Ich massierte ihn fester.

„Setz dich auf mich", befahl Devin und sah mich streng an.

Ich zögerte und sah zu Declan, der mich gespannt beobachtete. Ich wollte es eigentlich heimlich unter der Decke machen und mich nicht allen präsentieren. Andererseits hatten wir eben zusammen diese Session gemacht, also was sollte es.

Ich blickte zu Jessy und Julien, auch ihr Interesse war geweckt. Na prima. Devin warf mir einen warnenden Dom Blick zu, der mich sofort überzeugte. Ich schob die Decke zurück, seine Hose und die Boxershorts nach unten.

„Darf ich Emily helfen, Sir?“, hörte ich Jessys Stimme.

„Sicher“, brummte Julien.

Sie rutschte zu uns und zwinkerte mir zu. Ich fand die Idee gut und setzte mich rittlings auf Devin. Langsam bewegte ich mich vor und zurück, spürte seinen Schwanz in meiner Spalte und die Erregung stieg wieder an. Jessy hatte sich über seine Brust gebeugt und stimulierte seine Brustwarzen. Sollten die Doms doch eine richtige Show bekommen, dachte ich und verstärkte den Druck. Ich spürte die Feuchtigkeit, die ich jetzt verteilte und als ich in Declans lustverhangene Augen sah, kickte es mich noch mehr. Jessy war plötzlich hinter mir.

„Los, lass uns die Männer fertig machen“, flüsterte sie in mein Ohr.

Ich drehte erstaunt den Kopf zu ihr.

„Mach einfach mit“, sagte sie leise und ich nickte.

Sie legte mir von hinten die Hände auf die Brust und spielte mit meinen Brustwarzen, während ich mich weiterhin bewegte. Julien schluckte und Devin ließ uns nicht aus den Augen. Ich war nass, hob das Becken etwas an und ließ seinen Schwanz in mich eindringen. Er stöhnte tief und ich nahm ein langsames Tempo auf. Ich schloss die Augen, genoss ihn in mir und Jessys streichelnde Hände.

„Fuck“, Juliens Stimme klang rau.

Jessy drehte meinen Kopf und ich fühlte ihre Lippen auf meinen. Der Kuss war vorsichtig, abwartend aber sehr angenehm.

„Gott“, keuchte Devin, hob meine Hüfte etwas und steigerte das Tempo. Er drang tief in mich und es baute sich schnell ein Höhepunkt in mir auf. Jessy fuhr mit den Fingern meine Seilabdrücke entlang und streichelte die harten Nippel. Ich kam heftig und sie hielt mich dabei in der Position. Dann küsste sie mich noch einmal und Devin folgte mir sofort. Ich stützte mich über ihm ab und ließ ihn langsam aus mir herausgleiten.

„Verdammt war das geil", stöhnte er.

Jessy legte eine Decke um mich. Declan sah mich noch immer mit dieser Begierde an und auch Julien kämpfte um Beherrschung. Ich war völlig zufrieden, denn sie hatten ihre Show bekommen.

„Wir gehen mal duschen, okay?", fragte Jessy.

„Natürlich", sagte Julien und man hörte seine Lust. „Dann habt ihr euch die Handtaschen ja verdient."

„Wir dürfen sie behalten?", fragte sie begeistert.

„Klar. Ich glaube, uns steht so etwas nicht", erwiderte er grinsend.

Jessy küsste ihn und ich gab ihm einen Kuss auf die Wange.

„Geht jetzt lieber schnell duschen", stöhnte er.

Lächelnd liefen wir nach oben.

Kapitel 44

Devin

Ich lag mit geschlossenen Augen noch immer neben Declan. Es war wahnsinnig heiß gewesen, besonders die Küsse hatten mich gekickt. Ich wusste, dass es den beiden genauso gehen musste, öffnete die Augenlider und sah warnend zu Declan. Er lächelte.

„Du warst auch echt hot“, stellte er fest.

„Solltest du dich nicht beherrschen können, nimm Julien“, sagte ich leise.

„Das wird sicher nur etwas, wenn du ihn festhältst“, lachte er.

Ich zog mich wieder an und sah grinsend zu Julien. Er lag noch immer auf dem Bett und musterte uns skeptisch.

„Nee, das kann ich nicht machen, da musst du ihn schon selbst überzeugen“, erklärte ich und stand auf.

Declan rutschte zu ihm und legte seinen Verführerblick auf.

„Vorsicht!“, Julien fixierte ihn.

„Hey, ich biete dir einen first Class Blowjob an, nach dieser heißen Show und du willst nein sagen?“, Declan sah ihm in die Augen.

„Ich bin da raus!“, rief ich und konnte mir ein breites Grinsen nicht verkneifen.

Ich hatte für Emily eine Wanne eingelassen und nun saß sie zwischen meinen Beinen und ich massierte ihre Schultern.

„Wie hat dir das Fesseln gefallen?“, fragte ich.

„Es war aufregend und die Seile hatten eine merkwürdige Wirkung auf mich. Es war Lust und etwas Panik, da ich mich nicht bewegen konnte“, erklärte sie.

„Hast du Schmerzen in den Schultern?“, fragte ich.

„Nein, nur kurz nach dem Lösen des Seils. Dann waren sie weg“, sagte sie und drehte sich zu mir.

„Ich wusste gar nicht, dass Julien so etwas kann“, überlegte sie.

„Doch. Hat er von irgend so einem Meister gelernt und er beherrscht es sehr gut“, erwiderte ich.

„Man kann damit auch Leute an die Decke hängen, oder?“, fragte sie neugierig.

„Ja“, ich lachte. „Soll er das mal mit dir machen?“

Sie zuckte mit den Schultern und lächelte.

„Oh. Das war kein nein!“, stellte ich fest.

Sie kicherte und legte die Arme um meinen Hals,

„Ich bin so unfassbar stolz auf dich, Engel. Du bist so mutig und frei geworden. Und so megasexy“, erklärte ich ehrlich.

Sie lächelte und legte ihren Kopf auf meine Brust.

„Ich liebe dich so sehr, Master“, sagte sie.

„Ich dich auch, kleine Sub“, erwiderte ich lächelnd und umfasste ihre Mitte.

„Wie war der Kuss mit Jessy?“, fragte ich nach einiger Zeit.

Sie hob den Kopf und sah mich an.

„Nicht schlecht, aber ganz anders, als mit einem Mann“, versuchte sie es zu erklären.

„Könnt ihr gern öfter mal machen“, sagte ich schmunzelnd.

„Hat euch wohl richtig angemacht, was?“, sie grinste breit.

„Aber wie!“ ,gab ich zu.

Sie lachte.

Am nächsten Morgen ging ich schon in die Küche. Emily föhnte noch ihre Haare und ich musste einen Kaffee haben. Declan stand am Kaffeeautomaten, wartete auf sein Getränk und tippte wieder auf dem Handy herum.

„Morgen! Machst du mir einen Cappuccino?“, fragte ich.

Er drehte sich zu mir.

„Hi! Sicher!“, sagte er.

„Und hast du Julien noch überreden können?“, fragte ich grinsend.

Er lachte.

„Was denkst du wohl?“, erwiderte er.

„Ich denke, ohne Fesseln und Gewalt wird das sicher nichts“, erklärte ich lachend.

„Na, so doll muss es wohl nicht sein, aber so ganz freiwillig wollte er nicht“, Declan schmunzelte.

Ich nickte und konnte es mir gut vorstellen.

„Schlafen die beiden noch?“, fragte ich und setzte mich an den Frühstückstisch.

„Nee, Jessy ist im Garten und wollte gleich wiederkommen. Julien habe ich nicht gesehen“, sagte er.

„Und du schreibst mit Tristan?“, hakte ich vorsichtig nach.

„Ja. Aber seit gestern antwortet er nicht mehr“, erwiderte er und zuckte mit den Schultern. „Ich sollte ihn endlich aus meinem Kopf bekommen.“

„Manchmal ist das nicht so einfach“, sagte ich, als er mir den Kaffeebecher gab.

„Nützt nichts. Ich muss mich wohl ein wenig ablenken“, er klang wirklich niedergeschlagen.

„Aber nicht mit Julien!“, sagte ich, um ihn aufzuheitern.

Er lachte.

„Es wäre zumindest eine große Aufgabe", erklärte er.

„Guten Morgen ihr beiden", Jessy begrüßte uns mit einer Umarmung.

„Hi! Schläft Julien noch?", fragte ich.

„Nein, er ist schon ganz früh los und musste etwas erledigen", sagte sie und drückte auf der Kaffeemaschine herum.

Ich zog die Stirn in Falten. Was sollte das denn heißen? Es war sehr seltsam, aber eher ich länger darüber nachdenken konnte, kam Emily herein. Sie begrüßte alle und setzte sich auf meinen Schoß. Declan sah sie an.

„Hast du noch immer Abdrücke auf dem Körper?", fragte er neugierig.

„Ja, aber vor dem Frühstück werde ich mich nicht ausziehen", sagte sie bestimmt.

Wir lachten.

Die Haustür wurde aufgeschlossen und man hörte Julien leise etwas sagen.

Jessy grinste in ihren Becher, als sie gerade trinken wollte. Natürlich wusste sie, was hier los war. Julien stand im Türrahmen.

„Morgen!", begrüßte er uns alle und sah dann Declan an. „Ich hab da mal jemanden mitgebracht."

Er trat zur Seite und Tristan stand neben ihm. Declan fielen fast die Augen aus dem Kopf.

„Nee. Unglaublich!", stellte er fest, sprang auf und die beiden umarmten sich.

Ich lächelte und Emily schien ganz gerührt zu sein.

„Das ist so schön", sagte sie leise.

Tristan sah mit seiner hellen Jeans, dem weißen T-Shirt, den hellbraunen welligen Haaren und seiner braungebrannten Haut, noch immer wie ein Beachboy aus. Aber ich fand ihn schon damals sympathisch.

„Hi", begrüßte er uns. „Schön euch wiederzusehen."

Declan sah Julien fragend an.

„Ich habe ihm ein Flugticket geschickt. Ich hatte das Gefühl, mit euch beiden ist es noch nicht vorbei“, erklärte er.

Er war sprachlos und umarmte Julien.

„Danke man!“, strahlte er.

„Komm, ich zeig dir mal das Zimmer“, sagte Declan dann zu Tristan und zog ihn hinaus.

„Vergiss nicht die Briefmarkensammlung!“, rief Julien hinterher.

Die beiden lachten in der Halle.

„Darum hast du gestern immer auf dein Handy gesehen?“, fragte Emily, während Jessy Julien einen Kaffee holte.

„Genau. Er sollte gestern ankommen, aber durch seine Arbeit hat er den Flug nicht geschafft. Da mussten wir umplanen“, erzählte er.

Jessy stellte den Kaffee vor ihm auf den Tisch und küsste ihn kurz.

„Das ist so lieb von dir“, sagte sie.

„Er hat sich echt gefreut. Und eben war er noch unglücklich, da Tristan nicht mehr geschrieben hatte“, berichtete ich.

„Da war er schon im Flugzeug“, erklärte Julien.

„Ich finde die beiden passen gut zusammen“, sagte Emily.

„Ja. Es ist zumindest jemand, der ihm auch mal eine Ansage macht“, erwiderte Julien.

„Jetzt wird erstmal gefrühstückt!“, rief Jessy und begann für uns alle, Eier mit Speck zu machen.

Kapitel 45

Emily

Am Nachmittag lagen wir alle faul im Garten. Ich hatte mich auf die Sonnenliege gelegt und döste vor mich hin. Devin und Jessy unterhielten sich leise und Declan und Tristan waren noch nicht wieder aufgetaucht.

„Na Kleine, geht es dir gut?", fragte Julien und legte sich neben mich.

„Mmm", machte ich. „Ich bin nur faul."

Er lächelte.

„Sag mal, meinst du das mit der Handtasche wirklich ernst?", fragte ich.

Ich hatte sie mir vorhin noch einmal angesehen und sie war bestimmt richtig teuer.

„Sicher! Es ist deine", erklärte er, ohne die Augen zu öffnen.

„Sie ist viel zu teuer", stellte ich fest und beugte mich über ihn.

„Das spare ich dann an deinem Geburtstag wieder ein", sagte er belustigt.

Er trug nur eine Badehose, hatte die Arme hinter dem Kopf verschränkt und sah mich an.

Ich gab ihm einen kurzen, aber zärtlichen Kuss.

„Danke, danke, danke", sagte ich strahlend.

„Gern!", erwiderte er lächelnd.

„Hab ich genau gesehen!", hörte ich Declans Stimme.

Er setzte sich neben uns auf eine Liege.

„Ich dachte, du hast dich mal ausgepowert?", sagte Julien und hatte die Augen wieder geschlossen.

Declan hatte nasse Haare und sah aus, als wenn er aus der Dusche kam.

„Hab ich ja auch!", antwortete er.

„Du klingst ja verdammt zufrieden", lachte Devin, der zu uns kam.

„Das klingt nicht nur so", er grinste.

„Dann verbock es nicht!", mahnte Julien, als Declans Handy klingelte.

Er stellte es auf laut und wir hörten Kieran.

„Na, wie ist der Urlaub?", fragte er.

„Hi Boss! Mega gut", erwiderte er und wir lächelten.

„Sag mal, heute Abend kommt Loxley. Es sind nur alte Sachen vermerkt. Hast du Neues mit ihm probiert? Wie spielt er am liebsten?", fragte Kieran.

„Oh Loxley. Wer übernimmt ihn? Terry?", Declan verzog das Gesicht.

„Nein ich!", erwiderte Kieran.

„Oh!", er lächelte. „Welch eine Ehre für ihn."

Julien grinste.

„Red keinen Quatsch. Erzähl!", sagte Kieran.

„Na ja. Er spielt nur im Kerker. Mag Fesseln und Flogger, keine Peitschen. Möglichst hart, er steht auf Schmerzen aber keine direkte Erniedrigung. Strafbock und Pranger liebt er, also lass es. Ich kette ihn immer an das Gitter", erklärte Declan.

„Okay! Danke! Dann sehen wir mal, ob ich dich gut vertreten werde“, erwiderte Kieran.

Declan lachte.

„Muss auch Schluss machen, habe noch ein Bewerbungsgespräch“, sagte Kieran.

„Okay. Viel Spaß!“, wünschte er ihm und legte auf.

Mir schwirrten noch die ganzen Anweisungen von Declan im Kopf herum, als ich Devins Stimme hörte:

„Oh Shit.“

Alle folgten seinem Blick und wir sahen Tristan. Er starrte Declan ungläubig an und sein Körper versteifte sich. Wir ahnten sofort, dass er nicht gewusst hatte, was Declan macht. Tristan drehte sich um und ging wütend ins Haus.

„Verdammt! Ihr habt nicht darüber geredet?“, rief Julien.

„Ich … Ich habe ihm nur erzählt, dass ich in einem Club arbeite …“, sagte Declan leise.

„Gott!“, Julien war sauer und Declan lief zu Tristan.

„Das sieht nicht gut aus!“, stellte Devin fest.

Man konnte sehen, wie Tristan und Declan im Wohnzimmer stritten. Jessy, die an den beiden vorgegangen war, kam auf uns zu.

„Himmel, was ist passiert?“, fragte sie erschrocken.

Devin erklärte es ihr kurz, als der Streit heftiger wurde. Julien seufzte, zog sich seine Jeans an und ging hinein.

Er kam dann allerdings nur mit Tristan zurück in den Garten.

„Er ist echt ein Idiot“, sagte Tristan wütend.

„Ja. Es war blöd von ihm nicht mit dir darüber zu reden“, stellte Julien fest.

Wir setzten uns mit den beiden an den Tisch auf der Terrasse. Tristan seufzte und sah uns an.

„Also erzählt mal, was macht er in dem Club“, sagte er.

„Es ist ein BDSM Club und er ist dort Dom", erzählte Jessy kurz.

„Okay, das erklärt einiges", Tristan nickte.

„Wieso?", fragte Devin neugierig.

„Er steht schon auf abgefahrene Sachen", sagte er.

„Und du?", Julien musterte ihn.

Tristan lachte.

„Ich finde nicht schlimmer als langweiligen Sex. Aber ich würde schon gern vorher mal gefragt werden und nicht morgens am Bett gefesselt aufwachen. So wie auf der Insel", erzählte er.

Julien zog die Augenbrauen hoch und Devin lachte.

„Ich denke, ihr solltet mal in Ruhe reden", schlug Julien vor.

„Würde ich ja. Aber lenkt dann immer gern mit Sex ab", erwiderte Tristan lächelnd.

„Könntest du denn mit seinem Job leben?", fragte Jessy.

Tristan sah sie an.

„Natürlich könnte ich das. Aber dazu gehört, dass man miteinander spricht und sich vertraut. Sagen wir mal so. Ich war auch nicht immer Barkeeper und habe Dinge getan, auf die ich nicht stolz bin. Damit müsste er ja ebenfalls leben", erzählte er.

„Ihr solltet euch wirklich unbedingt aussprechen", sagte Jessy.

Tristan nickte und Julien stand auf und ging hinein.

„Weißt du, Julien und ich haben über drei Jahre gebraucht, um einen gemeinsamen Weg zu finden", machte Jessy ihm Mut.

Er sah sie erstaunt an.

„Wenn Declan nicht ständig weglaufen würde, wäre es wohl gar nicht so schwierig", stellte er fest.

„Oh. Für das Problem `Weglaufen´ ist Julien der Spezialist. Ich hab das früher auch gern gemacht und hatte keine Chance bei ihm“, sagte Devin.

Tristan lächelte.

Julien und Declan kamen nach einer Weile zu uns und Declan sah nervös zu Tristan. Der stand auf, packte ihn am Arm und zog ihn in den Garten.

„Wir reden jetzt!“, erklärte er kurz.

Die beiden setzten sich ganz hinten auf eine Bank und schienen sich tatsächlich ruhig miteinander zu unterhalten.

„Geht doch“, stellte Julien zufrieden fest.

„Ach komm. Du hast ihn bestimmt noch kurz in die Spur gebracht, oder?“, hakte Devin grinsend nach.

„Nur ein bisschen!“, gab er zu und lächelte.

„Ich erinnere mich noch sehr gut daran“, Devin grinste.

Etwas später alberte ich mit Devin im Pool herum. Wir lachten und ich spritze ihn immer wieder Wasser ins Gesicht, bis er mich packte. Ich klammerte mich an ihn und wir küssten uns.

„Du solltest deinen Po mal kühlen“, hörten wir Juliens Stimme.

Er hatte Jessy auf dem Arm und kam auf uns zu.

„Nein. Das brennt immer so!“, rief sie und zappelte.

Julien lachte und sprang mit ihr hinein. Als sie wieder auftauchten, klammerte sie sich an seinem Rücken fest.

„Au, au, au“, jammerte sie.

Er stellte sich ins Wasser und zog sie nach vorn.

„Jessy!“, sagte er streng.

Sie murmelte etwas und vergrub ihren Kopf an seinem Hals.

Ich drehte mich und sah, wie Declan und Tristan im Garten standen und sich küssten.

„Wow“, sagte ich und freute mich für die beiden.

Auch Jessy sah auf und lächelte.

„Nun müssen wir wohl ohne ihn spielen“; stellte sie fest.

Julien sah sie abwartend an.

„Ich sag nichts mehr“, erklärte sie grinsend.

„Besser für deinen Po“, sagte er und wir lachten.

Juliens Handy klingelte. Er wollte gerade aus dem Pool, als Declan es ihm brachte.

„Marlon! Was gibt es?“, meldete er sich. „Sicher, welcher Film ist es?“

Man hörte Marlon sprechen und Jessys Neugier war geweckt.

„Das werden wir schon schaffen. Ob die Mädels das zeitlich hinbekommen, weiß ich nicht“, sagte er lächelnd.

Nun sahen ihn alle gespannt an.

„Okay, wir sehen uns dort“, erklärte er dann und legte auf.

„Was ist?“, fragte Jessy sofort.

„Marlon hat Karten für die Filmpremiere von Black Mountain in Macon“, sagte er.

„Der mit Glen Jeremy?“, rief sie aufgeregt.

Julien rollte mit den Augen und grinste.

„Der wird wohl auch da sein, ja“, sagte er.

„Oh mein Gott“, rief sie und krabbelte aus dem Pool.

Nach einigem Hin und Her einigten wir uns darauf, dass alle hinfuhren. Es war ein Actionfilm und so viel würden die Männer dabei sicher nicht leiden müssen. Wir mussten auch ein paar Sachen einpacken, denn wir blieben zur Premierenfeier und übernachteten dann in dem Hotel. Jessy steckte mich mit ihrer Aufregung an und wir zogen uns gefühlte, hundertmal um. Ich hatte ein paar Kleider hier, aber sie öffnete großzügig ihr Ankleidezimmer. Indem waren Juliens Sachen kaum noch vorhanden und ich musste schmunzeln.

Zwei Stunden später, fuhren wir nach Macon. Julien hatte Declan und Tristan seinen SUV gegeben, damit sie ein wenig allein waren. Wir saßen in Devins Amarok. Ich sah zu Jessy, die auf der Rückbank neben mir saß.

„Ich bin echt aufgeregt. Meinst du, es sind wirklich alle Hauptdarsteller dort?", fragte sie.

Julien drehte sich zu uns um.

„Ja. Er wird schon da sein", beruhigte er sie grinsend.

„Hoffentlich ist der Film nicht so langweilig", überlegte Devin.

„Zumindest soll es ein Actionfilm sein", erklärte Julien.

In der Hotelhalle war höllisch was los. Viele Leute in schicken Kleidern und Anzügen wuselten dort herum. Marlon winkte uns zur Rezeption. Er begrüßte uns und wir checkten ein.

„Lass mich raten. Du hast noch Zimmer bekommen, weil du den Chef hier kennst?", fragte Julien grinsend.

Marlon lachte.

„Genau. Sonst ist hier alles dicht", erklärte er.

„Hi Tristan! Schön dass du hier bist", begrüßte er ihn.

Jessy zupfte an meinem Kleid.

„Da ist er .... Oh mein Gott", sagte sie leise und ich folgte ihrem Blick.

Glen Jeremy gab gerade ein Interview. Er war groß, sportlich, hatte braune kurze Haare und einen Vollbart. Er wirkte sehr lässig und charmant, aber mein Typ war es nicht. Ihr fielen allerdings fast die Augen aus dem Kopf. Da kam Ian aus dem Fahrstuhl. Gestylt und hübsch gemacht, bis in die Haarspitzen. Er kam strahlend zu uns und wir begrüßten ihn.

„Schön, dass ihr da seid!", sagte er.

Marlon legte doch tatsächlich den Arm um seine Schulter und Ian lächelte.

„Ihr könnt eure Sachen kurz nach oben bringen. Dann holt euch eine Limousine ab und fährt euch zum Kino“, erklärte er.

„Natürlich!“, lachte Devin und wir gingen zu den Aufzügen.

Langsam gewöhnte ich mich an den Luxus, wenn wir etwas unternahmen, dachte ich lächelnd.

Kapitel 46

Devin

Es war ein sehr großes Kino und im Vorraum gab es Champagner und Häppchen. Wir standen an einem der Stehtische, an dem die Schauspieler vorbei mussten. Jessy hätte zwar lieber auf dem roten Teppich gestanden, aber dort war schon alles voll. Als die Stars vorfuhren und die Security unruhig hin und herlief, blieb es relativ ruhig. Glen Jeremy und eine kleine blonde Frau neben ihm ließen sich geduldig fotografieren. Sie waren wohl die Hauptdarsteller des Films und alle wollten ein Bild von ihnen machen. Dann zog die ganze Truppe dicht an uns vorbei und Jessy war total aufgeregt. Emily wirkte dagegen eher neugierig aber entspannt. So schnell, wie sie aufgetaucht waren, verschwanden sie auch schon wieder hinter einer Tür.

Ich legte meinen Arm um Emily und wir stießen mit unseren Gläsern an. Julien unterhielt sich mit Marlon und Jessy sah sich nach einer Gelegenheit für ein Autogramm um. Plötzlich wurde sie ganz steif in meinem Arm und ich sah sie an. Sie starrte in den Raum hinein.

„Was ist los, Engel?", fragte ich und folgte ihrem Blick.

Und dann sah ich sie. Verdammt es war Enya. Es überraschte mich nicht, denn solche Events ließ sie niemals aus. Aber es nervte mich jetzt schon.

„Hey. Vergiss sie. Wir wollen Spaß haben!“, beruhigte ich Emily.

Sie sah mich an und lächelte zögernd. Ich beobachtete Enya, die mit einem Typen redete. Sie lachte aufgesetzt und schien ihn gut zu kennen. Na wenigstens war sie dann jawohl abgelenkt.

Endlich wurden wir in den Kinosaal gelassen und hatten wirklich gute Plätze. Emily und ich hatten uns neben Marlon und Ian niedergelassen und auf der rechten Seite des Ganges saßen die anderen vier. Ein Mann im Anzug stellte sich vor die Leinwand und kündigte die Hauptdarsteller, den Regisseur, den Autor und noch ein paar Leute an. Sie kamen einzeln auf die Bühne und er erzählte dann etwas über den Film. Ian lehnte sich zu uns und bot uns Popcorn an. Ich war jetzt wirklich gespannt auf den Film. Endlich machten die Menschen vor der Leinwand wieder Platz und es ging los. Im Dunklen legte ich Emily meine Hand auf ihren Oberschenkel und sie lächelte mich an.

„Wir sollten öfter mal ins Kino gehen“, flüsterte sie.

„Du willst ja bloß \`rummachen´“, sagte ich grinsend.

„Ich will ...“, begann sie kichernd. „Wer hat denn seine Hand auf meinem Bein?“

Ich beugte mich zu ihr und küsste ihren Hals.

„Rummachen“, neckte ich sie und schob meine Hand unter ihr Kleid.

Sie hielt mich sofort auf.

„Hör auf und sei artig“, sagte sie leise, aber bestimmt.

Ich zog die Augenbrauen hoch.

„Ist das nicht mein Satz?“, fragte ich lächelnd.

Sie grinste und lehnte ihren Kopf an meine Schulter, als der Film begann.

Es war tatsächlich ein ganz guter Actionfilm. Nicht so langweilig, wie ich vermutet hatte. Danach fuhren wir zur Premierenfeier ins Hotel. Es waren einige Prominente dort und natürlich die Filmschauspieler. Es war voll, eng und überall wurde geredet und angestoßen. Schnell hatten wir uns alle verloren. Ich stand mit Emily an einem Stehtisch und wir suchten nach Gesichtern aus dem Fernsehen.

„Puh, ist das voll", stöhnte Julien plötzlich neben uns und schob Jessy an den Tisch.

„Guck mal!", rief sie begeistert und hielt eine Autogrammkarte von dem Typen in die Luft.

Emily sah sie sich an.

„Wow! Mit Widmung", stellte sie fest.

Ich blickte zu Julien, der mit den Augen rollte.

„Harte Arbeit?", fragte ich ihn.

Er nickte und ich musste lachen. Die beiden gingen nach einiger Zeit auf die Tanzfläche, als Tristan neben uns stand.

„Hi! Wie läufts?", fragte ich locker.

„Gar nicht", murmelte er und trank den letzten Schluck aus seinem Glas.

„Was ist?", Emily sah ihn besorgt an.

„Declan wollte nicht, dass ich ihn hier öffentlich anfasse. Ein Wort gab das andere und weg war er", erklärte er kurz.

Ich schüttelte den Kopf.

„Soll er sich erst einmal abregen. Dann rede ich mit ihm", sagte Tristan.

„Da hast du dir aber echt einen schwierigen Patienten ausgesucht", lachte ich und hatte schon ein wenig Mitleid mit ihm.

„Das glaube ich auch", erwiderte er lachend, hob sein leeres Glas und ging an die Bar.

„Das ist ja wirklich anstrengend bei den beiden“, sagte Emily.

„Mmm“, machte ich nur und suchte mein Handy. „Verdammt, ich habe das Smartphone auf dem Zimmer gelassen. Ich hole es mal eben, denn Daniel wollte mich noch aus dem Club anrufen“, erklärte ich.

„Klar!“, erwiderte Emily und küsste mich.

„Bis gleich, Engel“, sagte ich und ging zum Ausgang.

Kapitel 47

Emily

Ich machte mich über den Cocktail her, der wirklich lecker war, und sah mich nach Tristan um. Ich konnte ihn nirgends finden und so fiel mein Blick zurück zur Tanzfläche. Plötzlich erkannte ich Declan, wie er mit einer Frau tanzte und sie anmachte. Ich sah sofort, dass es Enya war. Was für ein Mist! Ausgerechnet diese blöde Kuh! Er lachte sie an und meine Feierlaune rutschte in den Keller. Natürlich kannte er sie nicht, aber irgendwie baute mich das auch nicht auf. Ich beschloss, Devin aufs Zimmer zu folgen, hier war es sowieso so voll. Ich drängelte mich zu den Fahrstühlen und hoffte, wir würden uns nicht verpassen. Die Türen öffneten sich und ich trat in den leeren Aufzug. Bevor sie sich wieder schlossen, sprang ein Typ mit hinein. Er war groß, muskulös und trug Jeans und ein Shirt. Vielleicht gehörte er zur Filmcrew. Ich beachtete ihn nicht weiter, aber seine Alkoholfahne konnte man deutlich riechen. Gerade, als ich mein Handy aus der Tasche ziehen wollte, traf mich etwas heftig am Hinterkopf und um mich herum wurde es sofort dunkel.

Ich kam wieder zu mir und nahm Stimmen wahr. Mein Kopf tat höllisch weh und mir war kalt. Ich blinzelte und konnte Enya erkennen. Dann spürte ich Panik in mir aufsteigen. Ich war nackt auf einem Bett gefesselt.

„Ach. Da ist ja die kleine Schlampe wieder", rief sie.

„Was soll der Scheiß…", zischte ich, aber meine Stimme brach.

Sie lachte aufgesetzt.

„Du stehst doch auf solchen Scheiß. Ist es nicht so?", fragte sie.

Ich starrte sie finster an und erkannte hinter ihr den Mann aus dem Fahrstuhl.

Auch er grinste mich blöd an und meine Panik wurde größer. Mein Herz raste und ich zerrte an den Fesseln. Sie schnitten mir in die Haut, aber bewegten sich nicht ein kleines Stück. Mein Kopf dröhnte noch mehr.

„Hast du wirklich gedacht, du kannst die beiden Männer vorschicken, um mich davon abzuhalten, dich aus dem Weg zu räumen?", fragte sie wütend. „Tja. Da muss ich dich enttäuschen. Wenn George mit dir fertig ist, wirst du sicher freiwillig abhauen. Ich werde mich solange um Devin kümmern."

„Bist du total verrückt?", schrie ich hysterisch. „Du glaubst doch nicht, dass Devin das mitmacht?"

„Das lass mal meine Sorge sein"; sagte sie und machte dem Typen Platz.

Der griff grinsend an meine Brust und musterte mich gierig.

„Lass mich du Arschloch", schrie ich hysterisch.

Er lachte.

„Na. Da wirst du doch bestimmt deinen Spaß haben", stellte Enya fest und zog sich die Lippen nach.

„Aber mit Sicherheit", erwiderte er und packte mich am Kinn. „Sie sollte erst einmal lernen, den Mund zu halten."

Ich sah in seine glänzenden, kalten Augen und roch den Alkohol. Er beugte sich zu mir, leckte mit seiner Zunge über meine Lippen und ich schrie auf. Sofort knallte es und mein Kopf flog zur Seite, so heftig hatte er mir ins Gesicht geschlagen. Kurz wurde mir schwindelig und ich hörte Enyas Lachen. Er nahm etwas vom Nachttisch und drückte es gegen meine Zähne.

„Mach den Mund auf, Bitch", knurrte er.

Ich gab nach und er befestigte einen großen Ballknebel an mir. Ich riss die Augen auf, hatte das Gefühl zu ersticken. Wieder zerrte ich an den Fesseln und versuchte zu schreien, aber es kamen nur leise, undeutliche Töne heraus.

George nahm eine dünne Gerte in die Hand.

„Werden wir dem kleinen Püppchen mal Manieren beibringen", sagte er.

Ich spürte meinen rasenden Herzschlag, dann schlug er mir auf den Bauch und die Brust. Ein tiefer Schmerz brannte sich in meinen Körper, ich versuchte zu schreien, warf mich hin und her und das Dröhnen im Kopf nahm wieder zu.

Es klopfte an der Tür und er hörte abrupt auf. Die beiden sahen sich erstaunt an.

„Ich mach das schon", sagte Enya, griff nach ein paar Handschellen und lief zur Zimmertür.

Ich konnte sie dort nicht sehen, aber hatte wenigstens die Möglichkeit, ein wenig zu Luft zu kommen.

„Hi, du warst so schnell weg", hörte ich Declan und versuchte vergebens, mich bemerkbar zu machen.

„Na. Ich dachte, wir könnten noch ein bisschen spielen. Du hast mich neugierig gemacht", säuselte sie.

„Sicher", erwiderte Declan.

„Vielleicht fesseln wir dich zuerst", hörte ich Enya.

„Da steh ich gar nicht drauf. Vielleicht lässt du mich erst einmal hinein?", sagte er.

„Okay. Komm“, Enyas Stimme klang entschlossen.

George ging zu den beiden und ich hörte ein lautes Geräusch. Declan stöhnte auf, dann kamen sie zum Bett. Sie hatten ihm die Hände auf den Rücken gefesselt und schubsten ihn auf das Sofa. Verdammt!

„Was soll das?“, rief er wütend.

„Du kannst jetzt den Zuschauer machen“, zischte sie.

Declan sah zu mir und riss die Augen auf.

„Was soll der hier?“, fragte George genervt.

„Er wäre mir dort unten in die Quere gekommen und wahrscheinlich immer hinter mir hergelaufen. Ich will mich aber nur um Devin kümmern. Also muss er hierbleiben“, erklärte sie.

Declan sah Enya an.

„Seid ihr bescheuert? Was wollt ihr mit der Kleinen?“, fragte er.

Sie lächelte.

„Das ist Georges Geschenk. Er wird sich um sie kümmern und glaube mir, sie wird es lieben“, sagte sie überheblich.

Declan schluckte und man konnte sehen, dass er überlegte, wie wir hier rauskommen könnten.

„Kennst du sie etwa?“, schrie Enya ihn plötzlich misstrauisch an.

„Was? Nein!“, erwiderte er sehr überzeugend.

George begann ihm die Füße mit einem Seil zu fesseln. Er wehrte sich und versuchte, ihn auf Abstand zu halten, bis George ausholte und ihm die Faust ins Gesicht schlug. Declans Kopf fiel nach hinten und er fesselte ihn.

„Ich gehe mal runter! Viel Spaß George!“, rief Enya und verließ das Zimmer.

George kam zu mir und Declan versuchte, sich zu befreien.

„Dann machen wir mal weiter“, er grinste schmierig.

Er begann, mich wieder mit der Gerte zu schlagen. Der Schmerz war furchtbar und ich zerrte an den Fesseln, die sich in die Handgelenke gruben. Er lachte, als ein dünner Blutstreifen an meiner Brust herunterlief. Tränen liefen mir über das Gesicht, als er sich zwischen meine Beine setzte. Er verteilte das Blut auf der Brust und sah mir direkt zwischen die Beine. Es war furchtbar und ich schloss die Augen.

„Vielleicht sollte ich dich erstmal ficken", hörte ich ihn, dann eine Gürtelschnalle.

Ich begann zu zittern, riss die Augen auf und starrte ihn an.

„Hey warte! Du stehst doch eigentlich gar nicht auf sie", hörte ich Declans Stimme plötzlich.

George grinste.

„Kommt drauf an. Wenn ich ihr noch ein paar Wunden zufüge, sieht das bestimmt geil aus", erklärte er.

„Ach komm. Ich bin nämlich eigentlich nur hier, um dich zu treffen, nicht die Tussie von eben", sagte er locker.

George blickte skeptisch zu ihm und stieg vom Bett.

„Du stehst auf Männer"? , fragte er erstaunt.

„Ja. Und was du da gerade machst, macht mich echt an", gab Declan zu und schenkte ihm ein Lächeln.

George überlegte.

„Das glaube ich nicht. Ich werde mich lieber um das Püppchen kümmern", sagte er.

„Schade!", erklärte Declan ruhig. „Es ist mir zwar egal, aber dann hast du dich ja schon ausgepowert."

George zögerte, und ich wagte kaum, zu atmen. Würde er ihm glauben?

„Na komm. Warum beschäftigst du dich mit ihr, wenn es dir keinen Spaß macht?", legte er nach.

George musterte ihn.

„Und du meinst, wir hätten mehr Spaß?“, fragte er zynisch.

„Klar“, erwiderte Declan selbstsicher.

George begann mich tatsächlich loszubinden. Ich zitterte vor Angst und meine Schläfen pochten. Mein ganzer Körper schmerzte und als er mich mit einem Ruck auf die Füße zerrte, taumelte ich. Ich krallte mich in die Bettdecke und zog sie mit mir, als er mich neben Declan auf das Sofa schubste. Mein Kreislauf fuhr Achterbahn und Declan sah mich besorgt an.

„Gib ihr ihre Sachen und lass sie gehen. Ich stehe nicht so auf Zuschauer“, rief Declan.

„Halt die Klappe!“, sagte George und band seine Füße los.

Er konzentrierte sich und als die Fesseln gelöst waren, verpasste er George einen kräftigen Tritt. Leider traf er ihn nur an der Schulter und er stand schnell wieder auf den Beinen.

„Du blöder Bastard!“, rief er wütend, griff nach Declan und warf ihn gegen die Wand.

Er konnte sich gerade so abfangen, da seine Hände ja noch auf dem Rücken gefesselt waren. George stand jetzt vor ihm, legte seine Finger an Declans Hals und drückte zu.

„Hör auf!“, schrie ich, so gut ich konnte, denn ich hatte gerade den Ballknebel entfernt.

George ließ los und Declan hustete.

„Willst du so Spaß haben?“, fragte George Declan. „Ich werde dir zeigen, wer hier das Sagen hat.“

Er schubste ihn zum Bett.

„Du bist allerdings wirklich ein hübscher Junge“, George hielt ihm plötzlich ein Messer an den Hals und ich schrie auf.

Seine Hand fuhr zwischen Declans Beine und er grinste.

„Wir werden sicher ganz viel Spaß haben“, erklärte er und gab ihm einen Schubs auf das Bett.

Er begann Declans Sachen aufzuschlitzen und setzte sich auf ihn.

Ich zog die Decke fester um mich und musste versuchen, hier schnellstens herauszukommen. Körperlich fühlte ich mich allerdings wenig in der Lage, da ich meine Beine kaum spürte und mir immer wieder schwindelig wurde. Da hörte ich Declan aufschreien und ich zuckte zusammen. Ich musste es schaffen, dachte ich und rutschte auf dem Sofa bis zum Ende. Gerade schrie George ihn abermals an und ich stand auf. Sofort ging mein Kreislauf in den Keller, alles verschwamm und ich hörte nur noch das Rauschen in den Ohren. Dann wurde mir wieder schwarz vor den Augen.

Kapitel 48

Devin

Ich lief suchend durch den Saal, konnte sie bei all den Menschen allerdings nicht finden. Verdammt. Warum war Emily nicht hier am Tisch geblieben. Ich hatte schon versucht sie anzurufen, aber sie nahm nicht ab. War bei diesem Lärm ja auch nicht verwunderlich.

„Hey du heißer Typ", hörte ich plötzlich Enya hinter mir und sofort legte sie ihre Hand um meine Hüfte.

„Lass mich in Ruhe", zischte ich genervt und brachte Abstand zwischen uns.

„Ach komm. Bestell uns etwas zu trinken. Du willst jawohl keinen Aufstand vor all den Leuten hier", säuselte sie.

Ich stellte mich an den Stehtisch und ignorierte sie. Sie lehnte sich dicht an mich.

„Überlege, was du tust, ich könnte dir auch eine Szene machen", flüsterte sie in mein Ohr.

Langsam kam die Wut in mir hoch.

„Was willst du Enya?", fragte ich und sah sie wütend an.

„Vielleicht nur eine Nacht und etwas Abschiedssex", sagte sie.

Ich rückte von ihr ab.

„Du bist doch echt total bescheuert!“, rief ich sauer und lief durch die Menge.

Sie konnte mich so schnell nicht einholen, wegen der vielen Menschen und ich war froh darüber.

An der Tür zur Halle traf ich auf Jessy und Julien.

„Habt ihr Emily gesehen?“, fragte ich beunruhigt.

„Nein. Schon länger nicht mehr“, erwiderte Jessy. „Vielleicht ist sie rausgegangen, um frische Luft zu bekommen?“

Ich blickte durch die Hotelhalle zur Tür, als Tristan zu uns kam

„Wisst ihr, wo Declan ist?“, fragte er besorgt.

„Nee. Ich denke, ihr habt Streit?“, hakte ich nach, denn irgendetwas lief hier falsch.

„Ja, er hat mit so einer Tussie geflirtet, um mich eifersüchtig zu machen, aber dann haben wir uns in der Halle geküsst. Abrupt hat er es unterbrochen, zu den Fahrstühlen gesehen und was von Emily geredet. Er ist losgelaufen und war weg“, erzählte Tristan.

Ich versteifte mich und mein ungutes Gefühl wurde mehr.

„Ich fahre nach oben, vielleicht ging es ihr nicht gut“, erklärte ich.

„Ich komme mit“, sagte Julien.

„Tristan und ich suchen hier unten nochmal alles ab“, entschied Jessy

Kapitel 49

Emily

Ein tiefer Schrei von Declan ließ mich wieder zu Bewusstsein kommen. Die Bilder vor meinen Augen wurden klarer. Er lag auf dem Bauch an das Bett gebunden. Sein Rücken war voller blutiger Striemen. George saß auf ihm, presste die Hand darauf und verwischte das Blut auf der Haut. In seinem Gesicht konnte man tiefe Begierde sehen und ich bekam Gänsehaut. Der Typ war echt gefährlich.

Declan hatte einen Gürtel um den Hals und er zog damit seinen Kopf nach oben. Die Schlaufe zog sich zu und wenn er losließ und Declan hustete, lachte er.

„Gefällt es dir, Süßer?", brummte er erregt.

Dann schlug er ihn wieder. Declans Gesicht war von Schlägen gezeichnet und ein Kloß bildete sich in meinem Hals. Ich sah zur Zimmertür, sie war nicht so weit entfernt.

„Hey Püppchen!", rief er drohend. „Ein Schrei oder ein anderer dummer Gedanke und ich lasse ihn so laut schreien, dass du dir die Ohren zuhalten musst."

Seine Hand griff zwischen Declans Beine und er verzog das Gesicht vor Schmerzen. Ich nickte wie ferngesteuert.

Dann grub er seine Fingernägel in Declans blutigen Rücken und er schrie auf.

Ich sprang auf und lief fast blind zur Tür, da mir sofort schwindelig wurde. Die Tür zu öffnen war schwer, ich drückte mich durch den Spalt, wickelte die Decke um mich und hielt mich an der Wand aufrecht, als ich loslief. Mein Kopf explodierte fast vor Schmerzen, aber meine Gedanken waren nur bei Declan. Ich konnte nur unscharf sehen, lief allerdings immer weiter. Hilfe! Dachte ich, bekam aber kein Wort über die Lippen. In der Ferne hörte ich einen Fahrstuhl. Ich durfte nicht aufgeben, ich musste jemanden finden. Das Rauschen in meinen Ohren wurde immer lauter und ich ließ mich kurz auf den Boden sinken, um Luft zu holen.

Kapitel 50

Devin

Im Fahrstuhl wurde ich unruhig.

„Verdammt! Warum geht sie nicht an ihr Handy?“, fluchte ich.

„Vielleicht geht es ihr nicht gut und Declan ist bei ihr“; versuchte Julien mich zu beruhigen.

„Dann würde er mich anrufen, oder nicht?“, ich sah ihn an.

Er schwieg und nickte. Endlich hielt der Fahrstuhl und ich stürmte zu unserem Zimmer. Als ich um die Flurecke bog, sah ich etwas auf dem Boden.

„Fuck Emily!“, rief ich und rannte zu ihr.

Sie sah furchtbar aus und hatte nur eine Bettdecke um ihren Körper. Außerdem blutete sie am Kopf.

„Emily, kannst du mich hören“, ich schluckte hart, und ertrug es kaum, sie so zu sehen.

Sie öffnete ihre Augen.

„Declan … Ihr müsst ihn da rausholen“, flüsterte sie.

Ich sah zu Julien und wusste nicht, ob ich es richtig verstanden hatte. Auch in seinen Augen konnte ich den Schreck sehen, aber äußerlich war er ruhig, wie immer.

„Trag sie in euer Zimmer“, sagte er und ich hob sie vorsichtig an.

„Nein. Declan!“, wiederholte sie und Blut lief aus ihrer Lippe.

Wir sahen uns im Gang um. Dort gab es eine angelehnte Tür, aus der merkwürdige Geräusche kamen.

„Ich suche Declan“, sagte Julien und ich trug Emily in unser Zimmer.

„Nein, nein … nein“, stöhnte sie immer wieder.

Ich legte sie auf das Bett in unserem Zimmer und holte mein Handy aus der Tasche, als es an der offenen Tür klopfte.

„Hi, hi! Ich wollte nur kurz fragen …“, Marlon stand im Raum und starrte auf Emily.

„Du musst zu Declan … ihn retten … nicht allein“, Emilys Stimme versagte.

„Fuck, was ist passiert?“, fragte Marlon, während ich den Notarzt rief.

Ich legte auf und er saß neben ihr auf dem Bett.

„Ich weiß es nicht, kannst du hierbleiben? Ich muss mal nach Julien sehen“, erklärte ich hektisch.

„Sicher“, sagte er und ich lief zurück.

Als ich das Zimmer betrat, war ich zuerst wie erstarrt. Ein großer kräftiger Typ bedrohte Julien mit einem Messer und Declan lag auf blutverschmierten Laken auf dem Bett gefesselt. Ohne viel zu überlegen, stürzte ich mich auf den Typen. Meine Wut war grenzenlos. Ich schlug ihm das Messer aus der Hand und prügelte auf ihn ein. Zusammen mit Julien konnten wir ihn überwältigen und fesselten ihn mit irgendwelchen Handschellen, die dort herumlagen. Ich hörte nicht auf, bis er bewusstlos war, während Julien noch einen Krankenwagen rief.

Wir befreiten Declan, der stöhnte und sich kaum bewegen konnte.

„Verdammt, was ist passiert?“, rief ich hektisch.

Declan wischte sich Blut aus dem Gesicht, das langsam anschwoll.

„Der Typ wollte Emily vergewaltigen und ich konnte ihn überreden, mich zu nehmen“, seine Stimme schwankte und er zitterte ein wenig.

Julien gab ihm eine Decke und legte vorsichtig den Arm um ihn.

„Sch. Ganz ruhig“, versuchte er ihn zu beruhigen.

Declan starrte auf den Boden und sein Körper zitterte immer mehr.

Mir kreiste sein Satz noch im Kopf herum.

Wir waren im Krankenhaus und die beiden wurden gerade untersucht. Es war wohl eher eine kleine private Klinik, denn Marlon hatte darauf bestanden hierher zu fahren, da er den Arzt kannte. Ich saß im Warteraum und starrte auf den Boden. Julien hatte den Arm um mich gelegt und Jessy hielt meine Hand.

Es tauchten zwei Polizisten auf, die uns auch schon im Hotel befragt hatten, und gingen zu Declan ins Zimmer.

„Warum Emily? Was war das für ein Typ?“, fragte ich leise.

„Wir werden es herausfinden“, sagte Julien und ich hörte Wut in seiner Stimme.

Kurze Zeit später kamen die Polizisten wieder heraus. Der eine telefonierte mit seinem Handy.

„Die Fahndung läuft nach einer Enya Mc Coy. Adresse liegt euch vor …“, sagte er und sie stiegen in den Aufzug.

Ich sprang auf.

„Enya? Fuck! Es war der Typ von ihr und sie hat mich noch seelenruhig an der Bar angemacht“, rief ich wutschnaubend.

Tristan, der etwas abseits stand, sah mich erschrocken an.

„Das ist wirklich unglaublich. Dass sie so weit gehen würde, hätte ich nie gedacht“, auch Julien war entsetzt.

„Sie kann froh sein, wenn die Polizei sie vor mir findet", rief ich böse.

Ich ging zu Tristan und klärte ihn auf. Das lenkte ihn zumindest etwas ab und mich auch. Dann kam Marlon mit einem jungen Arzt zu uns. Er stellte sich als Dr. Liam Scott vor.

„Miss Parker ist aus dem CT und es sieht alles gut aus. Sie hat eine Gehirnerschütterung und leichtere Verletzungen", erklärte er.

„Und Declan ist so weit auch ganz okay. Zumindest körperlich wird es schnell heilen", ergänzte Marlon.

Wir waren alle sehr erleichtert.

„Und Emily kommt zu Declan ins Zimmer. Liam macht eine Ausnahme"; sagte Marlon grinsend.

„Eine absolute Ausnahme", erwiderte der Arzt streng.

„Danke", sagte er und Liam verabschiedete sich.

„Wie du das so immer hinbekommst", stellte Jessy fest.

„Ist ein Schulfreund von mir", erklärte Marlon, als wir Ian sahen, und dann wurde Emily, in einem Bett liegen an uns vorbei in das Zimmer gefahren.

„Sie hat etwas zum Schlafen bekommen, aber du darfst kurz zu ihr", sagte Marlon zu mir.

Ich sah Tristan an und machte ein Zeichen, dass er mitkommen sollte, während sich Ian und Marlon zu den anderen setzten.

Emily wurde noch an einen Tropf angeschlossen und schlief. Ihre Gesichtszüge waren entspannt, aber ihre Wange wurde blau und ihre Lippe war verkrustet. An ihren Handgelenken befanden sich Fesselspuren. Sanft strich ich ihr über die Haare. Gott ich war so dankbar, dass Declan da gewesen war. Ich drehte mich zu ihm um. Tristan hatte sich auf sein Bett gesetzt und hielt seine Hand. Er sah wirklich furchtbar aus. Seine Lippe aufgeplatzt und der Kieferknochen blau.

Außerdem sah man Würgemale an seinem Hals und die gleichen Verletzungen an den Handgelenken, wie bei Emily.

„Declan. Ich …", begann ich. „Ich bin dir echt so dankbar. Du …", dann unterbrach er mich.

„Hey. Das hätte jeder gemacht. Ich bin froh, dass sie nicht noch mehr abbekommen hat", erklärte er und lächelte mich beruhigend an.

„Danke man!", sagte ich leise. „Aber woher wusstest du überhaupt, wo Emily ist?"

„Ich habe mit der Bitch Enya geflirtet, um Tristan eifersüchtig zu machen", er sah reumütig zu Tristan. „Dann war sie aber schnell weg und wir beiden haben uns vertragen und in der Halle geküsst. Ich habe Emily in den Fahrstuhl steigen sehen und ein seltsamer Typ schlich immer um den Aufzug herum. Er sprang in letzter Minute mit hinein, und da sah ich eine kleine Eisenstange in seiner Hand, kurz bevor sich die Türen schlossen."

Ich schluckte hart,

„Ich bin losgerannt, die Treppen nach oben, konnte dann aber nur noch sehen, in welches Zimmer er verschwunden war. Ich wollte gerade abchecken, ob Emily vielleicht doch in eurem Zimmer war. Da ging Enya in diesem Raum und ich hörte sie irgendjemanden anschreien. Ich ließ mir etwas einfallen, um hineinzukommen. Aber ehrlich, das habe auch ich nicht erwartet", erzählte er weiter.

Dann schloss er kurz die Augen und sagte nichts mehr. Ich wollte ihn nicht drängen, trotzdem ich wusste, dass es besser für ihn wäre, alles zu erzählen. Aber nun brauchten die beiden erst einmal Ruhe.

Kapitel 51

Emily

Ich öffnete die Augen und lag in dem Krankenhausbett. Die Vorhänge waren zugezogen und es sah etwas anders aus als in einem normalen Krankenhaus.

Devin saß am Bett und sein Kopf lag auf der Decke. Seine Hand ruhte auf meinem Arm und er schien zu schlafen. Ich fühlte mich viel besser. Mein Schädel dröhnte nicht mehr und die Schmerzen waren weg. Ich fuhr durch seine dichten Haare und er blickte mich müde an.

„Emily!“, sagte er erleichtert. „Wie geht es dir?“

Ich lächelte.

„Schon viel besser. Warst du die ganze Zeit hier?“, fragte ich, denn er trug noch immer das Hemd und die Hose von der Veranstaltung.

Er nickte. Dann sah ich plötzlich, das Declan neben mir lag und schlief.

„Wie geht es ihm?“, flüsterte ich.

„Soweit ganz gut. Der Typ ist verhaftet worden und nach Enya läuft eine Fahndung“, erklärte er.

Er sah schuldbewusst aus.

„Es tut mir so leid. Wenn ich gewusst hätte, wie gefährlich sie ist …“, begann er.

Ich legte meine Hand auf seinen Arm.

„Das konnte niemand wissen. Es ist nicht deine Schuld“, erklärte ich.

Er seufzte.

Wieder sah ich die Bilder von Declan vor mir und die Angst stieg in mir auf.

Julien kam herein. Er hatte einen verbundenen Arm und ich war froh, dass nicht noch mehr passiert war.

„Hey Kleines! Du siehst schon besser aus“, stellte er fest und strich sanft über meine Wange.

Ich blickte von Devin zu Julien. Beide sahen müde und blass aus, aber gaben mir gerade die Sicherheit und Geborgenheit, die ich jetzt dringend brauchte.

„Danke! Das ihr da seid“, sagte ich leise.

„Devin war nicht von dir wegzubewegen“, erklärte Julien und griff fest meine Hand.

Vorsichtig zog ich Devin zu mir und er küsste mich sanft auf die Lippen.

Julien holte sich einen Kaffee und Devin war ins Hotel gefahren, um zu duschen und sich umzuziehen.

„Hi du Kämpferin“, hörte ich Declan und drehte mich zu ihm.

„Na ja. Du hast mich ja gerettet“, sagte ich kleinlaut.

„Ja. Aber du hast Hilfe geholt“, erwiderte er und lächelte.

„Ach Declan, es tut mir so leid“, begann ich und Tränen liefen über meine Wange.

„Hey Schluss jetzt! Ich bin froh, dass es dir ganz gut geht. Und …“, sagte er, als ich vorsichtig aus dem Bett rutschte. Ich musste einfach zu ihm und hoffte, der Schwindel wäre weg. Tatsächlich ging es gut, also nahm ich meinen Tropfständer und rollte zu ihm.

„Fuck! Bleib lieber liegen Honey", rief er erschrocken.

Ich setzte mich auf sein Bett und legte vorsichtig die Arme um ihn. Die blauen Abdrücke am Hals und sein geschwollener Kiefer ließen mich schon wieder weinen. Ich vergrub meinen Kopf an seinem Hals und er strich mir sanft über den Rücken.

„Danke", schluchzte ich.

„Sch. Es ist doch alles gut", sagte er ruhig.

„Gott! Da lässt man euch mal kurz allein und schon bricht das Chaos aus", rief Julien.

Sofort stand er neben mir und stützte mich. Ich hob den Kopf und er gab mir ein Papiertaschentuch vom Nachttisch.

„Ich will nach Hause", schniefte ich, wie ein kleines Kind.

„Die Idee finde ich eigentlich sehr gut", erklärte Declan sofort.

„Na. Ihr habt ja Nerven", stellte Julien fest. „Aber tatsächlich habe ich auch gerade mit dem Arzt gesprochen. Vielleicht können wir euch morgen mit nach Hause nehmen. Natürlich nur, wenn ihr euch schont und artig seid."

Ich sah zu Declan und wir strahlten. Julien brachte mich wieder ins Bett.

„Wie geht es Devin? Das letzte Mal, als so etwas passiert ist, ist unsere Beziehung daran zerbrochen. Ich kann ihn nicht noch einmal verlieren", sagte ich und sah Julien flehend an.

„Er hat es im Griff. Ich habe schon mit ihm geredet. Er ist wirklich sehr weit mit seiner Therapie", erwiderte er.

Ich lächelte und hoffte, wir würden morgen nach Hause fahren.

Den ganzen Tag über war entweder eine Schwester bei uns oder irgendjemand von den anderen. Sie ließen uns nicht allein und ich war sehr dankbar dafür. Tristan kümmerte sich liebevoll um Declan, der es zu genießen schien. Und Devin war immer an meiner Seite. Mitten in der Nacht sah ich wieder George vor mir. Er hatte ein Messer, überall war Blut und ich hörte Declans Schreie.

„Hey. Du bist in Sicherheit!", Juliens Stimme klang ruhig und bestimmt.

Ich riss die Augen auf. Er machte die kleine Lampe an meinem Bett an und ich entspannte mich ein wenig.

„Es war so echt", sagte ich leise.

„Das glaube ich. Es wird seine Zeit dauern, aber es wird besser", erklärte er ruhig.

Wieder liefen mir die Tränen herunter. Das passierte ständig und es gab noch nicht mal immer einen Grund dazu. Ich drehte den Kopf weg, denn es war mir unangenehm. Ich heulte, wie ein kleines Kind und konnte einfach nicht aufhören.

„Hey Emily", sagte Julien, zog sich die Schuhe aus und legte sich neben mich. Ich schob mich in seinem Arm. Mein Kopf lag auf seiner Brust, ich roch sein vertrautes After Shave und fühlte mich sofort wohl.

„Besser?", fragte er.

„Ja. Wo ist Devin?", er war noch da, als ich einschlief.

„Ich habe ihn ins Hotel geschickt. Er muss mal schlafen", erklärte er.

Ich wischte mir die letzten Tränen weg.

„Julien?", fragte ich.

„Mmmh?", machte er.

„Werde ich weiterhin mit euch diese Dom Spiele machen können, wenn ich jetzt solche Albträume habe? Werde ich nun immer Panik haben?", fragte ich und mein Herz raste.

Ich hatte Angst vor seiner Antwort, aber ich wusste, dass er ehrlich sein würde.

„Natürlich wirst du weiterhin spielen können. Du bist schon so weit mit uns gegangen, hast Vertrauen und viele positive Erfahrungen gesammelt. Du wirst es ganz sicher wieder können", erklärte er.

Ich war froh darüber und holte tief Luft.

„Schlaf jetzt", sagte er sanft.

„Bleibst du bei mir?", fragte ich.

„Die ganze Nacht!", beruhigte er mich und langsam entspannte ich mich.

„Ich will das auch!", hörte ich Declan flüstern.

„Aber …", begann Tristan.

„Los. Komm", sagte Declan und ich sah, wie Tristan sich ebenfalls neben ihn ins Bett legte.

Ich lächelte und schlief ein.

„Also das nennst du, auf Emily aufpassen?", hörte ich Devin morgens und öffnete die Augen.

Julien bewegte sich verschlafen neben mir und sah ihn ernst an.

„Was hast du denn gedacht? Nur für die vierte Runde Sex war sie zu müde", sagte er und grinste.

Devin lächelte und legte den Arm um mich, während Julien aufstand.

„Morgen mein Engel! Ich befreie dich mal von dem Sexbesessenen", er küsste mich zärtlich.

„Ihr seid unmöglich", lachte ich befreit und war froh Devin so entspannt zu sehen.

Declan lag nicht neben mir im Bett und ich sah besorgt zu Devin.

„Er ist mit Tristan auf dem Gang", erklärte er, als ein junger Arzt hereinkam.

Er stellte sich vor und ich las Dr. Scott auf dem Schild an seinem Hemd.

„Wie schön, dass es ihnen besser geht. Da wir keine Hirnblutung finden konnten und auch keine Anzeichen dafür vorliegen, kann ich wohl dem allgemeinen Wunsch nachgeben und sie heute entlassen. Aber sie müssen sich unbedingt noch schonen", erklärte er.

„Kein Problem. Zwei Wochen Schongang, wie sie sagten", Devin lächelte und hielt meine Hand.

„Na okay! Ich wünsche ihnen alles Gute und passen sie auf sich auf", mahnte er und ging hinaus.

„Ich darf nach Hause?", fragte ich begeistert.

„Aber nur, wenn du brav bist", erwiderte er streng.

Ich nickte übertrieben.

Ein paar Stunden später standen wir alle auf dem Parkplatz. Julien und Devin hatten die Sachen geholt und wir fuhren jetzt direkt zurück. Declan hatte sich selbst entlassen und kam mit uns.

„Wenn irgendetwas ist, ruf bitte an. Du weißt, ich habe das auch hinter mir", bot Jessy mir an und wir umarmten uns.

„Danke, das mache ich", versprach ich.

Es begann eine große Verabschiedung, denn ich würde allein mit Devin zurückfahren. Julien, Jessy, Tristan und Declan nahmen den SUV. Aber auch Marlon und Ian waren da und umarmten mich herzlich. Dann ging ich zu Declan.

„Hey. Ruh dich bei Julien aus, du weißt, er hat Kieran schon Bescheid gesagt und du sollst erst gesund werden", sagte ich und legte meine Arme um ihn.

„Sicher! Ich kann wahrscheinlich froh sein, wenn ich die Gabel allein halten darf", grinste er und Tristan, der neben ihm stand, nickte zustimmend.

Julien zog mich in eine Umarmung.

„Sei brav und bleib im Bett. Devin wird sich schon um dich kümmern", sagte er.

„Ja doch", erwiderte ich und lächelte.

Dann sahen wir zu Devin und Declan. Die beiden umarmten sich und sprachen leise miteinander.

Auf der Fahrt nach Hause schlief ich die meiste Zeit und in den nächsten Wochen erkannte ich Devin gar nicht wieder. Er kaufte ein, kochte und umsorgte mich. Er war sehr aufmerksam, liebevoll und ich erholte mich schnell. Morgens ganz früh ging er mit Julien joggen. Es tat ihm gut und er konnte seine Wut darüber, nicht bei mir gewesen zu sein, gut damit unter Kontrolle bringen. Ich war sehr erleichtert. Ich fühlte mich immer besser und die Wunden waren abgeheilt. Meine Albträume wurden seltener und langsam musste ich auch wieder ans Arbeiten denken.

Es war Sonntag und wir fuhren zu Julien. Ich hatte zwar immer mal mit Declan telefoniert, aber wollte ihn noch einmal sehen, bevor er morgen nach Chicago flog. Tristan öffnete die Tür und freute sich, dass wir da waren.

„Kommt rein. Es ist allerdings gerade ein Irrenhaus“, begrüßte er uns.

Wir standen in der großen Halle.

„Du Mistkerl! Mach mich los!“, schrie Jessy und es kam von oben.

„Du wirst dort heute Abend noch liegen, wenn du dich nicht beruhigst“, rief Julien zurück.

Tristan seufzte.

„Ist das normal?“, fragte er lächelnd.

„Ziemlich normal!“, erklärte Devin grinsend.

Wir gingen auf die Terrasse.

„Was ist eigentlich mit dir?“, fragte ich Tristan. „Musst du nicht zurück auf die Insel?“

„Nee. Da ich Declan nicht allein lassen wollte, haben sie mich entlassen“, erklärte er.

„Oh und jetzt?“ , fragte ich.

„Nun fliege ich morgen mit Declan nach Chicago. Wird sich schon was finden“, sagte er.

„Läuft es so gut bei euch?“, fragte ich.

„Na ja. Er macht nach dem Vorfall ziemlich zu. Spielt den Starken und schottet sich ab. Aber ich glaube, er fühlt sich trotzdem besser, wenn ich bei ihm bin“, erwiderte er.

„Ganz bestimmt!“, sagte ich. „Du bist mit Sicherheit sehr wichtig für ihn.“

„Danke. Aber ich denke, er müsste mal über die Sache reden“, überlegte er.

Ich nickte.

„Mir hat es gutgetan“, erklärte ich und dachte an die Nacht mit Devin, als er alles wissen wollte. Ich lag in unserem Bett, weinte und habe ihm jedes Detail erzählt. Danach ging es mir wirklich besser.

„Hat Julien mal mit ihm gesprochen?“, fragte Devin.

„Ja, aber er kommt nicht an ihn heran. Darum ist Kieran jetzt auf dem Weg hierher“, sagte er.

„Oh“, ich freute mich sofort auf ihn. „Aber ihr hättet ihn doch morgen gesehen?“

„Nein. Er ist ein paar Tage in New York. Es geht um irgendeine Messe. Darum kommt er jetzt auf dem Weg vorbei“, Tristan machte ein besorgtes Gesicht.

„Was ist los?“, fragte Devin, der es auch bemerkt hatte.

„Kieran und Declan. Ich meine … hatten die mal was zusammen?“, flüsterte er.

Devin lachte.

„Nein! Er hat ein sehr inniges Verhältnis zu Declan, das hängt wohl irgendwie mit ihrem Kennenlernen zusammen. Damals ging es Declan schlecht. Mehr weiß ich nicht. Aber Kieran liebt schon gefühlte 200 Jahre Salina“, klärte Devin ihn auf.

Tristan fiel sichtlich ein Stein vom Herzen.

„Oh Julien! Bitte!“, rief Jessy wieder, als er zu uns auf die Terrasse kam.

„Morgen ihr beiden“, begrüßte er uns.

„Bestrafung?“, fragte Devin.

Julien rollte lächelnd mit den Augen.

„Ich habe es ihr zu lange durchgehen lassen, jetzt fällt es ihr schwer“, erklärte er.

„Ist sie im Spielzimmer?“, Devin grinste.

„Nein. Oben im Schlafzimmer. Und ihre Gefühle schwanken gerade zwischen Langeweile und Angst vor der Bestrafung“, stellte Julien fest und sah auf seine Armbanduhr. „Sie schafft es keine fünf Minuten, ohne zu nörgeln, einfach nur dazuliegen.“

„Sie tanzt dir auf der Nase herum, Mr. Dom“, sagte Devin belustigt.

„Genau. Und zurzeit gelingt ihr das auch ganz locker, da ich mir viel mehr Gedanken um Declan mache“, Julien seufzte.

„Wo ist er überhaupt?“, fragte ich.

„Er fährt gerade ne Runde auf meinem Motorrad. Müsste aber gleich wieder hier sein“, erwiderte er.

„Julien verdammt!“, hörten wir Jessy.

Er lächelte.

„Ach, sie haben Enya festgenommen“, erklärte er uns dann.

„Gut so! Wenn ich sie in die Finger bekommen hätte, wäre ich jetzt im Knast“, brummte Devin.

Julien schüttelte den Kopf, aber konnte es sicher genauso gut verstehen, wie ich.

„Ich werde Jessy mal erlösen“, entschied er und stand auf.

Wir hatten uns mit Tristan in die gemütliche Sitzecke gesetzt, als Jessy und Julien nach einiger Zeit herunter kamen. Jessys Haare waren noch feucht von der Dusche. Ihre Wangen gerötet und ihre Augen leuchteten. Sie war ganz bestimmt auf ihre Kosten gekommen, dachte ich und spürte ein leichtes Kribbeln in mir. Ich versuchte, mir vorzustellen, was die beiden gemacht hatten und wie die Bestrafung ausgesehen hatte. Dabei fühlte ich, wie ich feucht wurde, und sah zu Devin. Er unterhielt sich mit Tristan. Er hatte mich die letzten Wochen kaum angefasst, also zumindest nicht so. Ich war eigentlich wieder fit genug, traute mich aber nicht, den ersten Schritt zu machen. Vielleicht fand er mich auch irgendwie abstoßend, nach dieser Sache?

„Emily! Alles in Ordnung?", Jessy sah zu mir.

„Ja! Ich war nur in Gedanken", erklärte ich.

„Möchtest du Kuchen?", fragte sie und zeigte auf eine große Torte auf dem Tisch.

„Unbedingt!", rief ich begeistert. „Hast du die selbst gebacken?"

Sie lachte.

„Ja. Ich hoffe, sie ist nicht zu schrecklich", erklärte sie.

Da klingelte es und Julien ging zur Tür. Man hörte Stimmen in der Halle und dann kam er mit Kieran zu uns.

„Oh Kuchen. Da komme ich ja gerade richtig!", rief er und wir begrüßten ihn alle stürmisch.

„Wie sieht es mit Declan aus?", fragte er, als wir uns über die Torte hermachten.

„Ich mache mir schon Gedanken. Sowie ich etwas näher an ihn herankomme, verschließt er sich wieder", erzählte Julien.

„Er versteckt sich gern hinter coolen Sprüchen und einer coolen Fassade. Besonders, wenn er verletzt ist. Das hat er jahrelang geübt …", gab Kieran zu.

„Aber machen wir das nicht alle irgendwie?", fragte Devin.

„Sicher. Aber wir wissen alle, dass Dinge, die wir verdrängen, nicht heilen können und uns kaputt machen. Sie kommen immer wieder an die Oberfläche und beeinträchtigen unser Leben. Darum sollte eigentlich jeder jemanden haben, dem er sich anvertrauen kann und der ihm dadurch hilft", sagte Kieran.

Es war still.

„Hast du auch jemanden?", fragte Jessy neugierig.

„Ja. Habe ich", erwiderte er lächelnd und sah zu Julien. „Bei uns klappt das gegenseitig sehr gut."

Julien nickte.

Wir hörten eine Tür und Declan kam auf die Terrasse. Er sah sofort zu Kieran und wusste anscheinend nicht, dass er kommen sollte.

„Nicht euer Ernst!", sagte er locker und lächelte.

Das Lächeln traf allerdings nicht seine Augen, in denen eine gewisse Besorgnis lag. Kieran stand auf und umarmte ihn wortlos, dann verschwanden die beiden in das Gästezimmer.

„Ich hoffe, er kann ihn etwas auffangen", sagte Tristan überlegend.

„Das kann er bestimmt", erwiderte Julien.

Nach ein paar Minuten flog allerdings die Tür auf.

„Du weißt doch sowieso schon alles. Was soll das also", rief Declan wütend und stand im Wohnzimmer.

„Du wirst jetzt endlich reden!", sagte Kieran ruhig und lehnte in der Tür.

Declan war nervös und griff sich in den Nacken.

„Bitte Declan!", Kierans Stimme strahlte Sicherheit aus.

Ich dachte an die Nacht in Juliens Wohnzimmer, als ich das erste Mal Kieran traf. Ich konnte nur Umrisse sehen, aber als ich seine Stimme hörte, habe ich ihm Dinge gesagt, die ich sonst niemanden erzählt hätte. Vielleicht ist es die Wärme und Ruhe, in seiner Stimme, überlegte ich. Auch Declan drehte sich um und ging mit ihm zurück. Julien atmete auf.

Die Männer begannen sich über Motorräder und andere Dinge zu unterhalten und ich legte mich mit Jessy auf eine der Sonnenliegen.

„Arbeitest du morgen wieder?“, fragte sie.

„Ja. Mir geht es wirklich sehr gut“, erklärte ich.

„In zwei Tagen kommt der Maler und Ende der Woche die neuen Möbel“, erzählte sie aufgeregt.

„Oh! Das muss ich mir dann unbedingt ansehen“, rief ich begeistert.

„Ja! Es wird so schön“, sie lächelte verträumt.

Wir redeten über tausend Dinge, lachten und alberten. Es tat gut, einfach mal abzuschalten. Jessy ging in die Küche und wollte etwas zu trinken holen und ich begleitete sie. Da öffnete sich die Tür des Gästezimmers und Declan kam heraus. Er wirkte müde und sah fertig aus. Kieran stand in der Zimmertür und sah mich an.

„Jetzt bist du dran, Emily“, sagte er.

„Machst du heute Sprechstunde?“, fragte Julien hinter mir.

„Genau. Du darfst auch gleich“, erwiderte Kieran lächelnd.

Ich ging auf ihn zu und lachte.

„Das meinst du aber nicht im Ernst?“, ich lächelte.

„Doch!“, sagte er und schob mich ins Zimmer.

Er setzte sich auf das Bett und zog mich rittlings auf seinen Schoß. Ich war jetzt größer, sah auf ihn hinunter und legte meine Hände auf seine Schultern.

„Ich wollte nur etwas Zeit mit dir verbringen. Aber mal ehrlich, wie geht es dir?“, fragte er mit einem durchdringenden Blick.

„Es geht mir wirklich ganz gut“, erklärte ich. „Aber mir tut Declan so leid.“

„Fühlst du dich schuldig?“, fragte er weiter, während er sanft über meinen Rücken strich.

„Ich denke schon“, erwiderte ich leise und unterbrach den Blickkontakt.

„Das musst du nicht. Du solltest froh sein, dass er da war", sagte er.

„Das sieht Declan bestimmt etwas anders", überlegte ich.

„Nein. Das sieht er genauso. Du weißt, es hätte auch noch viel schlimmer ausgehen können", sagte er.

Ich nickte.

„Wie war denn dein Gespräch mit ihm?", fragte ich.

„Sehr gut. Er hat alles erzählt. Emotionen freigelassen und mir seine größte Angst gebeichtet", erklärte er.

Ich sah ihn mit großen Augen an.

„Er hat damit gerechnet, dass ich ihn als Dom entlasse, weil er vielleicht nicht mehr so gut ist, wie vorher."

„Wirklich?", fragte ich.

Er lächelte.

„Nein, ich werde ihn nicht auf die Straße schmeißen und natürlich wird er wieder als Dom arbeiten können. Es braucht aber alles seine Zeit und das ist auch völlig okay", seine Stimme klang ruhig und bestimmt.

Plötzlich stiegen Tränen in mir hoch. Ich wusste nicht, wo sie herkamen, aber bevor ich sie wegschlucken konnte, liefen sie über meine Wange. Kieran griff um meine Taille und ließ sich auf das Bett fallen. Ich lag auf ihm. Spürte seine Wärme und weinte leise vor mich hin. Er sagte nichts, sondern strich mir beruhigend über den Rücken. Als der Heulanfall vorbei war, rutschte ich neben ihn und holte ein Taschentuch aus meiner Jeans.

„Es tut mir leid", schniefte ich.

„Das muss es nicht. Manchmal müssen die Gefühle einfach mal raus und dann geht es einem wieder besser", erklärte er und zog mich in seinen Arm.

Wir lagen eine Weile schweigend da und es fühlte sich gut an.

Julien öffnete die Tür.

„Ach und ihr kuschelt hier?“, fragte er belustigt.

Da bemerkte ich erst, wie ich auf Kierans Shirt kleine Kreise mahlte. Sofort zog ich die Hand weg. Julien schmunzelte.

„Ja. Wir kuscheln. Brauchst du auch ein paar Streicheleinheiten?“, fragte er grinsend.

Julien lachte.

„Oder ist es die Eifersucht?“, hakte Kieran nach.

„Das alle Frauen auf dich fliegen, sobald du auftauchst, daran habe ich mich schon gewöhnt“, Julien grinste.

„Du Spinner“, rief Kieran lachend.

Kapitel 52

Devin

Ich saß auf der Liege im Garten. Tristan lag auf dem Rasen vor mir und Declan hatte den Kopf auf seinem Bauch und lag quer zu ihm.

„Und war es sehr schlimm?“, fragte ich Declan.

„Ja. Aber geht schon wieder. Es ist immer anstrengend das auszusprechen, was man am liebsten vergessen würde“, sagte er.

Ich nickte.

„Da hast du wohl recht“, erklärte ich und sah Kieran mit Emily in den Garten kommen.

Er hatte den Arm sie gelegt und sie hatte geweint, soweit ich das sagen konnte.

Sicher hat er auch noch einmal mit ihr geredet. Das war völlig in Ordnung, denn er konnte das genauso gut, wie Julien fand ich. Sie kamen zu uns. Als Emily mich sah, schob sie ihre Hand um Kierans Hüfte und steckte sie in seine hintere Hosentasche. Ja Baby, ich weiß, dachte ich. Sie wollte gern wieder Sex, das hatte ich schon in den letzten Tagen gemerkt, aber ich fand es einfach zu früh dafür und hatte Angst sie damit zu überfordern. Deshalb ignorierte ich es auch jetzt, dass sie mich etwas eifersüchtig machen wollte.

„Declan, wenn ihr Morgen nach Chicago fliegt, dann möchte ich, dass du dich um den Club kümmerst. Bringe die Kundenkartei auf den neusten Stand, sieh dir Spielpläne an, bearbeite Anfragen und koordiniere die Sessions. Ich möchte nicht, dass du schon wieder als Dom arbeitest, sondern den Laden führst", erklärte Kieran bestimmt.

Declan starrte ihn ungläubig an.

„Ist das nicht Jasons Job, wenn du nicht da bist?", fragte er erstaunt.

„Stimmt. Aber Jason hat sich mal einen langen Urlaub verdient", erwiderte Kieran.

Declan strahlte.

„Du kommst aber am Donnerstag zurück, oder?", hakte er nach.

„Ja. Allerdings kümmere ich mich dann um den Papierkram und um Salina. Du wirst weiterhin die Verantwortung für den Laden haben", erklärte Kieran, holte sein Handy heraus und wählte eine Nummer.

„Jason!", sagte er, als jemand abnahm. „Pass auf! Declan wird morgen zurück sein und den Club übernehmen. Leite ihn an und dann will ich die nächsten vier Wochen nur noch Nachrichten aus der Sonne von dir", Kieran lächelte.

„Ja. Genau. Und außerdem wird da so ein hübscher, braungebrannter und cooler Typ mit auftauchen", er sah zu Tristan. „Der soll sich mal die Bar ansehen und sie vielleicht etwas moderner gestalten. Vor allen Dingen die Drinks."

Jason antwortete, was man aber nicht verstehen konnte.

„Ja. Ich bin Donnerstag zurück. Ich wünsche dir einen schönen Urlaub!", er lächelte und legte auf.

Tristan sah Kieran ungläubig an.

„Er soll die Bar machen?", fragte Declan begeistert.

„Ja. Ich würde gern ein paar kreative Vorschläge haben und dann sehen wir weiter", erklärte er.

Die beiden standen auf und bestürmten ihn mit Fragen. Emily löste sich erst jetzt von Kieran und sah zu mir. Ich legte den Kopf schief und lächelte. Ich hab es verstanden Baby, aber es ist einfach zu früh, dachte ich.

Am Abend feierten wir ein bisschen in Juliens Garten. Jeder von uns musste mal etwas abschalten und genoss diese Gelegenheit. Es war viel passiert und alle waren noch damit beschäftigt, es zu verarbeiten. Wir waren nicht so unbeschwert, wie im Urlaub, aber das Zusammensein gab uns gegenseitig Kraft. Außerdem hatte dieser Vorfall gezeigt, wie eng unser Zusammenhalt war. Es konnte sich jeder Einzelne von uns, auf den anderen verlassen und genau dieses Vertrauen machte uns stark.

Kapitel 53

Emily

Pünktlich zum Feierabend packte ich meine Sachen zusammen. Die Stimmung mit Natalie war merkwürdig. Sie war sehr ruhig, aber sie wollte nicht darüber reden. Ich war den ganzen Tag am Überlegen Devin zu sagen, das ich eine kleine Strafe bestimmt ertragen könnte, oder ihn einfach zu verführen. Auch nachdem ich gestern versucht hatte, ihn eifersüchtig zu machen, schlief er die Nacht seelenruhig neben mir.

Ich schloss das Apartment auf und ging zum Kühlschrank, um etwas zu trinken. Mit dem Glas in der Hand und schon wieder an Sex denkend, hatte ich noch immer keinen Plan. Da kam Devin nach Hause.

„Hey Engel!“, rief er und kam auf mich zu.

Er trug Joggingsachen und war verschwitzt. Ich schluckte. Sogar das machte mich irgendwie an. Er beugte sich vor und gab mir einen Kuss. Ich stellte schnell das Glas weg, legte beide Arme um seinen Nacken und vertiefte den Kuss.

„Ich gehe duschen!“, sagte er, als wir uns trennten.

Ich seufzte.

„Warst du mit Julien joggen?“, fragte ich.

„Nee, der hatte noch einen Termin. Aber er wollte gleich mit Pizza kommen“, erklärte er und zog sich sein feuchtes Shirt über den Kopf.

Ich schluckte, als er im Schlafzimmer verschwand. Kurz überlegte ich, ihn in der Dusche zu überfallen, als es klingelte.

„Hi Julien!“, begrüßte ich ihn und wir umarmten uns.

„Hi Kleine. Ich hoffe, du magst Schinkenpizza?“, fragte er.

„Ja mag ich“, erwiderte ich etwas launisch und deckte den Tisch. „Devin ist Duschen.“

„Okay!“, sagte er, legte die Pizzen auf den Esstisch und musterte mich verwundert. „Ärger?“

„Nein. Alles gut“, murmelte ich und knallte unbeabsichtigt den letzten Teller laut auf den Tisch.

„Ups! Was ist passiert? Stress mit Devin?“, fragte Julien sofort.

Ich wollte mich gerade umdrehen, da hielt er mich am Ellenbogen fest und sah mich fordernd an.

„Ich weiß nicht, wie ich es ihm sagen soll, dass er mir fehlt. Er will überhaupt keinen Sex mehr nach der Sache im Hotel. Er war nicht mal eifersüchtig, als ich mich gestern an Kieran geschmissen habe. Keine Strafe, kein gar nichts“, erklärte ich traurig. „Vielleicht findet er mich jetzt abstoßend.“

Ich sah zu Boden.

„Ach was. Er denkt sicherlich, dass es zu früh ist. Ging mir genauso mit Jessy“, gab er zu.

Ich sah ihn an.

„Aber es ist okay“, erwiderte ich.

„Ja. Wir vergessen manchmal, wie taff ihr beiden eigentlich seid“, er lächelte. „Komm. Wir geben ihm mal einen kleinen Schubs.“

Er legte seine Hand in meine und zog mich ins Schlafzimmer. Die Dusche lief noch, als er mich gegen die Wand drückte.

„Entspann dich. Du weißt, du kannst uns vertrauen“, sagte er und hielt meine Hände über dem Kopf fest.

Allein seine leisen Worte und diese Haltung ließen mich schon feucht werden.

Ich nickte und er küsste mich sanft und lockend.

„Ich möchte, dass du sofort dein Safeword sagst, wenn es zu viel wird“, sagte er streng.

„Ja Sir!“, hauchte ich lächelnd.

Er verzog den Mund zu einem Grinsen und ich hörte, dass die Dusche ausging.

Mein Herz schlug wie wild, als er mich vor sich schob.

„Hände hinter den Kopf“, befahl er leise und begann meinen Hals zu küssen.

Es fühlte sich so gut an und ein tiefes Verlangen baute sich in mir auf. Devin kam nur mit einem Handtuch um die Hüften herein und blieb wie angewurzelt stehen. In seinem Gesichtsausdruck sah ich sofort den Impuls dazwischen zugehen. Julien knöpfte die Bluse auf und schob den BH zur Seite. Ein Funken Begierde und Lust war bei Devin zu erkennen und er entspannte sich.

Ich sah ihm in die Augen und als Julien meine Brustwarzen in seinen Fingern rieb, seufzte ich leise und leckte mir über die Lippen. Er schluckte hart.

„Na also“, murmelte er.

Devin setzte sich auf das Bett und hielt meinen Blick. Julien zog mir Bluse und BH aus und stellte mich direkt vor ihn. Er zog mir an den Haaren den Kopf in den Nacken und streichelte meine Brust. Ich machte ein Hohlkreuz und war sicher eine Verlockung für Devin. Als er mich wieder losließ, sah ich in seine dunklen, gierigen Augen.

„Stütz die Hände auf seinen Oberschenkel", raunte Julien mir zu.

Ich tat es sofort und sah auf seine Brust, an der noch ein Wassertropfen herunterlief. Himmel war das heiß. Devin wollte gerade meinen Kopf in seine Hände nehmen.

„Finger weg!", befahl Julien.

Devin sah kurz zu ihm, aber gehorchte. Er stützte sich hinter seinem Rücken auf dem Bett ab und sah uns weiter zu. Julien zog mir den Rock herunter und fuhr mit dem Finger über den Stoff meines Höschens. Es war nass und als er meine Klit streichelte und fest auf meinen Po schlug, schnappte ich nach Luft und wurde noch erregter. Dann zog er mich an der Hüfte etwas zurück und brachte zwei Brustwarzenklemmen an. Es war ein tiefer und intensiver Schmerz, aber ich sah nicht hin, sondern hielt Devins Blick.

„Nimm das Handtuch weg und setzt dich auf ihn", hörte ich Juliens Stimme.

Als ich das Handtuch wegzog, war Devin schon verdammt erregt und während er ein Stück nach oben rutschte, kniete ich mich auf das Bett und brachte mich in Position. Langsam nahm ich ihn in mir auf und das Gefühl war überwältigend. Ich bewegte mich und spürte plötzlich, wie heftig die Klemmen an meinen Brustwarzen zerrten. Ich sah hinab und erkannte zwei kleine Kugel, die bei jeder Bewegung hin und her schwenkten und als Gewichte dienten. Ich wurde schneller und ein tiefer Druck breitete sich in mir aus. Devin hatte mich an der Hüfte gepackt und starrte auf die wild hüpfenden Klammern. Der Schmerz trieb mich immer höher. Ich liebte dieses Gefühl aus Lust und Schmerz und wollte es ausreizen.

„Schneller", keuchte Devin und sein Blick war pure Lust.

Ich steigerte das Tempo, als mich zwei Hände auf den Schultern ausbremsten. Julien zwang mich zur Ruhe und gab

Devin etwas. Schon hatte er eine fiese kleine Klemme an meiner Klit angebracht.

„Gott", rief ich und begann mich wieder zu bewegen.

Es fühlte sich an, als wenn tausend Blitze durch meinen Körper schossen, so intensiv spürte ich die Klemmen überall. Ich wurde schneller, schloss die Augen und schon begann der tiefe Druck immer stärker zu werden. Als Devin die Klitorisklammer abzog, schrie ich meinen Orgasmus heraus und gleichzeitig hörte ich auch ihn kommen.

Ich öffnete die Augen und lag zwischen Devin, der nackt war und Julien, der fast vollständig angezogen war.

„Nicht bewegen. Ich nehme sie dir ab", sagte Devin und griff nach der ersten Brustwarzenklemme.

Ich biss mir auf die Lippe, als er sie löste, aber Julien strich sanft darüber. Genauso machten sie es bei der andern auch.

„Du warst so gut Kleine", stellte Julien zufrieden fest. „Es war heiß euch zuzusehen."

Ich drehte den Kopf zu ihm, sah ihn an und lächelte.

„Danke", sagte ich leise und er zwinkerte, als sein Handy klingelte.

Er holte es aus der Hosentasche und meldete sich.

„Geschäftlich!", erklärte er und ging ins Wohnzimmer.

„Was war das?", fragte Devin plötzlich ernst.

„Ich … Ich wollte dich endlich wieder spüren und sehen, ob ich eure Spiele immer noch aushalten kann. Ich wusste aber nicht, wie ich es anstellen sollte", erklärte ich leise.

„Mit mir reden?", sagte er. „Ich hatte bisher das Gefühl, du bist nicht so weit."

„Bist du jetzt sauer?", fragte ich.

„Wie könnte ich das nach so einer Nummer?", er lächelte breit.

Ich küsste ihn tief und leidenschaftlich. Himmel, wie hatte ich diese Gefühle vermisst. Dann verschwand ich im Bad.

Kapitel 54

Devin

Ich zog meine Jeans an und hatte plötzlich eine sehr interessante Idee. Der Karton unter dem Bett sollte eigentlich alles enthalten, was ich dafür gebrauchen könnte. Allerdings würde ich Emily die Entscheidung überlassen, denn ich war mir nicht sicher, ob es ihr zu viel werden würde. Sie kam aus dem Bad und wollte sich anziehen.

„Warte“, ich stellte mich vor sie. „Wie wäre eine zweite Runde?“

Sie sah mich an und grinste breit.

„Eine Julien-Runde“, erklärte ich. „Fühlst du dich gut?“

„Ja. Fast schon euphorisch“, sagte sie und sah mich neugierig an.

Ich führte sie zum Bett und öffnete den Karton.

„Stell dich gerade hin“, wies ich sie an, und begann ihr eine Art Corsage aus Ketten anzulegen.

Ihre Brust wurde eingeklemmt und die Ketten gingen knapp bis zum Bauchnabel. Als alles richtig saß, schloss ich sie auf dem Rücken. Sie waren knalleng und drückten in ihre Haut.

„Hast du Probleme beim Atmen?“, fragte ich und sah sie an.

„Ist okay so“, erklärte sie und sah auf die feinen, glänzenden Kettenglieder.

„Gut“, ich nahm noch eine Kette aus dem Karton, legte sie ihr um die Hüften und führte das Ende zwischen ihren Beinen hindurch. Dann harkte ich sie am Rücken wieder ein.

„Oh“, stöhnte sie.

„Zu fest?“, fragte ich.

„Nö“, sie lächelte anzüglich.

„Vielleicht noch dieses Halsband?“, ich nahm es aus dem Karton und hielt es hoch.

Es war ein breites Lederhalsband, mit Ketten verziert, die an kleinen silbernen Ringen hingen. Ihre Augen wurden groß und sie nickte. Ich legte es ihr an und bekam sofort eine Gänsehaut. Das Ding wäre für mich das absolute Hardlimit.

„Zu eng?“, fragte ich skeptisch.

„Nein. Es ist angenehm weich“, erklärte sie.

„Respekt! Ich würde es nicht ertragen“, sagte ich ehrlich und sie blickte mich erstaunt an.

Ich legte, ihr noch ganz weiche Lederhandschellen an und musterte sie, als ich diese hinter ihrem Rücken mit einem Haken zusammen band.

„Es ist alles gut“, sagte sie aufgeregt.

„Denk bitte an dein Safeword, Baby“, erwiderte ich und räumte den Karton weg.

Sie nickte und ich trat zwei Schritte zurück.

„Perfekt“, sagte ich, als ich hörte, dass Julien das Gespräch beendet hatte.

Schnell stellte ich mich hinter sie, als er hereinkam und sprachlos in der Tür stand. Tja, ich wusste, wie er auf Frauen in Ketten abfuhr und schmunzelte.

„Willst du mit ihr spielen?“, fragte ich und er schluckte hart.

Er verschlang Emily förmlich mit seinen Blicken.

„Sehr gern“, erwiderte er und legte das Handy auf den Nachttisch.

Er trat zu ihr. Langsam fuhr er mit dem Finger an den Ketten entlang, über ihren Bauch zu der anderen Kette. Es kickte ihn wahnsinnig und ich fand es immer wieder erstaunlich, dass es mit den Ketten zusammenhing. Er griff Emilys Kinn und küsste sie fordernd aber bestimmt. Ich ging zu einer Kommode und holte einen recht harmlosen Flogger und ein schwarzes Lederpaddle. Trotzdem sie anscheinend keine Probleme hatte, wieder mit uns zu spielen, sollten wir es langsam angehen.

Emily wollte gerade den Kopf zu mir drehen, um zu sehen, was ich in der Hand hatte.

„Sie nach unten“, befahl Julien scharf.

Ich grinste, denn der Dom in ihm war erwacht. Sie gehorchte sofort und ich konnte ihr Erschauern genau erkennen. Sie liebte es einfach und ich war wirklich glücklich darüber. Ich legte die beiden Teile auf das Bett und er nickte. Seine Hand fuhr zwischen ihre Beine, während ich mich wieder hinter sie stellte und ein wenig an der Kette zupfte. Emily schnappte nach Luft. Julien zog sein Hemd aus und ich löste den Harken ihrer Handschellen, um ihre Hände dann an eine Vorrichtung über uns zu fesseln. Nun stand sie gestreckt und sicherlich sehr feucht zwischen uns. Julien nahm noch etwas aus der Schublade am Nachttisch und machte ein Zeichen, dass wir die Plätze tauschen sollten. Ich stellte mich also vor Emily und begann ihre harten, eingeklemmten Nippel zu necken. Sie waren jetzt sehr empfindlich und sie seufzte tief.

„Gott“, stöhnte sie plötzlich und ich sah den Analplug an ihrem Hintern.

Es war einer mit Vibration und er schaltete ihn an. Die Kette, die zwischen ihren Beinen verlief vibrierte bis hin zu ihrer Klit.

„Ah", ihre Stimme war kehlig, sie warf den Kopf in den Nacken und zappelte ein bisschen.

Julien trieb sie damit immer höher, bis er stoppte und sie von der Kette befreite. Sie keuchte vor Lust und als ich mit meinem Finger um ihre Klit in ihre Spalte fuhr, war sie klitschnass. Ich schluckte hart. Wir tauschten wieder, er gab mir das Paddle und schaltete den Plug nochmals an.

„Spreiz die Beine", befahl er und ihr Puls raste.

Während ich leichte Schläge auf ihrem Po verteilte, kniete er sich vor sie und brachte sie mit seiner Zunge zwischen ihren Beinen fast zum Wahnsinn. Sie ließ sich fallen, warf den Kopf in den Nacken und wimmerte vor Lust. Ich musste mich sehr konzentrieren, denn auch ich wurde schon wieder hart und auf ihrem Po konnte ich leicht rötliche Striemen sehen. Sehr geil! Sie kam heftig mit einem tiefen und intensiven Orgasmus. Julien schaltete den Plug aus und wir legten sie auf das Bett. Sie sah ihn lusterfüllt an, als er seine Hose öffnete und in sie eindrang. Sie lag quer über dem Bett, ich kniete an ihrem Kopf und hielt locker ihre Handgelenke fest. Mit tiefen Atemzügen kämpfte ich um Beherrschung, als Julien den Plug einschaltete.

„Oh mein Gott", rief sie und ihre Stimme klang etwas rau.

Seine Stöße wurden tiefer, härter und er griff in die Ketten um Emilys Oberkörper. Dann harkte er seinen Finger in die Kette an ihrem Halsband und zog sie ein Stück nach oben. Schnell ließ er wieder los, legte sich ein Bein über die Schulter und drang tiefer in sie ein. Er nahm sie hart, unnachgiebig und beide kamen schnell und tief, denn hier verließ ihn seine sonst so verdammt gute Selbstbeherrschung. Ich lächelte.

Kapitel 55

Emily

Noch immer außer Atem lag ich wieder zwischen den beiden. Es war unbeschreiblich gewesen und ich hatte das Gefühl gehabt, der erste Orgasmus ging in den Zweiten über. Sie waren so perfekt und kannten mich wirklich besser als ich mich selbst. Tief befriedigt bemerkte ich ein Grinsen auf meinen Lippen.

Devin hatte mich von den Ketten und dem Plug befreit und ich lag auf dem Rücken. Mein Po brannte, aber das fühlte sich gar nicht so schlecht an. Julien stützte sich neben mir auf und begann die Spuren von den Kettengliedern entlangzufahren. Devin zog die Decke ein Stück nach unten und tat es ebenfalls. In ihren Gesichtern konnte ich Verlangen sehen. Ich blieb regungslos liegen, denn es machte mich auch irgendwie an.

„Mmmh“, brummte Devin und fuhr die Abdrücke bis zwischen meine Beine nach.

Ich lächelte und spreizte sie ein bisschen.

„Gott Emily“, stöhnte Julien tief und ließ sich auf den Rücken fallen. „Du machst uns echt fertig heute.“

„Ich? Ich liege hier doch nur ganz brav", lachte ich.

Devin grinste und nahm seine Hand weg.

„Du bist einfach unglaublich", sagte er und strich sanft über meinen Bauch.

Ich strahlte, denn in erster Linie war ich froh, dass ich nicht einen unsicheren oder ängstlichen Moment hatte und es total genießen konnte. Das hatte ich sicher auch den beiden zu verdanken.

„Wie sieht es mit Duschen aus?", fragte ich. „Komm. Alle zusammen!"

Sie sahen sich an.

„Los! Nicht so schüchtern!", rief ich und kletterte über Devin hinweg.

Ich nahm das Handtuch, das er vorhin um die Hüften getragen hatte, und wollte es gerade auf dem Weg ins Bad, um mich legen. Julien, der hinter mir war, riss es weg.

„Nicht so schüchtern!", rief er belustigt.

Ich lachte.

In der Dusche alberten wir herum, wie die Kinder. Julien wusch mir die Haare und Devin meinen Körper. Es war schön, einfach nur dazustehen und die Augen zu schließen.

„Ihr macht das wirklich gut", sagte ich begeistert.

„Natürlich machen wir das gut", erwiderte Devin lachend.

Julien spülte mir die Haare aus, als Devin mich ansah.

„Ups. Da haben wir doch tatsächlich etwas vergessen", sagte er und fuhr an dem Lederhalsband meinen Hals entlang.

Julien öffnete es.

„Es steht dir megagut", knurrte er.

„Aber jetzt ist es nass", sagte ich erschrocken, denn das Leder hatte sich schon vollgesogen.

„Kein Problem", erwiderte Devin und warf es auf ein Handtuch vor der Dusche.

„Er hat es so schnell rausgeworfen, damit er es nicht tragen muss“, erklärte Julien grinsend.

„Aber es ist nicht schlimm“, sagte ich.

Julien legte blitzschnell beide Hände um Devins Hals.

„Es ist mehr in seinem Kopf“, erklärte er.

„Lass los!“, zischte Devin und griff nach dem Arm.

Julien ließ ihn sofort los.

„Schon gut“, sagte er beruhigend.

Ich legte meine Hände auf Devins Brust, stellte mich auf die Zehenspitzen und küsste ihn.

„Du brauchst jetzt ne Pause“, sagte er streng.

Julien nickte, ging an mir vorbei und strich über meinen Po. Ich zischte, da es sofort brannte. Er lächelte und verließ die Dusche.

„Aufgewärmte Pizza ist nicht so lecker“, stellte Devin fest.

Wir lagen auf dem Sofa. Julien war nach Hause gefahren und ich hatte die Pizza wieder warm gemacht. Ich lächelte, als er das Stück zurück auf den Teller schob. Ich lag halb auf ihm und hatte eine Decke über uns gezogen. Er legte den Arm um mich und wir sahen uns in die Augen.

„Sag mal, du hast ja bald Geburtstag“, stellte er fest, als wir uns lösten.

„Ja. Aber ich will nicht feiern“, sagte ich sofort.

„Warum?“, fragte er erstaunt.

„Meine Geburtstage waren bisher nicht so toll. Und außerdem vermisse ich dann bestimmt meine Familie“, erklärte ich.

Ich hatte wirklich keine große Lust zum Feiern und hoffte, er würde es verstehen.

„Okay. Darf ich dich wenigstens zum Essen einladen?“, er lächelte charmant.

„Natürlich darfst du das!“, erwiderte ich und war froh, dass er es akzeptierte.

Ich wollte mich gerade wieder an ihn kuscheln, als das Handy klingelte. Es war mein Bruder und er berichtete, dass ich Tante geworden war. Er erzählte, dass es allen gutging und es bald Fotos von dem kleinen Noah geben würde. Ich legte auf und sah Devin an.

„Der kleine Noah ist da!“, verkündete ich strahlend und aufgeregt.

„Komm her Tante Emily“, neckte er mich.

„Boah! Klingt das alt“, rief ich und wir lachten.

Kapitel 56

Devin

Es waren ein paar Wochen vergangen und heute war Emilys Geburtstag. Sie hatte mich gebeten, es niemanden zu erzählen, und wollte nur mit mir allein etwas Essen gehen. Das hatte ich zwar versprochen, aber ganz so würde der Tag nicht verlaufen. Ich musste lächeln, als ich an heute Abend dachte.

Sie schlief noch tief und fest neben mir und ich sah sie an. Es war ein schönes, warmes Gefühl jeden Morgen bei ihr aufzuwachen und ich hatte es bisher keine Sekunde bereut, dass sie hier eingezogen war.

Ich zog vorsichtig die Decke ein wenig herunter. Sie trug nur ein Schlafshirt, das halb über ihre Taille gerutscht war und ich beschloss, sie zu wecken. Während ich die Decke nach hinten schob, rutschte ich zwischen ihre Beine und ließ meine Zunge über ihre Schamlippen gleiten. Sie seufzte leise und ich umkreiste träge ihre Klit. Sie wurde feucht und schmeckte so verdammt gut.

„Oh", sagte sie plötzlich total verschlafen und wir sahen uns an.

„Alles Liebe zum Geburtstag mein Engel", flüsterte ich, beugte mich über sie und küsste sie lang und leidenschaftlich.

Sie lächelte glücklich und ich küsste mich an ihrem Körper wieder herunter, bis zwischen ihre Beine. Sie stöhnte genüsslich und bog ihren Rücken durch. Ihr Blick wurde lustvoll und erregt. Ich liebte es, sie so zu sehen, und wurde sofort hart. Ich setzte allerdings mein Zungenspiel fort und ihre Atmung beschleunigte sich.

„Himmel! Ja!", stöhnte sie und wurde immer feuchter.

Sie legte mir ihre Arme um den Nacken, zog mich zu sich und wir küssten uns wieder stürmisch und voller Lust. Als wir uns trennten, lächelte sie anzüglich, denn sie konnte meinen harten Schwanz an ihrem Körper spüren.

„Du darfst heute bestimmen. Was soll ich mit dir anstellen?", raunte ich ihr zu.

„Nimm mich jetzt. Ich will dich in mir!", hauchte sie.

Ich kniete mich zwischen ihre Beine und ließ sie meine Eichel erst an ihrem Eingang und dann an ihrem Anus spüren.

„Hier oder lieber hier?", fragte ich und ihre Wangen glühten bereits.

„Beides!", flüsterte sie und lächelte zuckersüß.

Ich lachte und drehte sie zunächst auf den Bauch. Langsam drang ich in ihren Eingang und stützte mich über ihr ab. Sie drückte sich mir entgegen und nach einem härteren Stoß, war ich tief in ihr. Sie war so nass, bereit und es fühlte sich verdammt gut an. Mit langen, harten Stößen nahm ich sie und biss ihr dabei in die Schulter. Sie kam schnell und zog sich um mich zusammen.

Langsam glitt ich aus ihr, um sie nun anal zu penetrieren. Ich konnte leicht in ihren Anus eindringen, denn sie war völlig entspannt und kniete vor mir. Ich nahm mir Zeit, genoss die Enge und ihre kleinen wimmernden Seufzer. Dann wurde ich schneller, härter und packte ihre Hüfte. Fuck! Es war ein unglaubliches Gefühl und wir kamen fast zusammen.

Nachdem ich langsam aus ihr herausglitt und mich neben sie legte, drehte sie sich zu mir.

„Das erste Geschenk war schon mal der Hammer!“, erklärte sie mit einem breiten Grinsen.

Ich lächelte und zog sie zu mir.

„Vielleicht können wir das ja noch steigern?“, erwiderte ich und musste schmunzeln.

Kapitel 57

Emily

„Hey Baby! Du musst aufstehen“, hörte ich Devins Stimme.

Ich war noch einmal eingeschlafen und öffnete müde die Augen. Er saß auf der Bettkante neben mir. Frisch geduscht, angezogen und roch unglaublich gut. Er beugte sich zu mir und küsste liebevoll meine Stirn.

„Geh schnell duschen, ich mache Frühstück“, sagte er und ging zur Tür.

„Ich esse doch immer erst im Büro etwas“, warf ich ein.

„Aber heute ist dein Geburtstag“, erklärte er, zwinkerte mir zu und verschwand.

Mit einem Lächeln auf den Lippen ging ich ins Bad.

Nachdem ich geduscht und mich angezogen hatte, kam ich ins Wohnzimmer. Der Tisch war gedeckt und ein großer Strauß roter Rosen stand darauf.

„Wow! Sind die schön“, rief ich begeistert.

Devin kam mit einem Becher Kaffee auf mich zu und lächelte. Ich legte die Arme um ihn und er stellte schnell den Becher auf dem Tisch ab. Wir küssten uns innig.

„Danke du bist einfach perfekt“, sagte ich liebevoll.

Er zog die Augenbrauen hoch.

„Na ja. Perfekt ist sicher das falsche Wort. Aber …“, begann er.

Ich legte meinen Finger auf seinen Mund.

„Für mich bist du perfekt“, erklärte ich überzeugt.

Er grinste breit.

Wir aßen zusammen und ich musste immer wieder den Strauß Rosen ansehen. Devins Handy signalisierte eine Nachricht, aber sah nicht einmal hin.

„Willst du nicht nachsehen?“, fragte ich erstaunt.

„Nee. Ist bestimmt Daniel. Er macht die Monatsabrechnung. Ich fahre sowieso gleich in den Club“, erklärte er.

„Mir graut schon vor Natalie“, rutschte es mir heraus.

„Wieso?“, fragte er überrascht.

„Ich glaube, sie betrügt deinen Bruder und ich weiß nicht genau, wie ich mich verhalten soll“, gab ich zu.

Er sah mich an.

„Bleib locker. Er weiß es und hat die Beziehung bereits beendet. Allerdings gibt sie sich damit nicht zufrieden“, erzählte er.

Ich riss die Augen auf.

„Er weiß es? Hat er sie mit dem Praktikanten erwischt?“, hakte ich nach.

Devin zog die Augenbrauen hoch.

„So viel ich gehört habe, war es ein Geschäftspartner und es war sehr unangenehm“, sagte er.

Ich schüttelte den Kopf.

„Himmel. Sie lässt wirklich nichts anbrennen“, stellte ich fest.

„Das sieht wohl so aus“, erwiderte er.

Im Büro hatte ich Fingerfood für unsere Abteilung bestellt und alle waren zusammengekommen, um mir zu gratulieren. Natalie flirtete irgendwie mit jedem, aber bisher hatte ich geglaubt, dass sie es nicht so ernst meinte. Nun konnte ich es nicht mehr genau sagen. Ich stand gerade mit ein paar Kollegen zusammen, als Marvin hereinkam. Er trug eine Geburtstagstorte mit brennenden Kerzen darauf. Alle klatschten und er setzte sie vorsichtig auf dem Tisch ab. Er umarmte mich und gratulierte, dann blies ich die Lichter aus. Marvin gab mir noch einen Umschlag. Es war ein Hin- und Rückflug für zwei Personen nach L.A.

„Ich dachte, du solltest dringend mal deinen Neffen kennen lernen“, sagte er schmunzelnd.

„Das hat sich ja schnell herumgesprochen“, rief ich lachend.

„Na ja. Ich habe meinen Bruder ausgequetscht“, er grinste.

Ich bedankte mich und sofort wollten alle Babyfotos sehen. Es war ein entspannter Tag im Büro. Marvin und Natalie hatten sich ignoriert und viel zum Arbeiten war ich auch nicht gekommen. Meine Eltern und mein Bruder hatten angerufen und gratuliert. Endlich war Feierabend, Wochenende und ich freute mich auf das Essen mit Devin.

Ich schloss die Tür des Apartments auf und dachte kurz an eine Überraschungsparty, aber Devin würde sich sicher an unsere Absprache halten. Trotzdem ich langsam überlegte, ob eine kleine Feier vielleicht doch lustig gewesen wäre?

„Hi Geburtstagskind“, begrüßte Devin mich und legte sein Handy beiseite.

Er trug einen schicken dunkelgrauen Anzug und ein schwarzes Hemd.

„Oh! Wo gehen wir denn essen?“, fragte ich begeistert und umarmte ihn.

„Wird nicht verraten! Deine Sachen liegen auf dem Bett. Du kannst dir Zeit lassen“, erklärte er schmunzelnd.

Ich sah ihn verwundert an und lief ins Schlafzimmer. Dort lagen auf dem Bett hauchdünne, halterlose, schwarze Strümpfe, ein BH und String aus schwarzer Spitze und ein wahnsinnig schönes Cocktailkleid in einem dunkelblau-schwarzen Ton. Dazu hohe Sandalen mit feinen Riemchen. Es sah alles sehr teuer und edel aus und ich konnte es gar nicht abwarten, es anzuziehen. Schnell zog ich mich aus und sprang unter die Dusche.

Kapitel 58

Devin

„Ja, es wird schon alles klappen. Hauptsache ihr seid dann da", flüsterte ich in mein Handy, als die Dusche anging.

„Ich hoffe, sie wird sich freuen", rief Jessy aufgeregt am Telefon.

„Ich denke schon!", erwiderte ich lächelnd und hörte im Hintergrund Julien.

„Wir fahren jetzt los. Himmel, ich muss noch so viel vorbereiten", Jessy klang nervös.

„Du hast doch Hilfe!", lachte ich.

„Mal sehen, ob Julien dafür geeignet ist", rief sie übermütig.

„Bitte?", hörte ich seine Stimme.

Sie lachte und wir legten auf. Ich schob das Handy in die Tasche und bemerkte die kleine Box. Hoffentlich würde ihr mein Geschenk gefallen, überlegte ich und spürte wieder dieses tiefe Gefühl, wenn ich an sie dachte. Mit ihr zusammen konnte ich mir alles vorstellen und dachte das erste Mal tatsächlich an eine `Wir-Zukunft´. Das war mir noch mit keiner Frau so gegangen und ich musste lächeln.

Emily kam fertig gestylt aus dem Schlafzimmer und ich schluckte. Ihre braunen, langen Haare fielen weich über ihre Schultern und ihre grünen Augen funkelten. Das Kleid stand ihr fantastisch und sie drehte sich lächelnd hin und her.

„Du siehst umwerfend aus!", sagte ich beeindruckt.

„Das machen die schönen Sachen!", erwiderte sie grinsend.

„Mit Sicherheit nicht!", erklärte ich und zog sie in meinen Arm.

Wir küssten uns zärtlich.

Ich lenkte den Wagen in die Garage des großen Hotels. Emily war aufgeregt und als wir im Aufzug standen und in den 9. Stock fuhren, sah sie gespannt auf die Türen.

„Ich hoffe, du hast Hunger", fragte ich.

„Ja!", rief sie und legte den Arm um meine Taille.

Wir stiegen aus und befanden uns in einem sehr noblen Restaurant.

„Mr. Cameron! Hier entlang bitte!", sagte ein Kellner und wir folgten ihm.

Es war ein schöner Tisch am Fenster und ich zog ihr den Stuhl zurück. Sie grinste breit und ich setzte mich ihr gegenüber.

„Was ist so lustig?", fragte ich, als sie mich musterte.

„Nicht lustig!", verbesserte sie sofort. „Ich habe gerade gedacht, das du einfach die perfekte Mischung bist."

Ich verzog das Gesicht.

„Wirklich! Ich liebe den Bad Boy, den Gentleman … und den Dom!", erklärte sie mit einem verführerischen Lächeln.

Ich grinste, als der Kellner uns die Speisekarten brachte. Ich bestellte Champagner und sah sie an. Emily blickte durch das Fenster in den kleinen Park unter uns.

„Es ist so schön hier", sagte sie.

„Freut mich, dass es dir gefällt", erwiderte ich.

Wir bekamen unseren Champagner und ich hob mein Glas.

„Auf dich kleiner Engel!“, sagte ich und wir stießen an.

Es gab ein drei Gänge Menü und das Essen war richtig lecker. Emily sah immer mal wieder auf ihr Handy.

„Was ist?“, fragte ich lässig.

„Ich wundere mich nur, dass Cara nicht anruft. Sie ist sonst eine der Ersten beim Gratulieren“, erklärte sie.

„Ach, vielleicht lenkt Cole sie gerade ab …“, sagte ich grinsend.

Emily lachte.

„Vielleicht!“, rief sie fröhlich, ohne Verdacht zu schöpfen.

Ich atmete auf.

„Himmel, der Nachtisch war auch sehr lecker“, sie leckte sich mit der Zunge über ihre Lippen.

Ich sah auf ihren Mund und musste sofort meine schmutzigen Gedanken unterdrücken. Dafür stellte ich das Kästchen auf den Tisch und schob es zu ihr.

„Du hast mir schon so viel geschenkt“, sie starrte auf die kleine Box.

„Die Sachen. Na ja“, sagte ich.

„… und das Wecken heute Morgen“, erklärte sie grinsend.

Ich lachte.

„Das kannst du gern jeden Morgen haben!“, ich lächelte.

„Oh ja“, rief sie und öffnete das Geschenk.

Es war eine silberne Halskette. Der Anhänger bestand aus vielen kleinen roten Steinchen, die ein Herz formten. Ihre Augen wurden groß.

„Oh Devin … es ist wunderschön“, sagte sie beeindruckt.

„Ja? Gefällt sie dir?“, fragte ich nach.

„Natürlich!“, erwiderte sie und nahm sie vorsichtig heraus.

Ich stand auf und legte sie ihr an. Emily umarmte mich und sie küsste mich stürmisch.

„Danke, danke, danke! Ich liebe dich!“, sie sah mir in die Augen, als ich wieder saß.

„Ich liebe dich auch!“, erwiderte ich ernst und hielt ihren Blick.

Sie griff nach meiner Hand und ich versank in ihren grünen Augen.

Wir hatten noch einen Kaffee bestellt und ich sah immer mal wieder auf die Uhr. Ich genoss es, wie sie mich anstrahlte und fand, dass ihr die Kette wirklich gut stand.

„ … hier gibt es übrigens eine ganz tolle Dachterrasse. Die muss man eigentlich mal gesehen haben“, sagte ich beiläufig.

„Ja? Ist die nur für Hotelgäste?“, fragte sie neugierig.

„Nee, man kann die bestimmt auch mieten“, überlegte ich gespielt ernst.

Ich hielt den Kellner an, der gerade an unserem Tisch vorbeiging.

„Sagen sie, können wir uns gleich mal die Dachterrasse ansehen?“, fragte ich.

Er zögerte.

„Da ist eine Feier, aber sie können sicher mal einen kurzen Blick darauf werfen“, erwiderte er.

Ich nickte und verkniff mir ein Grinsen.

Kapitel 59

Emily

Devin zahlte und wir fuhren im Fahrstuhl nach oben. Ich war so glücklich und hatte den Abend mit ihm genossen. Im leeren Aufzug drückte er mich an die Wand. Seine Hand wanderte unter das Kleid und griff an meinen Po.

„Du machst mich echt verrückt, Baby", flüsterte er mir ins Ohr.

„Hier sind bestimmt Kameras", erwiderte ich schmunzelnd.

„Ganz bestimmt", raunt er an meinem Hals und ich lächelte.

Die Türen öffneten sich und wir sahen einen langen Gang. Er nahm meine Hand und wir liefen zum Ende, an dem sich die große Dachterrasse befand. Man hörte leise Musik und ich begann zu zögern.

„Wenn die dort feiern, ist es vielleicht ungünstig", gab ich zu bedenken.

„Ach komm. Die merken das gar nicht", erklärte er und zog mich weiter.

Als wir die Terrasse betraten, war es ungewöhnlich still. Devin ging jetzt hinter mir und dann standen plötzlich alle da. Als Erstes sah ich Jessy, die mich anstrahlte, und alle riefen sie HAPPY BIRTHDAY!

Ich konnte es gar nicht glauben und hatte einen Kloß im Hals. Devin legte seine Hände auf meine Schultern.

„Sorry, aber ich konnte nicht widerstehen", sagte er leise.

Ich drehte mich kurz zu ihm.

„Mistkerl!", rief ich lachend mit Tränen in den Augen.

Dann ging ich auf die Menge zu. Jessy fiel mir um den Hals und gratulierte mir.

„Hast du keinen Verdacht geschöpft?", lachte sie.

„Nein. Irgendwie nicht!", gab ich zu, als mich Julien in seine Arme schloss.

Er küsste mich und schenkte mir ein heißes Lächeln.

„Alles Liebe, Kleine!", sagte er.

„Danke. Und du hast natürlich dabei mitgemacht", erwiderte ich vorwurfsvoll.

Er grinste.

„Ich habe Devins Idee nur perfektioniert", erklärte er und wir lachten.

Marlon und Ian kamen auf mich zu.

„Man kann doch nicht mit uns in den Urlaub fahren und dann ohne uns feiern", sagte Marlon gespielt beleidigt und zog mich aus Juliens Umarmung.

„Ach so!", rief ich übermütig und er und Ian küssten mich auf die Wange.

„Hi Em! Alles Liebe!", hörte ich Cara neben mir, die Cole an der Hand hatte.

„Jetzt weiß ich auch, warum ich nichts von dir gehört habe", stellte ich fest.

„Ja. Ich war hier ein wenig abgelenkt", erklärte sie mit einem kurzen Seitenblick zu Marlon.

„Gott Cara!", ich rollte mit den Augen und lachte.

„Keine Sorge, Cole ist ja da", flüsterte sie mir ins Ohr.

Ich schüttelte gespielt ernst den Kopf.

Devin griff nach meinem Arm und drehte mich zu einer Sitzgruppe. Dort saßen doch tatsächlich meine Eltern. Ich ging zu ihnen und nachdem sie mich gedrückt hatten, setzte ich mich dazu.

„Devin hat uns eingeladen, aber damit du nicht misstrauisch wirst, haben wir dich heute Morgen angerufen", erzählte mein Vater mit einem breiten Grinsen.

Ich sah ihn erstaunt an.

„Ich kann das noch alles gar nicht glauben", erwiderte ich.

Devin kam mit Champagner und wir stießen zusammen an.

„Sei nicht böse auf ihn. Ich fand die Idee bezaubernd", erklärte meine Mutter und sah zu Devin.

Er schmunzelte.

„Wie könnte ich da böse sein", sagte ich und zwinkerte Devin zu.

Nach einer kurzen Unterhaltung mit meinen Eltern ging ich über die Terrasse, die ich erst jetzt richtig wahrnahm. Sie war sehr groß, mit Lampions geschmückt und überall gab es Sitzgruppen und Pflanzenkübel. Auf den kleinen Tischen standen Kerzen und Schalen mit Knabberzeug. Da sah ich am Rand einen langen Tisch. Darauf befanden sich viele verschieden große Geschenke.

„Die sind zwar alle für dich, aber du darfst sie erst später öffnen", sagte Devin hinter mir.

Meine Augen wurden groß.

„Alle für mich?", wiederholte ich ungläubig und er nickte.

„Natürlich. Ich helfe dir auch nachher beim Auspacken", erwiderte er.

„Na mal sehen", neckte ich ihn und ging auf Declan zu.

Er stand neben Tristan. Sie hielten sich an der Hand und hatten die Finger ineinander verschlungen. Ich freute mich für die beiden, die sich gerade mit Ian unterhielten.

„Hi Honey!“, rief Declan, als er mich sah und löste sich von Tristan. Die beiden gratulierten mir und ich ging mit ihm ein Stück weg.

„Wie geht es dir?“, fragte ich.

„Sehr gut. Hast du dich auch gut erholt?“, er musterte mich.

„Ja!“, erwiderte ich erleichtert. „Ich sehe, mit Tristan ist es wirklich was Ernstes?“

„Ja, ist es“, er lächelte und sah zufrieden aus.

„Und wie läuft es im Club? Bist du noch Chef?“, hakte ich nach.

„Bin ich, aber ich habe auch schon wieder kleinere Sessions gemacht. Kieran lässt mir völlig freie Hand und ich kann mir die Kunden aussuchen“, erzählte er.

„Wow! Das ist ja toll“, stellte ich fest.

„ … und Tris ist jetzt Chefbarkeeper“, er grinste stolz.

„Du hast wirklich einen klasse Boss“, erwiderte ich lächelnd. „Wo ist er eigentlich?“

„Er ist auf dem Weg und kommt etwas später“, sagte er.

Ich nickte.

„Kieran ist wirklich der beste Boss, ever!“, lachte er und dann wurde er ernst.

„Er hat mit mir nach der ganzen Sache die erste Session wieder gemacht“, er sah kurz zu Boden.

„Oh. Du als Sub?“, ich blickte ihn an.

„Ja. Ich wollte es und Tristan war dabei“, er sah mich an.

„Und wie war es für dich?“, fragte ich.

„Na ja. Das Kopfkino spielt ganz schön verrückt, aber irgendwann war es okay. Ich konnte es nur mit Kieran machen, weißt du, er kennt mich eben sehr gut und ich vertraue ihm völlig. Tristan war übrigens gar nicht so geschockt, wie ich dachte, und durfte mir am Schluss eine Belohnung geben", er schmunzelte und sah zu Tristan, der sich noch immer mit Ian unterhielt.

„Das freut mich sehr für dich", und ein kleiner Stein voller Schuldgefühle fiel mir vom Herzen.

Ich nahm seine Hand und sah ihn ernst an.

„Ich werde dir das wirklich niemals vergessen, was du für mich getan hast", erklärte ich dankbar.

Er hielt meinen Blick und strich mir über die Wange.

„Ich würde es immer wieder machen, ganz ehrlich", erwiderte er.

Danach umarmten wir uns lange.

„Na! Hast du die Chef Nummer schon drauf?", fragte Julien und stützte sich auf die Sofalehne.

Declan grinste ihn an.

„Klar! Warum?", fragte er grinsend.

„Wir haben das richtige Bauprojekt jetzt gefunden. Und der Umbau wird hoffentlich nicht ewig dauern", erwiderte Julien.

Declan Augen wurden groß und er sah ihn fragend an. Auch ich hatte keine Ahnung, wovon er da sprach. Julien schluckte und verzog das Gesicht.

„Shit! Du wusstest es nicht", stellte er fest.

„Nein. Was habt ihr vor?", fragte er.

Er seufzte.

„Kieran wollte schon lange einen zweiten Club in Atlanta eröffnen. Er hatte nur noch kein passendes Gebäude dafür gefunden und keinen Sponsor", erklärte Julien.

„Und jetzt hat es geklappt?", fragte er ungläubig.

„Genau. Und dann wirst du dich sicher erst einmal ganz um das SCARLETT kümmern müssen", Julien lächelte.

„Das ist ja der Hammer“, rief Declan begeistert.

Die Party war in vollem Gange. Laute Musik erklang und ich genoss es, von der Terrasse auf die Stadt zu sehen. Ich stand am Geländer, es wehte ein leichter Wind, und ich sah auf die Lichter von Atlanta. Da stellte sich jemand hinter mich und hielt mich mit seinen Armen gefangen. Ich roch den frischen, herben Duft von Devin und schloss die Augen.

„Hey, Engel“, flüsterte er und schob mich in eine Ecke zwischen der Hollywoodschaukel und einer Palme. Hier konnte uns niemand sehen, ich drehte mich zu ihm und er küsste mich stürmisch. Seine Hand glitt dabei unter mein Kleid und schob den Slip beiseite.

„Ich würde dich jetzt so gern fesseln und vögeln“, raunte er mir zu.

Ich schnappte nach Luft, als sein Finger meine Klit umkreiste. Sofort gehörte mein Körper ihm und ich hätte mich nicht dagegen wehren können. Ich wollte es auch gar nicht. Viel zu heiß waren die Gefühle und die wachsende Erregung.

Mein Körper stand in Flammen und ich küsste ihn leidenschaftlich.

„Du riechst so gut und bist so feucht“, seine Stimme war rau und ich spürte seine Zunge am Hals.

Unerbittlich strich er um meine Klit und ich stöhnte leise. Sein Körper hielt mich ans Gitter gedrückt und ein tiefer Druck baute sich in mir auf.

„Gott!“, keuchte ich und spürte, wie ich unweigerlich kommen würde.

Seine Zähne drückten sich in meine Schulter, er presste meine Klit zwischen seinen Fingern zusammen und ließ nicht mehr los.

„Ich würde dich jetzt gern nehmen, hart, brutal und tief. Du hättest keine Chance, dem zu entkommen“, hörte ich seine dunkle Stimme.

Es kickte mich wahnsinnig und der Schmerz an meiner Klit nahm zu. Er drückte sie fester zusammen und ich spürte ein ziehendes Pochen. Er küsste mich weiterhin und biss leicht in meine Lippe. Als er die Finger von meiner Klit nahm, schrie ich fast auf, da ein tiefer Schmerz, durch das plötzlich einströmende Blut, den Unterleib traf. Der Orgasmus riss mich mit sich und er erstickte meine Laute in einen Kuss.

Ich hatte den Kopf an seine Brust gelegt und beruhigte mich nur langsam wieder. Liebevoll hielt er mich im Arm und strich sanft über meinen Rücken.

„Himmel Devin!“, sagte ich, als ich genau realisierte, was da gerade passiert war.

„Nicht gut?“, fragte er grinsend.

„Doch …“ seufzte ich, lächelte und löste mich dann von ihm.

Als ich mich drehte und zu den Toiletten ging, schlug er mir auf den Po.

Ich lachte.

Wieder zurück auf der Terrasse, sah Julien mich anzüglich an. Ich lächelte und streckte ihm die Zunge heraus. Er machte ein gespielt entsetztes Gesicht und grinste belustigt. Ich ging zur Bar und ließ mir einen Mojito mixen. Ich hatte einen trockenen Mund und noch immer ein Lächeln auf den Lippen. Devin unterhielt sich gerade mit Ian und auf der kleinen Tanzfläche sah ich Cara und Marlon. Na hoffentlich würde sie sich benehmen, dachte ich, als ich eine kalte, feuchte Nase an meinem Bein bemerkte.

„Summer!“, rief ich begeistert und beugte mich zu ihr, um sie zu streicheln. Als ich aufsah, stand Kieran vor mir.

„Hi Prinzessin! Alles Liebe zum Geburtstag“, sagte er und umarmte mich.

„Danke! Schön dass du da bist“, erwiderte ich.

Er trug einen Anzug und hatte seine Haare mit einem Zopf gebändigt.

„Natürlich!“, er lächelte und gab mir einen Kuss auf die Wange. „Salina ist noch oben im Hotelzimmer, aber sie kommt auch gleich.“

„Möchtest du etwas trinken?“, fragte ich und drehte mich wieder zur Bar.

„Gern“, sagte er und bestellte sich ein Bier.

„Hat alles geklappt?“, fragte Declan, der plötzlich neben uns stand.

Kieran nickte wissend. Sofort sprach er ihn auf den neuen Club an und Kierans Gesichtsausdruck verhärtete sich. Sie redeten eine ganze Weile, bis Julien an uns vorbeikam. Kieran packte seinen Arm und hielt ihn fest.

„Du bist sowas von fällig!“, knurrte er gespielt böse.

Julien erhob ergeben beide Hände.

„Es tut mir leid, ich dachte, er wüsste es schon“, erklärte er.

„Ich sag ja fällig …“, wiederholte Kieran und ließ ihn los.

„Hey! Sorry!“, erwiderte Julien lächelnd.

Wir lachten.

„Tja, das sieht schlecht für dich aus!“, sagte Kieran entschlossen.

„Ich sehe schon. Und die Freude in deinem Gesicht ist unverkennbar“, stellte Julien fest.

Kieran nickte und lachte. Ich sah den Doms zu, und musste lächeln. Es war irgendwie immer ein Kräftemessen, aber auf eine sehr faire und respektvolle Art. Kierans Handy zeigte eine Nachricht und er öffnete sie. Ich hatte plötzlich das Gefühl, alle wussten, was dort stand, nur ich nicht. Er steckte das Telefon weg und sah zu Julien. Der ging sofort nach vorn zu einem der Kellner und redete mit ihm. Die Musik brach ab und alle sammelten sich am Eingang der Dachterrasse.

Devin, der jetzt neben mir stand schmunzelte und nahm meine Hand.

„Was ist los?", fragte ich erstaunt.

Er grinste nur und wir gingen ebenfalls zum Eingang.

„Summer", rief Kieran leise und ließ die Hündin etwas weiter entfernt, Platz machen.

Ich war aufgeregt, konnte mir aber überhaupt nicht vorstellen, was jetzt passieren würde. Devin schob mich in die Mitte des kleinen Kreises, der zur Tür hin offen war.

„Wir haben noch eine Überraschung für dich. Den Gaststar des Abends", erklärte er.

„Was sie wohl sagen wird", hörte ich Jessy kichern.

„Pst", mahnte Julien.

Wer sollte denn der Gaststar sein? Der Einzige, der fehlte, war mein Bruder. Er hatte mir allerdings versichert, dass er bei dem kleinen Noah bleiben müsste. Aber nach dieser Überraschungsparty glaubte ich niemanden mehr. Mein Herz klopfte bis zum Hals und alle sahen gespannt zur Tür.

Es war absolut ruhig, als eine kleine Fellkugel um die Ecke kam. Ein Hundewelpe mit schwarzem Fell, einer weißen Pfote und einem weißen Fleck auf dem Kopf. Er blieb unentschlossen stehen und sah zu uns. Kieran hockte sich hin und lockte ihn. Sofort kam er freudig zu uns. Ich lockte ihn ebenfalls und als er zu mir kam und ich ihn streichelte, ließ er sich auf den Rücken fallen.

„Gott! Ist der süß", hörte ich Ian.

„Er gehört dir", sagte Kieran und lächelte. Mein Herz machte einen Hüpfer und ich konnte es gar nicht glauben. Er war so weich, süß und absolut bezaubernd.

„Mir?", fragte ich unsicher und sah zu Devin.

Er strahlte mich an.

„Vielleicht sollten wir in nächster Zeit mal über ein Haus mit Garten nachdenken?", sagte er.

„Oh Gott! Danke!“, rief ich völlig ergriffen.

Der Kleine hatte Summer entdeckt und hüpfte auf sie zu.

„Summer hat ihn schon ein bisschen erzogen, aber den größten Teil müssen Devin und du wohl machen“, erklärte Kieran.

Ich lächelte verliebt und konnte kein Wort herausbringen. Salina kam zu mir und wir umarmten uns.

„Du hast dich um ihn gekümmert?“, fragte ich, denn jetzt war mir klar, warum sie nicht mit Kieran zusammen erschienen war.

„Ja. Ich denke, er wird bald schlafen“, erwiderte sie lächelnd.

Jeder hatte sofort ein Auge auf den Kleinen, als er mit Summer die Terrasse erkundete. Ich bedankte mich bei allen und es fühlte sich alles so unwirklich an.

Abrupt drehte ich mich zu Devin, als ich etwas weiter gedacht hatte.

„Wir haben überhaupt nichts für den Kleinen. Nicht mal ein Körbchen“, rief ich.

Er lächelte und zeigte zu dem Geschenktisch. Ich riss die Augen auf.

„Ihr habt alle …“, begann ich.

„Ja!“ , unterbrach mich Jessy, die sich gerade zu ihm hinunterbeugte. „Von mir ist das blaue Halsband mit den kleinen silbernen Knochen darauf.“

„Ich konnte es nicht verhindern, sorry“, rief Julien und rollte mit den Augen.

Jessy erhob sich, boxte ihm in die Rippen und lachte.

Als wir uns alle wieder verteilten, liefen mir ein paar Freudentränen herunter. Devin nahm mich in den Arm und wischte sie weg. Wir setzten uns auf ein Sofa und Kieran legte mir die kleine Fellnase in den Arm. Er war ziemlich müde, freute sich kurz und schlief ein.

„Er darf gern bei uns im Garten herumtoben. Der Pool ist schon sicher eingezäunt“, erklärte Julien und zwinkerte mir zu. Jessy nickte.

Die Gespräche wurden langsam wieder aufgenommen. Summer saß neben mir und kontrollierte wohl, ob ich alles richtig machte.

„Hat er schon einen Namen?“, fragte ich Devin, der den Arm um mich gelegt hatte.

„Er heißt Justin!“, erklärte er.

Ich blickte auf den kleinen Mann in meinem Schoß und ein Gefühl von Geborgenheit überkam mich. Ich hatte Freunde gefunden, die für mich durch die Hölle gegangen sind und es immer wieder tun würden. Freunde, auf die ich mich hundertprozentig verlassen konnte. Und ich hatte Devin. Er war einfühlsam, liebevoll und zärtlich, hatte aber auch eine dunkle Seite, die ich gern mit ihm teilte. Selbst wenn er hart, dominant und kalt war, konnte ich mich fallen lassen, denn er würde mich immer sicher auffangen. Ich liebte diese dunklen Spiele, auch die mit seinen Freunden zusammen und wollte viel mehr davon erleben. Ich fühlte mich geborgen und glücklich, wie noch nie in meinem Leben.

Und jetzt hatte ich außerdem den kleinen Justin, der zufrieden in meinem Arm schlief und noch gar nicht wusste, wie beschützt und liebevoll er aufwachsen würde.

Wenn man einen Moment festhalten könnte, dann diesen hier! Ich sah zu meinen Freunden, die herumalberten und Spaß hatten, lehnte mich an Devins Schulter und alles war märchenhaft perfekt.

ENDE

Die Soulreihe besteht aus drei Büchern:

SOULHEART – Devin und Emily
SOULDANCE – Devin und Emily
SOULMATES – Devin und Emily

Alle Bücher sind zusammenhängend und sollten der Reihe nach gelesen werden.

Ich hoffe, ihr habt ganz viel Spaß und heiße aufregende

Lesestunden …

Eure Dana

Printed in Poland
by Amazon Fulfillment
Poland Sp. z o.o., Wrocław

10952335R00230